Harper
Collins

Daniel Silva

Der russische Spion

Thriller

Aus dem Englischen von
Wulf Bergner

HarperCollins

HarperCollins®

1. Auflage: Oktober 2019
Deutsche Erstausgabe

Originaltitel: »The Other Woman«
Erschienen bei: Harper, New York

Published by arrangement with
Harper, an imprint of HarperCollins *Publishers*, US

Umschlaggestaltung: bürosüd, München
Umschlagabbildung: Mike Dobel / arcangel, Taigi / shutterstock
Lektorat: Thorben Buttke
Satz: GGP Media GmbH, Pößneck
Printed in Germany
Dieses Buch wurde auf FSC®-zertifiziertem Papier gedruckt.
ISBN 978-3-95967-321-1

www.harpercollins.de

Werden Sie Fan von HarperCollins Germany auf Facebook!

Ein weiteres Mal für meine Frau Jamie und
meine Kinder Nicholas und Lily

PROLOG

MOSKAU 1974

Der Wagen war eine ZIL-Limousine, lang und schwarz mit Plisseevorhängen im Heckfenster. Vom Flughafen Scheremetjewo kommend, raste er auf einer Mitgliedern des Politbüros und des Zentralkomitees vorbehaltenen Fahrspur nach Moskau hinein. Es war schon dunkel, als sie ihren Bestimmungsort erreichten: einen nach einem russischen Dichter benannten Platz an den Patriarchenteichen in einem Altstadtbezirk. Sie gingen durch Gassen im Mondschein weiter, das Kind und die beiden Männer in grauen Anzügen, bis sie zu einer Kapelle unter einheimischen Platanen kamen. Das Apartmentgebäude stand auf der gegenüberliegenden Seite einer Gasse. Sie betraten es durch eine hölzerne Haustür und quetschten sich in den Aufzug, der sie zu einem düsteren Vorraum hinaufbrachte. Dort begann eine Treppe. Das Kind zählte aus Gewohnheit die Stufen. Es waren fünfzehn. Auf dem Treppenabsatz standen sie vor einer weiteren Tür. Diese war mit abgestepptem Leder gepolstert. Dort stand ein gut gekleideter Mann mit einem Drink in der Hand. Etwas an seinem ruinierten Gesicht wirkte vertraut. Er sagte lächelnd ein einziges russisches Wort. Es sollte viele Jahre dauern, bis das Kind die Bedeutung dieses Worts verstand.

TEIL EINS

NACHTZUG NACH WIEN

1

BUDAPEST

Nichts von allem hätte sich ereignen müssen – nicht die verzweifelte Suche nach dem Verräter, nicht die widerwilligen Allianzen, nicht die unnötigen Tode –, wäre der arme Heathcliff nicht gewesen. Er war ihre tragische Gestalt, verkörperte ihr gebrochenes Versprechen. Letzten Endes würde er sich als weitere Kerbe in Gabriels Gewehrkolben erweisen. Trotzdem wäre es Gabriel lieber gewesen, Heathcliff weiter als Aktivposten zu haben. Agenten wie Heathcliff begegnete man nicht täglich, meist in einer Laufbahn nur einmal, selten zweimal. Das lag in der Natur des Spionagegeschäfts, klagte Gabriel manchmal. So war das Leben.

Heathcliff war nicht sein richtiger Name; er sei willkürlich von einem Computer erzeugt worden, behaupteten seine Agentenführer. Das Programm wählte bewusst einen Decknamen, der keine Rückschlüsse auf den wahren Namen, die Nationalität oder den Beruf des Agenten zuließ. In dieser Beziehung hatte es seinen Auftrag erfüllt. Der Mann, dem der Name Heathcliff übergestülpt worden war, war weder ein Findelkind noch ein hoffnungsloser Romantiker. Noch war er verbittert oder nachtragend oder von Natur aus gewalttätig. Tatsächlich hatte er mit Emily Brontës Heathcliff nichts gemeinsam außer seinem dunklen Teint, weil seine Mutter aus der SSR Georgien stammte. Aus derselben Republik, das betonte sie stolz, wie der Genosse Stalin, dessen Porträt noch immer im Wohnzimmer ihres Moskauer Apartments hing.

Heathcliff beherrschte Englisch jedoch in Wort und Schrift und liebte den viktorianischen Roman. Tatsächlich hatte er mit dem Gedanken gespielt, englische Literatur zu studieren, bevor er zur Besinnung gekommen war und sich an der Moskauer Staatlichen Linguistischen Universität eingeschrieben hatte, die unter den angesehensten russischen Universitäten den zweiten Platz belegte. Sein Studienberater war zugleich ein Talentscout des Auslandsnachrichtendiensts SWR, und Heathcliff wurde nach dem Diplom eingeladen, in die SWR-Akademie einzutreten. Seine überglückliche Mutter stellte vor dem Porträt des Genossen Stalin eine Vase mit Blumen auf. »Er wacht über dich«, sagte sie. »Eines Tages wirst du ein Mann, mit dem man rechnen muss. Ein Mann, den man fürchtet.« Seine Mutter fand, für einen Mann gebe es nichts Erstrebenswerteres.

Die meisten Anwärter wollten später in einer *Residentura,* einer SWR-Station im Ausland, Dienst tun, um dort Agenten anzuwerben und zu führen. Um dabei Erfolg zu haben, musste man ein bestimmter Offizierstyp sein: forsch, selbstbewusst, gesprächig, geistesgegenwärtig, ein geborener Verführer. Heathcliff besaß leider keine dieser Eigenschaften. Und ihm fehlten auch die körperlichen Voraussetzungen für einige der unappetitlichen SWR-Jobs. Seine Stärken waren seine Sprachbegabung – er sprach fließend Deutsch, Holländisch und Englisch – und sein Gedächtnis, das selbst nach den hohen SWR-Standards phänomenal war. Deshalb ließ man ihm die Wahl, was in dem hierarchischen SWR-Kosmos selten war: Er konnte als Übersetzer in der Moskauer Zentrale arbeiten oder als Kurier im Außendienst tätig sein. Er entschied sich für Letzteres, womit er sein Schicksal besiegelte.

Diese Arbeit war nicht glamourös, aber sehr wichtig. Mit seinen vier Sprachen und einem Aktenkoffer voller falscher Pässe bereiste er im Auftrag des Vaterlandes die Welt als heimlicher Botenjunge, als verdeckt arbeitender Postbote. Er leerte tote Briefkästen, stopfte Bargeld in Bankschließfächer und hatte gelegentlich sogar Kontakt mit echten Agenten im Sold der Moskauer Zentrale. Für ihn war es nicht ungewöhnlich, dreihundert Nächte im Jahr außerhalb Russlands zu verbringen, was ihn für eine Ehe oder auch nur eine ernsthafte Beziehung untauglich machte. In Moskau schickte die SWR ihm Gespielinnen – schöne junge Mädchen, die ihn unter normalen Umständen keines Blickes gewürdigt hätten –, aber auf Reisen litt er manchmal anfallsartig unter intensiver Einsamkeit.

Während einer dieser Episoden war er in einer Hamburger Hotelbar seiner Catherine begegnet. Sie trank Weißwein an einem Ecktisch: eine attraktive Mittdreißigerin mit hellbraunem Haar und sonnengebräunten Armen und Beinen. Heathcliff hatte Befehl, auf Dienstreisen solche Frauen zu meiden. Sie waren unweigerlich feindliche Agentinnen oder Prostituierte im Sold ausländischer Dienste. Aber Catherine sah nicht danach aus. Und als sie Heathcliff über ihr Handy hinweg ansah und ihm zulächelte, durchzuckte ihn ein Stromstoß, der von seinem Herzen direkt in seinen Unterleib ging.

»Wollen Sie mir Gesellschaft leisten?«, fragte sie. »Ich trinke nicht gern allein.«

Sie hieß nicht Catherine, sondern Astrid. Zumindest war das der Name, den sie ihm ins Ohr flüsterte, während sie mit einem Fingernagel leicht über die Innenseite seines Oberschenkels fuhr. Sie war Niederländerin, was bedeutete, dass Heathcliff, der sich als russischer Geschäftsmann ausgab, sich in ihrer Muttersprache mit ihr unterhalten konnte. Nach mehreren gemeinsamen Drinks lud sie sich in Heathcliffs Zimmer ein, in dem er sich sicher fühlte. Am Morgen danach wachte er schwer verkatert auf, was für ihn ungewöhnlich war – und ohne sich an einen Liebesakt erinnern zu können. Astrid hatte inzwischen schon geduscht und war in einen Frotteebademantel gewickelt. Bei Tageslicht war ihre bemerkenswerte Schönheit noch augenfälliger.

»Bist du heute Abend frei?«, fragte sie.

»Ich sollte nicht.«

»Warum nicht?«

Er wusste keine Antwort.

»Aber du musst mich richtig ausführen. Zu einem schönen Dinner. Anschließend vielleicht in eine Disco.«

»Und dann?«

Sie öffnete ihren Bademantel, ließ zwei perfekt geformte Brüste sehen. Trotz aller Mühe konnte Heathcliff sich jedoch nicht daran erinnern, sie liebkost zu haben.

Sie tauschten ihre Handynummern aus, was ebenfalls verboten war, und trennten sich. An diesem Tag hatte Heathcliff in Hamburg zwei Aufträge zu erledigen, die mehrere Stunden »Reinemachen« erforderten, bis feststand, dass er nicht beschattet wurde. Als er den zweiten Auftrag beendete – die routinemäßige Leerung eines toten Briefkastens –, erhielt er eine SMS mit dem Namen eines schicken Restaurants an der Alster. Bei seiner Ankunft zur vereinbarten Zeit saß Astrid bereits strahlend an ihrem Tisch und hatte eine grässlich teure Flasche Montrachet geöffnet vor sich. Heathcliff runzelte die Stirn; diesen Wein würde er selbst bezahlen müssen. Die Moskauer Zentrale kontrollierte seine Abrechnungen sorgfältig und tadelte jede Überschreitung seines Spesensatzes.

Astrid schien sein Unbehagen zu spüren. »Keine Sorge, heute lade ich ein.«

»Ich dachte, ich sollte *dich* richtig ausführen.«

»Habe ich das wirklich gesagt?«

In diesem Augenblick wurde Heathcliff klar, dass er einen schrecklichen Fehler gemacht hatte. Sein Instinkt riet ihm zur Flucht, aber er wusste, dass ihm das nichts nützen würde; sein Schicksal war besiegelt. Also blieb er in dem Restaurant und dinierte mit der Frau, die ihn verraten hatte. Ihre Unterhaltung war stockend und gestelzt – der Stoff eines schlechten

TV-Dramas –, und als die Rechnung kam, zahlte Astrid. Natürlich in bar.

Draußen wartete eine Limousine. Heathcliff erhob keine Einwände, als Astrid ihn ruhig aufforderte, mit ihr hinten einzusteigen. Er protestierte auch nicht, als die Fahrt von seinem Hotel wegführte. Der Fahrer war offensichtlich ein Profi; er sprach kein Wort, während er mit mehreren Tricks aus dem Lehrbuch sicherstellte, dass sie nicht verfolgt wurden. Astrid verbrachte die Zeit damit, Textnachrichten zu verschicken und zu empfangen. Mit Heathcliff wechselte sie kein Wort.

»Haben wir uns eigentlich …«

»Geliebt?«, fragte sie.

»Ja.«

Sie starrte aus dem Fenster.

»Gut«, sagte er. »So ist's besser.«

Ihr Bestimmungsort war ein kleines Haus am Meer. Drinnen wartete ein Mann, der Heathcliff in deutsch gefärbtem Englisch ansprach. Er stellte sich als Marcus vor und sagte, er arbeite für einen westlichen Geheimdienst, dessen Namen er nicht nannte. Dann legte er Heathcliff mehrere streng geheime Schriftstücke vor, die Astrid letzte Nacht aus seinem abgeschlossenen Aktenkoffer kopiert habe, während er von ihren K.-o.-Tropfen bewusstlos gewesen sei. Heathcliff werde weitere Dokumente dieser Art liefern, sagte Marcus, und noch viel, viel mehr. Sonst würden Marcus und seine Kollegen dieses Material dazu benutzen, Heathcliff bei der Moskauer Zentrale als Spion zu denunzieren.

Anders als sein Namensvetter war Heathcliff weder verbittert noch nachtragend. Er kehrte eine halbe Million Dollar reicher nach Moskau zurück und wartete auf seinen nächsten Auftrag. Die SWR schickte ihm ein schönes junges Mädchen in sein Apartment auf den Sperlingsbergen. Als sie sich als

Ekaterina vorstellte, wurde Heathcliff vor Angst fast ohnmächtig. Er machte ihr ein Omelett und schickte sie unberührt fort.

Die Lebenserwartung eines Mannes in Heathcliffs Position war nicht hoch. Auf Verrat stand die Todesstrafe. Aber ihn erwartete kein schneller, sondern ein qualvoller Tod. Wie alle SWR-Angehörigen hatte Heathcliff viele Geschichten gehört. Auch von erwachsenen Männern, die um eine Kugel gebettelt hatten, die ihre Leiden beenden würde. Irgendwann würde sie kommen – nach russischer Art als Genickschuss. *Wysschaja mera,* »Höchststrafe«, nannte die SWR diese Hinrichtungsart. Heathcliff war entschlossen, ihnen niemals in die Hände zu fallen. Von Marcus ließ er sich eine Zyankalikapsel besorgen. Ein kräftiger Biss würde genügen. Zehn Sekunden, dann war alles vorbei.

Von Marcus bekam Heathcliff auch einen Geheimsender, mit dem er Berichte via Satellit als verschlüsselte Microbursts absetzen konnte. Heathcliff benutzte ihn jedoch selten, weil er es vorzog, sich auf seinen Auslandsreisen mit Marcus zu treffen. Dabei ließ er Marcus den Inhalt seines Aktenkoffers fotografieren, aber vor allem redeten sie miteinander. Heathcliff war kein wichtiger Mann, aber er arbeitete für wichtige Männer und transportierte ihre Geheimnisse. Außerdem kannte er russische tote Briefkästen in aller Welt, deren Koordinaten sein Ausnahmegedächtnis bereithielt. Heathcliff hütete sich davor, zu viel zu schnell preiszugeben – um seiner selbst und seines rasch anwachsenden Bankkontos willen. Aus einer halben Million wurde binnen eines Jahres eine Million. Dann zwei. Und dann drei.

Heathcliffs Gewissen blieb rein – er war ein Mann ohne ideologische oder politische Überzeugungen –, aber er hatte Tag und Nacht Angst. Er fürchtete, die Moskauer Zentrale wisse von seinem Verrat und überwache ihn auf Schritt und Tritt. Er fürchtete, ein Geheimnis zu viel verraten zu haben oder in Gefahr zu sein, von einem der Spione des Zentrums im Westen verraten zu werden. Bei zahlreichen Gelegenheiten drängte er Marcus, ihn aus der Kälte heimzuholen. Marcus weigerte sich jedoch – manchmal mit etwas beruhigendem Balsam, manchmal mit Peitschenknallen. Heathcliff sollte weiterspionieren, bis sein Leben tatsächlich in Gefahr war. Erst dann würde er überlaufen dürfen. Er zweifelte zu Recht an Marcus' Fähigkeit, den exakten Zeitpunkt vorherzusehen, an dem das Schwert herabstoßen würde, aber ihm blieb nichts anderes übrig, als weiterzumachen. Marcus hatte ihn durch Erpressung gefügig gemacht. Und Marcus würde ihm seine letzten Geheimnisse abpressen, bevor er ihn aus seiner Knechtschaft entließ.

Aber nicht alle Geheimnisse sind gleich wertvoll. Manche sind banal, alltäglich, und können ohne große Gefahr für den Überbringer weitergegeben werden. Andere sind jedoch viel zu gefährlich, um verraten werden zu können. Ein Geheimnis dieser Art fand Heathcliff letztlich in einem toten Briefkasten im fernen Montreal. In Wirklichkeit war der Briefkasten eine leer stehende Wohnung, die ein russischer Illegaler, der als Schläfer in den Vereinigten Staaten lebte, gemietet hatte. In dem Schrank unter dem Küchenspülbecken war ein USB-Stick versteckt. Heathcliff hatte den Auftrag, ihn quasi unter den Augen der mächtigen amerikanischen National Security Agency abzuholen und in die Moskauer Zentrale zurückzubringen. Bevor er die Wohnung verließ, steckte er den USB-Stick in sein Notebook und sah erstaunt, dass der Inhalt unverschlüsselt war. So konnte Heathcliff nach Belieben in den Schriftstücken blättern. Sie stammten von verschiedenen amerikanischen Geheimdiensten und waren ausnahmslos als Top Secret eingestuft.

Heathcliff wagte nicht, das Material zu kopieren. Stattdessen speicherte er alle Details in seinem phänomenalen Gedächtnis und kehrte in die Moskauer Zentrale zurück, in der er den USB-Stick seinem Führungsoffizier übergab, wobei er das Versäumnis des Illegalen, den Inhalt zu verschlüsseln, scharf rügte. Der Agentenführer, ein Mann namens Wolkow, versprach ihm, sich darum zu kümmern. Dann bot er Heathcliff als Belohnung einen stressarmen Ausflug nach Budapest an. »Sozusagen ein All-inclusive-Urlaub auf Kosten der Zentrale. Nimm's mir nicht übel, Konstantin, aber du siehst aus, als hättest du etwas Erholung nötig.«

Am selben Abend benutzte Heathcliff den Geheimsender, um Marcus mitzuteilen, er habe ein so wichtiges Geheimnis entdeckt, dass ihm keine andere Wahl bleibe, als überzulaufen. Zu seiner großen Überraschung erhob Marcus keine Einwände. Er wies Heathcliff an, den Sender so zu entsorgen, dass er nie gefunden werden würde. Heathcliff zertrümmerte ihn und warf die Bruchstücke in einen Gully. Dort würden ihn selbst die Bluthunde der SWR-Hauptverwaltung mit Sicherheit nicht suchen, rechnete er sich aus.

Nach einem letzten Besuch bei seiner Mutter in ihrer winzigen Wohnung, die von dem finsteren Porträt des stets wachsamen Genossen Stalin beherrscht wurde, verließ Heathcliff Russland endgültig. Am Spätnachmittag traf er bei leichtem Schneefall in Budapest ein und nahm ein Taxi zum Hotel Intercontinental. Dort bekam er ein Zimmer mit Donaublick. Er schloss seine Tür zweimal ab und hakte die Sicherungskette ein, dann setzte er sich an den Schreibtisch und wartete darauf, dass sein Handy klingeln würde. Daneben lag Marcus' Zyankalikapsel. Ein kräftiger Biss würde genügen. Zehn Sekunden. Dann würde alles vorbei sein.

2

WIEN

Zweihundertfünfzig Kilometer nordwestlich, weniger als drei Autostunden entfernt, näherte eine Ausstellung mit Werken von Peter Paul Rubens – Künstler, Gelehrter, Diplomat, Spion – sich allmählich ihrem melancholischen Ende. Die mit Bussen herangekarrten Horden waren wieder verschwunden, und an diesem Spätnachmittag waren nur mehr wenige Stammbesucher des alten Museums zögernd in seinen rosenfarbenen Sälen unterwegs. Einer von ihnen war ein Mann in späten mittleren Jahren. Er begutachtete die riesigen Leinwände mit üppigen Akten in ausschweifenden historischen Szenen unter dem Schirm einer flachen Mütze hervor, die er tief in die Stirn gezogen trug.

Schräg hinter ihm stand ein jüngerer Mann, der ungeduldig auf seine Armbanduhr sah. »Wie lange noch, Boss?«, fragte er sotto voce auf Hebräisch. Der Angesprochene antwortete jedoch auf Deutsch – und laut genug, damit der gelangweilte Aufseher in einer Ecke ihn hören konnte. »Danke, ich möchte mir nur noch ein Gemälde ansehen, bevor ich gehe.«

Er ging in den nächsten Saal weiter und blieb vor einer *Madonna mit Kind,* Öl auf Leinwand, 137 x 111 cm, stehen. Dieses Gemälde kannte er sehr gut: Er hatte es in West Cornwall in einem Cottage am Meer restauriert. Jetzt ging er leicht in die Knie, um die Oberfläche bei schräg einfallendem Licht zu begutachten. Seine Arbeit hatte sich gut gehalten. Wenn ich das nur auch von mir sagen könnte, dachte er, indem er sich die feurig schmerzende Stelle in seinem Kreuz rieb. Die beiden gebrochenen Rückenwirbel waren seine neueste Verwundung. In seiner langen, ruhmreichen Laufbahn als Agent des israelischen Geheimdiensts war Gabriel zweimal in die Brust geschossen, von einem wachsamen Schäferhund angefallen und in der Moskauer Lubjanka mehrere Treppen hinuntergestoßen worden. Nicht einmal Ari Schamron, sein legendärer Mentor, konnte mit so vielen Verwundungen konkurrieren.

Sein jüngerer Begleiter, der Gabriel durch die Säle des Museums folgte, hieß Oren. Er befehligte Gabriels Personenschützer – eine unerwünschte Folge einer kürzlichen Beförderung. Sie waren seit sechsunddreißig Stunden auf Reisen: erst mit dem Flugzeug von Tel Aviv nach Paris, dann mit dem Auto von Paris nach Wien. Jetzt gingen sie durch die leeren Bildersäle zum Ausgang des Museums. Draußen hatte es zu schneien begonnen, große, lockere Flocken, die in der windstillen Nacht senkrecht herabschwebten. Ein gewöhnlicher Tourist hätte das Bild, wie die Trambahnen auf überzuckerten Straßen an leeren Kirchen und Palästen vorbeiglitten, malerisch finden können. Nicht jedoch Gabriel. Wien deprimierte ihn jedes Mal, vor allem bei Schneefall.

Am Randstein stand ihre Limousine mit dem Fahrer am Steuer. Gabriel klappte den Kragen seiner alten Barbour-Jacke hoch und erklärte Oren, er wolle zu Fuß zu der sicheren Wohnung zurückgehen.

»Allein«, fügte er hinzu.

»Ich darf Sie nicht unbegleitet in Wien herumlaufen lassen, Boss.«

»Warum nicht?«

»Weil Sie jetzt der Direktor sind. Und wenn Ihnen irgendwas zustößt …«

»Dann sagen Sie, dass Sie nur einen Befehl ausgeführt haben.«

»Genau wie die Österreicher.« In der Dunkelheit hielt der Bodyguard Gabriel eine 9-mm-Jericho hin. »Nehmen Sie wenigstens die hier mit.«

Gabriel steckte die Pistole in seinen Hosenbund. »In einer halben Stunde bin ich in der sicheren Wohnung. Wenn ich dort bin, benachrichtige ich den King Saul Boulevard.«

Am King Saul Boulevard residierte der israelische Geheimdienst unter einem langen, bewusst irreführenden Namen, der nichts mit der wahren Natur seiner Arbeit zu tun hatte. Sogar der Direktor nannte ihn nie anders als den Dienst.

»Dreißig Minuten«, sagte Oren nachdrücklich.

»Keine Minute länger«, versprach Gabriel.

»Und wenn Sie sich verspäten?«

»Dann bin ich vom IS, den Russen, der Hisbollah, den Iranern oder sonst jemandem, den ich gegen mich aufgebracht habe, entführt oder ermordet worden. Meine Überlebenschancen würde ich als ziemlich gering einschätzen.«

»Was ist mit uns?«

»Sie kommen schon zurecht, Oren.«

»Das habe ich nicht gemeint.«

»Lassen Sie sich nicht in der Nähe der sicheren Wohnung blicken«, sagte Gabriel. »Bleiben Sie in Bewegung, bis Sie von mir hören. Und versuchen Sie nicht, mir zu folgen! Das ist ein Befehl, verstanden?«

Der Bodyguard starrte Gabriel schweigend, aber sichtlich besorgt an.

»Was haben Sie, Oren?«

»Wissen Sie bestimmt, dass Sie keinen Begleiter wollen, Boss?«

Gabriel wandte sich wortlos ab und verschwand in der Nacht.

Er überquerte den Burgring und ging auf einem der Wege durch den Volksgarten weiter. Er war leicht unterdurchschnittlich groß – nur knapp einen Meter siebzig, nicht mehr – und hatte den hageren Körper eines Radrennfahrers. An seinem langen

Gesicht waren die hohen Wangenknochen, eine wie aus Holz geschnitzte schmale Nase und das schmale Kinn bemerkenswert. Er hatte fast unnatürlich grüne Augen und schwarzes, an den Schläfen grau meliertes Haar. Sein Gesicht passte zu vielen Nationalitäten, und Gabriel besaß die linguistischen Talente, um es gut nutzen zu können. Er beherrschte fünf Sprachen fließend – auch Italienisch, das er gelernt hatte, bevor er Mitte der siebziger Jahre nach Venedig gegangen war, um sich zum Restaurator ausbilden zu lassen. Danach hatte er als der schweigsame, aber begabte Restaurator Mario Delvecchio gelebt, während er gleichzeitig als Agent und Profikiller für den Dienst gearbeitet hatte. Einige seiner größten Erfolge waren mit Wien verknüpft. Leider auch einige seiner größten Misserfolge.

Am Burgtheater, der berühmtesten Sprechbühne im deutschsprachigen Raum, vorbeigehend erreichte er die Bankgasse und folgte ihr bis zum Café Central, einem der bekanntesten Kaffeehäuser Wiens. Dort warf er einen Blick durch die beschlagenen Scheiben und glaubte, an einem der Tische Erich Radek – ein Kollege Adolf Eichmanns, der Gabriels Mutter gequält hatte – allein bei einem Einspänner sitzen zu sehen. Der Mörder Radek wirkte undeutlich und verschwommen wie eine Gestalt auf einem Gemälde, das dringend restauriert werden musste.

»Wissen Sie bestimmt, dass wir uns nicht kennen? Ihr Gesicht kommt mir sehr bekannt vor.«

»Das bezweifle ich ernstlich.«

»Vielleicht sehen wir uns mal wieder.«

»Vielleicht.«

Das Bild löste sich auf. Gabriel wandte sich ab und ging ins alte Judenviertel weiter. Vor dem Zweiten Weltkrieg hatte es eine der dynamischsten jüdischen Gemeinden der Welt beherbergt. Jetzt existierte diese Gemeinde fast nur noch in der Erinnerung. Er beobachtete, wie ein paar alte Männer aus dem unauffälligen Eingang des Stadttempels, der Wiener Hauptsynagoge, geschlurft kamen, dann ging er zu einem von Restaurants gesäumten Platz weiter. Eines davon war das italienische Restaurant, in dem er sein letztes Mahl mit seiner ersten Frau Leah und Daniel, ihrem einzigen Kind, eingenommen hatte.

In einer Seitenstraße sah er die Stelle, an der ihr Wagen geparkt gewesen war. Von Erinnerungen fast gelähmt ging Gabriel unwillkürlich langsamer. Er erinnerte sich daran, wie er mit den Kindersitzgurten seines Sohns gekämpft hatte – und dass Leahs Lippen bei ihrem flüchtigen Abschiedskuss nach Wein geschmeckt hatten. Und er wusste noch, wie der Motor nicht gleich angesprungen war, weil der Zünder der Autobombe viel Batteriestrom verbrauchte. Er hatte Leah zu spät zugerufen, keinen zweiten Startversuch zu machen. Dann hatte er sie und den Jungen in einem weißen Lichtblitz für immer verloren.

Gabriels Herz hämmerte gegen seine Rippen. Nicht jetzt, ermahnte er sich, während seine Tränen die Straße verschwimmen ließen, du hast Arbeit zu tun! Er hob sein Gesicht dem Himmel entgegen.

Sieh nur den Schnee, Gabriel. Ist er nicht schön? Auf Wien fällt Schnee, während es auf Tel Aviv Raketen regnet …

Er sah auf seine Armbanduhr und stellte fest, dass er in zehn Minuten in der sicheren Wohnung sein musste. Als er auf fast menschenleeren Straßen weiterhastete, bedrückte ihn das überwältigende Gefühl einer kommenden Katastrophe. Das liegt nur am Wetter, redete er sich ein. Wien deprimierte ihn immer. Niemals mehr als bei Schneefall.

3

WIEN

Die sichere Wohnung lag jenseits des Donaukanals in einem schönen Biedermeierhaus im 2. Bezirk. Dies war ein lebhafteres Viertel, ein richtiger Wohnbezirk statt eines Museums. Hier gab es einen kleinen Spar-Markt, eine Apotheke, mehrere asiatische Restaurants, sogar einen buddhistischen Tempel. Auf den Straßen verkehrten Autos und Motorräder, auf den Gehsteigen waren Fußgänger unterwegs. In dieser Umgebung würde kein Mensch den Direktor des israelischen Geheimdiensts beachten. Oder einen russischen Überläufer, dachte Gabriel.

Er benutzte einen Durchgang, überquerte einen Innenhof und betrat den Eingangsbereich des Hinterhauses. Die Treppe war nur schwach beleuchtet, und im dritten Stock stand eine Wohnungstür einen Spalt weit offen. Gabriel schlüpfte hindurch, schloss die Tür hinter sich und ging leise ins Wohnzimmer weiter, in dem Eli Lavon vor einer Reihe aufgeklappter Notebooks saß. Lavon hob den Kopf, sah den Schnee auf Gabriels Mütze und Schultern und runzelte die Stirn.

»Erzähl mir bitte, dass du nicht zu Fuß gegangen bist.«

»Der Wagen hatte eine Panne. Ich konnte nicht anders.«

»Dein Bodyguard erzählt die Geschichte anders. Am besten meldest du dich gleich beim King Saul Boulevard zurück. Sonst wird aus unserem Unternehmen eine Such- und Rettungsaktion.«

Gabriel beugte sich über einen der Computer, tippte eine kurze Mitteilung und übermittelte sie sicher verschlüsselt nach Tel Aviv.

»Krise abgewendet«, sagte Lavon.

Er trug eine Strickjacke unter seinem verknitterten Tweedsakko und einen Krawattenschal um den Hals. Sein schütteres Haar wirkte ungekämmt; seine Gesichtszüge waren nichtssagend und leicht zu vergessen. Das war eine seiner Stärken. Eli Lavon sah wie jemand aus, dem das Leben übel mitgespielt hatte. In Wirklichkeit war er ein geborenes Raubtier, das einen gut ausgebildeten Geheimagenten oder fanatischen Terroristen auf jeder Straße der Welt beschatten konnte, ohne das geringste Aufsehen zu erwecken. Er leitete eine Newiot genannte Abteilung des Diensts. Dort unterstanden ihm Überwachungskünstler, Diebe, Taschendiebe und Agenten, deren Spezialität es war, versteckte Kameras und Wanzen hinter abgesperrten Türen anzubringen. An diesem Abend waren seine Teams in Budapest sehr fleißig gewesen.

Lavon nickte zu einem der Notebooks hinüber. Auf dem Bildschirm saß ein Mann in einem luxuriösen Hotelzimmer am Schreibtisch. Am Fußende des Betts lag ein ungeöffneter Koffer. Vor sich hatte er sein Handy und eine kleine Glaskapsel.

»Ist das ein Foto?«, fragte Gabriel.

»Video.«

Gabriel tippte auf den Bildschirm.

»Sorry, aber er kann dich nicht hören.«

»Weißt du bestimmt, dass er lebt?«

»Er schwebt in Todesangst. Er hat seit fünf Minuten keinen Muskel mehr bewegt.«

»Wovor hat er solche Angst?«

»Er ist Russe«, sagte Lavon, als sei das Erklärung genug.

Gabriel studierte Heathcliff wie eine Gestalt auf einem Gemälde. Er hieß in Wirklichkeit Konstantin Kirow und gehörte zu den wertvollsten Informanten des Diensts. Nur ein kleiner Teil von Kirows Material betraf Israels Sicherheit direkt, aber der gewaltige Überschuss hatte attraktive Dividenden in London und Langley gebracht, wo die Direktoren von MI6 und CIA sich gierig auf alle Geheimnisse aus dem Aktenkoffer des Russen gestürzt hatten. Die Angloamerikaner hatten jedoch nichts umsonst bekommen. Beide Dienste hatten sich an den Kosten dieses Unternehmens beteiligt, und die Briten hatten sich nach intensiver Überzeugungsarbeit bereit erklärt, Kirow in Großbritannien Zuflucht zu gewähren.

Das erste Gesicht, das der Russe jedoch als Überläufer sehen würde, würde Gabriel Allons Gesicht sein. Gabriels Erfahrungen mit dem russischen Geheimdienst und den Männern im Kreml waren lang und blutgetränkt. Deshalb wollte er Kirow jetzt als Erster befragen. Vor allem interessierte ihn, was der Russe angeblich entdeckt hatte und wieso er plötzlich überlaufen zu müssen glaubte. Danach würde Gabriel ihn dem MI6-Stationsleiter in Wien überlassen. Die Briten konnten ihn gern haben. Enttarnte Agenten, vor allem enttarnte russische Agenten, machten unweigerlich nur Scherereien.

Endlich bewegte Kirow sich.

»Gott sei Dank«, sagte Gabriel.

Das Bild auf dem Monitor löste sich sekundenlang in Pixel auf, bevor es wieder normal wurde.

»So geht's schon den ganzen Abend«, erklärte Lavon Gabriel. »Das Team muss den Sender auf irgendeiner Störungsquelle angebracht haben.«

»Wann war es in seinem Zimmer?«

»Ungefähr eine Stunde vor Heathcliffs Ankunft. Als wir das Überwachungssystem des Hotels gehackt haben, haben wir einen Umweg über die Reservierungen gemacht und uns seine Zimmernummer besorgt. Dort reinzukommen war kein Problem.«

Die Tüftler der Technikabteilung des Diensts hatten eine universal verwendbare Schlüsselkarte entwickelt, mit der sich jede Hotelzimmertür der Welt öffnen ließ. Bei der ersten Berührung wurde der Code entschlüsselt. Die zweite öffnete das Schloss.

»Wann haben die Störungen angefangen?«

»Als er das Zimmer betreten hat.«

»Ist ihm jemand vom Flughafen zum Hotel gefolgt?«

Lavon schüttelte den Kopf.

»Irgendwelche verdächtigen Namen in der Gästeliste?«

»Die meisten Gäste sind wegen einer Konferenz der Vereinigung osteuropäischer Bauingenieure angereist«, sagte Lavon. »Eine Horde von Fachidioten. Massenhaft Kerle mit Taschenschonern.«

»Du warst auch mal einer dieser Kerle, Eli.«

»Bin's noch immer.« Das Bild wurde wieder zu einem Mosaik. »Verdammt!«, sagte Lavon halblaut.

»Hat das Team die Verbindung kontrolliert?«

»Zweimal.«

»Und?«

»Niemand hört mit. Und selbst wenn jemand die Leitung anzapfen würde, ist das Signal so verschlüsselt, dass ein paar Supercomputer monatelang rechnen müssten, um das Puzzle zusammenzusetzen.« Das Bild stabilisierte sich wieder. »Schon besser!«

»Lass mich die Hotelhalle sehen.«

Lavon tippte auf die Enter-Taste eines anderen Notebooks, das daraufhin die Hotelhalle zeigte. Mit einem Meer aus schlecht sitzenden Anzügen, Namensschildern und zurückweichenden Haaransätzen. Gabriel suchte die Gesichter ab, hielt nach einem Ausschau, das nicht zu den übrigen zu passen schien. Er entdeckte vier – zwei Männer und zwei Frauen. Lavon fotografierte sie mit den in der Hotelhalle angebrachten Kameras und schickte die Bilder nach Tel Aviv. Auf dem Bildschirm des danebenstehenden Notebooks sah Konstantin Kirow auf sein Smartphone.

»Wie lange willst du ihn noch warten lassen?«, fragte Lavon.

»Bis der King Saul Boulevard diese Gesichter mit unserer Datenbank abgeglichen hat.«

»Fährt er nicht bald los, verpasst er seinen Zug.«

»Lieber einen Zug verpassen, als in der Halle des Intercontinental von Killern aus Moskau umgelegt zu werden.« Das Bild löste sich erneut in Pixel auf. Gabriel klopfte irritiert auf den Bildschirm.

»Spar dir die Mühe«, sagte Lavon. »Das hab ich schon probiert.«

Zehn Minuten verstrichen, bevor der Wachhabende am King Saul Boulevard meldete, keines der vier Gesichter sei im digitalen Verbrecheralbum des Diensts mit feindlichen Geheimagenten, bekannten oder mutmaßlichen Terroristen oder privaten Söldnern enthalten. Erst dann schrieb Gabriel auf seinem BlackBerry eine kurze verschlüsselte Nachricht und drückte die Sendetaste. Im nächsten Augenblick war zu sehen, wie Konstantin Kirow nach seinem Smartphone griff. Nachdem der Russe Gabriels Nachricht gelesen hatte, stand er abrupt auf, zog den Mantel an und band sich seinen Schal um. Er steckte das Handy ein, behielt aber die Zyankalikapsel in der Hand. Den Koffer ließ er stehen.

Als Kirow seine Zimmertür öffnete und auf den Korridor hinaustrat, gab Eli Lavon einen kurzen Tastenbefehl ein. Die Überwachungskameras des Hotels folgten ihm auf seinem kurzen Weg zu den Aufzügen. Auf dem Flur waren weder Gäste noch Hotelangestellte unterwegs, und die Kabine, die der Russe betrat, war leer. In der Hotelhalle herrschte jedoch lärmender Betrieb. Niemand schien auf Kirow zu achten, als er das Hotel verließ – auch die beiden bulligen Sicherheitsleute in Lederjacken nicht, die nur Augen für die Straße vor dem Hotel hatten.

Es war kurz vor 20 Uhr. Genügend Zeit für Kirow, den Nachtzug nach Wien zu erreichen, aber er musste in Bewegung bleiben. Zwei von Eli Lavons Leuten beschatteten ihn, als er auf der Apaczai Csere Janos utca nach Süden hastete, um dann auf die Kossuth Lajos utca, eine der großen Geschäftsstraßen Budapests, abzubiegen.

»Meine Jungs sagen, dass er clean ist«, meldete Lavon. »Keine Russen, keine Ungarn.«

Gabriel schickte Konstantin Kirow eine zweite Nachricht, die ihn anwies, wie geplant in den EuroNight Kálmán Imre einzusteigen. Das tat er wie seine Bewacher nur vier Minuten vor Abfahrt des Zuges. Für Gabriel und Lavon gab es jetzt nichts mehr zu tun. Während sie sich stumm anstarrten, dachten beide das Gleiche. Das Warten. Immer das Warten.

4

WIEN HAUPTBAHNHOF

Eli Lavon und Gabriel warteten jedoch nicht allein, denn in dieser Nacht hatten sie einen operativen Partner: Her Majesty's Secret Intelligence Service, der älteste und großartigste Geheimdienst der zivilisierten Welt. Sechs Agenten seiner sagenumwobenen Wiener Station – über ihre genaue Anzahl würde bald gestritten werden – hielten in einem abhörsicheren Raum der britischen Botschaft nervös Wache, während ein weiteres Dutzend Kollegen im Vauxhall Cross, der Londoner MI6-Zentrale an der Themse, vor Computern und blinkenden Telefonen saßen.

Ein weiterer MI6-Offizier, ein Mann namens Christopher Keller, wartete vor dem Wiener Hauptbahnhof am Steuer eines unauffälligen Volkswagens Passat sitzend. Er hatte leuchtend blaue Augen, sonnengebleichtes Haar, hohe Wangenknochen und ein energisches Kinn mit einem Grübchen. Seine Lippen schienen zu einem ironischen Dauerlächeln verzogen zu sein.

Da Keller an diesem Abend nicht viel mehr zu tun hatte, als auf vorbeikommende russische Agenten zu achten, hatte er über den verschlungenen Weg nachgedacht, der ihn zu diesem Ort geführt hatte. Das vergeudete Jahr in Cambridge, sein verdeckter Einsatz in Nordirland, dann im ersten Golfkrieg der Angriff durch eigene Flugzeuge, der zu seinem selbst gewählten Exil auf Korsika geführt hatte. Dort hatte er fließend Französisch gelernt, das er allerdings mit korsischem Akzent sprach. Und er hatte für einen bekannten korsischen Clanführer Aufträge ausgeführt, die man als Auftragsmorde hätte bezeichnen können. Aber das alles lag hinter ihm. Dank Gabriel

Allon war Christopher Keller jetzt ein ehrbarer MI6-Offizier. Er war restauriert.

Keller sah zu dem Israeli auf dem Beifahrersitz hinüber. Er war groß und schlaksig, mit auffällig blassem Teint und Augen wie Gletschereis. Aus seinem Gesichtsausdruck sprach profunde Langeweile. Aber seine nervös auf der Mittelkonsole trommelnden Finger verrieten, wie innerlich angespannt er war.

Keller zündete sich eine Zigarette an, die vierte in zwanzig Minuten, und blies eine Rauchfahne an die Frontscheibe.

»Musst du?«, protestierte der Israeli.

»Ich höre mit dem Rauchen auf, wenn du mit dem verdammten Getrommel aufhörst.« Keller sprach mit einem Oberschichtenakzent aus West London, einem Überbleibsel aus seiner privilegierten Kindheit. »Davon kriege ich Kopfschmerzen.«

Der Israeli hörte zu trommeln auf. Er hieß Michail Abramow. Wie Keller war er ein Veteran einer militärischen Eliteeinheit – in Michails Fall der Sajeret Matkal der Israelischen Verteidigungsstreitkräfte. Die beiden hatten schon mehrmals zusammengearbeitet, zuletzt in Marokko, wo sie Saladin, den Kommandeur der IS-Kräfte für Auslandseinsätze, in seinem Versteck im Mittleren Atlas aufgespürt hatten. Keiner von ihnen hatte jedoch den Schuss abgegeben, der Saladins Terrorherrschaft beendet hatte. Gabriel war den beiden Männern zuvorgekommen.

»Warum bist du überhaupt so nervös?«, fragte Keller. »Wir sind mitten im tristen, langweiligen Wien.«

»Ja«, sagte Michail distanziert. »Hier passiert nie etwas.«

Michail, der in Moskau aufgewachsen war, sprach Englisch mit schwachem russischen Akzent. Mit seiner Sprachbegabung und seiner slawischen Erscheinung hatte er sich bei mehreren Operationen als Russe ausgeben können.

»Warst du hier schon mal im Einsatz?«, fragte Keller.

»Erst ein Mal.« Michail kontrollierte seine Waffe, eine 9-mm-Jericho. »Du erinnerst dich an die vier Hisbollah-Kämpfer, die den Stadttempel in die Luft jagen wollten?«

»Ich dachte, den Anschlag hätte das EKO Cobra verhindert.« Das Einsatzkommando Cobra war eine österreichische Spezialeinheit. »Ich erinnere mich sogar, etwas darüber in der Zeitung gelesen zu haben.«

Michail starrte Keller ausdruckslos an.

»Das warst *du?*«

»Ich hatte natürlich Hilfe.«

»Von jemandem, den ich kenne?«

Michail gab keine Antwort.

»Ah, ich verstehe.«

Es war kurz vor 23.30 Uhr. Der Südtiroler Platz vor der modernen Glasfassade war fast menschenleer, aber ein paar Taxis warteten noch auf letzte Fahrgäste. Eins würde einen russischen Überläufer aufnehmen und zum Best Western Hotel am Stubenring bringen. Von dort aus würde er die letzte Etappe zu der sicheren Wohnung zu Fuß zurücklegen. Ob er tatsächlich eingelassen wurde, würde Michail entscheiden, der ihn zu Fuß beschatten würde. Die Lage der sicheren Wohnung war vermutlich das am besten gehütete Geheimnis dieses Unternehmens.

War Kirow clean, würde Michail ihn im Eingangsbereich durchsuchen, bevor er ihn zu Gabriel hinaufbrachte. Keller sollte im Passat bleiben und den Eingang bewachen – womit, wusste er allerdings nicht. Alistair Hughes, der MI6-Stationsleiter in Wien, hatte ihm ausdrücklich verboten, eine Waffe zu tragen. Keller war als gewalttätig bekannt, Hughes als vorsichtig. Er führte in Wien ein schönes Leben – ein produktives Netzwerk, lange Mittagspausen, gute Beziehungen zu den hiesigen Diensten. Da konnte er kein Problem brauchen, das dazu führen konnte, dass er nach Vauxhall Cross zurückgerufen wurde.

Im nächsten Augenblick vibrierte Michails BlackBerry, als eine Nachricht einging. Der Widerschein des Displays erhellte sein blasses Gesicht. »Der Zug ist eingefahren. Kirow steigt gerade aus.«

»Heathcliff«, sagte Keller tadelnd. »Er heißt Heathcliff, bis er in der sicheren Wohnung ist.«

»Da kommt er schon!«

Michail steckte sein BlackBerry wieder ein, als Kirow aus dem Bahnhofsgebäude kam. Einer von Eli Lavons Bewachern ging vor ihm her, der andere folgte ihm mit einigem Abstand.

»Er sieht nervös aus«, sagte Keller.

»Er *ist* nervös.« Michails Finger trommelten wieder. »Er ist Russe.«

Die Bewacher gingen zu Fuß davon; Konstantin Kirow nahm ein Taxi. Keller folgte ihm auf fast leeren Straßen in diskretem Abstand durch die Innenstadt nach Norden. Er konnte keinen Hinweis darauf entdecken, dass der russische Kurier beschattet wurde. Michail stimmte ihm zu.

Wenige Minuten nach Mitternacht hielt das Taxi vor dem Best Western. Kirow stieg aus, verschwand aber nicht in dem Hotel, sondern schritt aus und überquerte den Donaukanal auf der Schwedenbrücke – jetzt von Michail zu Fuß verfolgt. Über die Brücke gelangten die beiden Männer auf die Taborstraße, von der Kirow dann auf den Karmeliterplatz, den hübschen Platz vor der Karmeliterkirche, abbog. Dort verringerte Michail den Abstand zu dem Russen auf wenige Schritte.

Gemeinsam überquerten sie die Kleine Sperlgasse und gingen an dunklen Cafés und Geschäften vorbei auf das Biedermeierhaus am Ende des Straßenblocks zu. Hinter einem Fenster im dritten Stock brannte Licht, das hell genug war, um

Michail Gabriels Silhouette zu zeigen – mit leicht schief gelegtem Kopf und einer Hand, die sein Kinn umfasste. Michail schickte ihm eine letzte Textnachricht. Kirow war clean.

Dann hörte er das Röhren eines heranrasenden Motorrads. Sein erster Gedanke war, dies sei keine gute Nacht für Zweiradfahrer. Die Bestätigung kam einige Sekunden später, als er das Motorrad um die Ecke vor ihnen schlittern sah.

Der Biker trug schwarzes Leder und einen schwarzen Helm mit heruntergeklapptem Visier. Er kam einige Meter vor Kirow zum Stehen, stellte einen Fuß auf den Asphalt und zog eine Pistole aus seiner Jacke. Auf die Waffe war ein langer zylindrischer Schalldämpfer aufgeschraubt. Michail konnte sie nicht gleich identifizieren, tippte aber auf eine Glock oder Heckler & Koch. Jedenfalls zielte sie mitten in Kirows Gesicht.

Michail ließ das Handy fallen und griff nach seiner Jericho, aber bevor er die Pistole ziehen konnte, spuckte die Waffe des Bikers zwei Flammenzungen. Beide Schüsse trafen. Michail hörte das grässliche Knacken, mit dem die Geschosse Kirows Schädel durchschlugen, und sah eine Wolke aus Blut und Gehirnmasse austreten, als der Russe zusammenbrach.

Der Mann auf der Maschine schwenkte seine Pistole etwas nach links, zielte jetzt auf Michail. Zwei weitere Schüsse, beide gingen fehl, zwangen ihn dazu, sich zu Boden zu werfen, und zwei weitere brachten ihn dazu, kriechend hinter einem geparkten Wagen Schutz zu suchen. Seine rechte Hand umfasste jetzt den Griff der Jericho. Als er sie zog, gab der Motorradfahrer schon wieder Gas.

Er war dreißig Meter von Michail entfernt, nicht mehr, und hatte das Erdgeschoss des Wohngebäudes hinter sich. Michail hielt seine Pistole in beiden Händen, hatte die Ellbogen auf den Kofferraumdeckel des geparkten Wagens gestützt. Trotzdem drückte er nicht ab. Der Dienst gestattete seinen Agenten viele Freiheiten, wenn es um die Verteidigung ihres eigenen Lebens ging. Aber dazu gehörte nicht, dass ein Agent mitten in einer europäischen Großstadt, wo ein Fehlschuss leicht einen Unbeteiligten tödlich treffen konnte, auf einen flüchtenden Täter schoss.

Das Bike raste davon, und das Röhren seines Motors hallte von den Fassaden der Häuserschlucht wider. Michail beobachtete es über Kimme und Korn seiner Jericho hinweg, bis es verschwunden war. Dann hastete er zu dem zusammengebrochenen Kirow hinüber. Der Russe war sofort tot gewesen. Die beiden Treffer hatten sein Gesicht fast völlig zerstört.

Michail sah zu der Gestalt im Fenster im dritten Stock auf. Dann hörte er hinter sich den Motor eines heranrasenden Autos. Er fürchtete, die übrigen Killer kämen, um auch ihn zu erledigen, aber das war nur Keller mit dem Passat. Er hob sein BlackBerry auf und stieg hastig ein. »Hab ich's nicht gesagt?«, sagte er, als der Wagen vorwärtsschoss. »Hier passiert nie was!«

Gabriel blieb länger am Fenster, als ratsam war, und beobachtete die schwächer werdende Schlussleuchte des Motorrads, das jetzt von dem schwarzen Passat verfolgt wurde. Als die beiden Fahrzeuge verschwunden waren, konzentrierte er sich wieder auf den auf der Straße liegenden Mann. Den bereits eine dünne Schneeschicht bedeckte. Konstantin Kirow war so tot, wie man nur sein konnte. Er war bereits tot, dachte Gabriel, bevor er in Wien angekommen war. Tot, bevor er Moskau verlassen hatte.

Eli Lavon stand jetzt neben Gabriel. Weitere lange Sekunden verstrichen, und Kirow blieb allein auf der Straße liegen, ohne dass sich jemand um ihn kümmerte. Zuletzt rollte ein Mini heran und hielt vor ihm. Die Fahrerin, eine junge Frau, stieg aus. Sie schlug erschrocken eine Hand vor den Mund und sah weg.

Lavon zog den Vorhang zu. »Zeit zu verschwinden.«

»Wir können nicht einfach …«

»Hast du etwas angefasst?«

Gabriel überlegte kurz. »Die Notebooks.«

»Sonst nichts?«

»Und die Türklinke.«

»Die wischen wir beim Hinausgehen ab.«

Von der Straße drang blaues Blinklicht bis in den dritten Stock. Gabriel wusste, dass es von einem Streifenwagen der Bundespolizei kam. Er rief Oren, den Chef seiner Personenschützer, auf dem Handy an.

»Kommen Sie zum Ausgang Hollandstraße. Aber ruhig und unauffällig.«

Gabriel steckte sein BlackBerry ein und half Lavon, die Notebooks und Telefone einzupacken. An der Wohnungstür wischten sie beide die Klinke gründlich ab: erst Gabriel, dann Lavon sicherheitshalber noch mal. Als sie über den Innenhof hasteten, kam Sirenengeheul näher, aber auf der Hollandstraße war es ruhig bis auf das Motorengeräusch ihres bereitstehenden Wagens. Gabriel und Lavon stiegen hinten ein. Wenig später überquerten sie den Donaukanal, wechselten damit vom 2. in den 1. Gemeindebezirk.

»Er war clean, stimmt's, Eli?«

»Absolut.«

»Woher wusste der Attentäter dann, wohin er wollte?«

»Vielleicht sollten wir das *ihn* fragen.«

Gabriel zog sein Handy heraus und rief Michail an.

5

FLORIDSDORF, WIEN

Unter dem Blechkleid des Passats steckte der neueste Allradantrieb von Volkswagen. Eine scharfe Rechtskurve bei hundert Stundenkilometern auf frisch gefallenem Schnee überstieg jedoch auch seine Fähigkeiten. Das Heck brach aus, sodass Michail sekundenlang fürchtete, der Wagen könnte außer Kontrolle geraten. Aber dann packten die vier Breitreifen doch wieder zu, und der Passat schoss nach einem letzten Schlenker vorwärts.

Michail umklammerte seine Armstütze etwas weniger fest. »Du hast viel Erfahrung auf schneebedeckten Straßen?«

»Sehr viel«, bestätigte Keller gelassen. »Du?«

»Ich bin in Moskau aufgewachsen.«

»Und als Kind fortgezogen.«

»Tatsächlich mit sechzehn.«

»Hatte deine Familie ein Auto?«

»In Moskau? Natürlich nicht. Wir sind wie alle mit der Metro gefahren.«

»Also bist du nie ein Auto im russischen Winter *gefahren.«*

Michail widersprach Kellers Feststellung nicht. Unterdessen hatten sie den Donaukanal erneut überquert, waren sie wieder auf der Taborstraße, rasten ungefähr hundert Meter hinter dem Motorrad an einem Gewerbegebiet und einem Lagerhauskomplex vorbei. Michail, der den Wiener Stadtplan einigermaßen im Kopf hatte, vermutete richtig, dass sie ziemlich genau nach Norden fuhren.

Die Bremsleuchte der Maschine glühte rot.

»Er biegt ab«, sagte Michail.

»Das sehe ich.«

Die Maschine bog links ab und geriet außer Sicht. Keller nahm die Kurve, fast ohne zu bremsen. Das triste Wiener Straßenbild flitzte sekundenlang vor der Frontscheibe vorbei, bevor er den Wagen wieder unter Kontrolle brachte. Inzwischen hatte der Biker seinen Vorsprung auf fast zweihundert Meter erhöht.

»Der Kerl ist gut«, sagte Keller.

»Du solltest sehen, wie er schießt!«

»Ich hab's gesehen.«

»Danke für deine Hilfe.«

»Was hätte ich tun sollen? Ihn ablenken?«

Dann ragte vor ihnen der Millennium Tower auf, ein 50-stöckiger Büroturm am Handelskai westlich der Donau. Als sie den Fluss überquerten, war Keller fast hundertfünfzig Stundenkilometer schnell, aber das Motorrad baute seinen Vorsprung stetig weiter aus. Michail fragte sich, wie lange es dauern würde, bis die Bundespolizei auf sie aufmerksam wurde. Ungefähr so lange, rechnete er sich aus, wie man brauchte, um einem ermordeten russischen Kurier den Pass aus der Tasche zu ziehen.

Das Motorrad bog erneut ab. Als Keller dieselbe Kurve bewältigte, war das Schlusslicht der Maschine nur noch ein roter Punkt in der Nacht.

»Er hängt uns ab!«

Keller trat das Gaspedal durch. Im nächsten Augenblick vibrierte Michails Handy. Er ließ den Lichtpunkt lange genug aus den Augen, um die Nachricht zu lesen.

»Was gibt's?«, fragte Keller.

»Gabriel will ein Update.« Michail schrieb eine kurze Antwort, dann sah er wieder auf. »Scheiße«, murmelte er enttäuscht.

Das Schlusslicht war verschwunden.

Es war Alois Graf, ein Pensionär und heimlicher Anhänger einer rechtsradikalen österreichischen Partei – auch wenn das nichts mit den bevorstehenden Ereignissen zu tun hatte –, der letztlich an allem schuld war. Graf, seit Kurzem verwitwet, schlief in letzter Zeit schlecht. Tatsächlich konnte er sich an keine Nacht seit dem Tod seiner geliebten Trudi erinnern, in der er mehr als zwei bis drei Stunden geschlafen hatte. Das galt auch für Schulzie, seinen neun Jahre alten Rauhaardackel. Eigentlich gehörte der Kleine nicht ihm, sondern war Trudis Hund gewesen. Schulzie hatte sich nie viel aus Graf gemacht – und Graf nicht viel aus Schulzie. Und nun waren sie Zellengenossen, deprimiert und schlaflos, im Kummer vereint.

Der Dackel war natürlich stubenrein und nahm einigermaßen Rücksicht auf die Bedürfnisse seines Besitzers. Aber in letzter Zeit wollte er zu den unmöglichsten Zeiten Gassi gehen. Auch Graf war rücksichtsvoll und protestierte nie, wenn Schulzie mitten in der Nacht winselnd und mit Verzweiflung in seinem scheelen Blick zu ihm kam.

In dieser Nacht stand er um 12.25 Uhr vor dem Bett, wie Graf mit einem Blick auf seinen Wecker feststellte. Schulzies Lieblingsplatz war die kleine Rasenfläche vor einem amerikanischen Schnellrestaurant in der Brünner Straße. Das gefiel Graf. Er hielt das Restaurant, wenn es diese Bezeichnung überhaupt verdiente, für einen Schandfleck. Andererseits hatte Graf sich nie viel aus den Amis gemacht. Er war alt genug, um sich an das Nachkriegswien erinnern zu können, das eine viergeteilte Stadt voller Elend und Spionen gewesen war. Die Briten waren ihm lieber gewesen als die Amis. Die Briten hatten sich wenigstens durch eine gewisse Cleverness ausgezeichnet.

Um Schulzies kleines Paradies zu erreichen, mussten sie die Brünner Straße überqueren. Graf, ein ehemaliger Lehrer, sah nach links und rechts, bevor er auf die Fahrbahn trat. Dann wurde er auf den einzelnen Scheinwerfer eines Motorrads aufmerksam, das aus Richtung Innenstadt herankam. Er blieb unschlüssig stehen. Die Maschine war noch so weit entfernt, dass kein Motorengeräusch zu hören war. Bestimmt konnte er die Straße vor ihr überqueren, ohne sich sonderlich beeilen zu müssen. Trotzdem ruckte er an Schulzies Leine, damit der Dackel nicht mitten auf der Fahrbahn trödelte, was er sonst gern tat.

Auf halber Strecke sah Graf sich erneut nach dem Motorrad um. In diesen vier bis fünf Sekunden hatte es eine weite Strecke zurückgelegt. Es war außergewöhnlich schnell unterwegs, wie sein lautes, hohes Motorengeräusch zeigte, das Graf jetzt deutlich hören konnte. Auch Schulzie hörte es natürlich. Der Dackel stand stocksteif da und stemmte sich sogar gegen die Leine, als Graf daran zog.

»Komm, Schulzie! Beeil dich!«

Nichts. Der Hund blieb wie festgenagelt stehen.

Das Motorrad war noch etwa hundert Meter entfernt, was ungefähr der Länge des Sportplatzes von Grafs alter Schule entsprach. Er bückte sich und hob den Dackel auf, aber das kam zu spät, denn die Maschine war schon heran. Sie machte einen plötzlichen Schlenker und raste so dicht hinter Graf vorbei, dass sie seinen Mantel zu streifen schien. Im nächsten Augenblick hörte er den Knall und das metallische Krachen des Zusammenstoßes und sah eine Gestalt in Schwarz durch die Luft wirbeln. Man hätte glauben können, der Mann könne fliegen, so weit segelte er. Aber das folgende Geräusch, der dumpfe Aufprall seines Körpers auf dem Asphalt, zerstörte diese Illusion.

Auf einer Strecke von wenigen Metern überschlug der Biker sich mehrmals, bis er endlich liegen blieb. Ein grausiger Anblick! Graf überlegte, ob er nach ihm sehen sollte, um eine Bestätigung für das Offensichtliche zu bekommen, aber jetzt kam aus derselben Richtung ein Auto herangerast. Mit Schulzie in den Armen machte Graf rasch die Straße frei. Der Fahrer des Passats bremste scharf, damit die beiden Insassen das zertrümmerte Motorrad begutachten konnten, bevor er neben der reglos auf der Fahrbahn liegenden Gestalt in Schwarz hielt.

Der Beifahrer stieg aus. Er war groß und schlaksig, und sein blasses Gesicht schien im Halbdunkel zu leuchten. Er betrachtete den vor ihm Liegenden – eher zornig als mitleidig, fand Graf – und zog ihm den eingedrückten Helm vom Kopf. Dann tat er etwas höchst Ungewöhnliches, das Graf keiner Menschenseele erzählen würde: Er fotografierte das Gesicht des Toten mit seinem Smartphone.

Der Blitz erschreckte Schulzie, der aufgeregt zu kläffen begann. Der Mann starrte Graf kalt an, bevor er sich wieder auf den Beifahrersitz sinken ließ. Im nächsten Augenblick raste der schwarze Passat davon.

Sofort erfüllte Sirenengeheul die Nacht. Alois Graf hätte bleiben und sich der Bundespolizei als Zeuge zur Verfügung stellen sollen. Stattdessen hastete er mit Schulzie, der in seinen Armen zappelte, nach Hause. Graf erinnerte sich an Wien nach dem Krieg. Manchmal, sagte er sich, ist's besser, nichts gesehen zu haben.

6

WIEN – TEL AVIV

Zwei etwa sechs Kilometer voneinander entfernt aufgefundene Tote. Einer war von zwei Schüssen aus nächster Nähe getroffen worden. Der andere war bei hoher Geschwindigkeit mit seinem Motorrad verunglückt und hatte eine großkalibrige Pistole, eine HK45 Tactical mit Schalldämpfer, in der Jacke gehabt. Für beide Tode gab es keine Augenzeugen, auch keine Aufnahmen von Überwachungskameras. Aber das war kein großer Nachteil, denn Reifenspuren und Fußabdrücke im Schnee sowie Patronenhülsen und Blut sprachen eine deutliche Sprache. Die Österreicher ermittelten mit Hochdruck, denn ein vorhergesagter Wetterumschwung sollte ungewöhnliche Wärme und Regen bringen. Die Klimaerwärmung arbeitete gegen sie.

Bei dem Erschossenen wurden ein Smartphone, eine Geldbörse und ein auf den Namen Oleg Gurkowski ausgestellter russischer Reisepass gefunden. Weitere Dokumente in seiner Geldbörse ließen darauf schließen, dass er in Moskau gewohnt und bei einer Firma für Kommunikationstechnik gearbeitet hatte. Der letzte Tag seines Lebens ließ sich leicht rekonstruieren. Der Flug Moskau-Budapest mit Aeroflot. Das Zimmer im Hotel Intercontinental, in dem er seltsamerweise seinen Koffer zurückgelassen hatte. Der Nachtzug nach Wien. Überwachungskameras auf dem Hauptbahnhof zeigten, wie er in ein Taxi stieg, dessen Fahrer sich daran erinnerte, ihn vor dem Best Western am Stubenring abgesetzt zu haben. Von dort aus hatte er von einem Mann zu Fuß verfolgt den Donaukanal auf der Schwedenbrücke überquert. Die Polizei fand mehrere kurze Aufnahmen von Kameras zur Verkehrsüberwachung und zum Schutz von Geschäften, auf denen das Gesicht des Beschatters teilweise sichtbar war. Vor allem auf dem Karmeliterplatz hatte er auch Spuren im Schnee hinterlassen. Von Schuhen in Größe 46 mit Ledersohlen ohne Profil. Mehrere dieser Abdrücke fanden die Spurensicherer direkt neben der Leiche.

Außerdem fanden sie sechs Patronenhülsen Kaliber .45 und einen Abdruck eines Motorradreifens Metzeler Lasertec. Die genaue Untersuchung des Profils führte schlüssig zu der in der Brünner Straße verunglückten BMW, und die Ballistiker stellten fest, dass die Patronenhülsen aus der HK45 Tactical stammten, die der Biker in seiner Jacke gehabt hatte, als er gegen ein geparktes Auto geprallt war. Sonst wurde bei ihm nichts gefunden: weder Ausweis noch Führerschein, weder Bargeld noch Kreditkarten. Der Verunglückte schien Mitte dreißig zu sein, aber das ließ sich nicht sicher feststellen, weil sein Gesicht durch plastische Chirurgie stark verändert worden war. Die Ermittler hielten ihn jedenfalls für einen Profi.

Aber wieso hatte ein ansonsten professionell agierender Killer auf der Brünner Straße die Kontrolle über seine Maschine verloren? Und wer war der Mann, der dem Russen vom Best Western Hotel zu der Straße im 2. Bezirk gefolgt war, auf der er aus nächster Nähe mit zwei Schüssen liquidiert worden war? Und wozu war der Russe überhaupt aus Budapest nach Wien gekommen? War er hergelockt worden? War er auf Befehl hergekommen? Und auf wessen Anweisung? Trotz dieser offenen Fragen deutete alles auf einen professionellen Mord durch einen höchst kompetenten Geheimdienst hin.

In der Anfangsphase ihrer Ermittlungen behielt die Bundespolizei solche Überlegungen für sich, aber die Medien konnten nach Herzenslust spekulieren. Obwohl sein Name in Kreisen der russischen Opposition unbekannt zu sein schien, gelangten sie vormittags zu der Überzeugung, Oleg Gurkowski sei ein

Dissident gewesen. In Russland gab es jedoch Leute, darunter ein Anwalt, der angeblich mit dem Zaren befreundet war, die ihn gut zu kennen behaupteten. Aber nicht unter dem Namen Oleg Gurkowski. Sie sagten, er habe in Wirklichkeit Konstantin Kirow geheißen und beim russischen Geheimdienst SWR gearbeitet.

Ungefähr zur Mittagszeit in Wien begann ein stetiger kleiner Strom von Storys, Tweets, Chirps, Burps, Postings und anderen Formen moderner Kommunikation auf Nachrichtenseiten und in den sozialen Medien zu erscheinen. Anfangs schien es sich um zufällige Beiträge zu handeln, aber diese Illusion verflog rasch. Fast alles Material stammte aus Russland oder ehemaligen Sowjetrepubliken oder Satellitenstaaten. Keine der angeblichen Quellen hatte einen Namen – oder zumindest keinen, der sich verifizieren ließ. Alle Beiträge waren Teile eines gewaltigen Puzzles, das zusammengesetzt eine sonnenklare Botschaft übermittelte: Der israelische Geheimdienst hatte Konstantin Kirow, einen bewährten SWR-Offizier, auf direkten Befehl seines Direktors, des bekannten Russenhassers Gabriel Allon, eiskalt ermordet.

Das behauptete gegen 15 Uhr auch der Kreml, und um 16 Uhr veröffentlichte die russische Presseagentur Sputnik ein Foto, das angeblich Allon beim Verlassen eines Hauses ganz in der Nähe des Tatorts zeigte. Begleitet wurde er von einem kleinen Mann, dessen Gesicht unkenntlich gemacht war. Woher das Foto stammte, wurde nie geklärt. Sputnik behauptete, es von der Bundespolizei erhalten zu haben, die das jedoch dementierte. Trotzdem war der Schaden angerichtet. Angeheuerte Fernsehexperten in London und New York, darunter einige, die sich brüsten konnten, Allon persönlich zu kennen, mussten eingestehen, dass der Abgebildete ihm sehr ähnlich sah. Das fand auch der österreichische Innenminister.

Öffentlich sagte die israelische Regierung nichts dazu, was ihrer langjährigen Übung entsprach, Geheimdienstdinge nicht zu kommentieren. Aber als der Druck zunahm, entschloss der Premierminister sich zu dem ungewöhnlichen Schritt, jegliche Verwicklung Israels in Kirows Tod zu bestreiten. Sein Dementi wurde – vielleicht zu Recht – skeptisch aufgenommen. Außerdem wurde vielfach bemängelt, dass der Premierminister, nicht Allon selbst diese Erklärung abgegeben hatte. Sein Schweigen, sagte ein ehemaliger US-Geheimdienstler, spreche Bände.

Tatsächlich hatte Gabriel gerade keine Zeit für Fernsehauftritte: Er saß in einem abhörsicheren Raum tief im Inneren der israelischen Botschaft in Berlin und koordinierte die Ausreisebemühungen seines Teams. Um 20 Uhr an diesem Abend waren alle wieder sicher in Tel Aviv angelangt, und Christopher Keller war in London in Sicherheit. Gabriel verließ die Botschaft unerkannt und ging an Bord einer El-Al-Maschine nach Tel Aviv. Nicht einmal das Kabinenpersonal kannte seine wahre Identität. Dies war die zweite Nacht, in der er keinen Schlaf fand. Die Erinnerung an den tot auf der Straße liegenden Konstantin Kirow ließ ihm keine Ruhe.

Es war noch dunkel, als die Maschine auf dem Ben Gurion International aufsetzte. Am Fuß des Jetways warteten zwei Personenschützer. Sie eskortierten ihn durchs Terminal zu einer nicht gekennzeichneten Tür links neben der Passkontrolle. Der anschließende Raum war für Angehörige des Diensts reserviert, die von Auslandseinsätzen zurückkehrten – daher der ständige Geruch nach Schweiß, Zigaretten und bitterem altem Kaffee. Die Wände waren mit nachgemachtem Jerusalemer Kalkstein verkleidet, die klobigen quadratischen Sessel waren mit Kunstleder bezogen, das in dem unvorteilhaften Licht glänzte. In einem davon saß Uzi Navot. Sein grauer Anzug sah aus, als habe er darin geschlafen. Die Augen hinter seiner modischen randlosen Schubertbrille waren vor Müdigkeit gerötet.

Als Navot jetzt aufstand, warf er einen Blick auf die große silberne Armbanduhr, die seine Frau Bella ihm zu seinem letzten Geburtstag geschenkt hatte. Navots großer, kräftiger Leib war mit nichts bekleidet oder geschmückt, was sie nicht gekauft oder ausgesucht hatte. Dazu gehörten auch seine neuen zweifarbigen Oxfords, die nach Gabriels Meinung für einen Mann in Navots Alter und Position viel zu auffällig waren.

»Was machst du hier, Uzi? Es ist drei Uhr morgens.«

»Ich brauchte eine Pause.«

»Wovon?«

Navot lächelte trübselig und führte Gabriel durch einen von Neonröhren grell beleuchteten langen Korridor. An seinem Ende öffnete sich eine gesicherte Tür zu einer abgesperrten Fläche gleich neben dem Verkehrskreisel vor dem Terminal. Im gelben Licht der Natriumdampflampen stand dort eine Wagenkolonne mit laufenden Motoren. Navot war zur hinteren rechten Tür von Gabriels SUV unterwegs, als er plötzlich haltmachte, ums Wagenheck herumging und hinter dem Fahrer einstieg. Navot war Gabriels Vorgänger als Direktor des Diensts gewesen. Entgegen allen Traditionen des Diensts hatte er sich bereit erklärt, als Gabriels Stellvertreter zu bleiben, statt einen gut bezahlten Job bei einem Rüstungskonzern in Kalifornien anzunehmen, worauf Bella gehofft hatte. Zweifellos bereute er diese Entscheidung bereits.

»Um deine Frage gleich zu beantworten«, sagte Gabriel, als der Wagen anfuhr. »Ich habe ihn nicht erschossen.«

»Keine Sorge, ich glaube dir.«

»Du scheinst der Einzige zu sein.« Gabriel griff nach der zwischen ihnen liegenden Ausgabe der Tageszeitung *Haaretz* und las missmutig die Schlagzeile. »Wie schlecht es steht, weiß man, wenn die eigene Zeitung einen für schuldig hält.«

»Wir haben die Medien vertraulich darüber informiert, dass wir absolut nichts mit Kirows Tod zu tun hatten.«

»Offenbar«, sagte Gabriel, während er in weiteren Zeitungen blätterte, »haben sie dir nicht geglaubt.«

Unabhängig von ihrer politischen Ausrichtung hatten alle großen Zeitungen die Ereignisse in Wien für ein verpatztes Unternehmen des Diensts erklärt und forderten eine offizielle Untersuchung. Die zum linken Spektrum gehörende *Haaretz* fragte sich sogar, ob Gabriel Allon, ein hochbegabter Agent, als Direktor des Diensts geeignet war. Wie schnell sich der Wind gedreht hat!, dachte er. Vor wenigen Monaten war er noch als der Mann gefeiert worden, der den IS-Terrorplaner Saladin liquidiert und einen Anschlag mit einer schmutzigen Atombombe in der Nähe der Londoner Downing Street vereitelt hatte. Und nun dies.

»Ich muss zugeben«, sagte Navot, »dass es dir ziemlich ähnlich sieht.« Er begutachtete Gabriels Foto auf der Titelseite der *Haaretz*. »Und dieser kleine Kerl neben dir erinnert mich an jemanden, den ich kenne.

»Im Haus gegenüber muss ein SWR-Team gewesen sein. Vermutlich im zweiten Stock, wenn man den Aufnahmewinkel berücksichtigt.«

»Die Analysten sagen, dass es eher der dritte war.«

»Tatsächlich?«

»Wahrscheinlich«, fuhr Navot fort, »hatten die Russen einen weiteren Mann vor dem Gebäude postiert, vielleicht in einem Auto oder im Haus selbst.«

»Also wussten sie, wohin Kirow unterwegs war.«

Navot nickte langsam. »Du kannst vermutlich von Glück sagen, dass sie diese Gelegenheit, dich umzulegen, nicht genutzt haben.«

»Schade, dass sie's nicht getan haben. Das Medienecho wäre vielleicht besser gewesen.«

Sie waren kurz vor der Ausfahrt des Flughafens. Links lagen Jerusalem und Gabriels Frau und Kinder. Rechts lag Tel Aviv mit dem King Saul Boulevard. Gabriel wies den Fahrer an, sie zum King Saul Boulevard zu bringen.

»Im Ernst?«, fragte Navot. »Du siehst aus, als könntest du ein paar Stunden Schlaf brauchen.«

»Und was würden sie dann über mich schreiben?«

Navot öffnete das Zahlenschloss eines Aktenkoffers aus Edelstahl. Er nahm ein Foto heraus, das er Gabriel gab: das Handyfoto, das Michail von Konstantin Kirows Mörder gemacht hatte. Seine Augen wirkten noch nicht ganz tot; irgendwo schien noch ein schwacher Lebensfunken zu glimmen. Das übrige Gesicht sah schlimm aus, aber das war keine Folge des Unfalls. Es war gestrafft und unterspritzt und genäht worden, bis es kaum noch menschenähnlich war.

»Er sieht wie eine Millionärin aus, die ich mal bei einer Kunstauktion gesehen habe«, sagte Gabriel. »Habt ihr ihn mit der Datenbank abgeglichen?«

»Mehrmals.«

»Und?«

»Nichts.«

Gabriel gab Navot die Aufnahme zurück. »Man fragt sich, weshalb ein offensichtlich gut ausgebildeter Agent die einzige Gefahr für sein Leben nicht beseitigt hat.«

»Michail?«

Gabriel nickte langsam.

»Er hat vier Schüsse auf ihn abgegeben.«

»Und alle sind danebengegangen. Sogar du hättest ihn aus dieser Nähe getroffen, Uzi.«

»Du glaubst, dass er Befehl hatte, nicht zu treffen?«

»Unbedingt.«

»Aber wieso?«

»Vielleicht haben sie gefürchtet, ein toter Israeli würde ihre

Story weniger glaubhaft machen. Oder vielleicht hatten sie einen anderen Grund«, sagte Gabriel. »Sie sind Russen. Die haben meistens einen.«

»Wieso haben die Kirow überhaupt in Wien ermordet? Warum haben sie ihn nicht in Moskau ausgequetscht und mit einem Genickschuss erledigt?«

Gabriel tippte auf den Zeitungsstapel. »Vielleicht wollten sie die Gelegenheit nutzen, mich zu diskreditieren.«

»Es gibt eine einfache Lösung«, sagte Navot langsam. »Wir können bekannt geben, dass Konstantin Kirow für uns gearbeitet hat.«

»Das würde wie nachträglich erfunden klingen. Und es würde potenziellen Informanten signalisieren, dass wir nicht imstande sind, unsere Leute zu beschützen. Das wäre ein zu hoher Preis.«

»Was machen wir also?«

»Als Erstes will ich rausbekommen, wer den Russen die Adresse unserer sicheren Wohnung in Wien verraten hat.«

»Nur für den Fall, dass du dich fragst«, sagte Navot. »Ich war's nicht.«

»Keine Sorge, Uzi. Ich glaube dir.«

7

KING SAUL BOULEVARD, TEL AVIV

Im letzten Jahr seiner Amtszeit als Direktor hatte Uzi Navot die Zentrale des Diensts vom King Saul Boulevard in einen modernen neuen Komplex in Ramat haScharon knapp nördlich von Tel Aviv verlegen wollen. Angeblich war Bella die treibende Kraft hinter diesem Umzug gewesen. Sie hatte das alte Gebäude, in dem sie früher als Syrien-Analystin gearbeitet hatte, nie gemocht und fand es unpassend für einen weltweit operierenden Geheimdienst. Sie wollte eine israelische Version von Langley oder Vauxhall Cross, ein modernes Monument der nachrichtendienstlichen Fähigkeiten Israels. Sie kümmerte sich persönlich um die Planung, leistete Lobbyarbeit beim Premierminister und in der Knesset, um die Finanzierung sicherzustellen, und suchte sogar das Baugrundstück aus: eine unbebaute Fläche an einem Hightech-Korridor in der Nähe des Verkehrsknotenpunkts Glilot neben einem Einkaufszentrum und dem Multiplexkino Cinema City.

In einer seiner ersten Amtshandlungen hatte Gabriel jedoch mit einem eleganten Federstrich die gesamte Planung verworfen. Was Kunst und Geheimdienste betraf, war er ein Traditionalist, nach dessen Überzeugung die alten Methoden besser waren als die neuen. Und er würde unter keinen Umständen zulassen, dass der Dienst an einen Ort zog, der in Israel umgangssprachlich als Glilot Junction bekannt war. »Wie sollen wir uns um Himmels willen nennen?«, hatte er Eli Lavon gefragt. »Damit machen wir uns lächerlich!«

Das alte Dienstgebäude hatte einen gewissen Charme und – vielleicht noch wichtiger – historische Bedeutung. Ja, es war eintönig nüchtern, aber es besaß wie Eli Lavon den Vorzug, anonym zu sein. Über seinem Eingang prangte kein Emblem, kein poliertes Messingschild verkündete, wer hier residierte. Tatsächlich wies nichts darauf hin, dass dies die Zentrale eines der angesehensten und gefürchtetsten Geheimdienste der Welt war.

Gabriels Dienstzimmer mit Meerblick lag im obersten Stock. An den Wänden hingen Gemälde – einige wenige von ihm, unsigniert, und mehrere von seiner Mutter –, und in einer Ecke des Raums stand eine alte italienische Staffelei, auf die Analysten ihre Fotos und Grafiken stellten, wenn sie ihm einen Vortrag hielten. Navot hatte seinen großen Glasschreibtisch in sein neues Büro auf der anderen Seite des Vorzimmers mitgenommen, aber er hatte seine moderne Videowand mit ihrer Collage aus Nachrichtenkanälen in aller Welt zurückgelassen. Als Gabriel den Raum betrat, flimmerten auf mehreren Monitoren Bilder aus Wien, und auf dem Bildschirm des BBC World Service sah er sein eigenes Gesicht. Er drehte den Ton auf und hörte, der britische Premierminister Jonathan Lancaster, der seine Karriere ihm verdankte, habe sich »bestürzt« über eine mögliche Verwicklung Israels in die Ermordung Konstantin Kirows geäußert.

Gabriel stellte den Ton leiser und ging in sein Bad nebenan, um zu duschen, sich zu rasieren und frische Sachen anzuziehen. Als er wieder herauskam, wartete Jaakov Rossman, Leiter der Abteilung Special Ops, auf ihn. Jaakov hatte Haar wie Stahlwolle und ein hartes, pockennarbiges Gesicht. Er hielt einen Briefumschlag in der Hand und starrte den BBC-Monitor mit zusammengekniffenen Augen an.

»Ist dieser Lancaster nicht unglaublich?«

»Er hat seine Gründe.«

»Zum Beispiel?«

»Er will den eigenen Geheimdienst schützen.«

»Verdammte Heuchler«, knurrte Jaakov. »Sie hätten niemals Zugang zu Kirows Material bekommen dürfen.« Er ließ den Umschlag auf Gabriels Schreibtisch fallen.

»Was ist das?«

»Meine Kündigung.«

»Wieso hast du die geschrieben?«

»Weil wir Kirow verloren haben.«

»War das deine Schuld?«

»Nein, das glaube ich nicht.«

Gabriel griff nach dem Umschlag und steckte ihn ungeöffnet in seinen Aktenvernichter. »Denkt sonst noch jemand an Kündigung?«

»Rimona.«

Rimona Stern leitete die Abteilung Beschaffung. In dieser Funktion war sie für die Führung der Agenten des Diensts in aller Welt zuständig. Gabriel griff nach dem Telefonhörer und rief sie in ihrem Büro an.

»Komm zu mir rüber. Und bring Jossi mit.«

Gabriel legte auf, und im nächsten Augenblick kam Rimona in sein Büro gestürmt. Sie war rothaarig, mollig und für ihr Temperament berüchtigt. Manche sagten, sie habe es von ihrem Onkel Ari Schamron geerbt. Gabriel kannte Rimona seit frühester Kindheit.

»Jaakov sagt, dass du etwas für mich hast«, sagte er.

»Was soll das sein?«

»Deine Kündigung. Her damit!«

»Ich hab sie noch nicht geschrieben.«

»Spar dir die Mühe. Ich nehme sie nicht an.«

Gabriel sah zu Jossi Gawisch hinüber, der am Türrahmen lehnte. Er war groß, hatte eine Stirnglatze, bevorzugte Tweedsakkos und trug professorale Distanziertheit zur Schau. Er war im Londoner Viertel Golders Green geboren und hatte ein Oxfordstudium *magna cum laude* abgeschlossen, bevor er nach Israel ausgewandert war. Er sprach Hebräisch mit unüberhörbarem englischen Akzent und ließ sich regelmäßig Tee von einem Geschäft am Piccadilly schicken.

»Was ist mit dir, Jossi? Denkst du auch an Rücktritt?«

»Weshalb sollte mir gekündigt werden? Ich bin nur ein kleiner Analyst.«

Gabriel musste unwillkürlich kurz lächeln. Jossi war kein bloßer Analyst, sondern leitete die Abteilung Recherche. Obwohl er die Identitäten wichtiger Informanten oft nicht erfuhr, sondern nur ihre Decknamen und Pseudonyme kannte, gehörte er zu dem kleinen Kreis von Offizieren, die unbeschränkt Zugang zu der Akte Kirow gehabt hatten.

»Ich will nichts mehr von Kündigungen hören, verstanden?«, sagte Gabriel. »Wenn hier einer seinen Job verliert, dürfte's mich treffen.«

»Dich?«, fragte Jossi.

»Liest du keine Zeitungen? Hast du keinen Fernseher?« Gabriel nickte zu der Videowand hinüber. »Alle fordern meinen Kopf.«

»Auch das gibt sich wieder.«

»Schon möglich«, stimmte Gabriel zu, »aber ich möchte, dass du meine Überlebenschancen verbesserst.«

»Wie?«

»Indem du mir den Namen des Mannes bringst, der Kirows Todesurteil unterschrieben hat.«

»Ich war's nicht«, witzelte Jaakov.

»Freut mich, dass wir das geklärt haben.« Gabriel sah zu Rimona hinüber. »Was ist mit dir? Hast du Kirow an die Russen verraten?«

Rimona runzelte die Stirn.

»Oder vielleicht warst du's, Jossi. Du bist mir schon immer wie ein Verrätertyp vorgekommen.«

»Mich brauchst du nicht anzusehen. Ich bin nur ein kleiner Analyst.«

»Dann geh in dein Büro zurück und fang zu analysieren an. Und bring mir diesen Namen.«

»Das ist nichts, was sich übers Knie brechen lässt. Das dauert seine Zeit.«

»Klar doch«, sagte Gabriel. »Ich gebe dir zweiundsiebzig Stunden.«

Der Rest des Tages verlief quälend langsam, als wolle er niemals enden. Es gab immer wieder weitere Fragen, auf die Gabriel keine Antwort wusste. Er tröstete sich damit, dass er versuchte, andere zu trösten. Das tat er bei Besprechungen in kleinem Rahmen, denn anders als in den Zentralen von CIA oder MI6 gab es am King Saul Boulevard kein großes Auditorium. Das ging auf Scharon zurück, der die Ansicht vertreten hatte, Spione sollten sich nie am Arbeitsplatz versammeln – weder um zu feiern noch um zu trauern. Er hatte auch nichts von motivierenden Ansprachen nach amerikanischer Art gehalten. Die Israel drohenden Gefahren, sagte er, seien Ansporn genug.

Am späten Nachmittag, als zinnoberrotes Licht in Gabriels Büro fiel, ließ der Premierminister ihn zu sich rufen. Er erledigte noch mehrere Routinesachen, ließ sich über zwei laufende Unternehmungen informieren und stieg endlich um 20.30 Uhr erschöpft in seinen SUV, um mit einer Wagenkolonne zur Kaplan Street in Jerusalem zu fahren. Wie alle Besucher des Amtssitzes des Premierministers musste er am Eingang sein BlackBerry abgeben. Die Isolierbox, in die es gelegt wurde, hieß »Bienenstock«; der abhörsichere Raum dahinter war das »Goldfischglas«. Der Premierminister empfing Gabriel herzlich, aber doch spürbar kühl. Ermittlungen wegen seiner privaten finanziellen Verhältnisse drohten seine Amtszeit – die längste seit David Ben-Gurions – zu überschatten. In dieser Situation konnte er erst recht keinen Skandal brauchen, in den sein Geheimdienst verwickelt war.

Ging es um Berichte oder Diskussionen, nahmen sie normalerweise in bequemen Sesseln Platz, aber an diesem Abend zog der Premierminister es vor, an seinem Schreibtisch unter dem Fotoporträt von Theodor Herzl, im 19. Jahrhundert Gründer der zionistischen Bewegung, die zur Wiederherstellung der jüdischen Herrschaft über einen Teil des historischen Palästinas geführt hatte, sitzen zu bleiben. Unter Herzls strengem Blick berichtete Gabriel die Fakten, wie er sie bisher kannte. Der Premierminister hörte ihm aufmerksam zu und blieb dabei so bewegungslos wie der Mann auf dem Foto über seiner Schulter.

»Wissen Sie, womit ich meinen Tag verbracht habe?«, fragte er, als Gabriel fertig war.

»Ich kann's mir vorstellen.«

»Achtzehn meiner ausländischen Amtskollegen haben sich die Mühe gemacht, mich persönlich anzurufen. Achtzehn! Das war die höchste Zahl an irgendeinem Tag seit dem Gazakrieg. Und alle haben mir dieselbe Frage gestellt: Wie konnte ich so fahrlässig sein, meinem gefeierten Geheimdienstchef zu erlauben, mitten in Wien einen russischen SWR-Agenten zu erschießen?«

»Das haben Sie nicht getan. Ich natürlich auch nicht.«

»Genau das habe ich den Anrufern zu erklären versucht. Aber kein einziger hat mir geglaubt.«

»Ich bin mir nicht sicher, ob *ich* Ihnen geglaubt hätte«, gestand Gabriel ein.

»Selbst mein Freund im Weißen Haus war skeptisch. Eigentlich eine Frechheit«, murmelte der Premierminister. »Er hat mehr am Hals als ich. Und das heißt eine ganze Menge.«

»Johnathan Lancaster hat wohl nicht angerufen?«

Der Premierminister schüttelte den Kopf. »Aber der österreichische Bundeskanzler hat mir fast eine Viertelstunde lang zugesetzt. Er hat mir erklärt, er habe unwiderlegbare Beweise dafür, dass wir hinter Kirows Ermordung stecken. Und er hat mich gefragt, ob wir die Leiche unseres Killers zurückhaben wollen.«

»Hat er die angeblichen Beweise näher erläutert?«

»Nein. Aber ich hatte nicht den Eindruck, dass er blufft. Er hat mir unmissverständlich erklärt, dass über diplomatische Sanktionen nachgedacht wird.«

»Wie ernsthaft?«

»Ausweisungen von Diplomaten. Vielleicht sogar Abberufung ihres Botschafters. Wer weiß? Vermutlich werden auch ein paar Haftbefehle ausgestellt.« Der Premierminister musterte Gabriel nachdenklich. »Ich möchte wegen dieser Sache keinen Botschafter in Westeuropa verlieren. Aber meinen Geheimdienstchef ebenso wenig.«

»Darin«, sagte Gabriel, »sind wir uns völlig einig.«

Der Premierminister sah zu dem Flachbildschirm hinüber, auf dem eine Nachrichtensendung ohne Ton lief. »Sie haben's geschafft, mich vom ersten Platz zu verdrängen. Eine ziemliche Leistung!«

»Glauben Sie mir, das war nicht meine Absicht.«

»Es gibt ernst zu nehmende Stimmen, die einen Untersuchungsausschuss fordern.«

»Da gibt es nichts zu untersuchen. Wir haben Kirow nicht liquidiert.«

»Leider deutet alles darauf hin. Vielleicht ist eine Untersuchung nötig, um den Schein zu wahren.«

»Wir werden allein damit fertig.«

»Bestimmt?«, fragte der Premierminister zweifelnd.

»Wir können feststellen, was schiefgegangen ist«, sagte Gabriel. »Und falls die Schuld bei uns liegt, werden entsprechende Maßnahmen ergriffen.«

»Sie fangen schon an, wie ein Politiker zu reden.«
»Sollte das ein Kompliment sein?«
Der Premierminister lächelte kalt. »Durchaus nicht.«

8

NARKISS STREET, JERUSALEM

Chiara saß abends selten vor dem Fernseher. Weil sie in der abgeschiedenen Welt des jüdischen Gettos von Venedig aufgewachsen war und an der Universität Padua studiert hatte, hielt sie sich für eine archaische Frau und verachtete moderne Erfindungen wie Smartphones, soziale Medien und Glasfaserkabel, die einem tausend größtenteils seichte Fernsehprogramme in HD-Qualität ins Haus brachten. Kam Gabriel nach Hause, traf er sie meist in irgendeinen historischen Wälzer vertieft an – sie hatte an ihrer Dissertation über das Imperium Romanum gearbeitet, als der Dienst sie angeworben hatte –, oder sie las einen der Bestseller, die ihr eine Buchhandlung in der Via Condotti in Rom per Post schickte. In letzter Zeit hatte Chiara auch angefangen, billige Spionagethriller zu lesen. So hanebüchen viele davon auch waren, verschafften sie ihr doch eine gewisse flüchtige Verbindung zu dem Leben, das sie bereitwillig aufgegeben hatte, als sie Mutter geworden war.

Als Gabriel an diesem Abend seine schwer bewachte Wohnung im Jerusalemer Viertel Nachlaot betrat, traf er seine Frau jedoch irritiert vor dem Fernseher an, in dem die Nachrichtensendung eines amerikanischen Cable News Network lief. Ein Reporter sprach unüberhörbar skeptisch über die Behauptung der Israelis, absolut nichts mit den Ereignissen in Wien zu tun gehabt zu haben. Der Direktor des israelischen Geheimdiensts, berichtete er, habe soeben die Kaplan Street verlassen. Nach Auskunft eines Sicherheitsberaters des Premierministers, der ungenannt bleiben wollte, war das Treffen wie erwartet gut verlaufen.

»Ist irgendwas davon wahr?«, fragte Chiara.

»Ich war beim Premier. Das dürfte das einzig Wahre an dieser Meldung sein.«

»Es ist nicht gut gelaufen?«

»Er hat mir kein chinesisches Essen angeboten. Das habe ich für ein schlechtes Zeichen gehalten.«

Chiara zielte mit der Fernbedienung auf den Bildschirm und schaltete den Fernseher aus. Sie trug Stretchjeans, die ihre langen, schlanken Beine betonten, und einen cremeweißen Pullover, auf dessen Schultern ihre kastanienbraune Lockenmähne mit den rötlichen Glanzlichtern auflag. Ihre goldgefleckten karamellbraunen Augen betrachteten Gabriel mit kaum verhohlenem Mitleid. Gabriel konnte sich nur vorstellen, wie er auf sie wirkte. Der Einsatzstress hatte sich schon immer ungünstig auf sein Aussehen ausgewirkt. Nach seinem ersten Unternehmen, dem Zorn Gottes, war er mit fünfundzwanzig Jahren grauhaarig gewesen. Danach war es rasch weiter bergab gegangen.

»Wo sind die Kinder?«, fragte er.

»Mit Freunden ausgegangen. Wir sollen nicht aufbleiben, bis sie heimkommen.« Chiara zog provokativ eine Augenbraue hoch. »Wir haben die Wohnung für uns allein. Vielleicht hast du Lust, mich ins Bett zu schleppen und dich mit mir zu vergnügen?«

Gabriel war ernstlich versucht, genau das zu tun. Es war lange her, dass er seine schöne, junge Frau geliebt hatte. Dafür war nie Zeit. Chiara hatte zwei Kinder aufzuziehen, Gabriel musste ein Land beschützen. Sie sahen sich morgens für ein paar Minuten und abends – wenn sie Glück hatten – für ungefähr eine Stunde, wenn Gabriel aus dem Dienst kam. Hinderten die Ereignisse ihn daran, abends die lange Fahrt nach Jerusalem auf sich zu nehmen, konnte er in einer sicheren Wohnung in Tel Aviv übernachten. Er hasste diese Wohnung.

Sie erinnerte ihn daran, wie er vor Chiara gelebt hatte. Der Dienst hatte sie zusammengebracht. Und jetzt tat er alles, um sie voneinander fernzuhalten.

»Hältst du's für möglich«, fragte er, »dass die Kinder heimlich zurückgekommen sind, ohne dass du's gemerkt hast?«

»Möglich ist alles. Willst du nicht nachsehen?«

Gabriel ging leise zur Tür des Kinderzimmers und trat ein. Vor dem Abflug nach Wien hatte er die Gitterbetten durch gewöhnliche Kinderbetten ersetzt, sodass die Zwillinge jetzt nachts durch die Wohnung streifen konnten. Im Augenblick schliefen sie jedoch friedlich unter dem großen Wandgemälde mit Wolken in Tizians Manier, das Gabriel nach einer blutigen Konfrontation mit dem russischen Geheimdienst gemalt hatte.

Er beugte sich über Raphael und küsste ihn auf die Stirn. In dem durch den Türspalt einfallenden schwachen Lichtschein sah der kleine Junge Gabriel erstaunlich ähnlich. Er hatte sogar seine grünen Augen geerbt. Irene dagegen hatte mehr Ähnlichkeit mit Gabriels Mutter, deren Namen sie trug. Dagegen schien Chiara im Genpool der Kinder nicht vorzukommen. Aber das würde sich im Lauf der Zeit ändern, dachte Gabriel. Schönheit wie die Chiaras ließ sich nicht dauerhaft unterdrücken.

»Bist du's, Abba?«

Das war Irene. Raphael hatte einen festen Schlaf, aber Irene wachte wie Gabriel sehr leicht auf. Sie hatte alles, was eine perfekte Spionin brauchte, fand er.

»Ja, Schatz«, flüsterte er. »Ich bin's.«

»Bleib ein bisschen.«

Gabriel setzte sich auf ihre Bettkante.

»Klopf mir auf den Rücken«, verlangte sie, und er legte eine Hand sanft auf den warmen Stoff ihres Schlafanzugs. »War der Flug schön?«

»Nein«, antwortete er wahrheitsgemäß.

»Ich hab dich im Fernsehen gesehen.«

»Wirklich?«

»Du hast sehr ernst ausgesehen.«

»Von wem hast du dieses Wort gelernt?«

»Welches denn?«

»Ernst.«

»Von Mama.«

Das war die Sprachregelung in der Familie Allon. Die Kinder nannten Gabriel »Abba« – Vater auf Hebräisch –, aber Chiara war immer nur »Mama.« Die Zwillinge lernten Hebräisch, aber zugleich auch Italienisch und Deutsch. Das führte dazu, dass sie ein Kauderwelsch sprachen, das nur ihre Eltern verstehen konnten.

»Wo warst du, Abba?«

»Ach, das interessiert dich nicht.«

»Das sagst du immer.«

»Tue ich das?«

»Ja.«

Die Kinder hatten nur sehr nebelhafte Vorstellungen vom Beruf ihres Vaters. Sie wussten, dass sein Bild manchmal im Fernsehen gezeigt wurde, dass er oft in der Öffentlichkeit erkannt wurde und ständig von bewaffneten Männern umgeben war. Und dass auch Mama und sie auf Schritt und Tritt bewacht wurden.

»Hast du dich gut um Mama gekümmert, als ich fort war?«

»Ich hab's versucht, aber sie war traurig.«

»Wirklich? Warum?«

»Wegen irgendwas im Fernsehen.«

»Sei ein braves Mädchen und schlaf weiter.«

»Kann ich bei Mama und dir schlafen?«

»Kommt nicht infrage!«

Sein Tonfall war streng. Trotzdem kicherte Irene. Dies war der einzige Ort, an dem niemand seine Befehle befolgte. Er ließ seine Hand noch kurze Zeit auf ihrem Rücken, bis sie tief und regelmäßig atmete. Dann stand er lautlos auf und bewegte sich in Richtung Tür.

»Abba?«

»Ja, mein Liebling?«

»Bekomme ich noch einen Kuss?«

Das war ein Wunsch, den er ihr nur zu gern erfüllte.

Als Gabriel in die Küche kam, brodelte auf dem Herd ein großer Topf mit kochendem Wasser, und Chiara war dabei, ein Stück Parmesankäse zu reiben. Das tat sie flott und anscheinend mühelos, wie sie fast alles – auch die Kindererziehung – bewältigte. Als die benötigte Menge gerieben war, griff sie nach einem Stück Pecorino und rieb es ebenfalls. Gabriel begutachtete die bereitstehenden Zutaten: Butter, Olivenöl und schwarzer Pfeffer – alles, was man für eine Pasta *Cacio e Pepe* brauchte. Diese einfache römische Pasta gehörte zu seinen Lieblingsgerichten, besonders so, wie Chiara sie zubereitete.

»Weißt du«, sagte er, während er ihr zusah, »auf dem Mahane Jehuda Markt gibt es einen sehr netten Mann, der dir diese Arbeit abnimmt.«

»Oder vielleicht sollte ich ihn fertig gerieben im Supermarkt kaufen.« Sie schüttelte tadelnd den Kopf. »Dieser Käse muss genau die richtige Konsistenz haben. Sonst ist das Ergebnis katastrophal.«

Er runzelte die Stirn, als sein Blick auf den kleinen Fernseher in der Küche fiel. »Genau wie in Wien.«

Chiara holte eine Nudel aus dem Kochtopf, probierte sie und kippte die Spaghetti in ein Sieb. Dann vermengte sie die Nudeln mit geschmolzener Butter, Olivenöl und dem geriebenen Käse, bevor Pfeffer aus der Pfeffermühle darüberkam. Mit dem Babyfon zwischen sich aßen sie an dem kleinen Tisch in der Küche, während der Fernseher ohne Ton weiterlief. Den toskanischen Rotwein, den Chiara ihm anbot, lehnte Gabriel dankend ab, weil niemand wusste, was die Nacht vielleicht noch bringen würde. Sie goss sich selbst ein kleines Glas ein und hörte gespannt zu, als er erzählte, was sich in Wien ereignet hatte.

»Wie geht's jetzt weiter?«, fragte sie.

»Wir müssen schnellstens feststellen, wo es ein Leck gegeben hat.«

»Wer hat die Adresse der sicheren Wohnung gekannt?«

»Eli, Michail, die Newiot-Agenten, der Immobilienverwalter, der sie gemietet hat, und sechs Sicherheitsleute, darunter meine Bodyguards. Und natürlich Uzi.«

»Die Briten hast du vergessen.«

»Hab ich das?«

»Du hast bestimmt schon einen Verdacht.«

»Aber ich möchte den Ermittlungen in keiner Weise vorgreifen.«

»Du warst anscheinend zu lange beim Premierminister.«

»Das gehört zu den Gefahren meines neuen Jobs.«

Chiara sah wieder auf den kleinen Bildschirm. »Entschuldige, wenn ich das offen sage, aber Uzi empfindet bestimmt klammheimliche Freude. Kirow ist unter seiner Ägide angeworben worden. Und jetzt ist er tot.«

»Uzi hat mich vorbildlich unterstützt.«

»Ihm bleibt gar nichts anderes übrig. Aber versuch mal, die Sache aus seinem Blickwinkel zu sehen. Er hat den Dienst sechs Jahre lang kompetent geführt. Nicht brillant«, fügte sie hinzu, »aber kompetent. Und zur Belohnung wird er deinetwegen abserviert.«

Danach herrschte Schweigen zwischen ihnen. Zu hören war nur das gleichmäßige Atmen der Kinder im Babyfon.

»Gut, dass du dir noch Zeit für Irene genommen hast«, sagte Chiara zuletzt. »Sie war so aufgeregt, weil du heimkommen würdest, dass sie nicht ins Bett wollte. Raphael kommt mit deiner Abwesenheit viel besser zurecht. Er ist ein kleiner Stoiker, wie's sein Vater gewesen sein muss. Aber Irene vermisst dich schrecklich, wenn du fort bist.« Sie machte eine Pause, dann fügte sie hinzu: »Fast so sehr wie ich.«

»Sollte die Affäre sich zu einem richtigen Skandal auswachsen, seht ihr mich vielleicht bald viel mehr.«

»Nichts würde uns glücklicher machen. Aber der Premierminister würde es nie wagen, den großen Gabriel Allon zu entlassen. Du bist der beliebteste Mensch Israels.«

»Der zweitbeliebteste«, sagte Gabriel. »Diese Schauspielerin ist viel populärer als ich.«

»Auf Umfragen darfst du nichts geben, die stimmen nie.« Chiara lächelte. »Weißt du, Gabriel, es gibt Schlimmeres, als entlassen zu werden.«

»Zum Beispiel?«

»Von einem russischen Auftragskiller erschossen zu werden.« Sie hob ihr Weinglas an die Lippen. »Weißt du bestimmt, dass du kein kleines Glas willst? Dieser Montepulciano ist wirklich ausgezeichnet.«

9

KING SAUL BOULEVARD, TEL AVIV

Trotz der Bedenken des Premierministers übertrug Gabriel die Ermittlungen Jossi Gawisch und Rimona Stern, zwei bewährten Führungskräften, die zu seinen engsten Freunden gehörten. Dafür hatte er persönliche Gründe. Die letzte unabhängige Untersuchung innerhalb des Diensts, zu der es Ende der neunziger Jahre nach einer Serie verpfuschter Unternehmen gekommen war, hatte die Rückkehr Ari Schamrons aus seinem unruhigen Ruhestand beschleunigt. Als Erstes war der neue Direktor damals nach West Cornwall gekommen, wo Gabriel sich in einem einsamen Cottage mit seinen Gemälden und seinem Kummer verkrochen hatte. Wie üblich war Schamron nicht mit leeren Händen gekommen, sondern hatte den Plan für ein Unternehmen mitgebracht. Es sollte sich als erster Schritt auf Gabriels langem Weg vom selbst gewählten Exil zur Suite des Direktors am King Saul Boulevard erweisen. Die Moral der Geschichte war – zumindest aus Gabriels Perspektive –, dass Spione sich davor hüten sollten, Außenstehende in ihren Angelegenheiten herumschnüffeln zu lassen.

Als Erstes mussten Jossi und Rimona schlüssig beweisen, dass sie selbst auf keinen Fall als undichte Stellen infrage kamen. Das taten sie, indem sie sich zwei völlig unnötigen Lügendetektortests unterzogen, die sie mit fliegenden Fahnen bestanden. Als Nächstes forderten sie Unterstützung durch eine zusätzliche Analystin an. Gabriel lieh ihnen widerstrebend Dina Sarid, eine Terrorismusexpertin mit einem Dutzend aktiver Fälle – darunter drei IS-Kämpfer, die tickende Zeitbomben waren – auf ihrem unordentlichen Schreibtisch. Dina wusste fast nichts über den Fall Kirow oder von seinem gescheiterten Versuch, in den Westen überzulaufen. Trotzdem ordnete Gabriel auch in ihrem Fall einen Lügendetektortest an, den sie natürlich bestand. Das taten auch Eli Lavon, Jaakov Rossman, das Newiot-Team, die Sicherheitsleute und der Immobilienverwalter.

Die Ergebnisse der ersten Phase der Untersuchung, die am folgenden Tag mittags ihren Abschluss fand, waren vorherzusehen gewesen. Die drei Analysten hatten nicht den geringsten Hinweis darauf entdeckt, dass Angehörige des Diensts unbefugt Informationen weitergegeben hatten. Sie hatten auch nichts am Ablauf des Unternehmens einzuwenden. Alle hatten an Einsätzen teilgenommen, die weit komplexer gewesen waren als Empfang und Weiterbegleitung eines Überläufers. Wie Jossi in seinem Memorandum schrieb, war das »nach unseren Begriffen ein Kinderspiel« gewesen. Trotzdem sprach er im Zusammenhang mit diesem Fall von »Gewissheiten und Unwägbarkeiten«. Dazu gehörte vor allem die Möglichkeit, der Hinweis könnte von Kirow selbst gekommen sein.

»Wie das?«, fragte Gabriel.

»Du hast ihm in der bewussten Nacht vier Textnachrichten geschickt, richtig?«

»Die hast du, Jossi. Du weißt, dass es vier waren.«

»Die erste Nachricht hat Kirow angewiesen, das Intercontinental zu verlassen und zum Bahnhof zu gehen. Dann sollte er den letzten Zug nach Wien nehmen. Bei der Ankunft in Wien hast du ihn angewiesen, mit dem Taxi zum Best Western zu fahren. Aber eine Minute vor seiner Ankunft hast du ihm die Adresse der sicheren Wohnung geschickt.«

»Ich bekenne mich schuldig.«

»Er war noch im Taxi, sodass Michail und Keller ihn nicht deutlich sehen konnten.«

»Worauf willst du hinaus?«

»Er hätte die Nachricht weiterleiten können.«

»An wen?«

»Zentrale Moskau.«

»Um sich selbst ans Messer zu liefern?«

»Vielleicht hat er geglaubt, dieser Abend würde anders ausgehen.«

»In welcher Beziehung?«

»Zum Beispiel durch eine andere Zielperson.«

»Wer?«

Jossi zuckte mit den Schultern. »Du.«

Damit begann die zweite Phase der Ermittlungen: eine genaue Untersuchung von Konstantin Kirows Anwerbung, seiner Führung und der enormen Menge des von ihm gelieferten Materials. Die drei Analysten nahmen jeden einzelnen Bericht Kirows unter die Lupe, entdeckten aber nicht den geringsten Täuschungsversuch. Kirow war offenbar wirklich eine große Ausnahme gewesen. Trotz der Umstände seiner erzwungenen Anwerbung war er ehrlich und zuverlässig geblieben.

Aber der Dienst hatte Kirows wertvolle Informationen nicht für sich behalten, sondern mit den Amerikanern und Briten geteilt. Jede Weitergabe war in Kirows dicker Akte genau vermerkt: die Art des Materials, das Datum und der entscheidend wichtige Verteiler. In Washington und London kannte jedoch niemand die wahre Identität des Agenten mit dem Decknamen Heathcliff, und nur einige wenige Führungskräfte hatten gewusst, dass er überlaufen wollte. Ein MI6-Offizier hatte die Adresse des sicheren Hauses in Wien bekommen. Er hatte darauf bestanden, um den sicheren Transfer des Überläufers zum Flughafen Wien, wo eine Falcon für seinen Flug nach London bereitstand, organisieren zu können.

»Darauf hätten wir auch bestanden«, sagte Uzi Navot. »Außerdem ist der Besitz einer Information kein Beweis für ihre Weitergabe an Moskau.«

»Korrekt«, bestätigte Gabriel. »Aber das ist schon mal ein guter Anfang.«

Navot hob eine dünne Porzellantasse an die Lippen. Sie enthielt heißes Wasser mit einer Zitronenscheibe. Neben der Untertasse stand ein Teller mit Selleriestangen. Sie waren sorgfältig angeordnet, damit sie voluminöser wirkten. Bella war offenbar unzufrieden mit Navots Gewicht, das wie ein südamerikanischer Börsenindex schwankte. Der arme Uzi war für den größten Teil des letzten Jahrzehnts auf Diät gesetzt gewesen. Essen war seine einzige Schwäche, vor allem die kalorienreiche mittel- und osteuropäische Küche.

»Die Entscheidung liegt bei dir«, fuhr er fort, »aber an deiner Stelle würde ich statt Vermutungen handfeste Beweise wollen, bevor ich einen Offizier eines befreundeten Diensts beschuldige. Übrigens kenne ich ihn persönlich. Er macht nicht den Eindruck, als wolle er sein Land verraten.«

»Ich wette, dass Angleton dasselbe von Kim Philby gesagt hat.«

Navot nickte weise, um zu zeigen, dass er Gabriel recht gab. »Wie willst du also weitermachen?«

»Als Nächstes fliege ich nach London, um mit unseren Partnern zu reden.«

»Wie wär's mit einer Vorhersage?«

»Warum nicht?«

»Unsere Partner werden dein Ergebnis kategorisch zurückweisen. Und dann werden sie dir die Schuld an der Pleite in Wien geben. So funktioniert die Sache, wenn in unserer Branche etwas Katastrophales passiert. Jeder rennt in die nächste Deckung.«

»Soll ich den Fall auf sich beruhen lassen? Willst du mir das vorschlagen?«

»Damit will ich nur sagen«, antwortete Navot, »dass eine wertvolle Partnerschaft durch Beschuldigungen auf unsicherer Grundlage ernstlich Schaden nehmen kann.«

»Zwischen uns und den Briten gibt es keine Partnerschaft mehr. Die ist bis auf Weiteres auf Eis gelegt.«

»Und ich habe befürchtet, du würdest was Unüberlegtes tun.« Navot senkte die Stimme, als er hinzufügte: »Schneid dir nicht die Nase ab, um dein Gesicht zu ärgern, Gabriel.«

»Das hat meine Mutter auch immer gesagt. Ich weiß noch immer nicht, was es bedeutet.«

»Es bedeutet, dass du den Untersuchungsbericht in deinen Aktenvernichter stecken solltest.«

»Ausgeschlossen!«

»In diesem Fall«, sagte Navot seufzend, »sollten wir jemanden nach Wien schicken, der ein paar weitere Details ausfindig macht. Jemanden, der Deutsch wie die Einheimischen spricht. Jemanden, der ein paar Kontakte außerhalb der Sicherheitsbehörden hat. Wer weiß? Wenn er seine Karten richtig spielt, kann er die Österreicher vielleicht von der Idee abbringen, dass wir unseren eigenen Überläufer liquidiert haben.«

»Kennst du jemanden, der diese Voraussetzungen erfüllt?«

»Ich denke schon.«

Gabriel grinste. »Dort kannst du jeden Tag beim Figlmüller Wiener Schnitzel essen, Uzi. Ich weiß, dass sie dein Leibgericht sind.«

»Und das Rindsgulasch.« Navot legte beide Hände auf seinen Bauch. »Ein Traum, sag ich dir! Bei Bella gibt's dann wieder Strafrationen.«

»Weißt du bestimmt, dass es dir nichts ausmacht, hinzufliegen?«

»Irgendjemand muss es machen.« Navot starrte mürrisch den Teller mit Selleriestangen an. »Da kann ich's gleich selbst tun.«

10

WIENERWALD

Uzi Navot verbrachte einen ereignislosen Abend mit Bella in ihrem Haus in dem Tel Aviver Vorort Petah Tikva und ging frühmorgens – nachdem er fluchend um drei Uhr aufgestanden war – an Bord des El-Al-Flugs um 5.10 Uhr nach Warschau, der im Dienst liebevoll als Polish Express bekannt war. In seiner Reisetasche hatte er zwei Garnituren Kleidung und drei verschiedene Identitäten. Seine Sitznachbarin, eine 33-jährige Frau aus Obergaliläa, erkannte ihn nicht. Navot war zunächst erleichtert, aber dann tief gekränkt, als er seine Empfindungen genau analysierte. Er hatte den Dienst sechs Jahre lang tadellos geleitet – und jetzt war er schon vergessen. Mit der Tatsache, dass er nur als Platzhalter, der den Sitz für den Auserwählten warm gehalten hatte, in Erinnerung bleiben würde, hatte er sich längst abgefunden. Er war eine Randnotiz.

Aber im Grund seines Wesens war er auch ein guter Spion. Gewiss keine Actiongestalt wie Gabriel, aber Navot war ein wirklicher Spion, ein Anwerber und Führer von Agenten, ein Sammler von Geheimnissen anderer. Vor seinem bürokratischen Aufstieg am King Saul Boulevard war vor allem Westeuropa sein Schlachtfeld gewesen. Mit Mehrsprachigkeit, seinem fatalistischen Charme und reichlich Geld aus Tel Aviv hatte er ein weitgespanntes Agentennetz in Terrororganisationen, Botschaften, Außenministerien und Sicherheitsdiensten aufgebaut. Einer seiner alten Agenten war Werner Schwarz. Navot rief ihn an diesem Abend aus seinem Prager Hotelzimmer an. Werner klang, als habe er einen über den Durst getrunken. Werner trank gern viel. Er war unglücklich verheiratet. Der Alkohol war sein Anästhetikum.

»Ich habe Ihren Anruf schon erwartet.«

»So berechenbar zu sein ärgert mich.«

»In Ihrem Beruf ein Nachteil«, sagte Werner Schwarz. »Sie kommen vermutlich auch nach Wien?«

»Ja, morgen.«

»Übermorgen wäre besser.«

»Ich habe Termine, Werner.«

»In Wien können wir uns nicht treffen. Mein Dienst ist hypernervös.«

»Meiner auch.«

»Das kann ich mir denken. Wie wär's mit dem kleinen Weinlokal im Wienerwald? An das erinnern Sie sich wohl?«

»Das habe ich in bester Erinnerung.«

»Und mit wem werde ich speisen?«

»Mit Monsieur Laffont.« Vincent Laffont war eine von Navots früheren Identitäten: ein aus dem Koffer lebender freiberuflicher Reisebuchautor mit bretonischem Akzent.

»Ich freue mich auf ein Wiedersehen mit ihm. Vincent war immer einer meiner Favoriten«, sagte Werner Schwarz und legte auf.

Navot kam gewohnheitsmäßig eine halbe Stunde zu früh in das Lokal und brachte eine reich verzierte Schachtel der berühmten Wiener Konditorei Demel mit. Den Inhalt hatte er unterwegs größtenteils aufgegessen, aber durch fünftausend Euro in bar ersetzt. Der Gastwirt, ein kleiner Mann mit einer Figur wie eine russische Matroschkapuppe, erinnerte sich an ihn. Und Navot unterhielt ihn als Monsieur Laffont mit Reiseerlebnissen, bevor er in dem holzgetäfelten Restaurant an einem ruhigen Ecktisch Platz nahm. Er bestellte eine Flasche Grünen Veltliner, bei der es bestimmt nicht bleiben würde. Nur drei weitere Tische waren besetzt, und die dort sitzenden Gäste beendeten gerade ihr spätes Mittagessen. Bald würde das Restaurant leer sein. Navot hatte gern Hintergrundgeräusche, wenn er spionierte, aber Werner zog es vor, sein Land unbeobachtet zu verraten.

Er traf um Punkt 15 Uhr ein, kam in dunklem Anzug und leichtem Mantel direkt aus dem Büro. Seit ihrem letzten Treffen hatte er sich äußerlich verändert – aber nicht unbedingt vorteilhaft. Etwas dicker und schwerfälliger, mit mehr geplatzten Äderchen im Gesicht. Seine Miene hellte sich auf, als Navot zwei Gläser Wein einschenkte. Aber dann kehrte die gewohnte Enttäuschung zurück, die Werner Schwarz wie eine auffällige Krawatte zur Schau trug. Navot hatte sie bei einem seiner Fischzüge in Wien bemerkt und Werner mit Geld und gutem Zureden angeworben. Von seinem Posten im Bundesamt für Verfassungsschutz aus hatte Werner ihn über alles, was den Staat Israel interessierte, auf dem Laufenden gehalten. Als Direktor des Diensts hatte Navot keinen persönlichen Kontakt mehr mit dem Österreicher gehabt, aber dafür gesorgt, dass die regelmäßigen Überweisungen auf sein Züricher Bankkonto weitergingen.

»Eine kleine Aufmerksamkeit für Lotte«, sagte Navot, indem er Werner die Schachtel hinstellte.

»Oh, das wäre nicht nötig gewesen.«

»Das war das Mindeste, was ich tun konnte. Ich weiß, dass Sie ein viel beschäftigter Mann sind.«

»Ich? Ich habe Zugang, aber keine echte Verantwortung. Ich sitze in Besprechungen und warte darauf, dass sie zu Ende gehen.«

»Wie lange noch?«

»Vielleicht zwei Jahre.«

»Wir werden Sie nicht vergessen, Werner. Sie waren gut zu uns.«

Der Österreicher machte eine wegwerfende Handbewegung. »Ich bin nicht besser als eine Frau, die Sie aus einer Bar abgeschleppt haben. Sobald ich pensioniert bin, werden Sie Mühe haben, sich an meinen Namen zu erinnern.«

Navot machte sich nicht die Mühe, das zu leugnen.

»Und was ist mit Ihnen, Monsieur Laffont? Weiter aktiv, wie ich sehe.«

»Zumindest noch ein paar Monate.«

»Ihr Dienst hat Sie schäbig behandelt. Sie hatten Besseres verdient.«

»Ich hatte einen guten Lauf.«

»Nur um wegen Allon kaltgestellt zu werden.« Werner Schwarz senkte die Stimme zu einem vertraulichen Murmeln, als er fragte: »Hat er wirklich geglaubt, mit der Ermordung eines SWR-Offiziers mitten in Wien davonkommen zu können?«

»Damit hatten wir nichts zu tun.«

»Uzi, bitte.«

»Sie müssen mir glauben, Werner. Wir waren's nicht!«

»Wir haben Beweise.«

»Welche?«

»Ein Beweis ist der schlaksige große Kerl in Ihrem Team«, behauptete Werner Schwarz. »Der auffällig blasse Typ. Er hat Allon bei dem kleinen Problem geholfen, das wir vor ein paar Jahren im Stadttempel hatten, und Allon war töricht genug, ihn nach Wien zurückzuschicken, damit er den Russen liquidiert. *Sie* hätten diesen Fehler nie gemacht, Uzi. Sie waren immer sehr vorsichtig.«

Navot ignorierte Werners Schmeichelei. »Unsere Leute waren nachts vor Ort«, gab er zu, »aber nicht aus dem Grund, den Sie vermuten. Der Russe hat für uns gearbeitet. Er wollte überlaufen, als er ermordet wurde.«

Werner Schwarz lächelte. »Wie lange haben Allon und Sie gebraucht, um sich das auszudenken?«

»Sie haben den Mord nicht selbst gesehen, nicht wahr, Werner?«

»Am Tatort gibt es keine Überwachungskameras, weshalb Sie ihn gewählt haben. Die ballistische Untersuchung hat eindeutig ergeben, dass der Motorradfahrer der Todesschütze war.« Werner Schwarz machte eine Pause, bevor er hinzufügte: »Übrigens mein Beileid.«

»Nicht nötig. Er war keiner von uns.«

»Jetzt liegt er in einem Kühlfach im Leichenhaus. Wollen Sie ihn wirklich dort lassen?«

»Uns geht er nichts an. Machen Sie mit ihm, was Sie wollen.«

»Oh, das tun wir.«

Der Wirt kam an ihren Tisch, um ihre Bestellung aufzunehmen, als die letzten Gäste sich angeregt plaudernd in Richtung Ausgang bewegten. Im Wienerwald vor den Fenstern des Restaurants begann es bei bedecktem Himmel schon dämmrig zu werden. Dies war die ruhige Zeit des Tages, die Schwarz am besten gefiel. Navot schenkte ihm nach. Dann sagte er ohne Warnung oder Erklärung einen Namen.

Werner zog eine Augenbraue hoch. »Was ist mit ihm?«

»Kennen Sie ihn?«

»Nur seinem Ruf nach.«

»Und der wäre?«

»Ein guter Geheimdienstler, der die Interessen seines Landes hier in Wien professionell und im Einklang mit unseren Wünschen vertritt.«

»Was bedeutet, dass er nicht versucht, gegen Ihre Regierung zu arbeiten.«

»Oder gegen unsere Bürger. Daher lassen wir ihn unbelästigt arbeiten. Meistens«, fügte Schwarz hinzu.

»Sie behalten ihn im Auge?«

»Soweit unsere Ressourcen das zulassen. Wir sind ein kleiner Dienst.«

»Und?«

»Er leistet ausgezeichnete Arbeit. Aber das tun sie meiner Erfahrung nach alle. Das Tarnen und Täuschen scheint ihnen im Blut zu liegen.«

»Keine Straftaten, keine Vergehen? Keine persönlichen Laster?«

»Ab und zu eine Affäre«, sagte Werner Schwarz.

»Wohl immer sehr diskret?«

»Vor ein paar Jahren hatte er eine Affäre mit der Frau eines Mitarbeiters des US-Konsulats. Die hat ziemliches Aufsehen erregt.«

»Wie haben die Amis die Sache aus der Welt geschafft?«

»Der Konsulatsbeamte wurde nach Kopenhagen versetzt, seine Frau ist nach Virginia zurückgegangen.«

»Sonst noch was?«

»Er fliegt ziemlich oft nach Bern, was interessant ist, weil Bern nicht zu seinem Einsatzgebiet gehört.«

»Glauben Sie, dass er dort eine neue Geliebte hat?«

»Vielleicht geht's auch um etwas anderes. Wie Sie wissen, endet unsere Zuständigkeit an der Schweizer Grenze.« Nun wurden ihre Vorspeisen serviert: eine Hühnerleberterrine für Navot, geräucherte Entenbrust für Schwarz. »Darf ich fragen, warum dieser Mann Sie so sehr interessiert?«

»Wegen einer internen Angelegenheit, nichts weiter.«

»Hängt sie mit dem Russen zusammen?«

»Wie kommen Sie darauf?«

»Der zeitliche Zusammenhang ist auffällig.«

»Zwei Fliegen mit einer Klappe«, behauptete Navot mit einer wegwerfenden Handbewegung.

»Das ist nicht so einfach.« Werner Schwarz tupfte sich die Lippen mit der gestärkten Serviette ab. »Womit wir wieder bei dem Mann im Leichenhaus wären. Wie lange wollen Sie behaupten, er sei keiner Ihrer Leute?«

»Glauben Sie wirklich«, fragte Navot nüchtern, »dass

Gabriel Allon zulassen würde, dass ein Jude in Wien anonym bestattet wird?«

»Ich gestehe Ihnen zu, dass das nicht sein Stil wäre. Nicht nach allem, was er in dieser Stadt erlitten hat. Aber der Mann im Leichenhaus ist kein Jude. Zumindest nicht der Abstammung nach.«

»Woher wissen Sie das?«

»Als die Bundespolizei ihn nicht identifizieren konnte, hat sie einen DNA-Test vornehmen lassen.«

»Und?«

»Keine Spur des Aschkenasi-Gens. Auch keine DNA-Marker eines sephardischen Juden. Kein arabisches, nordafrikanisches oder spanisches Blut. Kein einziger Tropfen.«

»Was ist er also?«

»Er ist Russe. Zu hundert Prozent.«

»Wer hätte das gedacht«, sagte Navot.

11

ANDALUSIEN

Die Villa klammerte sich an den Rand einer Felsenklippe in der andalusischen Sierra Morena. Die Bedrohlichkeit ihrer Lage gefiel der Besitzerin; sie schien jeden Augenblick in Gefahr zu sein, den Halt zu verlieren und in die Tiefe abzurutschen. Es gab Nächte, in denen sie sich wach im Bett liegend vorstellte, wie sie sich überschlagend in den Abgrund stürzte, während ihre Andenken und ihre Bücher und ihre Katzen in einem Tornado aus Erinnerungen um sie kreisten. Sie fragte sich, wie lange sie unter den Trümmern ihres Einsiedlerlebens begraben tot auf dem Boden der Schlucht liegen würde, bevor jemand auf den Bergrutsch aufmerksam wurde. Würden die Behörden für ein anständiges Begräbnis sorgen? Würden sie ihr Kind benachrichtigen? In ihren persönlichen Papieren befanden sich einige gut getarnte Hinweise auf die Identität des Kindes und das erste Kapitel ihrer Memoiren. Bisher hatte sie erst elf Seiten davon geschafft: mit Bleistift geschrieben, jede Seite mit einem braunen Ring von ihrem Kaffeebecher. Immerhin hatte sie schon einen Titel, was eine Leistung war, weil Titel immer so schwierig waren. *Die andere Frau,* das war der Titel ihrer Memoiren.

Die kümmerlichen elf Seiten, das bisherige Ergebnis ihrer Mühen, betrachtete sie weniger wohlwollend, denn schließlich hatte sie Tag für Tag nichts als Zeit. Darüber hinaus war sie Journalistin, zumindest hatte sie sich in ihrer Jugend als eine ausgegeben. Vielleicht war es das Thema, das ihr Fortschreiten lähmte. Über das Leben anderer zu schreiben – den Diktator, den Freiheitskämpfer oder den Mann, der im Suk Oliven und Gewürze verkaufte – war für sie ein relativ geradliniger Prozess gewesen. Das Subjekt sprach, seine Worte wurden mit den verfügbaren Fakten abgeglichen – ja, *seine* Worte, denn damals waren Frauen noch unwichtig gewesen –, und so entstand ein Artikel, hoffentlich mit genug Flair und Informationen, dass er ein kleines Honorar von einer Zeitung in London, Paris oder New York einbrachte.

Aber über sich selbst zu schreiben ... nun, das war etwas völlig anderes. Es glich dem Versuch, sich an die Einzelheiten eines Verkehrsunfalls auf nachtdunkler Straße zu erinnern. Sie hatte einen gehabt, mit *ihm,* in den Bergen außerhalb von Beirut. Er war wie gewöhnlich betrunken gewesen und ausfallend geworden, was sonst nicht seine Art war. Sie vermutete, er sei zu Recht wütend; sie hatte sich endlich ein Herz gefasst und ihm von dem Baby erzählt. Noch jetzt fragte sie sich, ob er in jener Nacht versucht hatte, sie umzubringen. Schließlich hatte er genügend andere umgebracht. Tatsächlich Hunderte von Menschen. Das wusste sie jetzt. Damals war sie ahnungslos gewesen.

Sie arbeitete – oder tat so – morgens in der schattigen Nische unter der Treppe. In letzter Zeit schlief sie weniger und stand ungewohnt früh auf. Sie vermutete, das sei eine weitere unwillkommene Folge des Älterwerdens. An diesem Morgen war sie produktiver als gewöhnlich und schrieb eine ganze Seite in geschliffener Prosa, ohne viel korrigieren oder revidieren zu müssen. Trotzdem war das erste Kapitel noch immer nicht fertig. Oder sollte sie es Vorwort nennen? Andererseits war sie Vorworten gegenüber immer misstrauisch gewesen, hatte sie stets als billige Versatzstücke minderer Schriftsteller betrachtet. In ihrem Fall war ein Prolog jedoch gerechtfertigt, denn sie begann ihre Erzählung nicht am Anfang, sondern in der Mitte: an einem glühheißen Nachmittag im August 1974, als ein Genosse Lawrow – das war ein Deckname – ihr einen Brief aus Moskau überbracht hatte. Er trug weder einen Absender noch ein Datum, an dem er geschrieben worden war. Trotzdem war er von *ihm,* dem englischen Journalisten, den sie in Beirut gekannt hatte. Sein Stil verriet ihn.

Es war halb zwölf Uhr, als sie ihren Bleistift weglegte. Das wusste sie, weil der blechern klingende Wecker in ihrer Seiko-Armbanduhr sie daran erinnerte, ihre nächste Herztablette zu nehmen. Sie spülte die bittere kleine Tablette mit einem Rest kaltem Kaffee hinunter und schloss das Manuskript – ein anmaßendes Wort, gewiss, aber ihr fiel kein anderes ein – in die schwere viktorianische Holzkassette unter ihrem Schreibtisch ein. Der nächste Punkt ihres straffen Tagesplans, ihr rituelles Bad, nahm volle vierzig Minuten in Anspruch, nach denen sie sich eine halbe Stunde lang sorgfältig frisierte, schminkte und ankleidete, bevor sie die Villa verließ und sich in der Mittagshitze auf den Weg in die kleine Stadt machte.

Das Städtchen, eines der berühmten »weißen Dörfer« Spaniens, war weiß wie gebleichte Knochen und thronte auf der Spitze eines Felsens, der einem Reißzahn glich. Hundertvierzehn normale Schritte auf dem Paseo brachten sie zu dem neuen Hotel, und von dort aus waren es weitere zweihundertachtzig Schritte durch einen Olivenhain bis zum *Centre ville*, wie sie die Stadtmitte auch nach langen Exiljahren weiter für sich nannte. Das Spiel, ihre Schritte zu zählen, hatte sie schon vor vielen Jahren als Kind in Paris gespielt. Wie viele Schritte waren es quer über den Hof bis zur Straße? Wie viele Schritte, um die Pont de la Concorde zu überqueren? Wie viele Schritte, um als Zehnjährige aus dem Blickfeld ihrer Mutter zu verschwinden?

Ein Graffitikünstler hatte das erste kubische Gebäude mit einer Obszönität auf Spanisch »verschönt«. Sie fand die Arbeit ganz gut, auch weil sie ein farbiger Akzent in dem monotonen Weiß war. Sie ging langsam zur Calle San Juan hinauf weiter. Die Ladenbesitzer sahen ihr missmutig nach, als sie vorbeiging. Sie hatten viele Namen für sie, von denen keiner schmeichelhaft war. Sie nannten sie *la loca*, die Verrückte, oder *la roja* – nach ihrer Politik, die sie trotz der Anweisungen des Genossen Lawrow nicht zu verheimlichen versuchte. Tatsächlich gab es hier nur wenige Ladenbesitzer, mit denen sie nicht schon Streit gehabt hatte – immer wegen Geld. Sie betrachtete die Krämer als Raubtierkapitalisten und wurde von ihnen zu Recht für eine Kommunistin und Unruhestifterin gehalten, die noch dazu eine Ausländerin war.

Das Café, in dem sie gewöhnlich zu Mittag aß, lag an einem Platz unweit des höchsten Punkts der Kleinstadt. Er bildete eine sechseckige Insel mit einem schönen Kandelaber in der Mitte und einer Kirche an der Ostseite, deren ockergelber Anstrich eine weitere Abwechslung von dem ewigen Weiß war. Das Café selbst war sehr schlicht – Kunststofftische und -stühle, Plastikdecken in einem seltsamen Schottenkaro –, aber seine Terrasse lag im Schatten dreier schöner Orangenbäume. Der Kellner war ein freundlicher junger Marokkaner aus irgendeinem gottverlassenen Nest im Rif-Gebirge. Womöglich war er ein IS-Fanatiker, der ihr bei nächster Gelegenheit die Kehle durchschneiden würde, aber er gehörte zu den wenigen Stadtbewohnern, die freundlich zu ihr waren. Sie sprachen Arabisch miteinander: sie in dem gestelzten klassischen Arabisch, das sie in Beirut gelernt hatte, er in seinem maghrebinischen Dialekt. Er sparte nicht mit Schinken und Sherry, obwohl er beides missbilligte.

»Haben Sie die heutigen Nachrichten aus Palästina gesehen?« Er stellte ihr eine *Tortilla española* hin. »Die Zionisten haben den Tempelberg gesperrt.«

»Empörend! Wenn sie so weitermachen, schaufeln sie sich ihr eigenes Grab.«

»Inschallah.«

»Ja«, stimmte sie zu und trank einen kleinen Schluck Manzanilla. »Inschallah, aber ja!«

Beim Kaffee kritzelte sie ein paar Zeilen in ihr Moleskine-Notizbuch: Erinnerungen an jenen Pariser Nachmittag vor so langer Zeit, Eindrücke. Sie bemühte sich, scharf zwischen ihrem damaligen und ihrem jetzigen Wissen zu unterscheiden, ein realistisches Bild der damaligen Situation zu zeichnen. Als die Rechnung kam, ließ sie das Doppelte des Betrags auf dem Tisch zurück und trat auf den Platz hinaus. Aus irgendeinem Grund lockte die Kirche. Sie stieg die wenigen Stufen hinauf – es waren vier – und zog die mit Ziernägeln beschlagene schwere Holztür auf. Kühle Luft strömte ihr entgegen, als atme der Kirchenraum aus. Sie tauchte instinktiv die Fingerspitzen ins Weihwasserbecken, schlug dann aber doch kein Kreuz. Sonst hätte bestimmt die Erde gebebt, und der Vorhang im Tempel wäre zerrissen.

Das im Halbdunkel liegende Kirchenschiff war menschenleer. Sie ging zögernd ein paar Schritte weiter und nahm den vertrauten Duft nach Weihrauch, Bienenwachs und Kerzenrauch wahr. Diese Gerüche hatte sie immer geliebt, auch wenn ihr kirchliche Rituale gleichgültig waren. Gott konnte durchs Werkzeug seiner römisch-katholischen Kirche nicht zu ihr sprechen, ergriff auch ihre Seele nicht, aber der Anblick einer Marienstatue mit Kind über einem Ständer mit Votivkerzen konnte sie unerwartet zu Tränen rühren.

Sie steckte ein paar Münzen in den Opferstock und tappte in den Sonnenschein hinaus. Wie so oft im Winter in der Sierra Morena war es ohne Vorwarnung kalt geworden. Sie hastete in die Stadt hinunter, wobei sie wieder die Schritte zählte, und fragte sich, warum es in ihrem Alter schwieriger war, bergab zu gehen als bergauf. Der kleine Supermarkt El Castillo war aus seiner Siesta aufgewacht. Aus aufgeräumten Regalen suchte sie ein paar Sachen fürs Abendessen zusammen und trug sie in einer Tragetasche aus Kunststoff durch den Olivenhain, an dem neuen Hotel vorbei und ins Gefängnis ihrer Villa.

Die Kälte folgte ihr ins Haus wie ein streunender Köter. Sie machte Feuer im offenen Kamin und goss sich einen Whisky gegen die Kälte in ihren Knochen ein. Der Geruch von Rauch und verbranntem Holz ließ sie unwillkürlich an ihn denken. Seine Küsse hatten immer nach Whisky geschmeckt.

Sie nahm ihr Glas in die Nische unter der Treppe mit. Auf dem Regalbrett über ihrem Schreibtisch waren Bücher aufgereiht. Ihr Blick glitt von links nach rechts über die teils rissigen, verblassten Buchrücken. Knightley, Seale, Boyle, Wright, Brown, Modin, MacIntyre, Beeston ... Und seine schwindelhaften Memoiren als Taschenbuchausgabe. In keinem dieser Bände tauchte ihr Name auf. Sie war sein bestgehütetes Geheimnis gewesen. Nein, dachte sie plötzlich, sein am zweitbesten gehütetes.

Sie öffnete die viktorianische Holzkassette und nahm das leicht modrig riechende, in Leder gebundene Scrapbook heraus. Es enthielt sorgfältig eingeklebt die wenigen Fotos, Zeitungsausschnitte und Briefe, die Genosse Lawrow ihr aus Paris mitzunehmen erlaubt hatte – und ein paar, die sie ohne sein Wissen gerettet hatte. Von ihrem Kind hatte sie nur acht vergilbte Schnappschüsse, von denen der letzte heimlich auf der Jesus Lane in Cambridge gemacht worden war. Von *ihm* gab es weit mehr. Die langen feuchtfröhlichen Lunchs im St. Georges und im Normandie, die Picknicks auf den Hügeln, die betrunkenen Nachmittage im Strandhaus an der Chalde Beach. Und dazu kamen Privatfotos in ihrer Wohnung, in der er sich ganz ungezwungen gegeben hatte. Sie hatten sich nie in seinem geräumigen Apartment in der Rue Kantari, sondern immer nur in ihrer kleinen Wohnung getroffen. Irgendwie war Eleanor ihnen nie auf die Schliche gekommen. Anscheinend waren sie beide geborene Trickser und Täuscher gewesen. Und ihr Kind war es auch.

Sie legte das Scrapbook in die massive Holzkassette zurück und schaltete den altmodischen Fernseher in ihrem Wohnzimmer ein. Auf La 1 hatten gerade die Abendnachrichten begonnen. Nach mehreren Minuten der üblichen Kost – ein Streikaufruf, Ausschreitungen nach einem Fußballspiel, Unruhen im benachbarten Katalonien – folgte ein Bericht über die Ermordung eines russischen SWR-Agenten in Wien und den Direktor des israelischen Geheimdiensts, der dafür verantwortlich gemacht wurde. Sie hasste den Israeli schon allein wegen seiner Existenz, aber in diesem Augenblick tat er ihr sogar ein bisschen leid. Der arme Esel, dachte sie. Er weiß gar nicht, mit wem er's da zu tun hat.

12

BELGRAVIA, LONDON

Offiziell hätte Gabriel Allon »C«, dem Generaldirektor des britischen Secret Intelligence Service, seinen beabsichtigten Besuch in London im Voraus ankündigen müssen. Er wäre auf dem Heathrow Airport von einem Empfangskomitee begrüßt, an der Passkontrolle vorbeigeschleust und wie ein Premierminister, ein Präsident oder ein Potentat aus irgendeinem Winkel des einstigen Imperiums mit einer Wagenkolonne nach Vauxhall Cross gebracht worden. Fast jeder, der im amtlichen und geheimen London etwas zu sagen hatte, würde von seiner Anwesenheit wissen. Kurz gesagt: Sein Besuch wäre eine Katastrophe gewesen.

Das erklärte, weshalb Gabriel mit einem gefälschten Pass nach Paris flog und mittags heimlich mit einem Eurostar-Zug nach London weiterfuhr. Dort quartierte er sich im Grand Hotel Berkshire in der West Cromwell Road ein. Er zahlte bar – das war hier möglich – für zwei Nächte im Voraus und stieg die Treppe zu seinem Zimmer hinauf, weil der Aufzug außer Betrieb war. Auch das war typisch für dieses Haus.

Gabriel hängte den DO-NOT-DISTURB-Anhänger über die Türklinke und hakte die Sicherungskette ein, bevor er den Telefonhörer abnahm. Der Hörer roch nach dem Rasierwasser des letzten Gasts. Er begann zu wählen, legte dann aber gleich wieder auf. Sein Anruf würde vom GCHQ, dem britischen Abhördienst, und bestimmt auch von der amerikanischen NSA mitgehört werden, die beide den Klang seiner Stimme in mehreren Sprachen kannten.

Er rief die Übersetzerfunktion seines Smartphones auf. Nachdem er seine Mitteilung getippt und die Zielsprache ausgewählt hatte, nahm er den übel riechenden Hörer erneut ab und wählte die Nummer diesmal ganz.

Eine Männerstimme meldete sich: kühl und distanziert, als störe dieser unerwünschte Anruf. Gabriel hielt sein Smartphone an den Hörer und spielte die Aufnahme ab. Die Software betonte viele Silben und einzelne Worte falsch, schaffte es aber, seine Nachricht zu übermitteln. Er wollte »C« unter vier Augen sprechen – weit weg von Vauxhall Cross und ohne dass jemand beim MI6 etwas davon erfuhr. Zu erreichen war er im Grand Hotel Berkshire, Zimmer 304.

Sobald die Nachricht übermittelt war, legte Gabriel auf und beobachtete den Berufsverkehr auf der Straße unter seinem Fenster. Er brauchte nicht lange zu werten. Kaum zwanzig Minuten später klingelte das Telefon in seinem Zimmer, als ein Anruf einging. Diesmal meldete sich ein anderer Mann, der knapp sagte: »Sechsundfünfzig Eaton Square, neunzehn Uhr. Business Casual.« Ein Klicken zeigte, dass er aufgelegt hatte.

Weil Gabriel erwartet hatte, zu irgendeinem schäbigen sicheren Haus des MI6 in Stockwell oder Stepney oder Maida Vale beordert zu werden, war die Adresse in Belgravia eine gewisse Überraschung. Sie gehörte zu einem großen Stadthaus im georgianischen Stil in der Südwestecke des Platzes. Wie bei den Nachbarhäusern war das Erdgeschoss schneeweiß verputzt, während die drei Stockwerke darüber aus Klinkersteinen gemauert waren. Unter dem Säulenvordach brannte helles Licht, und als Gabriel den Klingelknopf drückte, erklang im Inneren des Hauses ein volltönender Gong. Während er auf eine Reaktion wartete, betrachtete er die übrigen Häuser an dem kleinen Platz. Die meisten waren dunkel, was zeigte, dass eine der gesuchtesten Adressen Londons fest in den Händen abwesender arabischer und chinesischer – und natürlich russischer – Besitzer war.

Endlich ertönten Schritte, das Klicken von Stilettos auf Marmorfliesen. Dann ging die Haustür auf und zeigte Gabriel eine hochgewachsene Frau Mitte sechzig in modischer schwarzer Hose und einer Jacke, die seiner Palette am Ende eines langen Arbeitstages glich. Sie hatte dem Sirenengesang von Schönheitsoperationen und Collagenimplantaten widerstanden und sich so ihre elegante, würdevolle Schönheit bewahrt. Ihre rechte Hand lag auf der Türklinke, in der Linken hielt sie ein Glas Weißwein. Gabriel lächelte. Dies versprach ein interessanter Abend zu werden.

Sie erwiderte sein Lächeln. »Mein Gott, Sie sind's wirklich!«

»Ich fürchte ja.«

»Herein mit Ihnen, bevor jemand auf Sie schießt oder in die Luft zu jagen versucht. Ich bin übrigens Helen. Helen Seymour«, fügte sie hinzu, als die schwere Tür hinter ihnen ins Schloss fiel. »Graham hat mich bestimmt mal erwähnt.«

»Er redet die ganze Zeit nur von Ihnen.«

Sie verzog das Gesicht. »Graham hat mich vor Ihrem seltsamen Sinn für Humor gewarnt.«

»Ich will versuchen, mich zu beherrschen.«

»Bitte nicht. Alle unsere übrigen Freunde sind verdammt langweilig.« Sie führte ihn über den schwarz-weißen Marmorboden in eine große Küche, in der es wundervoll nach Huhn und Safran roch. »Ich mache eine Paella. Graham sagt, dass Sie das nicht stören wird.«

»Wie bitte?«

»Die Chorizo und der Tintenfisch«, ergänzte sie. »Er hat mir versichert, dass Sie nicht strikt koscher essen.«

»Richtig, aber im Allgemeinen versuche ich, verbotene Speisen zu meiden.«

»Sie können darum herumessen. Das tun die Araber, wenn ich eine für sie mache.«

»Kommen oft welche?«, fragte Gabriel unschuldig.

Helen Seymour verdrehte die Augen.

»Wer speziell?«

»Vorhin war dieser Jordanier hier. Der Anzüge aus der Savile Row trägt und wie einer von uns redet.«

»Farid Barakat.«

»Er hält viel von sich selbst. Und von Ihnen«, fügte sie hinzu.

»Wir stehen auf derselben Seite, Farid und ich.«

»Und welche wäre das?«

»Stabilität.«

»Stabilität gibt es keine, mein Lieber. Nicht mehr.«

Gabriel übergab Helen Seymour die Flasche Sancerre, die er bei Sainsbury's in der Berkeley Street gekauft hatte. Sie legte sie sofort in den Kühlschrank.

»Neulich habe ich Ihr Bild in der *Times* gesehen«, sagte sie und schloss die Tür. »Oder war's im *Telegraph?«*

»In beiden, fürchte ich.«

»Kein sehr gutes Foto. Vielleicht tröstet das hier Sie darüber hinweg.« Sie goss ihm ein großes Glas Albariño ein. »Graham wartet oben auf Sie. Er sagt, dass Sie und er vor dem Abendessen etwas zu besprechen haben. Vermutlich hängt es mit Wien zusammen. Offiziell darf ich natürlich nichts davon wissen.«

»Da können Sie von Glück sagen.«

Gabriel stieg die breite Treppe in den ersten Stock hinauf. Aus der offenen Tür des luxuriösen Arbeitszimmers mit wandhohen Bücherregalen fiel Licht auf den Flur. Drinnen wartete Graham Seymour, Nachfolger von Cumming, Menzies, White und Oldfield, in *splendid isolation*. Er trug einen anthrazitgrauen Nadelstreifenanzug mit schiefergrauer Krawatte, die zu seinen üppigen Locken passte. In der rechten Hand hielt er ein Kristallglas mit einem klaren alkoholischen Getränk. Seine Aufmerksamkeit galt einem Fernsehschirm, auf dem der Premierminister Fragen von Journalisten zum Brexit beantwortete. Gabriel war für diesen Themenwechsel dankbar.

»Bestell Lancaster bitte, wie sehr seine bedingungslose Unterstützung mich in den Tagen nach Wien aufgerichtet hat. Sag ihm, dass er sich jederzeit an mich wenden kann, wenn er einen Gefallen braucht.«

»Lancaster kann nichts dafür«, antwortete Seymour. »Das war nicht seine Idee.«

»Wessen Idee war das?«

»Meine.«

»Warum hast du nicht einfach die Klappe gehalten? Musstest du dich überhaupt dazu äußern?«

»Weil dein Team und du gepfuscht haben und ich nicht wollte, dass etwas davon auf den Premierminister oder mich abfärbt.« Seymour betrachtete Gabriels Wein abfällig, als er an den kleinen Getränkewagen trat und sich nachschenkte. »Kann ich dich für etwas Stärkeres interessieren?«

»Aceton *on the rocks*, bitte.«

»Olive oder Limone?« Seymours Lächeln rief eine Feuerpause aus. »Du hättest sagen sollen, dass du kommst. Beinahe hättest du mich verfehlt. Ich fliege morgen früh nach Washington.«

»Die Kirschbäume blühen aber erst in mindestens einem Vierteljahr.«

»Gott sei Dank.«

»Was steht auf der Tagesordnung?«

»Eine Routinebesprechung in Langley, bei der laufende gemeinsame Unternehmen diskutiert und zukünftige geplant werden sollen.«

»Meine Einladung muss die Post verschlampt haben.«

»Manches tun wir auch, ohne dich zu informieren. Schließlich sind wir Verwandte.«

»Entfernte Verwandte«, sagte Gabriel.

»Die sich Tag für Tag mehr entfremden.«

»Euer Bündnis hat schon andere Belastungen ausgehalten.«

»Gewiss, aber diesmal ist's anders. Wir müssen tatsächlich damit rechnen, dass die internationale Ordnung zusammenbrechen könnte. Übrigens dieselbe Ordnung, die das Entstehen eures Staats erst ermöglicht hat.«

»Danke, wir können uns selbst verteidigen.«

»Könnt ihr das wirklich?«, fragte Seymour ernst. »Aber wie lange? Gegen wie viele Feinde gleichzeitig?«

»Reden wir über etwas Angenehmeres.« Gabriel machte eine Pause, dann fügte er hinzu: »Zum Beispiel über Wien.«

»Das war ein alltägliches Unternehmen«, stellte Seymour fest. »Man holt einen Agenten aus der Kälte rein, redet kurz mit ihm, setzt ihn ins Flugzeug in ein neues Leben. Das machen wir dauernd.«

»Wir auch«, antwortete Gabriel. »Aber das Unternehmen war zum Scheitern verurteilt, weil mein Agent schon lange vor seinem Abflug aus Moskau enttarnt war.«

»*Unser* Agent«, betonte Seymour. »Immerhin waren wir bereit, ihn aufzunehmen.«

»Und deshalb ist er jetzt tot«, sagte Gabriel.

Seymour umklammerte das Glas so fest, dass seine Fingerknöchel weiß hervortraten.

»Vorsichtig, Graham. Du zerdrückst es sonst.«

Der Generaldirektor stellte das Glas ab. »Können wir uns darauf einigen», schlug er ruhig vor, »dass alles darauf hinweist, dass Kirow enttarnt war?«

»Das können wir.«

»Aber nehmen wir weiterhin an, dass ihr dafür zuständig wart, ihn unabhängig von den Umständen rauszuholen. Ihr hättet die SWR-Überwachungsteams in Wien entdecken und Kirow einen anderen Treffpunkt vorschlagen müssen.«

»Wir konnten keine entdecken, Graham, weil keine da waren. Die Russen brauchten keine. Sie wussten, wohin Kirow unterwegs war – und dass ich dort auf ihn warten würde. Nur deshalb konnten sie mich beim Verlassen des Hauses fotografieren. So haben sie ihre Bots, Trolle, Posts und Medien dazu benutzt, den Eindruck zu erwecken, als steckten wir hinter der Ermordung Kirows.«

»Wo war also das Leck?«

»Garantiert nicht bei uns. Und das bedeutet«, sagte Gabriel, »dass es bei euch war.«

»Einer meiner Leute ist ein russischer Agent?«, fragte Seymour. »Willst du das sagen?«

Gabriel trat ans Fenster und sah zu den dunklen Häusern jenseits des kleinen Platzes hinüber. »Du hättest nicht Lust, eine CD mit Harry James aufzulegen und sie richtig laut abzuspielen?«

»Ich habe eine bessere Idee«, sagte Graham und stand auf. »Komm mit!«

13

EATON SQUARE, LONDON

Die äußerlich ganz normale Tür war in einen unsichtbaren hochfesten Stahlrahmen eingelassen. Graham Seymour öffnete sie, indem er auf dem Tastenfeld am Türrahmen einen achtstelligen Code eingab. Die kleine, beengte Kammer dahinter war an Boden, Decke und Wänden dick schallisoliert. Hier gab es zwei Stühle, ein Telefon und einen Bildschirm für sichere Videokonferenzen.

»Ein abhörsicherer Raum daheim«, sagte Gabriel. »Was werden sie sich noch alles einfallen lassen?«

Seymour setzte sich auf einen der Stühle und bot Gabriel den anderen an. Ihre Knie berührten sich fast, so beengt war der kleine Raum. Die Deckenleuchte umgab Seymours Kopf mit einer Art Heiligenschein. Er sah plötzlich nicht mehr wie jemand aus, den Gabriel kannte.

»Das ist alles sehr praktisch, was? Und sehr leicht vorauszusehen.«

»Was denn?«, fragte Gabriel.

»Ihr sucht einen Sündenbock, dem ihr die Schuld für euer Versagen geben könnt.«

»Mit dem Wort *Sündenbock* wäre ich lieber vorsichtig. Leuten wie mir ist dabei nicht ganz wohl.«

Seymour gelang es irgendwie, sich seine britische Reserviertheit zu bewahren. »Versuch bloß nicht, diese Karte bei mir auszuspielen. Dafür kennen wir uns viel zu lange.«

»Allerdings. Deshalb dachte ich, dass es dich interessieren würde, dass dein Stationsleiter in Wien ein russischer Spion ist.«

»Alistair Hughes? Ein ausgezeichneter Mann.«

»Das denken seine Agentenführer in der Zentrale Moskau bestimmt auch.« Das Lüftungssystem der Kammer röhrte wie ein offener Kühlschrank. »Hörst du dir wenigstens an, was ich zu sagen habe?«

»Nein.«

»Dann bleibt mir nichts anderes übrig, als unsere Zusammenarbeit zu suspendieren.«

Seymour lächelte nur. »Du bist kein großer Pokerspieler, was?«

»Ich hatte nie viel Zeit für unwichtige Bagatellen.«

»Wieder diese Karte!«

»Unsere Beziehung gleicht einer Ehe, Graham. Sie basiert auf Vertrauen.«

»Meiner Erfahrung nach basieren die meisten Ehen auf Geld oder der Angst vor Einsamkeit. Und wenn du dich von mir scheiden lässt, hast du auf der Welt keinen einzigen Freund mehr.«

»Ich kann nicht mit dir zusammenarbeiten oder Informationen teilen, wenn dein Wiener Stationsleiter im Sold der Russen steht. Und ich wette, dass die Amerikaner ähnlich denken werden.«

»Das würdest du dich nicht trauen!«

»Wart's nur ab. Ich denke sogar, ich werde meinem guten Freund Morris Payne alles darüber erzählen, bevor ihr morgen zu eurer kleinen Besprechung zusammenkommt.« Payne war der CIA-Direktor. »Das dürfte ordentlich Leben in die Bude bringen.«

Seymour äußerte sich nicht dazu.

Gabriel warf einen Blick auf die Kamera über dem Bildschirm. »Das Ding läuft nicht, stimmt's?«

Seymour schüttelte den Kopf.

»Und niemand weiß, dass wir hier drinnen sind?«

»Niemand außer Helen. Sie schwärmt übrigens für ihn.«

»Wen?«

»Alistair Hughes. Sie findet ihn attraktiv.«

»Genau wie damals die Frau eines amerikanischen Diplomaten in Wien.«

Seymour kniff die Augen zusammen. »Woher weißt du das?«

»Das hat mir ein Vögelchen erzählt. Und von ihm weiß ich auch, dass Alistair Hughes die Adresse der sicheren Wohnung verlangt hat, in der ich Kirow nach seiner Flucht befragen wollte.«

»London Control hat die Adresse angefordert, nicht Alistair.«

»Wozu?«

»Weil wir dafür zuständig waren, Kirow aus Wien rauszuschaffen und sicher an Bord eines Flugzeugs zu bringen. Das ist nicht so einfach, wie einen Wagen bei Uber zu bestellen. Da kann man nicht in letzter Minute auf einen Knopf drücken. Wir mussten eine Route planen und für den Fall, dass die Russen intervenieren, eine Ersatzroute ausarbeiten. Und dafür brauchten wir die Adresse.«

»Wie viele Leute haben sie gekannt?«

»In London?« Seymour sah zur Decke auf. »Acht oder neun. Und weitere sechs bis sieben in Wien.«

»Was ist mit den Wiener Sängerknaben?« Als Seymour schwieg, fragte Gabriel weiter: »Wie viel wussten die Amerikaner?«

»Unsere Stationsleiterin in Washington hat sie routinemäßig informiert, dass Heathcliff überlaufen und von uns eine neue Identität erhalten würde. Über die operativen Einzelheiten hat sie nicht gesprochen.«

»Auch nicht über die Adresse?«

»Nur über die Stadt.«

»Wussten sie, dass ich dort sein würde?«

»Schon möglich.« Seymour dachte angelegentlich nach. »Entschuldige, aber ich bin ein bisschen verwirrt. Wirfst du den Amerikanern vor, Kirow an die Russen verraten zu haben, oder uns?«

»Ich beschuldige den attraktiven Alistair Hughes.«

»Was ist mit den anderen vierzehn MI6-Offizieren, die die Adresse eurer sicheren Wohnung kannten? Woher weißt du, dass es keiner von ihnen war?«

»Weil wir in diesem Raum sitzen. Du hast mich hergebracht«, sagte Gabriel, »weil du fürchtest, ich könnte recht haben.«

14

EATON SQUARE, LONDON

Graham Seymour saß lange nachdenklich schweigend und mit abgewandtem Blick da, als betrachte er eine vor dem Fenster eines imaginären Bahnabteils vorbeiziehende Landschaft. Als er dann einen Namen, einen russischen Namen, sagte, hatte Gabriel wegen der heulenden Lüftung Mühe, ihn zu verstehen.

»Gribkow«, wiederholte Seymour. »Wladimir Wladimirowitsch Gribkow. Wir haben ihn abgekürzt WeWe genannt. Er hat sich als Presseattaché der russischen UN-Botschaft in New York ausgegeben. Ziemlich amateurhaft, wenn ich das mal sagen darf. In Wirklichkeit hat er als SWR-Offizier versucht, bei den Vereinten Nationen Agenten anzuwerben. Die Zentrale Moskau hat in New York eine große Residentur. Unsere Station ist viel kleiner – und eure noch kleiner. Sie besteht nur aus einem Mann. Wir kennen seine Identität ebenso wie die Amerikaner.«

Aber das tue nichts zur Sache, fuhr Seymour fort. Wichtig war nur, dass Wladimir Wladimirowitsch Gribkow sich bei einem ansonsten langweiligen Diplomatencocktail in einem Luxushotel in Manhattan an den New Yorker MI6-Mann gewandt und angedeutet hatte, er wolle streng vertraulich etwas mit ihm besprechen. Der MI6-Offizier, den Seymour nicht nannte, hatte die Kontaktaufnahme pflichtgemäß London Control gemeldet. »Weil er wie jeder unserer Leute weiß, dass man seine Karriere nicht schneller beenden kann, als sich unerlaubt mit einem SWR-Gangster zu einem vertraulichen Gespräch zu treffen.« London Control hatte seine Einwilligung gegeben, und drei Wochen nach dem ersten Kontakt – damit Gribkow wieder zur Vernunft kommen konnte, sagte Seymour – vereinbarten die beiden Agenten einen Treff an einem abgelegenen Ort östlich von New York, auf Long Island.

»Tatsächlich haben sie sich auf Shelter Island, einer kleineren Insel vor der Küste, getroffen. Dorthin führt keine Brücke, nur eine Autofähre. Ein großer Teil der Insel steht unter Naturschutz – mit viele Meilen langen Wanderwegen, auf denen man kaum jemals einem Menschen begegnet. Kurz gesagt: der perfekte Ort für einen Treff von einem Offizier von Her Majesty's Secret Intelligence Service und einem Russen, der daran dachte, sein Land zu verraten.«

Gribkow vergeudete wenig Zeit mit langen Vorreden oder professionellen Komplimenten. Er sagte, er sei von der SWR und Russland unter der Herrschaft des Zaren enttäuscht. Deshalb wolle er mit seiner Frau und zwei Kindern, die in einem russischen Diplomatenkomplex in der Bronx lebten, nach England desertieren. Er sagte, er könnte dem MI6 Unmengen von Material liefern – darunter eine Information, die ihn zum wertvollsten Überläufer aller Zeiten machen werde. Dafür wollte er üppig entlohnt werden.«

»Wie viel?«, fragte Gabriel.

»Zehn Millionen Pfund und ein Landhaus in England.«

»Einer von denen!«, sagte Gabriel verächtlich.

»Ja«, stimmte Seymour zu.

»Und welche Information sollte diesen fürstlichen Preis wert sein?«

»Der Name eines russischen Maulwurfs in der Spitze des angloamerikanischen Geheimdienst-Establishments.«

»Hat er die Organisation oder eine bestimmte Seite des Atlantiks benannt?«

Seymour schüttelte den Kopf.

»Wie habt ihr darauf reagiert?«

»Zurückhaltend, eher skeptisch, wie wir's anfangs immer tun. Wir sind davon ausgegangen, er erzähle uns Märchen oder sei ein *Agent Provocateur* der Zentrale Moskau mit dem Auftrag, uns zu einer kostspieligen Hexenjagd nach einem angeblichen Verräter in unserer Mitte anzustiften.«

»Ihr habt also behauptet, nicht interessiert zu sein?«

»Tatsächlich genau das Gegenteil. Wir haben gesagt, wir seien sehr interessiert, brauchten aber ein paar Wochen für die notwendigen Vorbereitungen. In der Zwischenzeit haben wir ihn überprüft. Gribkow war kein Neuling in der Probezeit, sondern ein SWR-Veteran, der in mehreren Residenturen im Westen Dienst getan hatte. Zuletzt in Wien, wo er häufig Kontakt mit unserem Stationsleiter gehabt hat.«

»Dem attraktiven Alistair Hughes.«

Seymour sagte nichts.

»Was für Kontakte waren das?«

»Die üblichen«, sagte Seymour. »Wichtig ist nur, dass Alistair jeden einzelnen pflichtgemäß gemeldet hat. Alle haben in seinem Diensttagebuch gestanden – mit Querverweisen in der Akte Gribkow.«

»Ihr habt Hughes also nach Vauxhall Cross kommen lassen, um zu hören, wie er über Gribkow und sein Angebot denkt.«

»Genau.«

»Und?«

»Alistair war noch skeptischer als London Control.«

»Ach, wirklich? Das schockiert mich echt.«

Seymour runzelte die Stirn. »Inzwischen«, sagte er, »waren seit Gribkows erstem Angebot sechs Wochen vergangen, und er ist allmählich nervös geworden. Er war leichtsinnig genug, meinen Mann in New York zweimal anzurufen. Und dann hat er etwas getan, das wirklich fahrlässig war.«

»Was denn?«

»Er hat sich an die Amerikaner gewandt. Wie du dir denken kannst, war Langley wütend über unsere zögerliche Art. Die CIA hat uns unter Druck gesetzt, Gribkow möglichst schnell aufzunehmen. Sie hat sogar angeboten, sich an den zehn Millionen zu beteiligen. Als wir weiter gemauert haben, ist daraus eine richtige Familienfehde entstanden.«

»Wer hat gewonnen?«

»Die Zentrale Moskau«, sagte Seymour. »Während des Streits mit unseren amerikanischen Vettern haben wir übersehen, dass Gribkow zu dringenden Konsultationen abberufen wurde. Einige Tage später ist auch seine Familie nach Russland zurückgekehrt, und im folgenden Monat hat die Ständige Vertretung der Russischen Föderation bei den Vereinten Nationen die Ernennung eines neuen Presseattachés bekannt gegeben. Von Wladimir Wladimirowitsch Gribkow haben wir natürlich nie wieder etwas gehört.«

»Wieso habe ich von alledem nichts erfahren?«

»Du warst nicht davon betroffen.«

»Ich *war* aber betroffen«, stellte Gabriel ruhig fest, »sobald ihr Alistair Hughes über mein Unternehmen in Wien informiert habt.«

»Wir sind nicht auf die Idee gekommen, ihn nicht daran zu beteiligen.«

»Wieso nicht?«

»Weil interne Untersuchungen gezeigt hatten, dass er nichts mit Gribkows Ende zu tun gehabt hatte.«

»Freut mich, das zu hören. Aber wie haben die Russen erfahren, dass Gribkow überlaufen wollte?«

»Wir vermuten, dass er sich durch sein Verhalten selbst ans Messer geliefert hat. Die Amerikaner haben sich dieser Einschätzung angeschlossen.«

»Womit ein potenziell lähmender Streit unter Freunden beigelegt war. Aber jetzt steht ihr mit einem weiteren toten russischen Überläufer da, und der gemeinsame Nenner ist dein Stationsleiter in Wien, der mal eine Affäre mit der Frau eines Mitarbeiters des US-Konsulats hatte.«

»Ihr Mann war kein gewöhnlicher Mitarbeiter, sondern von der CIA entsandt. Und wenn eheliche Untreue gleichbedeutend mit Verrat wäre, könnten wir den Laden dichtmachen. Ihr übrigens auch.«

»Er war in letzter Zeit häufig jenseits der Grenze in der Schweiz unterwegs.«

»Hat dir das auch dein Vögelchen erzählt – oder habt ihr ihn überwacht?«

»Ich würde niemals einen deiner Offiziere überwachen, ohne es dir zu sagen, Graham. Das tun Freunde nicht. Sie lassen einander nicht im Dunklen tappen, wenn es um Menschenleben geht.«

Seymour äußerte sich nicht dazu. Er wirkte plötzlich erschöpft, schien des Streits überdrüssig zu sein. Gabriel beneidete seinen Freund nicht um seine Zwangslage. In seiner Position konnte er unter diesen Umständen nie gewinnen. Die Frage war nur, wie hoch er verlor.

»Auch wenn mich das eigentlich nichts angeht«, sagte Gabriel, »hast du meiner Einschätzung nach die Wahl zwischen zwei Möglichkeiten.«

»Wirklich?«

»Am logischsten wäre es, intern untersuchen zu lassen, ob Alistair Hughes eure Geheimnisse an die Russen verhökert. Aber du müsstest den Amerikanern mitteilen, dass diese Untersuchung eingeleitet ist, was eine neue Eiszeit in euren Beziehungen bewirken würde. Und außerdem müsstet ihr eure Rivalen vom MI5 hinzuziehen, was ihr unter keinen Umständen wollt.«

»Und die zweite Möglichkeit?«

»Lass uns Hughes für dich beobachten.«

»Soll das ein Witz sein?«

»Nein, das ist mein Ernst.«

»Aber das gab es noch nie!«

»Das stimmt nicht ganz», antwortete Gabriel. »Und es hätte sogar Vorteile.«

»Welche denn?«

»Hughes kennt eure Überwachungsmethoden und – was vielleicht noch wichtiger ist – euer Personal. Versucht ihr, ihn zu überwachen, hat er gute Chancen, euch zu entdecken. Aber wenn wir das übernehmen …«

»Dann hättet ihr das Recht, im Privatleben eines meiner Offiziere herumzuschnüffeln.«

Mit einem Schulterzucken deutete Gabriel an, dass er dieses Recht schon besaß, ob es Seymour gefiel oder nicht. »Vor uns kann er sich nicht verstecken, Graham, nicht wenn er Tag und Nacht unter Beobachtung steht. Hat er Verbindung zu den Russen, ertappen wir ihn dabei.«

»Und was dann?«

»Dann übergeben wir das Beweismaterial dir, und du kannst damit machen, was du für richtig hältst.«

»Oder was *du* für richtig hältst.«

Gabriel biss jedoch nicht an; ihr Duell war fast vorüber. Seymour verdrehte irritiert die Augen, sah zu der Lüftungsöffnung in der Decke auf. Die einströmende Luft war arktisch kalt.

»Ich kann nicht zulassen, dass ihr meinen Stationsleiter in Wien überwacht, ohne dass euch dabei jemand von uns über die Schulter sieht«, sagte er zuletzt. »Ich bestehe darauf, einen meiner Leute ins Überwachungsteam zu entsenden.«

»So sind wir überhaupt erst in diesen Schlamassel geraten, Graham.« Als Seymour hartnäckig schwieg, sagte Gabriel: »Unter den gegenwärtigen Umständen würde ich nur einen MI6-Offizier akzeptieren.«

»Hast du vergessen, dass Alistair und er sich kennen?«

»Nein«, antwortete Gabriel, »diese wichtige Tatsache ist mir keineswegs entgangen. Aber keine Sorge, wir halten sie voneinander fern.«

»Kein Wort zu den Amerikanern!«, verlangte Seymour.

Gabriel hob die Rechte, als leiste er einen feierlichen Eid.

»Und keinerlei Zugang zu MI6-Akten oder Interna der Wiener Station«, präzisierte Seymour. »Euer Unternehmen beschränkt sich auf rein physische Überwachung, verstanden?«

»Aber seine Wohnung dürfen wir überwachen«, stellte Gabriel fest. »Wanzen und Kameras.«

Seymour dachte angelegentlich nach. »Einverstanden«, sagte er zuletzt. »Aber versucht bitte, diskret zu sein. Jeder hat ein Recht auf ungestörtes Privatleben.«

»Außer er spioniert für die Russen. Dann verdient er die *Wysschaja mera.*«

»Ist das Hebräisch?«

»Nein, Russisch.«

»Was heißt das?«

Gabriel gab den achtstelligen Code auf dem internen Tastenfeld ein. Die Schlösser öffneten sich klackend.

Seymour runzelte die Stirn. »Gleich morgen früh lasse ich den Code ändern.«

»Tu das«, sagte Gabriel.

Beim Dinner war Seymour in Gedanken woanders, sodass Helen als perfekte Gastgeberin die Gesprächsführung übernehmen musste. Das tat sie bewundernswert diskret. Obwohl die Londoner Presse viel über Gabriel geschrieben hatte, erwähnte Helen seine früheren Einsätze auf britischem Boden mit keinem Wort. Erst als er sich verabschiedete, wurde ihm klar, dass sie praktisch über nichts gesprochen hatten.

Gabriel hatte zu Fuß ins Hotel zurückgehen wollen, aber am Randstein wartete eine Limousine, ein dunkelblauer Jaguar. Hinten saß Christopher Keller, der etwas auf seinem MI6-BlackBerry las. »An deiner Stelle würde ich mich beim Einsteigen beeilen«, sagte er. »Schräg gegenüber wohnt ein guter Freund des Zaren.«

Gabriel stieg rasch ein und schloss die Tür. Die Limousine fuhr ruckartig an und war wenig später in flottem Tempo auf der King's Road durch Chelsea unterwegs.

»Wie war das Essen?«, fragte Keller vorsichtig.

»Fast so schlecht wie in Wien.«

»Wie ich höre, fliegen wir wieder hin.«

»Nicht ich.«

»Zu schade.« Keller starrte aus dem Fenster. »Ich weiß, wie sehr du diese Stadt liebst.«

15

BRITISCHE BOTSCHAFT, WASHINGTON

Der Generaldirektor von Her Majesty's Secret Intelligence Service hatte kein eigenes Flugzeug – dieses Privileg genoss nur der Premierminister –, deshalb überquerte Graham Seymour den Atlantik am folgenden Morgen mit einer gecharterten Falcon. Auf dem Dulles International Airport wurde er auf dem Vorfeld von einem CIA-Team in Empfang genommen und mit hoher Geschwindigkeit durch die Washingtoner Vorstädte in Northern Virginia zum Komplex der britischen Botschaft in der Massachusetts Avenue gefahren. Gleich nach der Ankunft traf er wie üblich mit dem Botschafter zusammen, den er seit frühester Jugend gut kannte. Anfang der sechziger Jahre waren ihre Väter in Beirut eingesetzt gewesen: der Vater des Botschafters im britischen Konsulat, Seymours Vater in der MI6-Station.

»Dinner heute Abend?«, fragte der Botschafter, als er Seymour zur Tür begleitete.

»Muss leider nach London zurück.«

»Schade.«

»Durchaus.«

Seymours nächstes Ziel war die MI6-Station: ein von der übrigen Botschaft strikt getrenntes geheimes Königreich hinter einer schweren Tresortür. Dies war die bei Weitem größte MI6-Station – und zweifellos die wichtigste. Eine Vereinbarung legte fest, dass ihre Offiziere nicht versuchten, auf amerikanischem Boden Informationen zu sammeln. Sie fungierten lediglich als Verbindungsoffiziere zu den vielen US-Geheimdiensten, bei denen sie als geschätzte Kunden galten. Der MI6 hatte im Zweiten Weltkrieg den Amerikanern geholfen, ein

Spionagenetz aufzubauen, was ihm noch heute – Jahrzehnte später – Vorteile brachte. Diese enge Beziehung ermöglichte es dem Vereinigten Königreich, einer ehemaligen Großmacht mit schwachen Streitkräften, auf der Weltbühne eine übertrieben große Rolle zu spielen und sich so die Illusion zu erhalten, es sei nach wie vor eine Macht, mit der man rechnen müsse.

Rebecca Manning, Leiterin der Station Washington, erwartete Seymour hinter der Sicherheitsbarriere. Sie war früher schön gewesen – viel zu schön für eine Geheimdienstlerin, hatte ein längst vergessener Anwerber geschrieben –, aber jetzt, im Zenit ihrer beruflichen Laufbahn, war sie nur mehr außergewöhnlich attraktiv. Eine Locke ihres dunklen Haars fiel über ein kobaltblaues Auge. Sie schob sie mit einer Hand beiseite und streckte die andere Seymour hin. »Willkommen in Washington«, sagte sie, als gehöre die Stadt mit allem Zubehör ihr. »Der Flug war hoffentlich nicht zu schlimm.«

»Er hat mir Gelegenheit gegeben, dein Informationsmaterial zu lesen.«

»Es gibt ein paar Punkte, die ich mit dir besprechen möchte, bevor wir nach Langley fahren. Im Konferenzraum steht Kaffee.«

Sie ließ Seymours Hand los und führte ihn über den Hauptkorridor der Station. Ihr elegantes Kostüm roch schwach nach Rauch; sie war bestimmt im Garten gewesen, um vor Seymours Ankunft rasch eine L&B zu rauchen. Rebecca Manning war eine unbußfertige Raucherin, die nicht daran dachte, sich dafür zu entschuldigen. Sie hatte sich das Rauchen in Cambridge angewöhnt und war auf ihrem ersten Posten in Bagdad zu einer noch stärkeren Raucherin geworden. Sie hatte auch in Brüssel, Paris, Kairo und Riad gearbeitet – und in Amman, wo sie die Station geleitet hatte. In seinem ersten Jahr als Generaldirektor hatte Seymour ihr den Job als H/Washington gegeben, wie er im MI6-Jargon hieß. Damit hatte er sie praktisch zu seiner Nachfolgerin ernannt. Washington würde Rebeccas letzter Auslandseinsatz sein; danach gab es keine weiteren Verwendungen mehr. Sie würde nur noch für gewisse Zeit in Vauxhall Cross Dienst tun, damit die Barone von Whitehall sie kennenlernen konnten. Ihre längst überfällige Ernennung würde historisch sein. Der MI5 war schon zweimal von Frauen geleitet worden – jetzt wieder von Generaldirektorin Amanda Wallace –, aber Six war immer eine Männerdomäne gewesen. Diese Tradition würde Seymour bereitwillig hinter sich lassen.

Auch wenn man bei Freunden war, galten in Washington dieselben Sicherheitsvorkehrungen wie überall auf der Welt – vor allem für sensible Gespräche unter Führungskräften. In dem abhörsicheren Konferenzraum lag eine Ledermappe vor Seymours Platz. Sie enthielt die Tagesordnung für sein Gespräch mit CIA-Direktor Morris Payne sowie Zusammenfassungen von gegenwärtiger Politik, zukünftigen Zielen und laufenden Unternehmen. In der Welt der Geheimdienste war dies eines der wertvollsten Dokumente. Um es sich zu beschaffen, wäre die Zentrale Moskau über Leichen gegangen.

»Sahne?«, fragte Rebecca Manning.

»Schwarz.«

»Seit wann?«

»Ärztliche Anweisung.«

»Nichts Schlimmes, will ich hoffen.«

»Mein Cholesterin ist etwas zu hoch. Mein Blutdruck auch. Das gehört in diesem Job zu den Zusatzleistungen.«

»Ich habe längst aufgehört, mir Sorgen wegen meiner Gesundheit zu machen. Wer Bagdad überlebt, kann alles überleben.«

Sie stellte Seymour seinen Kaffee hin. Dann schenkte sie sich selbst einen ein und runzelte die Stirn. »Kaffee ohne eine Zigarette. Wozu eigentlich?«

»Du solltest wirklich damit aufhören, weißt du. Wenn ich's konnte, kann es jeder.«

»Das sagt Morris auch immer.«

»Ich wusste gar nicht, dass ihr euch duzt.«

»Er ist gar nicht so übel, Graham.«

»Er ist ideologisch geprägt, was mich nervös macht. Ein Spion sollte an nichts glauben.« Er machte eine Pause, dann fügte er hinzu: »Wie du Rebecca.«

»Morris Payne ist kein Spion, er ist der Direktor der Central Intelligence Agency. Das ist ein gewaltiger Unterschied.« Sie schlug ihr Exemplar der Besprechungsmappe auf. »Wollen wir anfangen?«

Seymour hatte nie daran gezweifelt, dass es richtig gewesen war, Rebecca Manning den Job in Washington zu geben – niemals weniger als in dieser dreiviertelstündigen Besprechung. Sie hakte die einzelnen Punkte rasch und sicher ab: Nordkorea, China, Iran, Irak, Afghanistan, Syrien, der globale Kampf gegen IS und El Kaida. Sie beherrschte die Entscheidungsgründe so gut, wie sie die amerikanischen Geheimunternehmen kannte. Als Leiterin der Washingtoner MI6-Station wusste Rebecca Manning besser als die meisten Senatoren, wie die US-Geheimdienste tickten. Sie dachte logisch und vernünftig, niemals impulsiv oder überstürzt. Für Rebecca war die Welt ein gefährlicher Ort, der außer Kontrolle zu geraten drohte; sie war ein Problem, das kompetente, gut ausgebildete Männer und Frauen managen mussten.

Der letzte Tagesordnungspunkt war Russland. Ein schwieriges Thema. Der neue US-Präsident verhehlte nicht, dass er den autoritären Herrscher Russlands bewunderte, und äußerte den Wunsch nach besseren Beziehungen zu Moskau. Gegenwärtig war er in Untersuchungen verstrickt, ob der Kreml ihm Wahlkampfhilfe geleistet hatte, um seinen knappen Sieg über die demokratische Konkurrentin zu ermöglichen. Seymour und der MI6, aber auch Morris Paynes Vorgänger bei der CIA hielten das für bewiesen.

»Aus begreiflichen Gründen«, sagte Rebecca, »hat Morris kein Interesse daran, über amerikanische Innenpolitik zu diskutieren. Ihn interessiert nur ein einziges Thema.«

»Heathcliff?«

Rebecca nickte.

»Dann sollte er Gabriel Allon zu einem Gespräch nach Washington einladen.«

»Weil Allon an allem schuld ist?« Sie wartete, aber Seymour äußerte sich nicht dazu. »Darf ich offen sprechen?«

»Dazu sind wir hier.«

»Das nehmen die Amerikaner uns nicht ab. Genau wie du arbeiten sie seit vielen Jahren mit Allon zusammen. Und sie wissen, dass er nicht zu ungeschickt ist, um einen russischen Überläufer in Empfang zu nehmen.«

»Dein Finger scheint fest am Puls der Amerikaner zu liegen.«

»Das gehört zu meinem Job, Graham.«

»Was habe ich von ihnen zu erwarten?«

»Ernste Besorgnis«, antwortete Rebecca. Mehr sagte sie nicht, denn das war nicht nötig. Falls die CIA wie Gabriel glaubte, der MI6 sei von den Russen unterwandert, war das ein Desaster.

»Glaubst du, dass Morris diesen Vorwurf offen ausspricht?«, fragte Seymour.

»Tut mir leid, das weiß ich nicht. Jedenfalls ist er dafür bekannt, dass er kein Blatt vor den Mund nimmt. Bei unseren Gesprächen habe ich schon eine Temperaturveränderung bemerkt. Die Atmosphäre ist ein bisschen eisig geworden. Wir müssen ihre Sorgen direkt ansprechen. Sonst fangen sie an, uns von wichtigen Informationen auszuschließen.«

»Und wenn ich sage, dass ich ihre Sorgen teile?«

»Tust du das?«, fragte Rebecca Manning.

Seymour trank einen kleinen Schluck Kaffee.

»Du musst dir darüber im Klaren sein, dass die Ermordung Heathcliffs die Amerikaner veranlasst hat, sich den verpatzten Fall Gribkow noch mal anzusehen. Sehr genau anzusehen«, fügte Rebecca hinzu.

»Alles andere wäre töricht.« Seymour machte eine kurze Pause. »Für uns natürlich auch.«

»Hast du offizielle Ermittlungen eingeleitet?«

»Rebecca, du weißt, dass ich dir das nicht sagen darf …«

»Und ich kann meine Arbeit hier in Washington unmöglich tun, ohne diese Frage beantwortet zu bekommen. Dann wird meine Lage unhaltbar, und der letzte Rest Vertrauen, den die Amerikaner noch zu mir haben, verdunstet.«

Sie hatte natürlich recht. »Bisher gibt es keine offizielle Untersuchung«, sagte Seymour ruhig.

Seine Antwort war ein Meisterstück bürokratischer Verschleierung. Das entging auch Rebecca nicht. »Was ist mit einer *inoffiziellen?«*, fragte sie.

Seymour ließ einige Sekunden verstreichen, bevor er antwortete. »Ich will nur so viel sagen, dass bestimmte Ermittlungen laufen.«

»Ermittlungen?«

Er nickte.

»Gibt es schon einen Verdächtigen?«

»Rebecca, bitte!«, sagte Seymour tadelnd.

»Ich bin nicht irgendein kleiner Sesselfurzer, Graham, ich bin dein H/Washington. Und ich habe ein Recht darauf, zu erfahren, ob Vauxhall Cross glaubt, dass in meiner Station ein Verräter arbeitet.«

Seymour zögerte, dann schüttelte er den Kopf. Rebecca wirkte erleichtert.

»Was willst du den Amerikanern erzählen?«, fragte sie.

»Nichts. Das wäre zu gefährlich.«

»Und wenn Morris Payne dir von seinem Verdacht erzählt, in unserer Mitte könnte es einen russischen Spion geben?«

»Dann erinnere ich ihn an Aldrich Ames und Robert Hanssen. Anschließend versichere ich ihm, dass er sich irrt.«

»Das wird er nicht akzeptieren.«

»Er wird's aber tun müssen.«

»Außer deine inoffiziellen Ermittlungen fördern den Maulwurf zutage.«

»Welche Ermittlungen?«, fragte Seymour. »Welchen Maulwurf?«

16

BELVEDERE-VIERTEL, WIEN

Die britische Botschaft in Wien stand in der Jauresgasse 12 unweit des Belvedere-Gartens in dem reichen 3. Bezirk. Die Jordanier residierten schräg gegenüber, die Chinesen nebenan und die Iraner ganz in der Nähe. Das galt auch für die Russen. So hatte Alistair Hughes, Leiter der MI6-Station Wien, mehrmals täglich Gelegenheit, ganz harmlos an der großen SWR-Residentur vorbeizugehen oder -zufahren.

Er wohnte in der ruhigen Barichgasse in einem Apartment mit reichlich Platz für seine Frau, die mit den beiden Söhnen mindestens einmal im Monat aus London zu Besuch kam. Die Immobilienverwaltung des Diensts fand eine kurzfristig kündbare möblierte Wohnung genau gegenüber. Dort zog Eli Lavon am Morgen von Graham Seymours Besuch in Washington ein, und Christopher Keller stieß einen Tag später zu ihm. Er hatte schon mehrmals, zuletzt in Marokko, mit dem Alten zusammengearbeitet. Trotzdem erkannte Keller den Mann, der die Sicherungskette aushakte und ihn hastig in die Wohnung zog, kaum wieder.

»In welcher Beziehung stehen wir genau zueinander?«, wollte Keller wissen.

»Liegt das nicht auf der Hand?«, fragte Lavon.

Keller sah Alistair Hughes erstmals gegen 20.30 Uhr an diesem Abend, als er hinten aus seinem Dienstwagen mit Chauffeur stieg. Und zwei Minuten später sah er ihn auf dem Bildschirm eines Notebooks, als Hughes sein Apartment betrat. Ein Newiot-Team hatte nachmittags dort eingebrochen und überall Kameras und Wanzen installiert. Außerdem hatte es sein Festnetztelefon und seine Internetverbindung angezapft, sodass Lavon und Keller Hughes' Aktivitäten im Cyberspace bis hin zu seinen Tastenanschlägen verfolgen konnten. Eine MI6-Vorschrift verbot ihm die Benutzung von Computern außerhalb der Station für dienstliche Zwecke; ebenso durfte er nur mit seinem abhörsicheren BlackBerry telefonieren. Es stand ihm jedoch frei, Privates an einem privaten Computer zu erledigen. Wie die meisten MI6-Offiziere hatte Hughes zusätzlich ein privates Telefon in der Tasche – in seinem Fall ein iPhone.

Den ersten Abend verbrachte Hughes wie die folgenden neun Abende nach Art eines allein lebenden Mannes in mittlerem Alter. Dass er nie zur selben Zeit heimkehrte, führte Lavon, der sein Kommen und Gehen protokollierte, darauf zurück, dass er sorgfältig darauf achtete, ob er etwa beschattet wurde. Sein Abendessen – Tiefkühlkost aus der Mikrowelle – nahm er im Allgemeinen vor dem Fernseher ein, während er die BBC News sah. Weder zum Essen noch später trank er Alkohol. Gegen 22 Uhr rief er meistens seine Familie in Shepherd's Bush im Westen Londons an. Seine Frau Melinda arbeitete bei Barclays in der Firmenzentrale am Canary Wharf. Die beiden 14- und 16-jährigen Söhne besuchten St. Paul's, eine der teuersten Privatschulen Londons. Geld spielte anscheinend keine Rolle – Schlaflosigkeit jedoch schon. Als Erstes griff er nach einer anspruchsvollen Biografie von Clement Attlee, dem ersten britischen Nachkriegspremier aus der Labour Party. Und wenn die nicht half, hatte er immer ein Fläschchen Schlaftabletten auf dem Nachttisch stehen. Im Spiegelschrank im Bad standen zwei weitere Fläschchen mit Tabletten, die Hughes zum Morgenkaffee einnahm. Er achtete darauf, gepflegt auszusehen und gut gekleidet zu sein, ohne jedoch eitel zu wirken. Er versäumte nie, Melinda und den Jungen per WhatsApp einen guten Morgen zu wünschen, aber keine der E-Mails und Textnachrichten, die er zu Hause empfing oder von dort verschickte, ließ auf eine Affäre schließen. Eli Lavon leitete alle Telefonnummern und Adressen an den King Saul Boulevard weiter, wo die bei der für Cyber Intelligence zuständigen Einheit 8200 landeten. Keine wirkte verdächtig. Außerdem überprüfte Einheit 8200 die Namen, Telefonnummern und Mailadressen in seiner Kontaktliste, die ebenfalls unverdächtig waren.

Jeden Morgen gegen neun Uhr holte ein Dienstwagen Hughes ab und brachte ihn in die Botschaft, in der er für einige Stunden unsichtbar war. Die strengen Sicherheitsvorkehrungen in der Jauresgasse machten es Lavons Beschattern unmöglich, sich ständig dort aufzuhalten. Dort gab es auch keine Parks, Plätze oder öffentliche Einrichtungen, in denen ein Überwachungskünstler sich länger hätte herumtreiben können. Aber das spielte keine Rolle, denn die Ortungsfunktion des iPhones, das Hughes bei sich trug, alarmierte sie, wenn er die Botschaft verließ.

Als angemeldeter Stationsleiter in einem kleinen befreundeten Land war Alistair Hughes fast ein Diplomat und musste in dieser Funktion zahlreiche Termine außerhalb der Botschaft wahrnehmen. Er besuchte häufig österreichische Ministerien und die BVT-Zentrale und speiste täglich in den besten Wiener Restaurants mit Spionen, Diplomaten und sogar Journalisten, darunter einer schönen deutschen Fernsehjournalistin, die sich von ihm Informationen über Israels Rolle bei dem Mord an Konstantin Kirow erhoffte. Das wusste Lavon, weil er mit einer seiner Agentinnen am Tisch neben den beiden speiste. Lavon war auch bei einem Diplomatenempfang im Kunsthistorischen Museum, auf dem Hughes kurz mit einem Mann von der russischen Botschaft sprach. Lavon fotografierte die beiden heimlich und schickte das Foto dem King Saul Boulevard. Weder der Dienst noch das israelische Außenministerium konnten den Russen identifizieren, aber für

Graham Seymour war das eine Kleinigkeit. »Witali Borodin«, erklärte er Gabriel über ihre abhörsichere Direktverbindung. »Zweiter Botschaftssekretär ohne die geringste Verbindung zur SWR.«

»Woher weißt du das?«

»Weil Alistair den Kontakt sofort nach seiner Rückkehr in die Botschaft gemeldet hat.«

An diesem Abend, dem zehnten des Überwachungsunternehmens, schaffte Hughes nur zwei Seiten der Attlee-Biografie, bevor er nach den Schlaftabletten griff. Nach den morgendlichen Textnachrichten an seine Familie spülte er zwei Tabletten aus den Fläschchen im Spiegelschrank mit Kaffee hinunter. Sein Chauffeur holte ihn kurz nach neun Uhr ab, und eine halbe Stunde später betrat Keller seine Wohnung, deren Tür ihm einer von Lavons Leuten aufgesperrt hatte. Als Erstes interessierte er sich für das Röhrchen auf dem Nachttisch, das wie die Fläschchen im Schrank nur eine Nummer, aber kein Etikett trug. Keller nahm je eine Tablette heraus und fotografierte ihre Ober- und Unterseite. In ihrem Beobachtungsposten auf der anderen Straßenseite kontrollierte er die Verschreibungsnummern anhand eines Verzeichnisses im Internet.

»Jetzt wissen wir, warum er als einziger MI6-Offizier keinen Alkohol trinkt«, sagte Eli Lavon. »Die Nebenwirkungen wären tödlich.«

Lavon schickte dem King Saul Boulevard ein Update, und Gabriel informierte Graham Seymour am Spätnachmittag telefonisch. Der MI6-Stationsleiter in Wien war manisch-depressiv und litt an Angststörungen und Schlaflosigkeit. Allerdings gab es einen Hoffnungsschimmer: Bisher wies nichts darauf hin, dass er auch ein russischer Spion war.

Sie beobachteten ihn noch drei Tage und Nächte lang. Oder vielmehr wachten sie über ihn, wie Eli Lavon später sagte, worin Keller ihm zustimmte. Das war die Wirkung der drei unbezeichneten Fläschchen mit dem Schlafmittel Ambien, Xanax gegen Angststörungen und Lithobid gegen Depressionen. Selbst Lavon, ein professioneller Voyeur, der sein Leben lang das geheime Leben anderer beobachtet hatte – ihre Schwächen und Eitelkeiten, ihre privaten Indiskretionen und Untreuen –, konnte Alistair Hughes nicht mehr nur noch als Zielperson und potenziellen russischen Spion sehen. Sie mussten für ihn sorgen, waren dafür verantwortlich, ihn vor Schaden zu bewahren. Er war ihr Patient.

Hughes war nicht der erste psychisch kranke Geheimdienstler, und er würde sicher nicht der letzte bleiben. Manche waren schon krank, wenn sie diesen Beruf ergriffen; andere mussten erleben, dass ihr Beruf sie krank machte. Hughes tarnte seine Krankheit jedoch besser als die meisten. Tatsächlich hatten Keller und Lavon Mühe, den Ambien-Geschädigten, der morgens unsicher und benommen aufstand, mit dem Profi zu vereinbaren, der eine Stunde später wie die Verkörperung von britischer Eleganz und Kompetenz aus dem Haus trat. Trotzdem verringerten die Beschatter ihre Abstände, wenn sie ihm zu seinen täglichen Terminen folgten. Und als er auf dem Kärntner Ring beinahe unter eine Straßenbahn geraten wäre, weil ihn irgendwas auf seinem BlackBerry ablenkte, war es Eli Lavon, der ihn mit einer kurzen Warnung auf Deutsch am Ellbogen fasste.

»Und du weißt bestimmt, dass er dich nicht gesehen hat?«, fragte Gabriel am abhörsicheren Telefon.

»Ich habe mich abgewandt, bevor er vom Handy aufgesehen hat. Er hat mein Gesicht nie deutlich gesehen.«

»Du hast den Wall zwischen Zielperson und Beobachter durchbrochen«, sagte Gabriel vorwurfsvoll. »Das hättest du nicht tun sollen.«

»*Was* hätte ich sonst tun sollen? *Zusehen*, wie er unter die Straßenbahn kommt?«

Der folgende Tag war ein Mittwoch, trüb und grau, aber doch so warm, dass die tiefen Wolken sich auflösten, statt wie befürchtet abzuregnen. Hughes' Stimmung entsprach dem Wetter. Er stand erst spät auf und würgte die Tabletten aus dem Spiegelschrank – Xanax und Lithobid – nur widerstrebend hinunter. Vor der Haustür blieb er stehen und sah kurz zu den Fenstern auf, aus denen er beobachtet wurde, bevor er in seine Limousine stieg, aber ansonsten verlief dieser Tag wie die zwölf zuvor. Hughes verbrachte den Vormittag in der Botschaft, speiste mit einem hohen Beamten der Internationalen Atomenergiebehörde und traf sich im Café Sperl mit einer Journalistin des Londoner *Telegraph* auf einen Kaffee. Er hinterließ keine Markierungen mit Kreide, machte keine langen Spaziergänge durch Wiener Parks und tat auch sonst nichts, was als unpersönliche Kommunikation gedeutet werden konnte. Kurz gesagt tat er nichts, was darauf hätte schließen lassen, dass er mit einem fremden Geheimdienst in Verbindung stand.

Hughes blieb länger in der Botschaft als sonst und kam gegen 21.15 Uhr nach Hause. So blieb kaum genug Zeit für ein Hähnchencurry aus der Mikrowelle und seinen Anruf in Shepherd's Bush, bevor er zu Bett ging. Statt nach der Attlee-Biografie griff er diesmal nach seinem Notebook, um einen Flug und zwei Übernachtungen zu buchen. Der Flug, Sky-Work 605, würde am Freitag um 14 Uhr in Wien starten und um 15.30 Uhr in Bern landen. Das Hotel war der Schweizerhof, eines der besten Häuser Berns. Seiner Frau erzählte er nichts von seinen Reiseplänen. Auch die MI6-Station Wien oder Vauxhall Cross erfuhren nichts davon, wie Graham Seymour in einem Telefongespräch mit Gabriel zugeben musste.

»Warum nicht?«, fragte Gabriel.

»Das ist bei Privatreisen nicht erforderlich.«

»Vielleicht sollte es vorgeschrieben werden.«

»Weißt du immer, wo deine Stationsleiter gerade sind?«

»Nein«, sagte Gabriel. »Aber keiner meiner Leute spioniert für die Russen.«

Mithilfe von zehn Milligramm Ambien schlief Alistair Hughes in dieser Nacht tief, aber am King Saul Boulevard brannte bis spät Licht. Am Morgen flog Michail Abramow nach Zürich, während Jossi Gawisch und Rimona Stern nach Genf flogen. Die drei fuhren mit dem Zug nach Bern weiter, wo sie mit Christopher Keller und mehreren Newiot-Agenten zusammentrafen.

Jetzt fehlte nur noch Gabriel. Er stand am Freitagmorgen vor Tagesanbruch auf, zog sich leise an, um Chiara nicht zu wecken, und verwandelte sich in den deutschen Geschäftsmann Johannes Klemp, als der er schon öfters aufgetreten war. Im Kinderzimmer schlief Raphael weiter, als Gabriel ihn leicht auf die Stirn küsste, aber Irene schrak hoch und starrte ihn vorwurfsvoll an.

»Du siehst anders aus.«

»Manchmal muss ich so tun, als wäre ich ein anderer.«

»Verreist du wieder?«

»Ja«, gestand er ein.

»Wie lange bist du weg?«

»Nicht lange«, behauptete Gabriel.

»Wohin musst du diesmal?«

Das durfte er nicht mal seiner kleinen Tochter sagen. Er verabschiedete sich mit einem letzten Kuss von Irene und ging nach unten, wo seine Wagenkolonne die nächtliche Ruhe auf der Narkiss Street störte. *Wohin musst du diesmal?* In die Schweiz, dachte er. Wieso musste es die Schweiz sein?

17

THE PALISADES, WASHINGTON

Als Gabriels Maschine aufs östliche Mittelmeer hinausflog, putzte Eva Fernandes die kleine Theke im Brussels Midi, einem beliebten belgischen Bistro am MacArthur Boulevard in Northwest Washington. Die letzten Gäste waren endlich gegangen, und das schmale Lokal war leer bis auf Ramon, der den Teppichboden methodisch absaugte, und Claudia, die die Tische fürs morgige Mittagessen eindeckte. Beide waren erst vor Kurzem aus Honduras gekommen – Claudia legal, Ramon nicht – und sprachen nur sehr wenig Englisch. Das galt auch für die Küchenbrigade. Zum Glück konnte Henri, der in Belgien geborene Besitzer, genug Spanisch, um seine Wünsche verständlich zu machen. Erst recht galt das für Yvette, seine skrupellos effiziente Partnerin und Ehefrau.

Yvette managte den täglichen Restaurantbetrieb und hütete eifersüchtig das Reservierungsbuch, aber es war Eva Fernandes, blond, schlank und schön, die das Brussels Midi nach außen verkörperte. Seine wohlhabende Klientel bestand aus Mitgliedern der Washingtoner Elite: Anwälte, Lobbyisten, Journalisten, Diplomaten und Intellektuelle der prominentesten Denkfabriken der Stadt. Die meisten gehörten dem linken Flügel der Demokraten an. Sie waren Globalisten, Umweltschützer und unterstützten Reproduktionsmedizin, unbegrenzte Zuwanderung, Gesundheitsfürsorge für alle, schärfere Waffengesetze und ein Grundeinkommen für die ärmere Bevölkerung.

Eva vergötterten sie. Sie begrüßte sie, wenn sie das Restaurant betraten, und nahm ihnen ihre Mäntel und ihre Sorgen ab. Und wenn sie nicht gleich einen Tisch bekamen, weil Yvette zu viele Reservierungen angenommen hatte, beschwichtigte sie die Aufgebrachten mit ihrem strahlenden Lächeln, einem Glas Wein auf Kosten des Hauses und ein paar Worten in ihrem rätselhaften Akzent. »Woher kommen Sie?«, fragten die Gäste, und sie erklärte ihnen, sie sei aus Brasilien, was in gewisser Weise stimmte. Und wenn sie nach dem Grund für ihre europäische Erscheinung fragten, behauptete Eva, ihre Großeltern stammten aus Deutschland, was aber gelogen war.

Sie war vor sieben Jahren in Amerika angekommen, hatte anfangs in Miami gelebt und sich über mehrere Jobs und Beziehungen nach Norden, nach Washington vorgearbeitet, das schon immer ihr Ziel gewesen war. Den Job im Brussels Midi hatte sie durch Zufall bekommen, als sie Yvette im Starbucks gegenüber kennengelernt hatte. Eva war für diese Arbeit überqualifiziert – sie hatte einen Abschluss in Molekularbiologie von einer Eliteuniversität –, und das Gehalt war lächerlich. Sie besserte es auf, indem sie an drei Tagen in der Woche Yogakurse in Georgetown gab, und erhielt weitere Unterstützung von einem Freund, der am Hunter College in Manhattan Geschichte lehrte. Dank dieser drei Einnahmequellen war sie finanziell einigermaßen unabhängig. Sie lebte allein in einem kleinen Apartment an der Reservoir Road, fuhr einen Kia Optima und reiste viel, bevorzugt nach Kanada.

Es war 23.15 Uhr, als Ramon und Claudia gingen. Eva holte ihre Schultertasche aus der Garderobe, schaltete die Alarmanlage des Restaurants ein und zog die Tür hinter sich zu. Ihr Auto stand gleich vor dem Haus. Ihre Wohnung lag keine Meile weit entfernt, aber Eva ging nachts nie zu Fuß nach Hause. In diesem Winter hatte es auf dem MacArthur Boulevard mehrere Raubüberfälle gegeben, und erst letzte Woche war eine junge Frau von einem Kerl mit einem Messer in den Battery Kemble Park geschleppt und vergewaltigt worden. Eva traute sich zu, mit jedem Räuber oder Vergewaltiger fertigzuwerden, aber solche Schlagkraft passte schlecht zu einer

Hostess und Teilzeit-Yogalehrerin. Und sie wollte auf keinen Fall mit der Polizei zu tun bekommen.

Sie entriegelte ihren Optima mit der Fernbedienung und stieg rasch ein. Ihre Tasche legte sie auf den Beifahrersitz. Sie war schwerer als sonst, denn sie enthielt eine mit Elektronik vollgepackte verchromte Stahlbox von der Größe eines Taschenbuchs. Eva hatte Anweisung gehabt, das Gerät ab 21 Uhr zehn Minuten lang einzuschalten, damit ein Agent der Zentrale Moskau Dokumente heraufladen konnte. Vielleicht vom Gehsteig aus, weil die Reichweite etwa zehn Meter betrug, aber das bezweifelte Eva. Sie glaubte, der Austausch habe im Brussels Midi stattgefunden. Aus Sicherheitsgründen durfte sie nicht wissen, wer der Agent war, aber sie hatte einen bestimmten Verdacht. Ihr fielen Kleinigkeiten auf, die andere Leute übersahen. Davon hing ihr Überleben ab.

Der MacArthur Boulevard lag regennass und leer vor ihr. Eva fuhr nach Osten – wegen der Blitzer nicht zu schnell – zu ihrem kleinen Klinkergebäude mit Blick auf den Stausee. Sie parkte ungefähr hundert Meter davon entfernt und kontrollierte die Autos, an denen sie vorbeiging. Die meisten kannte sie, aber ein SUV aus Virginia hatte sie noch nie gesehen. Sie merkte sich das Kennzeichen – nicht auf Englisch oder Portugiesisch, was ihrer Legende entsprochen hätte, sondern auf Russisch – und ging hinein.

Im Eingangsbereich fand sie ihren Briefkasten vollgestopft vor. Sie warf die Kataloge und anderen Müll in den Abfallbehälter und nahm nur zwei, drei Rechnungen in ihre Wohnung mit. Bei zugezogenen Vorhängen verband sie das verchromte Gerät auf dem Küchentisch mit ihrem Notebook und tippte das richtige 27-stellige Kennwort in die Dialogbox, die auf dem Bildschirm erschien.

Sie steckte einen unbenutzten USB-Stick ein und berührte auf Aufforderung das Touchpad. Die gespeicherten Dokumente wurden automatisch übertragen, aber Eva war dafür verantwortlich, ihren Inhalt zu sichern und zu verschlüsseln. Wie immer ging sie dabei langsam und methodisch vor. Als sie den USB-Stick anschließend kontrollierte, wurde ihr der Zugriff ohne das 27-stellige Kennwort verweigert. Sein Inhalt war also gesichert.

Eva trennte das verchromte Gerät von ihrem Notebook und legte es wieder in sein Versteck im hohlen Boden ihres Kleiderschranks. Der USB-Stick kam ins Reißverschlussfach ihrer Schultertasche. Die erste Etappe war geschafft: Sie hatte das Material erfolgreich von dem Agenten übernommen. Nun musste sie es so an die Zentrale Moskau weiterleiten, dass die NSA keinen Verdacht schöpfte. Das erforderte die Übergabe an einen Kurier als nächstes Glied der Kette, die von Washington bis nach Jasenewo reichte. In der Vergangenheit hatte Eva die USB-Sticks im Ausguss einer leeren Wohnung in Montreal hinterlassen. Aber die Zentrale Moskau hatte diesen toten Briefkasten ohne Rücksprache mit ihr geschlossen und einen neuen eingerichtet.

Als Erklärung für ihre häufigen Kanadareisen hatte die Zentrale sie mit einer Legende ausgestattet: Eva hatte angeblich eine Tante, die im Quartier Latin von Montreal lebte – Nierenversagen, Dialyse, nicht gut. Montag und Dienstag waren Evas nächste freie Tage, aber die Agentenberichte hatten immer höchste Priorität. Freitag oder Samstag schieden aus – Yvette hätte getobt, wenn Eva kurzfristig Urlaub verlangt hätte –, aber sonntags war weniger los, vor allem im Winter. Yvette würde spielend allein zurechtkommen. Eva brauchte nur noch eine Vertretung für ihre Yogastunde um neun Uhr am Sonntagmorgen zu finden. Aber das würde kein Problem sein. Emily, die Neue, war für jedes bisschen Arbeit dankbar. So war das Leben in der Gig-Wirtschaft des modernen Amerikas.

Eva setzte sich an ihr Notebook und verschickte drei kurze E-Mails, eine an Yvette, eine an die Geschäftsführerin des Yogastudios und eine an ihre angebliche Tante in Montreal. Dann buchte sie einen Economy-Flug mit United Airlines am Sonntagmorgen nach Montreal und nahm sich ein Zimmer im Downtown Marriott. Für beides bekam sie wertvolle Meilen und Punkte gutgeschrieben. Ihr Führungsoffizier in der Zentrale Moskau ermutigte Eva, an solchen Bonusprogrammen teilzunehmen, weil sie dazu beitrugen, ihre hohen Unterhaltskosten im Westen zu verringern.

Gegen halb zwei Uhr schaltete sie endlich ihr Notebook aus und fiel erschöpft ins Bett. Ihr Haar roch nach Brussels Midi, nach Weinbergschnecken und gegrilltem Lachs an Safransauce, nach flämischem Rindsgulasch in Dunkelbier. Wie immer gingen ihr die gewöhnlichen Ereignisse dieses Abends noch mal durch den Kopf. Dieser private Rückblick fast gegen ihren Willen als unerwünschter Nebeneffekt der langweiligen Tätigkeit, mit der sie sich tarnte. Sie hörte alle Gespräche wieder und sah jedes Gesicht an den zweiundzwanzig Tischen des Brussels Midi. An eine Reservierung erinnerte sie sich besonders deutlich: Crawford, vier Personen, 20 Uhr. Eva hatte sie an Tisch sieben platziert. Um 20.38 Uhr hatten die vier darauf gewartet, dass die Hauptgerichte serviert wurden. Drei hatten sich angeregt unterhalten. Der vierte Mann hatte auf sein Smartphone gestarrt.

18

WIEN – BERN

Eli Lavon brauchte nicht lange, um zu erkennen, dass Alistair Hughes etwas verbarg. Auffällig war beispielsweise die Sache mit seiner Reisetasche, die er in seiner Wohnung ließ, obwohl er am frühen Nachmittag nach Bern fliegen würde. Und die Sache mit dem Wagen, der Hughes um 10.30 Uhr von der Botschaft zum Café Central brachte. Normalerweise wartete der Chauffeur irgendwo in der Nähe, bis Hughes von seiner Besprechung kam, aber diesmal fuhr er davon, sobald der Stationsleiter das berühmte Kaffeehaus betreten hatte. Drinnen wurde Hughes von einem Mann in einem auffällig eleganten Maßanzug erwartet. Lavon, der die beiden quer durch den vollen Saal beobachtete, konnte die Nationalität des Mannes nicht einwandfrei feststellen, hatte aber deutlich den Eindruck, er sei Franzose.

Hughes verließ das Café wenige Minuten nach elf und ging zum Burgring, wo er sich ein Taxi nahm – das erste seit seiner Überwachung durch den Dienst. Der Fahrer brachte ihn nach Hause und wartete unten, während Hughes seine Reisetasche holte. Das wusste Lavon, weil er ihn vom Beifahrersitz eines blauen Opel Astra beobachtete, den der letzte in Wien verbliebene Mann seines Teams fuhr. Die beiden legten die zwanzig Kilometer zum Flughafen Schwechat in Rekordzeit zurück und überholten unterwegs Hughes' Taxi, sodass Lavon für den Flug nach Bern einchecken konnte, bevor der Engländer das Abfluggebäude betrat. Das tat Hughes mit seinem BlackBerry am Ohr.

Die junge Frau am Schalter von SkyWork schien Hughes zu kennen – und er sie. Er passierte die Sicherheits- und Passkontrollen mühelos und setzte sich in eine ruhige Ecke des Abflugbereichs, wo er mit seinem privaten iPhone mehrere SMS empfing und sendete. Beobachtet wurde er dabei von Lavon, der an der Bar schräg gegenüber zwischen fröhlichen Trinkern hockte und missmutig mit seinem Glas Stiegl spielte.

Um 12.40 Uhr kam eine Lausprecherdurchsage, die ihren Flug nach Bern aufrief. Lavon trank genug Bier, um einen etwa anwesenden SWR-Beobachter zu täuschen, und schlenderte ans Gate, wohin ihm Alistair Hughes mit wenig Abstand folgte. Das Flugzeug war eine Saab 2000, eine 50-sitzige Turbopropmaschine. Lavon ging frühzeitig an Bord und war mit seinem Kabinengepäck nach hinten unterwegs, bevor Alistair Hughes durch die Tür kam.

Hughes' Sitznachbarin erschien im nächsten Augenblick: eine stark geschminkte Frau Anfang vierzig, attraktiv, professionell gekleidet, die Schweizerdeutsch in ihr Handy sprach. Lavon fotografierte sie heimlich, was bestimmt übervorsichtig war, und beobachtete dann, wie Hughes und sie eine lockere Unterhaltung begannen. Lavons eigener Nachbar war weniger gesprächig. Er sah aus, als stamme er irgendwo vom Balkan, und hatte sich vor dem Flug mit drei, vier Bieren gestärkt. Als ihre Maschine rüttelnd in die tiefen Wolken hineinstieß, fragte Lavon sich, ob sein Gesicht mit dem Fünftagebart das Letzte sein würde, das er in seinem Leben sah.

Über Salzburg rissen die Wolken auf, sodass sich den Passagieren ein wundervoller Blick auf die verschneiten Alpen präsentierte. Lavon hatte jedoch nur Augen für Alistair Hughes und seine attraktive Schweizerdeutsch sprechende Nachbarin. Sie trank Weißwein, während er wie immer an einem Glas Mineralwasser mit Kohlensäure nippte. Wegen des Triebwerkslärms konnte Lavon ihr Gespräch nicht mithören, aber die Frau interessierte offenbar, was der gut aussehende, weltmännische Engländer sagte. Das war kein Wunder, denn als MI6-

Offizier war Alistair Hughes ein ausgebildeter Verführer. Andererseits war es denkbar, dass dies keine zufällige Begegnung auf einem Flug war. Vielleicht waren Hughes und die Frau schon ein Liebespaar. Oder vielleicht war sie seine SWR-Agentenführerin.

Eine Dreiviertelstunde nach dem Start zog Hughes ein Exemplar des *Economist* aus seinem Aktenkoffer und las darin, bis die Saab 2000 in Bern-Belp landete. Während die Maschine zum Vorfeld rollte, wechselte er noch ein paar Worte mit seiner Nachbarin, aber als er dann von Bord ging, telefonierte er bereits mit seinem privaten iPhone. Die Frau ging ein paar Schritte hinter ihm, und Lavon, der ebenfalls telefonierte, folgte einige Schritte hinter ihr. Er war mit Gabriel verbunden.

»Sitz 4B«, sagte Lavon halblaut. »Deutschschweizerin, Anfang vierzig. Stell fest, wer sie ist, und lass sie überprüfen, damit ich heute Nacht ruhig schlafen kann.«

Das Ankunftsgebäude war typisch für einen städtischen Flughafen: niedrig und grau, mit dem Tower an einem Ende. Eine Handvoll Passagiere versammelte sich am Gepäckband, aber die meisten hasteten wie Alistair Hughes, die Schweizerin und Lavon zum Ausgang. Draußen stieg sie in einen Volvo V60 mit Schlammspritzern und küsste den Mann am Steuer. Dann küsste sie die beiden Kleinkinder auf dem Rücksitz.

Auf der gegenüberliegenden Straßenseite warteten Taxis. Hughes stieg in eines; Lavon nahm das übernächste. Bern lag zehn Kilometer nordwestlich. Das Nobelhotel Schweizerhof stand am Bahnhofplatz. Als Lavons Taxi daran vorbeifuhr, sah er, wie Alistair Hughes Mühe hatte, einen übereifrigen Pagen abzuwehren.

Auf seinen Wunsch setzte Lavons Fahrer ihn auf der anderen Seite des belebten Platzes ab. Sein wirkliches Ziel, das Hotel Savoy, lag gleich um die Ecke in der Neuengasse, die eine Fußgängerzone war. Unten in der Hotelhalle trank Michail

Abramow Kaffee. Christopher Keller und Gabriel waren oben in einem Zimmer.

Auf einem Schreibtisch standen mehrere aufgeklappte Notebooks. Ein Bildschirm zeigte die Rezeption im Schweizerhof aus dem Blickwinkel einer der dortigen Überwachungskameras. Alistair Hughes legte gerade seinen Reisepass vor, den alle Schweizer Hotels verlangten. In seinem Fall überflüssig, dachte Lavon, denn der Empfangschef begrüßte ihn wie einen alten Stammgast.

Mit seinem Schlüssel in der Hand ging Hughes zu den Aufzügen, wobei er von einem Monitor zum nächsten wechselte. Zwei weitere Hotelkameras verfolgten seinen Weg auf dem Flur im dritten Stock zur Tür seiner Junior Suite mit Blick auf die Türme der Altstadt. In seinem Zimmer arbeiteten jedoch versteckte Kameras, deren stark verschlüsselte Signale die kurze Entfernung zwischen Schweizerhof und Savoy leicht überwanden. Insgesamt gab es vier Kameras – zwei im Wohnzimmer, eine im Schlafzimmer, eine im Bad – und sechs Mikrofone, weil auch die Telefone verwanzt waren. Solange Alistair Hughes sich in Bern aufhielt, in einer Großstadt, die nicht zu seinem Gebiet gehörte, würde es für ihn keine Immunität geben. Zumindest vorläufig hatte der Dienst ihn in der Hand.

Hughes betrat seine Suite, ließ Mantel und Koffer aufs Bett fallen und legte seinen Aktenkoffer auf den Schreibtisch. Sein privates iPhone war jetzt auf jede nur mögliche Weise kompromittiert: Anruffunktion, Internetbrowser, Textnachrichten und E-Mails, Kamera und Mikrofon. Hughes benutzte es dazu, seinen Angehörigen in London Grüße zu schicken. Dann telefonierte er mit seinem dienstlichen BlackBerry.

Gemäß Gabriels Vereinbarung mit Graham Seymour versuchte der Dienst nicht, dieses Smartphone abzuhören. Daher bekamen sie nur Hughes' Seite des Gesprächs mit. Er sprach wie ein Vorgesetzter mit einem Untergebenen. Er sagte, sein Lunch-Termin habe sich unerwartet lange hingezogen – in Wirklichkeit hatte er das Mittagessen ausgelassen – und er wolle frühzeitig ins Wochenende gehen. Und er fügte hinzu, für den unwahrscheinlichen Fall einer Krise sei er telefonisch und per E-Mail stets erreichbar. Dann folgte eine kurze Pause, in der vermutlich sein Untergebener sprach. Zuletzt sagte Hughes: »Das klingt wie etwas, das bis Montag Zeit hat«, und beendete das Gespräch.

Hughes sah auf die Uhr, es war 15.47 Uhr. Er sperrte BlackBerry, iPhone und Reisepass in den Safe und steckte seine Geldbörse in die Innentasche seines Sakkos. Dann spülte er mit dem im Zimmer stehenden Schweizer Mineralwasser zwei Schmerztabletten hinunter und verließ den Raum.

19

HOTEL SCHWEIZERHOF, BERN

Das prächtige Hotel Schweizerhof ist bei britischen Reisenden und Spionen seit Langem beliebt, was auch an dem Nachmittagstee liegt, der täglich in der Lobby-Lounge-Bar serviert wird. Alistair Hughes gehörte offenbar zu den Stammgästen. Die Hostess begrüßte ihn herzlich, bevor sie ihm einen Tisch unter der Kopie eines Porträts eines längst verstorbenen Schweizer Adligen anbot. Hughes entschied sich für den Platz, den jeder Spion gewählt hätte – mit freiem Blick zum Hoteleingang hinüber –, bestellte ein Kännchen Tee und verschanzte sich hinter einem Exemplar der in der Hotelhalle ausliegenden *Financial Times*.

Sechs hoteleigene Überwachungskameras sicherten die Lounge, aber weil Hughes sein iPhone im Zimmer gelassen hatte, gab es keinen Ton. Gabriel schickte Jossi und Rimona, die unter falschen Namen im Schweizerhof wohnten, rasch eine Textnachricht, die sie nach unten beorderte. Als sie keine drei Minuten später die Lounge betraten, spielten sie ein Ehepaar, das sich halblaut stritt, und nahmen an dem Tisch hinter Hughes Platz. Dass der MI6-Mann sie als Agenten des Diensts erkannte, war äußerst unwahrscheinlich. Jossi und Rimona hatten bei Konstantin Kirows gescheiterter Flucht keine Rolle gespielt – außer dass sie Alistair Hughes als potenzielles Leck identifiziert hatten – und in ihrer bemerkenswerten Karriere nie mit Hughes zusammengearbeitet.

Die nächsten Gäste kamen nicht aus dem Hotel, sondern von der Straße herein: ein Mann und eine Frau, attraktive Mitteleuropäer oder Skandinavier Ende dreißig oder Anfang vierzig, Beide waren teuer gekleidet – der Mann trug einen dunklen Anzug mit blau gestreiftem Oberhemd, die Frau einen eleganten Hosenanzug – und sichtbar durchtrainiert, vor allem die Frau. Die Hostess wollte sie zu einem Tisch in der Nähe der Bar geleiten, aber der Mann schüttelte den Kopf und deutete auf einen, von dem aus er den Hoteleingang und den MI6-Stationsleiter mit seiner *Financial Times* im Blick hatte. Sie bestellten Drinks statt Tee und sahen kein einziges Mal auf ihre Handys. Der Mann saß mit der rechten Hand auf dem Knie da und hatte den linken Ellbogen aufgestützt. Die Frau verbrachte mehrere Minuten damit, ihr makelloses Gesicht im Spiegel ihrer Puderdose zu begutachten.

»Für wen hältst du die beiden?«, fragte Gabriel.

»Boris und Natascha«, murmelte Eli Lavon.

»Zentrale Moskau?«

»Keine Frage.«

»Du hast nichts dagegen, eine zweite Meinung einzuholen?«

»Wenn's sein muss …«

Mit Kamera 7 machte Lavon eine Nahaufnahme vom Gesicht des Mannes. Die Kamera 12 lieferte das beste Bild der Frau. Er kopierte beide Aufnahmen und schickte sie zur Begutachtung nach Tel Aviv.

»Jetzt zeig mir die Szene vor dem Hotel.«

Lavon rief das Bild der Kamera 2 auf. Sie war über dem Hoteleingang angebracht und zielte auf die Bögen der Arkade. Zwei Pagen waren damit beschäftigt, Gepäck aus dem Kofferraum eines S-Klasse-Mercedes auszuladen. Auf dem Bahnhofplatz hinter ihnen herrschte reger Berufsverkehr.

»Spul zurück«, verlangte Gabriel. »Ich will ihre Ankunft sehen.«

Lavon verschob die Zeitmarkierung fünf Minuten nach hinten zu dem Punkt, an dem Boris und Natascha die Lounge betreten hatten. Dann verschob er sie um zwei weitere Minuten und drückte die PLAY-Taste. Wenige Sekunden später erschienen Boris und Natascha.

Lavon drückte auf PAUSE. »Das glückliche Paar«, meinte er sarkastisch. »Sie sind zu Fuß gekommen, um kein Autokennzeichen preiszugeben.«

Er schaltete rasch auf Kamera 9 um, die ihnen die gesamte Lounge-Bar zeigte. Ein weiterer Gast war eingetroffen: ein großer, gut gekleideter Mann mit energischem Kinn und schütterem aschblondem Haar, das er akkurat gescheitelt trug. Er wählte einen Tisch im Vordergrund der Lounge und nahm so Platz, dass er Alistair Hughes im Blick hatte. Der MI6-Offizier musterte ihn kurz über die *Financial* Times hinweg, ohne eine Miene zu verziehen, und las dann weiter.

»Wer ist das?«, fragte Gabriel.

»Igor«, antwortete Lavon. »Jetzt haben die Russen ihn in der Zange.«

»Zeig ihn mir genauer.«

Wieder lieferte Kamera 12 das beste Bild. Seine Gesichtszüge waren eindeutig slawisch. Lavon vergrößerte mehrere Standfotos und schickte sie dem King Saul Boulevard zur sofortigen Überprüfung.

»Wie ist er hergekommen?«, fragte Gabriel.

Lavon schaltete wieder auf die Außenkamera 2 um und ging einige Minuten zurück, bis sie den Mann, den sie Igor nannten, vor dem Hoteleingang aus einem schwarzen Audi A8 steigen sahen. Die Limousine mit einem Mann am Steuer und einem weiteren auf dem Rücksitz parkte noch in der Nähe.

»Igor geht offenbar nicht gern zu Fuß«, sagte Lavon. »Nicht mal zu Tarnzwecken.«

»Vielleicht sollte er's tun«, meinte Keller. »Er könnte gut ein paar Pfund abspecken.«

Im nächsten Augenblick zeigte ein Blinken den Eingang einer verschlüsselten Nachricht aus Tel Aviv an.

»Nun?«, fragte Gabriel.

»Ich habe mich geirrt«, sagte Lavon. »Er heißt nicht Igor, sondern Dmitri.«

»Besser als Igor. Und der Nachname?«

»Sokolow.«

»Vatersname?«

»Antonowitsch. Dmitri Antonowitsch Sokolow.«

»Und was macht Dmitri beruflich?«

»Er ist ein kleines Licht in der Ständigen Vertretung der russischen Föderation in Genf.«

»Interessant. Aber was macht er wirklich?«

»Er ist ein Auftragskiller der Zentrale Moskau.«

Gabriel starrte den Bildschirm an. »Was tut ein Moskauer Auftragskiller in der Lobby-Lounge-Bar des Hotels Schweizerhof keine zehn Meter von dem Leiter der Wiener MI6-Station entfernt?«

Lavon schaltete wieder auf die Weitwinkelkamera 9 um. »Keine Ahnung. Aber wir werden's bald sehen.«

20

HOTEL SCHWEIZERHOF, BERN

Für die Kontaktaufnahme eines bezahlten oder erpressten Agenten mit seinem Führungsoffizier gibt es zahlreiche Methoden. Er kann verschlüsselte Nachrichten oder Filme in einem toten Briefkasten zurücklassen. Er kann bei scheinbar zufälligen Kontakten »im Vorbeigehen« Mitteilungen übergeben, verschlüsselte E-Mails schicken, sie mit einem Minisender via Satellit übermitteln oder mit einer bewährten Geheimschrift den normalen Postweg nutzen. Er kann sie sogar in gewöhnlichen Dingen wie Felsbrocken, Holzscheiten oder Münzen verbergen. Alle dieser Methoden haben Nachteile, keine ist narrensicher. Und wenn irgendwas schiefgeht wie in Wien in der Nacht, in der Konstantin Kirow überlaufen wollte, muss fast immer der Agent, nicht sein Führungsoffizier dafür büßen.

Sind der Agent und sein Führungsoffizier jedoch als Angehörige ihrer jeweiligen Dienste bekannt oder gemeldet und haben Diplomatenpässe, können Kontakte weit ungefährlicher als sogenannte informelle Begegnungen stattfinden. Zu denen kann es auf Cocktailpartys oder Empfängen, in der Oper, in einem Restaurant oder in der Lounge-Bar eines Berner Luxushotels kommen. Vorgeschaltet kann eine unpersönliche Kommunikation sein – beispielsweise durch eine Zeitung oder die Farbe einer Krawatte. Und wenn der Agentenführer es für angebracht hält, bringt er zu seinem Schutz vielleicht zwei Bodyguards mit. Selbst die Lounge-Bar eines Berner Hotels kann ein gefährlicher Ort sein, wenn dort Staatsgeheimnisse verraten werden.

Minutenlang schien keiner der vier sich zu bewegen. Sie glichen Figuren eines Gemäldes – oder Schauspielern auf einer dunklen Bühne, fand Gabriel, die darauf warteten, durch aufflammendes Scheinwerferlicht belebt zu werden. Nur Eli Lavons Leute bewegten sich, aber sie waren in den Kulissen. Zwei saßen in einem auf dem Bahnhofplatz geparkten Škoda, und zwei weitere, ein Mann und eine Frau, trieben sich unter den Arkaden herum. Die beiden in dem Auto würden Dmitri Sokolow folgen. Die unter den Arkaden waren für Boris und Natascha zuständig.

Somit blieb nur Alistair Hughes übrig, der in Wien angeblich früher als sonst ins Wochenende gegangen war. Aber er war nicht dort; er war in Bern und saß keine zehn Meter von einem in der Schweiz nicht offiziell gemeldeten SWR-Offizier entfernt. Vielleicht standen die beiden schon über Kurzwelle in Verbindung, wobei der Agent einen Empfänger und sein Führungsoffizier den Sender mit geringer Reichweite bei sich hatte. Sobald der Agent nahe genug war, wurde die für ihn bestimmte Nachricht automatisch übertragen. Das System ließ sich sogar so einrichten, dass der Agent keinen Knopf oder dergleichen drücken musste, was ihn verraten konnte. Aber er konnte das Gerät nicht ewig bei sich tragen. Irgendwann musste er es aus der Tasche oder seinem Aktenkoffer nehmen, um es aufs Ladegerät zu stellen oder über seinen PC zu laden. Tat er das im Aufnahmebereich einer Kamera oder unter menschlicher Beobachtung, war er als Spion enttarnt.

Gabriel bezweifelte jedoch, dass Alistair Hughes ein Gerät dieser Art bei sich hatte. Eli Lavon und Keller hatten in Wien keinen Hinweis auf eines entdeckt, obwohl Hughes fast lückenlos überwacht worden war. Außerdem hatte es gerade den Zweck, herkömmliche Agententreffs überflüssig zu machen. Nein, sagte Gabriel sich, in der Lobby-Lounge des Hotels Schweizerhof läuft etwas anderes ab.

Um 16.24 Uhr verlangte Alistair Hughes endlich die Rechnung. Im nächsten Augenblick tat das auch Dmitri Sokolow.

Dann stemmte der dickliche Russe sich schwerfällig hoch, knöpfte seinen Blazer zu und legte die wenigen Meter von seinem Tisch bis zu dem zurück, an dem Hughes eben seine Rechnung abzeichnete.

Der Schatten des SWR-Offiziers fiel über den Engländer. Hughes sah auf, runzelte die Stirn und hörte dann zu, als Sokolow in der Art eines Oberkellners, der das Tagesgericht anpreist, einige Sätze herunterleierte. Daraus entwickelte sich ein kurzes Gespräch. Hughes sprach, Sokolow antwortete, Hughes sprach erneut. Dann lächelte Sokolow, zuckte mit den Schultern und setzte sich. Hughes faltete langsam seine *Financial Times* zusammen und legte sie auf den Tisch zwischen ihnen.

»Scheißkerl«, flüsterte Christopher Keller. »Du hast anscheinend recht, Gabriel. Sieht so aus, als spionierte er für die Russen.«

Ja, dachte Gabriel, während er die Szene auf dem Bildschirm beobachtete, so sieht's wirklich aus.

»Pardon, aber spreche ich mit Mr. Alistair Hughes von der Britischen Botschaft in Wien? Wir haben uns dort auf einem Empfang kennengelernt. Wo, weiß ich leider nicht mehr genau. In Wien gibt es so viele Empfänge. Fast so viele wie in St. Petersburg.«

Das sagte Dmitri Sokolow, an Alistair Hughes' Tisch stehend, wie Jossi Gawisch und Rimona Stern übereinstimmend berichteten. Was als Nächstes gesprochen wurde, verstand keiner der beiden, und der Rest des Gesprächs, nachdem Sokolow Platz genommen hatte, wurde in verminderter Lautstärke geführt, die für Verrat besser geeignet ist.

Dieser zweite Teil dauerte zwei Minuten und zwölf Sekunden, in denen Sokolow lange eine Hand auf dem linken Arm des Engländers ruhen ließ. Die meiste Zeit redete der Russe, der ein falsches Lächeln aufgesetzt hatte. Hughes hörte teilnahmslos zu und versuchte nicht, Sokolow seinen Arm zu entziehen.

Als Sokolow dann endlich die Hand wegnahm, griff er in sein Jackett und zog einen Umschlag heraus, den er in die *Financial Times* steckte. Im nächsten Augenblick stand er abrupt auf und verabschiedete sich mit einer knappen Verbeugung. Mit Kamera 2 beobachteten sie, wie er hinten in den wartenden Audi einstieg. Gabriel wies Lavons Leute an, ihm nicht zu folgen.

Im Hotel blieben Boris und Natascha an ihrem Tisch sitzen. Natascha redete lebhaft, aber Boris hörte nicht zu; er beobachtete Alistair Hughes, der die Zeitung anstarrte. Zuletzt sah der Engländer angelegentlich auf seine Uhr und stand hastig auf, als habe er hier zu viel Zeit vertrödelt. Er ließ einen Geldschein auf der Rechnung liegen. Seine Zeitung – und den darin steckenden Umschlag – nahm er mit, als sei ihm das erst nachträglich eingefallen.

Er verließ die Lounge, nickte der Hostess freundlich zu und ging zu den Aufzügen hinüber. Eine der Türen öffnete sich, sowie er den Rufknopf drückte. Allein in der Kabine zog er Dmitri Sokolows Umschlag heraus, öffnete die Klappe und sah hinein. Wieder blieb sein Gesicht ausdruckslos: die nichtssagende Maske eines Geheimdienstprofis.

Für den kurzen Weg zu seiner Suite steckte er den Umschlag wieder in die Zeitung, aber im Wohnzimmer öffnete er ihn und nahm den Inhalt heraus. Er sichtete ihn vor seinem Fenster mit Blick über die Altstadt stehend, wobei er das Material unbeabsichtigt gegen die beiden Überwachungskameras abschirmte.

Als Nächstes ging er ins Bad und schloss die Tür hinter sich. Das spielte keine Rolle, denn auch dort drinnen gab es eine Kamera. Sie beobachtete ungerührt, wie Hughes ein Handtuch anfeuchtete und unten vor die Tür legte. Dann ging er neben dem WC in die Hocke und begann den Inhalt von Dmitri Sokolows Umschlag zu verbrennen. Wieder war der Aufnahmewinkel so ungünstig, dass Gabriel das Material nicht deutlich sehen konnte. Gabriel sah zu Keller hinüber, der wütend auf den Monitor starrte.

»Heute Abend um 21.40 Uhr fliegt Easyjet von Genf nach London«, sagte Gabriel. »Die Maschine landet um 22.20 Uhr Ortszeit. Mit etwas Glück kannst du gegen elf Uhr bei Graham am Eaton Square sein. Wer weiß? Vielleicht hat Helen noch ein paar Reste für dich.«

»Wunderbar. Und was soll ich ihm erzählen?«

»Das liegt ganz bei dir.« Gabriel sah zu, wie Alistair Hughes, Leiter der MI6-Station in Wien, den belastenden Umschlag mit seinen und Dmitri Antonowitsch Sokolows Fingerabdrücken verbrannte. »Er ist jetzt euer Problem.«

21

HOTEL SCHWEIZERHOF, BERN

Er hatte schon immer gewusst, dass dies passieren, dass sie ihm eines Tages auf die Schliche kommen würden. Ein Geheimnis wie dieses ließ sich nicht ewig lange verbergen. Offen gesagt überraschte ihn, dass er es so lange hatte verheimlichen können. Viele Jahre lang hatte ihn niemand verdächtigt, nicht mal in Bagdad, wo er zehn schlimme Monate damit verbracht hatte, die nichtexistenten Massenvernichtungswaffen aufzuspüren, die als Vorwand gedient hatten, um sein Land in einen katastrophalen Krieg zu verwickeln. Vielleicht hätte er dort durchgedreht, wenn Rebecca nicht gewesen wäre. Er hatte viele Affären gehabt – ehrlich gesagt zu viele –, aber Rebecca hatte er geliebt. Sie hatte sich nach hartem Kampf gegen ihn durchgesetzt und war H/Washington geworden. Jetzt befand sie sich auf einem Gleitpfad mit dem Ziel, die erste MI6-Generaldirektorin zu werden. Vielleicht würde sie ihren wachsenden Einfluss dazu benützen, ihm zu helfen. Nein, dachte er, jetzt kann mich nicht mal mehr sie retten. Ihm blieb nichts anderes übrig, als alles zu gestehen und zu hoffen, dass Graham beschließen würde, seine Perfidie unter den Teppich zu kehren.

Er hob das nasse Handtuch auf, das die Tür abgedichtet hatte, und warf es in die Badewanne. Es schlug wie ein Tierkadaver auf. Leichter Rauch von verbrannten Lügen hing vorwurfsvoll in der Luft. Er huschte hinaus und schloss die Tür rasch hinter sich, damit kein Rauch entkam und den Rauchmelder auslöste. Was für ein komisches Meisterstück das gewesen wäre, dachte er. Eines Meisterspions würdig!

Vermutlich war dieses Hotelzimmer verwanzt. Sein Apartment in Wien ebenfalls. Seit ein, zwei Wochen wurde er das

Gefühl nicht mehr los, auf Schritt und Tritt überwacht zu werden. Er sah auf seine Uhr und stellte fest, dass er zu spät zu seiner Verabredung kommen würde. Trotz seiner persönlichen Umstände empfand er ein tiefes Schuldgefühl. Sie waren bereit gewesen, ihm den Gefallen zu tun, länger zu bleiben, aber jetzt musste er sie im Stich lassen und schleunigst aus Bern verschwinden.

Nach Wien gab es heute keinen Flug mehr, nur einen Nachtzug, der um halb sieben Uhr morgens ankam. Den restlichen Samstag konnte er dann vorbildlich fleißig und pflichtbewusst in seinem Büro verbringen. Wie Rebecca, dachte er plötzlich. Rebecca nahm sich niemals einen Tag frei. Deshalb würde sie eines Tages Graham Seymour beerben. Man stelle sich vor, sie hätte ihn geheiratet! Jetzt war er nur ein kleiner Fleck auf einer ansonsten perfekten Biografie, eine bedauerliche Indiskretion.

Er gab den Code des Safes in seiner Suite ein – Melindas Geburtsdatum in umgekehrter Reihenfolge – und warf sein BlackBerry und das persönliche iPhone in seinen Aktenkoffer. Beide Handys waren bestimmt manipuliert. Vermutlich beobachteten sie ihn auch jetzt, zeichneten jedes Wort und jede Untat auf. Er war nur froh, dass er sie im Zimmer zurückgelassen hatte. Das tat er immer, wenn er im Schweizerhof zum Tee hinunterfuhr. In dieser privaten halben Stunde wollte er keinesfalls durch einen Anruf von zu Hause oder gar von Vauxhall Cross gestört werden.

Hughes knallte den Deckel des Aktenkoffers zu und ließ die Schlösser einschnappen. Der Korridor roch verrückterweise nach Rebeccas Parfüm, mit dem sie sich einnebelte, um den Geruch der grässlichen L&B, die sie rauchte, zu überdecken. Er drückte den Rufknopf und fuhr dankbar in die Hotelhalle hinunter, als der Aufzug kam. Der Portier sah die Reisetasche über seiner Schulter und fragte besorgt, ob es ein Problem mit Herrn Hughes' Zimmer gebe. Es *gab* eines, das aber nichts mit der Suite zu tun hatte. Verkörpert wurde es durch die beiden SWR-Agenten, die Herrn Hughes aus der Lounge-Bar beobachteten.

Er ging an ihnen vorbei, ohne sie eines Blickes zu würdigen, und trat unter die Arkaden hinaus. Mit herabsinkender Nacht hatte es plötzlich zu schneien begonnen. Große nasse Flocken fielen auf den Verkehr auf dem Bahnhofplatz. Ein Blick über die Schulter zeigte Hughes, dass die beiden SWR-Agenten näher kamen. Als wäre das nicht schlimm genug, klingelte auch ein Handy im Aktenkoffer. Dem Klingelton nach war das sein iPhone, vermutlich mit einem Kontrollanruf von Melinda. Eine weitere Lüge, die er sich einfallen lassen musste …

Wenn er den Zug erreichen wollte, musste er sich beeilen. Er trat unter der Arkade hervor auf die Fahrbahn. Er hatte die andere Straßenseite schon fast erreicht, als er das Auto hörte. Autoscheinwerfer sah er keine, denn sie waren ausgeschaltet. Er würde sich auch nicht an die Schmerzen beim Aufprall oder seinen Sturz mit gebrochenem Rücken auf den Asphalt erinnern. Als Letztes sah er ein Gesicht über sich. Das Gesicht des Portiers. Oder war das Rebecca? Rebecca, die er geliebt hatte. *Erzähl mir alles,* flüsterte sie, während er im Sterben lag. *Bei mir sind deine Geheimnisse sicher.*

TEIL ZWEI

PINK GIN IM HOTEL NORMANDIE

22

BERN

Die Meldung erschien kurz nach Mitternacht auf der Website der *Berner Zeitung*, der größten Tageszeitung der Schweizer Hauptstadt. Ohne überflüssige Details berichtete sie nur, ein britischer Diplomat namens Alistair Hughes sei bei dem Versuch, den Bahnhofplatz außerhalb des Fußgängerübergangs zu überqueren, von einem Auto angefahren und tödlich verletzt worden. Der Wagen war weitergefahren und wurde – bisher vergeblich – gesucht. Gegen den flüchtigen Fahrer werde wegen Unfallflucht ermittelt, sagte ein Sprecher der Kantonspolizei Bern.

Das britische Außenministerium wartete bis zum Morgen, bevor es in einer kurzen Pressemitteilung bestätigte, Alistair Hughes habe zum Personal der britischen Botschaft in Wien gehört. Findige Journalisten, die es verstanden, in Mitteilungen aus Whitehall zwischen den Zeilen zu lesen, entdeckten eine verräterische Vagheit, die auf eine Beteiligung der zugeknöpften Organisation schließen ließ, die in dem als Vauxhall Cross bekannten scheußlichen Bürokomplex an der Themse residierte. Wer versuchte, dafür von dem überlasteten MI6-Pressesprecher eine Bestätigung zu erhalten, stieß auf eine Mauer des Schweigens. Für Ihrer Majestät Regierung war Alistair Hughes ein unbedeutender kleiner Diplomat, der in einer Privatsache unterwegs gewesen war, als er tödlich verunglückte.

Anderswo waren Journalisten jedoch nicht durch Tradition und drakonische Gesetze zum Schutz der Geheimdienste behindert. Einer davon war der deutsche ZDF-Korrespondent in Wien. Er behauptete, zehn Tage vor Alistair Hughes' Tod mit ihm zu Mittag gegessen zu haben – in dessen Funktion als

Leiter der Wiener MI6-Station. Auch andere Journalisten meldeten sich zu Wort, darunter einer von der *Washington Post*, der von Hughes Informationen für eine Story über die nichtexistenten Massenvernichtungswaffen im Irak erhalten haben wollte. Solche Berichte wurden vom Londoner Außenministerium dementiert. Alistair Hughes sei Diplomat gewesen, sagte ein Sprecher, daran ändere auch noch so viel Wunschdenken nichts.

Der einzige Ort, der sich nicht darum zu kümmern schien, welchen Beruf Alistair Hughes gehabt hatte, war der Ort, an dem er gestorben war. Für die Schweizer Presse war er »di cheibe Usländer«, der verdammte Ausländer, der noch leben würde, wenn er sich an die Verkehrsregeln gehalten hätte. Die Kantonspolizei orientierte sich an der britischen Botschaft, der nichts an ins Detail gehenden Ermittlungen zu liegen schien. Die Polizei suchte den Unfallwagen, der zum Glück ein deutsches Kennzeichen gehabt hatte, ließ aber Alistair Hughes weitgehend in Ruhe.

In Bern gab es jedoch mindestens einen Mann, der nicht bereit war, die offizielle Version der Story zu akzeptieren. Seine Ermittlungen waren privat und auch für die, die sie miterlebten, größtenteils unsichtbar. Sie fanden hauptsächlich in seinem Zimmer im Hotel Savoy statt, in dem er zum großen Bedauern seiner Frau und seines Ministerpräsidenten geblieben war, nachdem er seine Untergebenen angewiesen hatte, die Schweiz schnellstens zu verlassen. Die Hoteldirektion hielt ihn für Johannes Klemp, einen deutschen Geschäftsmann aus München. In Wirklichkeit hieß er jedoch Gabriel Allon.

Eigentlich hätte er Grund zu einer kleinen Siegesfeier gehabt, obwohl das offen gesagt nie wirklich sein Stil gewesen war. Trotzdem hatte er ein Recht darauf, eine gewisse private Befriedigung zu empfinden. Schließlich hatte er darauf bestanden, im MI6 müsse es einen Maulwurf geben. Und er hatte den

MI6-Generaldirektor davon überzeugt, Alistair Hughes, der die Wiener MI6-Station leitete, komme am ehesten dafür infrage. Er hatte Alistair Hughes unter Beobachtung gestellt und war ihm nach Bern gefolgt, wo Hughes sich in der Lounge-Bar des Hotels Schweizerhof mit Dmitri Sokolow von der SWR getroffen hatte. Gabriel und einige seiner besten Leute hatten das Treffen in Echtzeit beobachtet. Es hatte sich ereignet, das stand außer Frage. Dmitri Sokolow hatte Hughes einen Umschlag zugespielt. Hughes hatte ihn entgegengenommen. Oben in seinem Zimmer hatte er den Inhalt und den Umschlag selbst verbrannt. Vier Minuten und dreizehn Sekunden später hatte er tot auf dem Bahnhofplatz gelegen.

Ein Teil von Gabriels Ich trauerte Hughes nicht nach, denn er schien dieses Ende reichlich verdient zu haben. Aber weshalb war Alistair Hughes gestorben? Das konnte ein Unfall gewesen sein, weil Hughes blindlings über den Platz und vors nächste Auto gelaufen war. Möglich, dachte Gabriel, aber unwahrscheinlich. Er glaubte nicht an Unfälle; er sorgte dafür, dass sie passierten. Das taten auch die Russen.

Aber wenn Alistair Hughes' Tod kein Unfall, sondern ein vorsätzlicher Mord gewesen war – weshalb war er dann angeordnet worden? Um diese Frage zu beantworten, musste Gabriel erst die wahren Hintergründe des Treffens aufklären, das er in der Lounge-Bar des berühmten Berner Hotels Schweizerhof beobachtet und aufgezeichnet hatte.

Zu diesem Zweck hatte er die folgenden drei Tage größtenteils vor seinem Notebook verbracht und sich die eine halbe Stunde lange Videoaufzeichnung wieder und wieder angesehen. Alistair Hughes, der aus Wien kommend nach einem ereignislosen Flug im Hotel Schweizerhof eintraf. Alistair Hughes, der in der verwanzten Suite seine Station in Bezug auf seinen Aufenthaltsort und seine Wochenendplanung belog. Alistair Hughes, der seine Smartphones in den Safe sperrte.

Bevor er hinunterging – vermutlich damit sie nicht dazu benutzt werden konnten, seinen Treff mit Dmitri Sokolow von der SWR zu überwachen. Leider hatte Gabriel kein Video von Alistair Hughes' tödlichem Unfall auf dem Bahnhofplatz. Der Aufnahmebereich der Kamera 2 des Sicherheitssystems des Hotels wurde durch den Bogen der Arkade begrenzt.

Die Zimmermädchen des Hotels Savoy hielten Gabriel für einen Schriftsteller und bemühten sich, auf dem Korridor leise zu sein. Er ließ sie jeden Nachmittag in sein Zimmer, wenn er das Hotel für einen Spaziergang durch die Altstadt verließ – immer mit seinem Notebook in einer eleganten Schultertasche. Hätte jemand versucht, ihn zu beschatten, hätte er gesehen, wie Gabriel zweimal in die israelische Botschaft in der Alpenstrasse schlüpfte. Ihm hätte auch auffallen können, dass er an drei Nachmittagen nacheinander zur Teestunde in den Schweizerhof, den größten Konkurrenten des Hotels Savoy, hinüberging.

Am ersten Tag saß er am selben Tisch wie Herr Hughes. Am Tag darauf war es der Tisch, an dem Herr Sokolow gesessen hatte. Und am dritten Tag bat er um Boris' und Nataschas Tisch. Er wählte Boris' Platz, von dem aus ein Bewaffneter den Raum überblicken konnte, und registrierte aufmerksam die Position aller Überwachungskameras. Keine von ihnen war zufällig angebracht, stellte er fest. Ihre Überdeckung verriet einen sorgfältig ausgearbeiteten Plan.

Nach der Rückkehr in sein Zimmer im Savoy nahm Gabriel ein gewöhnliches Blatt Hotelbriefpapier und schrieb als Begründung für Alistair Hughes' Tod zwei mögliche Szenarien nieder – auf der Glasplatte des Couchtischs, um keine Abdrücke zu hinterlassen.

Das erste ging davon aus, der unter anderen Umständen alltägliche Treff in der Lounge-Bar sei überstürzt angesetzt worden. Sokolow hatte Hughes gewarnt, er werde verdächtigt und überwacht, sodass seine Verhaftung unmittelbar bevorstehe. Er hatte Hughes eine Rettungsleine in Form des Umschlags angeboten, der Anweisungen für seine Flucht nach Moskau enthielt. Hughes hatte sie verbrannt, nachdem er sie gelesen hatte, und war aus dem Hotel gehastet, um die erste Etappe auf seinem Weg ins permanente Exil zu beginnen. Vermutlich war ihm mitgeteilt worden, in der Nähe des Bahnhofplatzes stehe ein Auto bereit, das ihn zu einem Flugplatz hinter dem ehemaligen Eisernen Vorhang bringen würde, auf dem er mit einem russischen Pass an Bord eines Flugzeugs gehen konnte. In seiner Eile, seiner panischen Angst hatte er versucht, den Platz außerhalb des Fußgängerübergangs zu überqueren und war angefahren und tödlich verletzt worden, was Moskau um seine Trophäe gebracht hatte.

Das klang völlig plausibel, fand Gabriel, war aber in einem Punkt unglaubwürdig. Alistair Hughes war beim MI6 gewesen, einem wegen der Qualität seiner Arbeit und seiner Agenten berühmten Geheimdienst. Außerdem hätte Hughes jahrelang auf einem Drahtseil balanciert, wenn er für die Zentrale Moskau spioniert hätte. Er wäre auf die Warnung hin, enttarnt worden zu sein, nicht in Panik geraten; er wäre unauffällig in die Schatten zurückgewichen und untergetaucht. Daher verwarf Gabriel das erste Szenario sofort wieder.

Die zweite Erklärung war, Dmitri Sokolow sei mit anderer Absicht ins Hotel Schweizerhof gekommen, um den Maulwurf zu liquidieren, bevor der Maulwurf von seinem Dienst verhaftet und vernommen werden konnte, sodass der MI6 das wahre Ausmaß seines Verrats nie erfahren würde. In diesem Szenario war Hughes tot, lange bevor er in Bern eintraf, genau wie Konstantin Kirow vor seiner Ankunft in Wien tot gewesen war. Hughes hatte jedoch geahnt, was ihn erwartete, und war deshalb in Panik aus dem Hotel geflüchtet. Die Mordwaffe hatte draußen auf dem Platz gewartet, und der Fahrer hatte die erste Gelegenheit genutzt, die sich ihm bot. Akte geschlossen. Kein Maulwurf mehr.

Gabriel zog das zweite Szenario dem ersten vor, war aber erneut skeptisch. Von einem sicheren Moskauer Apartment aus hätte Hughes der SWR über viele Jahre hinweg wertvolle Unterstützung geben können. Er hätte auch ein wertvolles Propagandainstrument sein können – wie Edward Snowden oder Burgess, Maclean und Kim Philby, die Cambridge-Spione des Kalten Krieges. Der Zar tat nichts lieber, als mit den Erfolgen seiner Spione zu prahlen. Nein, dachte Gabriel, diese Trophäe hätten die Russen nicht so leicht durch ihre Finger schlüpfen lassen.

Später an diesem Abend, als das Hotel Savoy um ihn herum schlief und nur noch einzelne Autos übers Pflaster unter seinem Fenster ratterten, bewog das Gabriel dazu, über eine weitere Möglichkeit nachzudenken: dass er selbst an Alistair Hughes' Tod schuld war. Deshalb griff er widerstrebend nach dem Hörer des Telefons auf seinem Nachttisch und rief Christoph Bittel an.

23

BERN

Bittel war bereit, sich am folgenden Morgen um neun Uhr mit Gabriel in einem Café in der Nähe der Zentrale des Nachrichtendiensts des Bundes zu treffen. Gabriel kam zwanzig Minuten zu früh, Bittel dagegen zehn Minuten zu spät, was sonst nicht seine Art war. Der große Mann mit beginnender Glatze hatte den strengen Gesichtsausdruck eines calvinistischen Geistlichen und war auffällig blass wie jemand, der keine Zeit für Outdoor-Aktivitäten hat. Gabriel hatte einmal mehrere höchst unangenehme Stunden in einem Vernehmungsraum verbracht, in dem Bittel ihn ausgequetscht hatte. Jetzt waren sie gewissermaßen Verbündete. Der NDB hatte weniger als dreihundert Mitarbeiter und ein Jahresbudget von umgerechnet nur sechzig Millionen Dollar – weniger als die US-Geheimdienste an einem typischen Nachmittag ausgaben. Für ihn war Gabriels Dienst ein wertvoller Multiplikator.

»Nett hier«, sagte Gabriel. Er sah sich langsam in dem schäbigen kleinen Café mit Rissen im Linoleumboden, wackeligen Resopaltischen und verblassten Bergfotos um. Draußen lag ein Gewerbegebiet mit Bürogebäuden, kleinen Fabrikhallen und Recyclingeinrichtungen. »Kommen Sie oft hierher oder nur zu speziellen Anlässen?«

»Sie haben gesagt, Sie wollten etwas abseits der ausgetretenen Pfade.«

»Welcher Pfade?«

Bittel runzelte die Stirn. »Wie lange sind Sie schon im Lande?«

Gabriel dachte nach. »Ich bin am Donnerstag angekommen, glaube ich.«

»Mit dem Flugzeug?«

Gabriel nickte.

»Zürich?«

»Nein, Genf.«

»Wir überprüfen routinemäßig die Passagierlisten aller ankommenden Flüge.« Bittel leitete die NDB-Abteilung Spionageabwehr. Unerwünschte Ausländer abzuweisen gehörte zu seiner Jobbeschreibung. »Ich weiß ziemlich sicher, dass Ihr Name auf keiner der Listen gestanden hat.«

»Aus gutem Grund.« Gabriel sah auf die zusammengelegte *Berner Zeitung* auf dem Tisch zwischen ihnen. Sie berichtete über die Verhaftung eines vor Kurzem eingewanderten Marokkaners, der im Auftrag des IS einen Anschlag mit einem Lastwagen geplant hatte. »Masel tov, Bittel, Sie sind noch mal davongekommen.«

»Eigentlich nicht. Wir haben ihn Tag und Nacht überwacht und zugegriffen, als er den Lastwagen mieten wollte.«

»Was war das Anschlagsziel?«

»Der Limmatquai in Zürich.«

»Und der Tipp, der Sie zu dem Verdächtigen geführt hat?«, fragte Gabriel. »Von wem ist der gekommen?«

»Sein Name war in einem der Computer gespeichert, die in dem Komplex in Marokko, in dem Saladin liquidiert wurde, erbeutet wurden. Einer unserer Partner hat ihn uns wenige Tage nach dem versuchten Londoner Anschlag mit einer schmutzigen Bombe übermittelt.«

»Was Sie nicht sagen!«

Bittel lächelte. »Ich kann Ihnen nicht genug danken. Das wäre ein Blutbad geworden.«

»Freut mich, dass wir helfen konnten.«

Die beiden sprachen halblautes Hochdeutsch. Hätte Bittel das Schweizerdeutsch seiner Heimatgemeinde in Nidwalden gesprochen, hätte Gabriel einen Dolmetscher gebraucht.

Die Bedienung kam an ihren Tisch und nahm ihre Bestellung auf. Als sie wieder allein waren, fragte Bittel: »Haben Sie den Londoner Selbstmordattentäter erschossen?«

»Reden Sie keinen Unsinn, Bittel. Ich bin verdammt noch mal der Chef des israelischen Geheimdiensts.«

»Und Saladin?«

»Der ist tot. Und allein das zählt.«

»Aber die IS-Ideologie lebt weiter und hat nun sogar die Schweiz erreicht.« Bittel fixierte Gabriel mit vorwurfsvollem Blick. »Deshalb bin ich bereit, die Tatsache zu übersehen, dass Sie eingereist sind, ohne uns zu benachrichtigen – und noch dazu mit einem falschen Pass. Ich vermute, dass Sie nicht zum Skilaufen gekommen sind. Die Schneelage ist dieses Jahr überall schlecht.«

Gabriel schlug die *Berner Zeitung* auf und tippte auf den Bericht über den Tod eines britischen Diplomaten auf dem Bahnhofplatz.

Bittel zog eine Augenbraue hoch. »Eine üble Geschichte.«

»Die Zeitung schreibt von einem Unfall.«

»Seit wann glauben Sie alles, was in den Zeitungen steht?« Bittel sprach noch leiser, als er hinzufügte: »Sagen Sie mir bitte, dass Sie ihn nicht umgelegt haben.«

»Wozu sollte ich einen unbedeutenden britischen Diplomaten totfahren?«

»Hughes war kein Diplomat. Er war Leiter der MI6-Station in Wien.«

»Und ein häufiger Besucher Ihres Landes.«

»Genau wie Sie«, stellte Bittel fest.

»Wissen Sie zufällig, warum er eine Vorliebe für Bern hatte?«

»Angeblich soll er hier eine Frau besucht haben.«

»Stimmt das?«

»Das wissen wir nicht bestimmt.«

»Der NDB hat sich nie für ihn interessiert?«

»Das ist nicht unsere Art. Wir sind hier in der Schweiz. Datenschutz ist unsere Religion.« Die Bedienung servierte ihren Kaffee. »Sie wollten mir gerade erzählen«, fuhr Bittel fort, als sie wieder gegangen war, »weshalb der Direktor des israelischen Geheimdiensts wegen des Todes eines MI6-Offiziers ermittelt. Ich kann mir nur vorstellen, dass das mit dem Russen zusammenhängt, den Sie vor einigen Wochen in Wien erschossen haben.«

»Auch den habe ich nicht auf dem Gewissen, Bittel.«

»Die Österreicher sehen das anders. Sie haben uns sogar ersucht, Sie zu verhaften, falls Sie Schweizer Boden betreten, was bedeutet, dass Ihre Situation im Augenblick reichlich prekär ist.«

»Das riskiere ich.«

»Was wollten Sie mir in Bezug auf Hughes erzählen?«, fragte Bittel und rührte Zucker in seinen Kaffee.

»Wir hatten Hughes seit einiger Zeit im Visier«, gestand Gabriel ein.

»Der Dienst?«

»Und unsere britischen Partner. Wir sind ihm am Freitagnachmittag nach Bern gefolgt.«

»Danke, dass Sie uns rechtzeitig benachrichtigt haben.«

»Wir wollten niemandem zur Last fallen.«

»Wie viele Leute haben Sie mitgebracht?«

Gabriel sah zur Decke auf und fing an, sie an den Fingern abzuzählen.

»Schon gut«, murmelte Bittel. »Das erklärt all die Kameras und Wanzen, die wir in Hughes' Suite entdeckt haben. Übrigens hochwertiges Zeug. Viel besser als unseres. Meine Techniker sind schon dabei, es unseren Zwecken anzupassen.« Er legte den Kaffeelöffel sorgfältig auf die Untertasse. »Sie haben sicher mitbekommen, dass Hughes sich beim

Tee mit diesem Russen getroffen hat.«

»Ziemlich schwer zu verpassen.«

»Er heißt …«

»Dmitri Sokolow«, warf Gabriel ein. »Moskaus Mann in Genf.«

»Sie kennen ihn?«

»Nicht persönlich.«

»Dmitri ist keiner, der sich an die Spielregeln hält.«

»Wo die Russen mitmischen, gelten keine, Bittel.«

»In Genf eigentlich schon, aber Dmitri verstößt immer wieder dagegen.«

»Wodurch?«

»Aggressive Anwerbung, alle möglichen schmutzigen Tricks. Seine Spezialität ist *Kompromat.*« Das war die russische Bezeichnung für kompromittierendes Material, mit dem Missliebige zum Schweigen gebracht oder potenzielle Agenten erpresst werden konnten. »Er ist übrigens wieder in Moskau. Vorgestern Abend abgereist.«

»Wissen Sie, weshalb?«

»Wir haben die russische Verschlüsslung nie knacken können, aber Onyx hat am späten Freitagabend nach Hughes' Tod regen Nachrichtenverkehr zwischen der Residentur Genf und der Zentrale Moskau registriert.« Onyx war die Schweizer Fernmeldeüberwachung. »Der Teufel mag wissen, worüber sie geredet haben.«

»Moskau wird Glückwünsche übermittelt haben.«

»Sie glauben, dass die Russen Hughes liquidiert haben?«

»Sagen wir einfach, dass sie auf meiner Liste ganz oben stehen.«

»Hat Hughes für sie gearbeitet?«

»Haben Sie die Aufnahmen der Hotelkameras gesehen?«

»Und Sie, Allon?«

Gabriel gab keine Antwort.

»Wieso sollten die Russen ihren eigenen Agenten ermorden?«, fragte Bittel.

»Das habe ich mich auch schon gefragt.«

»Und?«

»Wenn ich die Antwort wüsste, säße ich nicht in diesem Loch und müsste Ihnen meine Sünden beichten.«

»Noch was zu Ihrer Information«, sagte Bittel nach kurzer Pause. »Die Briten haben wenig Interesse an einer gründlichen Aufklärung. Ihr Botschafter und der Leiter der Berner MI6-Station setzen uns unter Druck, die Ermittlungen einzustellen.«

»Dafür möchte ich auch plädieren.«

»Das ist *alles*? Mehr wollen Sie nicht von mir?«

»Ich möchte meine Kameras und Mikrofone zurück«, sagte Gabriel. »Und ich möchte, dass Sie herausbekommen, warum Alistair Hughes so viel Zeit in Ihrer schönen Stadt verbracht hat.«

Bittel nahm einen großen Schluck Kaffee. »In welchem Hotel sind Sie?«

Gabriel antwortete wahrheitsgemäß.

»Und der Rest Ihres Teams?«

»Längst fort.«

»Bodyguards?«

Gabriel schüttelte den Kopf.

»Wie erreiche ich Sie, falls wir fündig werden?«

Gabriel schob eine Geschäftskarte über den Tisch. »Die Nummer steht hintendrauf. Rufen Sie über Ihre abhörsicherste Verbindung an. Und seien Sie diskret, Bittel. Auch die Russen zapfen Telefonleitungen an.«

»Deshalb sollten Sie nicht ohne Leibwächter sein. Ich stelle für alle Fälle ein paar Männer zu Ihrem Schutz ab.«

»Danke, Bittel, aber ich komme allein zurecht.«

»Das hat Alistair Hughes bestimmt auch gedacht! Tun Sie

mir einen Gefallen, Allon. Lassen Sie sich nicht in meinem Revier umlegen.«

Gabriel stand auf. »Keine Sorge, ich tue mein Bestes.«

24

BERN

Mittags entdeckte Gabriel die beiden Bodyguards auf dem Pflaster unter seinem Fenster. Sie waren ungefähr so unauffällig wie zwei brennende Autos. Er nannte sie Frick und Frack, aber nur für sich. Sie waren stämmige Schweizer, mit denen nicht zu spaßen war.

Die beiden folgten ihm durchs Kunstmuseum, in ein Café in der Kramgasse, in dem er zu Mittag aß, und zur israelischen Botschaft in der Alpenstrasse, wo er erfuhr, dass der Dienst auch ohne seine Hand am Steuer weiter gut funktionierte. Seine Familie ebenfalls. Das befriedigte ihn insgeheim. Er hatte nie unersetzlich sein wollen.

Während Gabriel nachts in seinem Zimmer im Savoy am Notebook arbeitete, wurden Frick und Frack von uniformierten Beamten der Kantonspolizei in einem Streifenwagen abgelöst. Morgens waren Frick und Frack wieder da. Gabriel hielt sie nachmittags in Atem und hängte sie schließlich auf der Nydeggbrücke über die Aare ab, nur um sich zu beweisen, dass er's noch konnte.

Ohne Beschatter nahm er seinen Nachmittagstee im Schweizerhof – in dem Sessel, in dem Alistair Hughes in den letzten Minuten seines Lebens gesessen hatte. Gabriel stellte sich vor, wie Dmitri Sokolow ihm gegenübersaß. Sokolow, der sich nicht an die Genfer Spielregeln hielt. Dmitri, dessen Spezialität *Kompromat* war. Gabriel erinnerte sich, wie Sokolow das linke Handgelenk des Engländers umklammert hatte … Dmitris rechte Hand, Alistairs linkes Handgelenk. Vielleicht war bei dieser Gelegenheit etwas – ein USB-Stick oder eine verschlüsselte Nachricht – übergeben worden, aber das bezweifelte er. Er hatte sich das Video hundertmal angesehen. Die Transaktion war eine Einbahnstraße von Dmitri Sokolow zu Alistair Hughes gewesen. Sokolow hatte einen Umschlag unter die *Financial Times* geschoben. Hughes hatte den Inhalt im Bad seiner Suite verbrannt. Vielleicht Anweisungen für seine Flucht nach Moskau, vielleicht auch etwas anderes. Vier Minuten und dreizehn Sekunden später war er tot gewesen.

Als Gabriel ins Savoy zurückkehrte, warteten Frick und Frack auf der Straße auf ihn. Am selben Abend saßen sie bei einem Bier in der Hotelbar zusammen. Frick hieß in Wirklichkeit Kurt. Er stammte aus dem 400-Seelen-Dorf Wassen im Kanton Uri. Frack hieß Matthias und war ein Katholik aus Fribourg, der in der Schweizergarde des Vatikans gedient hatte. Gabriel erinnerte sich, dass sie sich schon einmal begegnet waren, als er im Labor des Vatikanmuseums *Die Grablegung Christi* von Caravaggio restauriert hatte.

»Bittel kommt voran«, informierte er Gabriel. »Er sagt, dass er vielleicht bald etwas für Sie hat.«

»Wann?«

»Morgen Nachmittag, vielleicht früher.«

»Früher wäre besser.«

»Wollen Sie ein Wunder, sollten Sie sich an Ihren Freund, den Heiligen Vater, wenden.«

Gabriel grinste. »Hat Bittel gesagt, worum es sich handelt?«

»Um eine Frau«, sagte Matthias in sein Bier.

»In Bern?«

»Münchenbuchsee. Das ist …«

»Eine Kleinstadt zehn Kilometer nordwestlich von hier.«

»Woher kennen Sie Münchenbuchsee?«

»Paul Klee ist dort geboren.«

In dieser Nacht tat Gabriel kein Auge zu. Am frühen Morgen fuhr er von zwei Uniformierten der Kantonspolizei begleitet zur israelischen Botschaft. Und dort verbrachte er einen der längsten Tage seines Lebens, indem er mürbe gewordene Wiener Butterkekse mampfte, die aus Uzi Navots Zeit als Direktor übrig waren, weil alle Stationen für den Fall, dass der Boss unerwartet hereinschneite, Kekse eingelagert hatten.

Um 18 Uhr an diesem Abend gab es noch immer keine Nachricht. Gabriel überlegte, ob er Bittel anrufen sollte, entschied sich dann aber doch für Geduld. Dafür wurde er belohnt, als Bittel um 20.25 Uhr endlich aus der NDB-Zentrale anrief.

»Die Gerüchte waren wahr. Er *hatte* hier eine Frau.«

»Wie heißt sie?«

»Klara Brünner.«

»Was macht sie beruflich?«

»Sie ist Psychiaterin«, sagte Bittel, »in der Privatklinik Schloss in Münchenbuchsee.«

Privatklinik Schloss …

Ja, dachte Gabriel, das könnte alles erklären.

25

HAMPSHIRE, ENGLAND

Verbrannt wurden Alistair Hughes' sterbliche Überreste in einem Krematorium südlich von London; die Urnenbeisetzung fand auf einem alten Friedhof in den sanften Kalkhügeln von Hampshire statt. Die Bestattung fand bei schlechtem Wetter mit geladenen Trauergästen statt. »Ich bin die Auferstehung und das Leben«, verkündete der hagere Vikar, als ein plötzlicher Schauer Regenschirme wie Pilze sprießen ließ. »Und wer da lebt und glaubt an mich, der wird nimmermehr sterben.« Eine passende Grabinschrift für einen Spion, dachte Graham Seymour.

Obwohl nur geladene Gäste gekommen waren, war der Aufmarsch am Grab eindrucksvoll. Aus Vauxhall waren viele da, aus der Station Wien sowieso. Die Amerikaner hatten eine Delegation aus Nine Elms entsandt, und Rebecca Manning war aus Washington eingeflogen und hatte ein Kondolenzschreiben von CIA-Direktor Morris Payne überbracht.

Als die Urne beigesetzt war, trat Seymour auf Melinda Hughes zu, um ihr sein Beileid auszusprechen. »Ein Wort unter vier Augen?«, schlug sie vor. »Ich denke, wir haben einiges zu besprechen.«

Sie gingen zwischen Grabsteinen auf und ab: Seymour mit dem aufgespannten Schirm, Melinda an seinem Arm. Ihre am Grab bewiesene Haltung hatte sich aufgelöst, und sie weinte leise. Seymour wünschte sich, er könnte sie irgendwie trösten, aber das hatte er noch nie gut gekonnt. Für seine Unfähigkeit, Mitgefühl zu zeigen, machte er seinen Vater, die MI6-Legende Arthur Seymour, verantwortlich. Er konnte sich nur an eine Zeit erinnern, in der sie einander nahegestanden hatten: während eines längeren Aufenthalts in Beirut, als er zwölf gewesen war. Aber selbst damals war sein Vater abgelenkt gewesen. Schuld daran war Philby gewesen, der größte Spion von allen.

Kim Philby …

Aber wieso dachte er gerade jetzt an seinen Vater und Philby? Vielleicht weil er mit der Frau eines russischen Spions am Arm über einen Friedhof ging. Eines *mutmaßlichen* Spions, verbesserte er sich. Noch war nichts bewiesen.

Melinda Hughes putzte sich laut die Nase. »Wie amerikanisch von mir! Alistair würde sich schämen, wenn er mich jetzt so sehen müsste.«

Die Tränen hinterließen Spuren auf ihrem Make-up. Trotzdem war sie sehr schön. Und erfolgreich, dachte Seymour, zumindest finanziell, viel erfolgreicher als ihr Mann mit seinem staatlichen Gehalt. Seymour konnte nur darüber staunen, dass Alistair sie wieder und wieder betrogen hatte. Vielleicht hatten Frauen wie sie es ihm leicht gemacht. Oder vielleicht hatte er geglaubt, das gehöre zu den Privilegien seines Jobs, genau wie er die langen Schlangen an der Passkontrolle in Heathrow umgehen durfte.

»Glauben Sie, dass er's tut?«, fragte Melinda Hughes plötzlich.

»Pardon?«

»Dass er uns sieht. Glauben Sie, dass Alistair dort oben bei Jesus und den Aposteln und den Engeln und den Heiligen ist? Oder besteht er nur aus etwas Asche in einer Urne in seinem Grab?«

»Welche Antwort möchten Sie hören?«

»Die Wahrheit.«

»Für Fragen, die das ewige Leben betreffen, bin ich nicht zuständig, fürchte ich.«

»Sind Sie gläubig?«

»Leider nein«, gab Seymour zu.

»Ich auch nicht«, sagte Melinda Hughes. »Aber im Augenblick wäre es tröstlich. Ist damit wirklich alles zu Ende?«

»Ihnen bleiben Alistairs Kinder. Vielleicht leben wir durch sie weiter.« Seymour musste unwillkürlich wieder an seinen Vater denken – und an Philby, der in der Bar des Beiruter Hotels Normandie seine Post las.

»Ich bin Kim. Wer bist du?«

»Graham.«

»Graham wer?«

»Seymour. Mein Vater ist …«

»Ich weiß, wer dein Vater ist. Den kennt jeder. Pink Gin?«

»Ich bin zwölf.«

»Keine Sorge, das bleibt unser kleines Geheimnis.«

Ein Ruck an seinem Arm brachte Seymour in die Gegenwart zurück: Melinda Hughes war wegen einer kleinen Senke gestolpert. Sie sprach von Barclays und wie sie sich darauf freute, wieder arbeiten zu können, nachdem Alistair nun bestattet war.

»Brauchen Sie noch irgendwas von uns?«

»Die Personalabteilung war sehr hilfsbereit und überraschend freundlich. Alistair hat sie übrigens immer gehasst.«

»Wie wir alle, aber sie gehört leider zu unserem Job.«

»Sie bietet mir ziemlich viel Geld an.«

»Das steht Ihnen zu.«

»Ich will Ihr Geld nicht. Was ich will«, sagte sie plötzlich heftig, »ist die Wahrheit!«

Sie waren in der entferntesten Ecke des Friedhofs angelangt. Die Menge der Trauergäste hatte sich größtenteils zerstreut, aber einige standen noch am Grab, schüttelten verlegen lächelnd Hände und nutzten die Beisetzung eines Kollegen, um nützliche Allianzen zu schmieden. Einer von Rebeccas Amerikanern gab ihr Feuer für die Zigarette, die den Weg zwischen ihre Lippen gefunden hatte. Sie hörte ihm scheinbar aufmerksam zu, aber ihr Blick blieb auf Seymour und Alistair Hughes' trauernde Witwe gerichtet

»Soll ich wirklich glauben«, fragte Melinda Hughes gerade, »dass ein erfahrener MI6-Offizier beim Überqueren einer Straße tödlich verunglückt ist?«

»Das war keine Straße, sondern der belebteste Platz von Bern.«

»Der Bahnhofplatz?« Sie machte eine wegwerfende Handbewegung. »Mit dem Trafalgar Square oder Piccadilly nicht zu vergleichen. Und was hat er überhaupt in Bern gemacht? Mir hat er erzählt, er wolle das Wochenende mit einem guten Buch in Wien verbringen. Clement Attlee. Können Sie sich das vorstellen?! Das letzte Buch, das mein Mann gelesen hat, war eine Attlee-Biografie.«

»Es ist nicht ungewöhnlich, dass ein Stationsleiter außerhalb seines Gebiets tätig wird.«

»Der Berner Stationsleiter ist bestimmt anderer Meinung. Wollen wir ihn nicht gleich fragen?« Melinda Hughes nickte zu den Trauergästen am Grab hinüber. »Er steht gleich dort drüben.«

Seymour gab keine Antwort.

»Ich bin nicht neu in dem Geschäft, Graham. Ich war über zwanzig Jahre mit Alistair verheiratet.«

»Dann wissen Sie bestimmt, dass ich über manche Dinge nicht sprechen darf. Vielleicht später, aber nicht jetzt.«

Ihr Blick war tadelnd. »Sie enttäuschen mich, Graham. Wie vorhersehbar! Sie verstecken sich hinter Ihrer Geheimhaltung, wie Alistair es immer getan hat. Wollte ich über etwas reden, das ihm nicht passte, war seine Standardantwort: ›Tut mir leid, meine Liebe, aber du kennst die Regeln.‹«

»Die gibt es wirklich, fürchte ich. Ohne sie könnten wir nicht funktionieren.«

Aber Melinda hörte nicht mehr zu, sondern starrte Rebecca Manning an. »Die beiden waren einmal ein Paar, in Bagdad. Wussten Sie das? Aus irgendeinem Grund hatte Alistair einen Narren an ihr gefressen. Jetzt wird sie Ihre Nachfolgerin, und Alistair ist tot.«

»Ich kann Ihnen versichern, dass der nächste Generaldirektor noch nicht feststeht.«

»Wissen Sie, für einen Spion sind Sie ein schrecklicher Lügner. Alistair war viel besser.« Melinda blieb plötzlich stehen und wandte sich unter dem Schirm Seymour zu. »Ich verlange eine ehrliche Antwort, Graham. Was hat mein Mann wirklich in Bern gemacht? Hatte er eine Affäre mit einer anderen Frau? Oder hat er für die Russen spioniert?«

Sie hatten den Ausgang zum Parkplatz erreicht. Die Amerikaner stiegen wie bei einem Betriebsausflug lärmend in ihren Bus. Seymour übergab Melinda Hughes wieder der Obhut ihrer Familie, klappte den Schirm zusammen und ging zu seiner Limousine. Rebecca Manning hatte sich an der hinteren Tür des Jaguars postiert. Sie zündete sich eine neue L&B an.

»Was hatte sie denn zu besprechen?«, fragte sie ruhig.

»Sie hatte ein paar Fragen im Zusammenhang mit dem Tod ihres Mannes.«

»Genau wie die Amerikaner.«

»Er ist tödlich verunglückt.«

»Wirklich?«

Seymour gab keine Antwort.

»Und diese andere Sache?«, fragte Rebecca. »Über die wir in Washington diskutiert haben?«

»Die Ermittlungen sind abgeschlossen.«

»Und?«

»Da war nichts dran.« Seymour sah zu Alistair Hughes' Grab hinüber. »Er ist tot und begraben. Geh nach Washington zurück und sag es jedem, der es hören will. Sorg dafür, dass die Informationen wieder fließen.«

Sie nickte, ließ ihre halb gerauchte Zigarette auf den nassen Kies fallen und ging zu ihrem Wagen davon.

»Rebecca?«, rief Seymour ihr nach.

Sie blieb stehen, drehte sich nach ihm um. Im halben Dämmerlicht, bei leichtem Nieselregen, sah er ihr Gesicht wie zum ersten Mal. Es erinnerte ihn an jemanden, den er vor langer Zeit, in einem anderen Leben gekannt hatte.

»Ist das wahr mit Alistair und dir?«, fragte er.

»Was hat Melinda dir erzählt?«

»Dass ihr in Bagdad ein Paar wart.«

Sie lachte. »Alistair und ich? Red keinen Unsinn!«

Seymour sank auf den Rücksitz seiner Limousine und sah Rebecca durch die regennasse Scheibe nach. Selbst an unseren hohen Ansprüchen gemessen, dachte er, ist sie eine verdammt gute Lügnerin.

26

HAMPSHIRE, ENGLAND

Die nächste Textnachricht ging kurz vor Crawley auf Graham Seymours BlackBerry ein. Sie stammte von Nigel Whitcombe, seinem persönlichen Assistenten, der oft inoffizielle Aufträge für ihn übernahm. »Zielwechsel«, erklärte Seymour seinem Fahrer. Wenige Minuten später waren sie in hohem Tempo auf der A23 in Richtung Brighton unterwegs. Von dort aus fuhren sie entlang der Küste nach Westen, durch Shoreham und Worthing und Chichester und Portsmouth, bis sie das winzige Gosport erreichten.

Die Zufahrt zu der alten Festung mit ihrem leeren Burggraben und den grauen Steinwällen durchschnitt den ersten Fairway des Gosport & Stokes Bay Golf Club. Seymours Jaguar passierte den äußeren Kontrollpunkt und dann das Tor zum Innenhof, der als Personalparkplatz diente. George Halliday, der Butler, war der hiesige Dienstälteste. Er stand steif wie ein Ladestock in seiner kleinen Nische im Westflügel.

»Willkommen, Sir. Was für eine angenehme Überraschung. Ich wollte, das Cross hätte uns wenigstens ein bisschen vorgewarnt, dass Sie kommen würden.«

»Bei uns geht's im Augenblick drunter und drüber, George. Heute war die Beisetzung.«

»Ah, ja, natürlich. Eine schreckliche Sache! Ich weiß noch, wie er zur Ausbildung hier war. Ein guter Junge. Und blitzgescheit, nicht wahr? Wie geht's seiner Frau?«

»Den Umständen entsprechend.«

»Soll ich Ihre Zimmer herrichten, Sir?«

»Danke, nicht nötig. Ich bleibe nicht lange.«

»Ich vermute, dass Sie unseren Gast sprechen wollen. Auch

den hat das Cross nicht angekündigt. Mr. Whitcombe hat ihn in einem Korb vor unserer Tür ausgesetzt und ist schleunigst abgehauen.«

»Ich rede mit ihm«, versprach Seymour.

»Ich bitte darum.«

»Und unser Gast? Wo ist er?«

»Ich habe ihn in Mr. Marlowes altem Zimmer eingesperrt.«

Seymour stieg die Treppe zu den Unterkünften im Westflügel hinauf. Das Zimmer am Ende des Mittelflurs war mit einem Einzelbett, einem Schreibtisch und einem einfachen Kleiderschrank möbliert. Gabriel stand an dem schmalen Fenster, das einer Schießscharte glich, und starrte aufs bleigraue Meer hinaus.

»Wir haben dich bei der Beerdigung vermisst«, sagte Seymour. »Die halbe CIA war da. Du hättest auch kommen sollen.«

»Das wäre nicht richtig gewesen.«

»Wieso nicht?«

Erst jetzt drehte Gabriel sich um und sah Seymour an. »Weil ich an Alistair Hughes' Tod schuld bin. Und das«, fügte er hinzu, »werde ich mein Leben lang bereuen.«

Seymour runzelte nachdenklich die Stirn. »Vor ein paar Stunden hat Melinda Hughes mich auf dem Friedhof gefragt, ob ihr Mann ein russischer Spion gewesen sei.«

»Und was hast du geantwortet?«

»Nichts.«

»Das ist gut. Weil Alistair Hughes kein Spion war. Er war ein Patient«, sagte Gabriel. »In der Privatklinik Schloss.«

27

FORT MONCKTON, HAMPSHIRE

Das alte Fort Monckton unterstand offiziell dem britischen Verteidigungsministerium und war vage als No. 1 Military Training Establishment bekannt. Inoffiziell diente es als Grundschule für zukünftige MI6-Spione. Die Ausbildung fand hauptsächlich in den Lehrsälen und Labors des Hautgebäudes statt, aber jenseits der uralten Mauern lagen ein Schießstand, ein Hubschrauberlandeplatz, ein Fußballplatz, Tennisplätze und eine Squash-Halle. Auf dem Gelände patrouillierten vom Ministerium gestellte Wachen. Niemand folgte Graham Seymour und Gabriel bei ihrem Strandspaziergang: Gabriel in Jeans und Lederjacke, Seymour in Anzug, Mantel und Gummistiefeln, die der Butler für ihn ausgegraben hatte.

»Privatklinik Schloss?«

»Höchst exklusiv und sehr privat«, sagte Gabriel, »wie der Name vermuten lässt. Hughes war dort bei Dr. Klara Brünner in Behandlung. Wegen einer bipolaren Störung und schwerer Depressionen – daher die in seiner Wohnung gefundenen Medikamente. Die hat er von der Klinik bekommen, weil niemand etwas erfahren sollte. Er war an jedem letzten Freitag im Monat außerhalb der normalen Sprechzeit bei ihr. Hat sich dort Richard Baker genannt, was nicht ungewöhnlich war. Die Privatklinik Schloss ist für ihre unbedingte Diskretion bekannt.«

»Sagt wer?«

»Christoph Bittel vom NDB.«

»Ist er vertrauenswürdig?«

»Stell ihn dir als unseren Schweizer Banker vor.«

»Wer weiß noch davon?«

»Natürlich die Russen.« Auf dem Golfplatz machte ein tapferer Vierer eine Pause bei seinen Bemühungen auf einem windumtosten Putting Green, um die beiden vorbeizulassen. »Sie wussten auch, dass Alistair seine Vorgesetzten in London nicht über seine Krankheit informiert hatte, um seine Karriere nicht zu gefährden. Die Zentrale Moskau hat bestimmt überlegt, wie er sich mit diesen Informationen zur Mitarbeit erpressen ließe, genau wie du oder ich es getan hätten. Aber das ist nicht passiert.«

»Was *ist* also passiert?«

»Sie hat gewartet, bis Dmitri Sokolow, ein bekannter Spezialist für *Kompromat,* Hughes in der Lounge-Bar des Berner Hotels Schweizerhof einen Umschlag überreicht hat. Ich tippe darauf, dass er Fotos enthalten hat, die Hughes beim Betreten und Verlassen der Klinik zeigten. Deshalb hat er ihn entgegengenommen, statt ihn Dmitri ins Gesicht zu werfen. Und deshalb hat er panikartig versucht, aus Bern zu flüchten. Dmitri ist übrigens wieder in Moskau. Die Zentrale hat ihn einige Tage nach Alistairs Tod abgezogen.«

Sie hatten die Rettungsstation Gosport erreicht. Seymour machte halt. »Alles war nur ein raffiniertes Täuschungsmanöver, um uns glauben zu machen, Alistair sei ein Spion?«

Gabriel nickte.

»Warum?«, fragte Seymour.

»Wladimir Wladimirowitsch Gribkow. Du erinnerst dich an WeWe, nicht wahr, Graham? WeWe wollte ein Cottage in den Cotswolds und zehn Millionen Pfund auf einer Londoner Bank. Dafür solltet ihr den Namen eines russischen Maulwurfs in der Spitze des angloamerikanischen Geheimdienst-Establishments bekommen.«

»Ich erinnere mich vage.«

»Die Russen haben WeWe enttarnt, bevor er überlaufen konnte«, fuhr Gabriel fort. »Aber aus ihrer Sicht war's schon zu spät. Gribkow hatte dem MI6 bereits von dem Maulwurf erzählt. Der Schaden war schon angerichtet. Die Zentrale Moskau hatte die Wahl zwischen zwei Möglichkeiten. Sie konnte untätig bleiben und aufs Beste hoffen oder aktiv werden, um ihre Investition zu schützen. Sie hat beschlossen, aktiv zu werden. Russen«, sagte Gabriel, »halten nichts von Hoffnungen.«

Sie verließen den Strand und folgten einem befestigten Fußweg, der eine Rasenfläche wie eine Narbe durchschnitt. Gabriel blieb auf dem Pflaster. Seymour stapfte in seinen Gummistiefeln durchs nasse Gras.

»Und Konstantin Kirow?«, fragte er. »Wie passt er zu allem?«

»Um das zu erklären, müsste ich einige Vermutungen anstellen.«

»Das tust du ohnehin. Wozu jetzt aufhören?«

»Kirow«, sagte Gabriel, der Seymours Skepsis ignorierte, »war Gold wert.«

»Und das Geheimnis aller Geheimnisse, das er entdeckt haben wollte? Das ihn zum Überlaufen gezwungen hat?«

»Peanuts. Sehr überzeugend aufgemacht«, fügte Gabriel hinzu, »aber trotzdem Peanuts.«

»Aus der Zentrale Moskau?«

»Natürlich. Vielleicht haben sie ihm auch etwas eingeflüstert, um ihn nervös zu machen, aber das war vermutlich nicht nötig. Heathcliff war schon nervös genug. Sie brauchten ihn nur wieder ins Ausland zu schicken, damit er von allein absprang.«

»Sie *wollten,* dass er überläuft?«

»Nein. Sie wollten, dass er überzulaufen versucht. Das ist ein gewaltiger Unterschied.«

»Warum durfte er Russland überhaupt verlassen? Warum haben sie ihn nicht an den Füßen aufgehängt, damit die

Geheimnisse von selbst aus seinen Taschen fallen? Warum haben sie ihn nicht einfach mit einem Genickschuss erledigt?«

»Weil er ihnen noch zu etwas nützlich sein konnte. Als Erstes brauchten sie die Adresse der sicheren Wohnung, in der ich warten würde. Aber die war leicht zu beschaffen. Der Verteiler war ellenlang, und der Maulwurf hat garantiert draufgestanden. Bei Heathcliffs Ankunft in Wien hatten sie einen Killer in Position und ein Überwachungsteam mit Teleobjektiven im Haus gegenüber.«

»Ich höre weiter zu«, sagte Seymour widerstrebend.

»Heathcliff unter meinem Fenster zu erschießen und mein Foto im Internet zu verbreiten, hatte einen auf der Hand liegenden Vorteil. So sah es aus, als hätte ich die Ermordung eines SWR-Agenten mitten in Wien befohlen, wodurch der Dienst geschwächt wurde. Aber das war nicht ihr hauptsächlicher Beweggrund. Ich sollte Ermittlungen beginnen und Alistair Hughes als vermutliche Quelle identifizieren. Leider bin ich in ihre Falle getappt.«

»Aber wieso haben sie ihn ermordet?«

»Weil er sonst den Erfolg des Gesamtunternehmens, das von dem wahren Maulwurf ablenken sollte, hätte gefährden können. Schließlich braucht man keinen Maulwurf mehr zu jagen, wenn der Maulwurf tot ist.«

Am Ende des Fußwegs wartete ein neutraler Van mit zwei Männern auf den Vordersitzen. »Keine Sorge«, sagte Seymour, »das sind meine Leute.«

»Weißt du das bestimmt?«

Seymour machte wortlos kehrt und ging zur Rettungsstation zurück. »Du erinnerst dich an den Abend, an dem du mich in Belgravia besucht hast? Ich habe dich gefragt, wer dir gesagt hat, dass Alistair oft in die Schweiz geflogen ist. Du wolltest nicht mit dem Namen rausrücken.«

»Das war Werner Schwarz«, sagte Gabriel.

»Derselbe Werner Schwarz, der beim österreichischen BVT arbeitet?«

Gabriel nickte.

»In welcher Beziehung stehst du zu ihm?«

»Wir zahlen ihm Geld, er liefert uns Informationen. So funktioniert das in unserer Branche.« Ein rotgesichtiger Mann auf einem klappernden Fahrrad kam den Weg entlang auf sie zu. »Du bist nicht zufällig bewaffnet, was?«

»Das ist auch einer meiner Leute.« Der Radfahrer strampelte an ihnen vorbei. »Wo vermutest du diesen ominösen Maulwurf? In meiner Organisation?«

»Nicht unbedingt.«

»Langley?«

»Warum nicht? Oder vielleicht jemand im Weißen Haus. Jemand aus der Umgebung des Präsidenten.«

»Oder vielleicht der Präsident selbst.«

»Wir wollen's nicht übertreiben, Graham.«

»Aber das ist die Gefahr dabei, nicht wahr? Dass wir unserem eigenen Schwanz nachjagen und uns selbst blockieren. Wir stecken in einem riesigen Spiegelkabinett fest. Dort kann man sogenannte Tatsachen beliebig arrangieren, um zu jeder gewünschten Schlussfolgerung zu gelangen. Du hast überzeugende Indizienbeweise vorgebracht, das gestehe ich dir zu, aber sobald ein Element bröselt, stürzt alles in sich zusammen.«

»Alistair Hughes war kein russischer Spion, er war Patient der Privatklinik Schloss in Münchenbuchsee. Und das hat jemand den Russen verraten.«

»Wer?«

»Ich tippe auf den Maulwurf«, sagte Gabriel. »Auf den *wahren* Maulwurf.«

Sie waren wieder am Strand angelangt, der in beiden Richtungen menschenleer war. Seymour ging bis ans Wasser. Kleine Wellen lappten an seine Gummistiefel.

»Jetzt kommt vermutlich der Teil, wo du mir erzählst, dass du unsere Zusammenarbeit auf Eis legst, bis der wahre Maulwurf aufgespürt ist.«

»Ich kann nicht mit dir zusammenarbeiten, wenn es eine direkte Pipeline zwischen Langley, Vauxhall Cross und Moskau gibt. Wir überprüfen mehrere Unternehmen, die gegenwärtig in Syrien und im Iran laufen. Wir gehen davon aus«, sagte Gabriel, »dass sie alle verraten wurden.«

»Das ist *eure* Einschätzung«, stellte Seymour nachdrücklich fest. »Die offizielle Position des Secret Intelligence Service lautet, dass wir keinen russischen Maulwurf in unserer Mitte haben oder hatten.« Er machte eine Pause, dann fragte er: »Verstehst du, was ich sage?«

»Ich denke schon«, antwortete Gabriel. »Du möchtest, dass ich diesen nichtexistenten Maulwurf in deiner Organisation finde.«

Der Van war vom Ende des Weges zu dem kleinen Parkplatz bei der Rettungsstation weitergefahren. Seymour achtete nicht darauf; er starrte übers blaugrüne Meer zur Isle of Wight hinüber.

»Ich könnte dir eine Liste mit Namen geben«, sagte er dann, »aber die wäre lang und wertlos. Nicht ohne die Berechtigung, jemanden an einen Lügendetektor anzuschließen und seine Karriere zu ruinieren.«

»Ich habe schon eine Liste«, sagte Gabriel.

»Tatsächlich?«, fragte Seymour überrascht. »Und wie viele Namen stehen darauf?«

»Nur einer.«

28

WIENERWALD

Die Annalen des beginnenden Unternehmens, das weder jetzt noch später einen Decknamen erhielt, würden verzeichnen, dass nicht Gabriel, sondern Uzi Navot, sein glückloser Vorgänger, den Startschuss zur Suche nach dem Maulwurf gab. Der Zeitpunkt war 14.30 Uhr am gleichen Tag, der Ort dasselbe holzgetäfelte Restaurant am Rand des Wienerwalds, in dem Navot vor etwa drei Wochen gegessen hatte. Navots scheinbare Nachlässigkeit bei der Vereinbarung des Treffs war Absicht. Werner Schwarz sollte denken, es gehe um nichts Besonderes. Um seiner eigenen Sicherheit willen sollten das auch die Russen glauben.

Vor seiner Ankunft in Wien hatte Navot jedoch nichts dem Zufall überlassen. Er war nicht aus Osten, aus den Staaten des längst obsoleten Warschauer Pakts, sondern aus Westen gekommen: aus Frankreich über Oberitalien nach Österreich. Und er war nicht allein, sondern Michail Abramow fungierte als sein Reisegefährte und Leibwächter. Im Restaurant saßen sie an verschiedenen Tischen – Navot an dem für Monsieur Laffont reservierten Ecktisch, Michail an einem Fenster. Sein Sakko war aufgeknöpft, damit er seine Pistole, die er an der linken Hüfte trug, leicht erreichen konnte. Auch Navot hatte eine Waffe, eine Barak SP-21. Aber er hatte schon so lange nicht mehr geschossen, dass er sich nicht sicher war, ob er die Pistole gebrauchen konnte, ohne sich selbst oder Michail zu erschießen. Gabriel hatte recht: Navot war nie ein Meisterschütze gewesen. Aber der sanfte Druck des Pistolenholsters an seiner Hüfte war beruhigend.

»Eine Flasche Grüner Veltliner?«, fragte der korpulente Wirt, und Navot, der wieder den französischen Reiseschriftsteller Laffont mit dem bretonischen Akzent spielte, antwortete: »Bitte etwas später. Ich möchte auf meinen Freund warten.«

Zehn weitere Minuten vergingen, ohne dass er sich blicken ließ. Navot blieb jedoch unbesorgt, denn er bekam regelmäßig Meldungen von den Beschattern. Werner war unterwegs in einen Stau geraten. Nichts wies darauf hin, dass er von eigenen Leuten aus dem BVT oder von irgendwelchen Russen beschattet wurde.

Endlich fuhr ein Wagen unter Michails Fenster vor, und ein einzelner Mann – Werner Schwarz – stieg aus. Als er das Restaurant betrat, schüttelte ihm der Wirt enthusiastisch die Hand und begleitete ihn zu Navots Tisch, auf dem zu Werners Enttäuschung der Wein fehlte. Dort stand nur eine kleine Zierschachtel des Wiener Zuckerbäckers Demel.

»Aufmachen«, sagte Navot.

»Hier?«

»Warum nicht?«

Werner Schwarz klappte den Deckel auf und sah hinein. In der Schachtel lag kein Geld, sondern nur eine kurze Mitteilung, die Navot auf Deutsch verfasst hatte. Schwarz zitterten die Hände, als er sie las.

»Vielleicht sollten wir vor dem Essen einen Waldspaziergang machen«, schlug Navot vor und stand auf. »Der regt den Appetit an.«

29

WIENERWALD

»Das stimmt nicht, Uzi! Woher haben Sie bloß diese Idee?«

»Lassen Sie meinen richtigen Namen aus dem Spiel. Ich bin Monsieur Laffont, kapiert? Oder fällt es Ihnen schwer, die Namen Ihrer Führungsoffiziere auseinanderzuhalten?«

Sie befanden sich auf einem Waldweg mit festgetrampeltem Schnee. Rechts von ihnen kletterten die Bäume einen flachen Hang hinauf, links fiel das Gelände in ein kleines Tal ab. Die tief stehende orangerote Sonne schien ihnen direkt ins Gesicht. Michail folgte ihnen mit etwa dreißig Schritt Abstand. Sein Mantel war fest zugeknöpft, was bedeutete, dass er die Pistole jetzt in der Manteltasche hatte.

»Seit wann, Werner? Wie lange arbeiten Sie schon für sie?«

»Uzi, Sie müssen wirklich zur Vernunft kommen!«

Navot blieb abrupt stehen und packte Schwarz am Ellbogen. Der andere zuckte schmerzhaft zusammen. Trotz der Kälte schwitzte er stark.

»Was haben Sie vor, Uzi? Wollen Sie mich in die Mangel nehmen?«

»Das überlasse ich ihm.« Navot nickte zu Michail hinüber, der mit seinem langen Schatten hinter sich unbeweglich auf dem Weg stand.

»Der!«, sagte Schwarz verächtlich. »Ein Anruf, und er sitzt ein paar Jahre wegen Mordes. Sie übrigens auch.«

»Nur zu, Werner.« Navot drückte fester zu. »Also los, telefonieren Sie!«

Werner Schwarz machte jedoch keine Anstalten, nach seinem Handy zu greifen. Navot, der ihn weiter am Ellbogen gepackt hielt, zerrte ihn tiefer in den Wald hinein.

»Wie lange, Werner?«, fragte Navot nochmals.

»Welchen Unterschied macht das?«

»Vielleicht einen sehr großen Unterschied. Vielleicht entscheidet es darüber, ob Sie Lotte heute Abend wiedersehen – oder ob ich Sie von meinem Freund mit einem Genickschuss erledigen lasse.«

»Seit einem Jahr. Vielleicht seit anderthalb Jahren.«

»Versuchen Sie's noch mal, Werner.«

»Seit vier Jahren.«

»Vielleicht seit fünf? Oder sechs?«

»Sagen wir fünf.«

»Von wem ist die Initiative ausgegangen?«

»Sie wissen, wie so was läuft. Das Ganze gleicht einer Liebesaffäre. Zuletzt weiß niemand mehr, wer um wen geworben hat.«

»Noch mal, Werner.«

»Wir haben eine Zeit lang geflirtet, und dann habe ich ihnen einen Blumenstrauß geschickt.«

»Gänseblümchen?«

»Orchideen«, sagte Werner Schwarz verlegen grinsend. »Das beste Zeug, zu dem ich Zugang hatte.«

»Sie wollten einen guten ersten Eindruck machen?«

»Auf den kommt's immer an.«

»Wie viel haben Sie dafür bekommen?«

»Genug, um Lotte etwas Hübsches kaufen zu können.«

»Wer ist Ihr Führungsoffizier?«

»Anfangs war das jemand von ihrer Wiener Residentur.«

»Riskant.«

»Eigentlich nicht. Ich war damals bei der Spionageabwehr. Da waren gelegentliche Kontakte zulässig.«

»Und jetzt?«

»Ein Auswärtiger.«

»In einem Nachbarland?«

»Deutschland.«

»Residentur Berlin?«

»Nein, ein getarnter Inoffizieller.«

»Wie heißt der Kerl?«

»Er nennt sich Sergei Morosow. Arbeitet bei einer Consultingfirma in Frankfurt. Seine Kunden sind deutsche Unternehmen, die in Russland Geschäfte machen möchten. Und das sind viele, kann ich Ihnen versichern. Sergei bringt sie mit den richtigen Leuten in Moskau zusammen und sorgt dafür, dass Geld in die richtigen Taschen fließt – auch in seine. Die Firma ist eine regelrechte Gelddruckmaschine. Und ihre Gewinne gehen direkt an die Zentrale Moskau.«

»Er ist ein SWR-Agent? Wissen Sie das bestimmt?«

»Hundertprozentig.«

Sie gingen auf dem durch Schnee und Eis rutschigen Weg weiter. »Bekommen Sie Ihre Anweisungen von Sergei?«, fragte Navot. »Oder arbeiten Sie selbstständig?«

»Von beidem etwas.«

»Wie läuft die Übergabe ab?«

»Ganz altmodisch. Habe ich etwas, ziehe ich am Freitag den Vorhang eines bestimmten Fensters zu. Am folgenden Dienstag bekomme ich einen versehentlichen Anruf. Der Anrufer verlangt immer irgendeine Frau. Ihr Name sagt mir, wo Sergei sich mit mir treffen will.«

»Beispielsweise?«

»Trudi.«

»Was bedeutet Trudi?«

»Linz.«

»Wer noch?«

»Sophie und Anna. Beide sind in Deutschland.«

»Sonst niemand?«

»Nur noch Sabine. Die ist eine Adresse in Straßburg.«

»Wie rechtfertigen Sie die vielen Reisen?«

»Ich halte Verbindung zu befreundeten Diensten.«

»Hmmm.« Irgendwo bellte ein Hund, tief und leise. »Und ich?«, fragte Navot. »Was haben Sie den Russen über Ihr Verhältnis zu mir erzählt?«

»Kein einziges Wort, Uzi. Ich schwöre bei Lottes Leben, dass ich Sie nie erwähnt habe.«

»Schwören Sie nicht. Das beleidigt meine Intelligenz. Sagen Sie mir nur, wo es war. In Trudi? Sophie, Anna?«

Werner Schwarz schüttelte den Kopf. »Das war vor Sergeis Zeit, als ich noch mit dem Mann von der Wiener Residentur zu tun hatte.«

»Wie viel haben Sie für mich bekommen?«

»Nicht viel.«

»Geschichte meines Lebens«, sagte Navot. »Die Russen haben die Situation vermutlich ausgenützt?«

»Ausgenützt?«

»Sie haben Sie dazu benutzt, mich auszuspionieren. Außerdem haben Sie mir in ihrem Auftrag falsche Informationen eingeflüstert. Ich liege sicher nicht falsch, wenn ich vermute, dass alles, was Sie mir in den vergangenen fünf Jahren erzählt haben, von Moskau diktiert war.«

»Nein, das stimmt nicht!«

»Warum haben Sie mir dann nicht gesagt, dass die Russen Sie angesprochen haben? Warum haben Sie mir keine Gelegenheit gegeben, *sie* mit ein paar Falschinformationen zu füttern?« Als der andere schwieg, beantwortete Navot seine Frage selbst. »Weil Sergei Morosow Ihnen gedroht hat, Sie dafür umzubringen.« Nach kurzer Pause fragte Navot: »Kein Leugnen, Werner?«

Werner Schwarz schüttelte den Kopf. »Sie sind brutal, die Russen.«

»Nicht so brutal wie wir.« Navot blieb stehen, hielt Werner Schwarz' Arm weiter mit eisernem Griff umklammert. »Aber erzählen Sie mir etwas anderes. Wo haben Sie von den Russen erfahren, dass sie einen SWR-Überläufer in Wien liquidieren wollten? In Trudi? Oder in Anna?«

»In Sophie«, gab Werner Schwarz zu. »Das war bei einem Treff in Sophie.«

»Zu schade«, sagte Navot. »Dieser Name hat mir schon immer gefallen.«

30

WIENERWALD

Sophie war eine sichere Wohnung im ehemaligen Ostberlin unweit der Prachtstraße Unter den Linden. Das Gebäude war ein alter grauer Klotz aus der Stalinzeit mit mehreren Innenhöfen und vielen Ein- und Ausgängen. Dort wohnte eine junge Frau namens Margarete: ungefähr dreißig, mager wie ein Waisenkind, blass wie Milch. Die Wohnung selbst war ziemlich groß. Vor dem Mauerfall hatte hier angeblich ein Stasi-Oberst gewohnt. Sie hatte zwei Eingänge, die Wohnungstür vom Treppenhaus aus und eine weitere Tür in der Küche, die zu einer kaum benutzten Hintertreppe führte. Ganz alte Schule, dachte Uli Navot, als Werner Schwarz ihm den Grundriss beschrieb. Kein SWR-Agent hätte eine Wohnung ohne Hinterausgang betreten. Übrigens auch kein Agent des Diensts.

»Welche Tür haben Sie benützt?«, fragte Navot.

»Die vordere.«

»Und Sergei? Der ist wohl ein Mann für Hintertüren?«

»Immer.«

»Und Margarete? Ist sie geblieben oder fortgegangen?«

»Im Allgemeinen hat sie uns einen Imbiss serviert, bevor sie verschwunden ist. Aber nicht an diesem Tag.«

»Was hat sie gemacht?«

»Sie war nicht da.«

»Auf wessen Wunsch hat der Treff stattgefunden?«

»Sergeis.«

»Routine?«

»Notfall.«

»Wie ist er arrangiert worden?«

»Anruf am Dienstagabend, falsche Nummer. ›Kann ich Fräulein Sophie sprechen?‹ Ich habe mir einen Grund für Beratungen mit unseren deutschen Partnern einfallen lassen und bin am folgenden Morgen nach Berlin geflogen. Nach zwei, drei Stunden beim Bundesamt für Verfassungsschutz habe ich auf der Rückfahrt zum Flughafen in der sicheren Wohnung vorbeigeschaut. Sergei war schon dort.«

»Was war so eilig?«

»Konstantin Kirow.«

»Er hat Kirow namentlich erwähnt?«

»Natürlich nicht.«

»Was hat er genau gesagt?«

»Er hat angekündigt, dass es in Wien in nächster Zeit viele Geheimdienstaktivitäten geben würde. Israelische, britische, russische. Er wollte, dass wir uns da nicht einmischen, und hat angedeutet, es gehe um einen Überläufer.«

»Einen SWR-Überläufer?«

»Kommen Sie, Uzi. Um wen denn sonst?«

»Hat er erwähnt, dass ein russischer Killer den Überläufer umlegen würde?«

»Nicht ausdrücklich, aber er hat gesagt, Allon würde wegen dieser Sache in Wien vorbeischauen – und sich in der sicheren Wohnung einquartieren.«

»Hatte er die Adresse?«

»Zweiter Bezirk, Nähe Karmeliterplatz. Er hat gesagt, es werde eine unschöne Szene geben. Wir sollten uns ein Beispiel an Moskau nehmen und die Israelis dafür verantwortlich machen.«

»Und Sie sind nie auf die Idee gekommen, mich zu warnen?«

»Dann hätte ich so geendet wie dieser Kirow.«

»Das kann noch kommen.« Die tief stehende Wintersonne schien durch die Bäume. Navot rechnete nur noch mit höchstens zwanzig Minuten Tageslicht. »Und wenn Sergei Morosow

Sie belogen hätte, Werner? Wenn sie's in Wirklichkeit auf meinen Chef abgesehen gehabt hätten?«

»Das BVT hätte ihm keine Träne nachgeweint.«

Navot machte eine Faust, öffnete sie wieder und zählte langsam bis zehn, aber das half alles nichts. Der Schlag traf Werners Schmerbauch, wo er keine Spuren hinterlassen würde. Aber er wirkte. Er ließ seinen alten Informanten mit einem Aufschrei nach Luft ringend zusammenklappen.

»Aber Sergei hat Ihnen noch mehr erzählt, nicht wahr?«, fragte Navot die Gestalt, die sich vor seinen Füßen auf dem Boden wand. »Er war sich ziemlich sicher, dass ich nach der Ermordung Kirows bei Ihnen aufkreuzen würde.«

Werner Schwarz gab keine Antwort; er brachte kein Wort heraus.

»Soll ich weitererzählen, Werner, oder wollen Sie das übernehmen? Sergei hat Sie angewiesen, mir zu suggerieren, der Leiter der hiesigen MI6-Station habe eine Freundin in der Schweiz. Die haben sie übrigens auch ermordet«, log Navot. »Und Sie dürften als Nächster dran sein. Mich wundert, dass Sie überhaupt noch leben.«

Er bückte sich, packte den dicken Österreicher und riss ihn mühelos hoch.

»Dann war's also wahr?«, japste Werner Schwarz. »Er hatte wirklich eine Freundin?«

Navot legte ihm eine Hand ins Kreuz und schob ihn in Gegenrichtung vor sich her. Jetzt ging die Sonne hinter ihnen unter, und Michail stakste in der Dämmerung voraus.

»Was haben sie vor?«, fragte Schwarz. »Was wollen sie erreichen?«

»Keine Ahnung«, sagte Navot, was nicht stimmte. »Aber Sie werden uns helfen, das rauszubekommen. Sonst informieren wir Ihren Chef und Ihren Minister, dass Sie für Moskau gearbeitet haben. Bis wir mit Ihnen fertig sind, glaubt alle Welt, dass Sie den Wagen gefahren haben, unter den Hughes in Bern geraten ist.«

»Wie können Sie mich so behandeln, Uzi? Nach allem, was ich für Sie getan habe?«

»An Ihrer Stelle wäre ich verdammt vorsichtig. Sie bekommen noch eine Chance, sich selbst zu retten. Ab sofort arbeiten Sie wieder für mich. Exklusiv«, fügte Navot hinzu. »Nicht als Doppel- oder Dreifachagent.«

Die Schatten waren verschwunden, die Bäume um sie herum ein dunkler Wall. Auch Michail war nur noch schemenhaft sichtbar.

»Ich weiß, dass das nichts ändert«, sagte Werner Schwarz, »aber ich möchte Ihnen versichern ...«

»Sie haben recht«, unterbrach Navot ihn unfreundlich. »Das ändert nichts.«

»Trotzdem brauche ich etwas Geld, um über die Runden zu kommen.«

»Vorsichtig, Werner. Der Schnee ist glatt, und jetzt ist's dunkel.«

31

ANDALUSIEN

Am selben Nachmittag saß die unter den verächtlichen Spitznamen *la loca* und *la roja* bekannte alte Frau in der knochenweißen kleinen Stadt in den andalusischen Bergen an ihrem Schreibtisch in der Nische unter der Treppe und schrieb über ihre erste Begegnung mit dem Mann, der ihr Leben für immer verändern sollte. Der erste Entwurf, den sie angewidert ins Kaminfeuer geworfen hatte, war ein leidenschaftliches Stück Prosa voller Geigenklänge und klopfender Herzen und feuchter Augen gewesen. Jetzt schrieb sie im nüchternen Stil einer Journalistin, die über Fakten wie Uhrzeit, Datum und Ort berichtete: 13.30 Uhr an einem frischen Winternachmittag des Jahres 1962 in der Bar des Beiruter Strandhotels St. Georges. Er trank V8-Saft mit Wodka und las seine Post, ein gut aussehender, aber leicht mitgenommen wirkender Mann, vor Kurzem fünfzig geworden, mit blauen Augen in einem von tiefen Falten durchzogenen Gesicht und peinlichem Stottern, das sie unwiderstehlich fand. Sie war damals vierundzwanzig, eine Schönheit und eine überzeugte Kommunistin. Sie sagte ihm ihren Namen, und er nannte seinen, den sie schon kannte. Er war der damals berühmteste – oder berüchtigtste – Korrespondent in Beirut.

»Für welches Blatt schreiben Sie?«, fragte er.

»Für jedes, das meine Storys druckt.«

»Taugen die was?«

»Ich denke schon, aber die Pariser Redaktionen sind sich noch nicht sicher.«

»Vielleicht kann ich Ihnen helfen. Ich kenne im Nahen Osten ziemlich viele wichtige Leute.«

»Ja, das habe ich gehört.«

Er lächelte herzlich. »Setzen Sie sich. Ich lade Sie zu einem D-D-Drink ein.«

»Ist's dafür nicht noch ein bisschen früh?«

»Unsinn. Hier mixen sie wunderbare Martinis. Ich hab's ihnen beigebracht.«

Und so, schrieb sie, hatte alles angefangen: ein Drink an der Bar des St. Georges, dann noch einer, dann leichtsinnigerweise ein dritter, nach dem sie kaum noch stehen und erst recht nicht gehen konnte. Er hatte ritterlich darauf bestanden, sie in ihr Zimmer zu bringen, in dem sie sich erstmals geliebt hatten. Bei der Beschreibung dieses Akts griff sie wieder auf nüchterne Journalistenprosa zurück, denn ihre Erinnerungen an das Ereignis waren durch Alkohol getrübt. Sie wusste nur noch, dass er ein guter, sehr zärtlicher Liebhaber gewesen war. Sie hatten sich auch am folgenden Nachmittag und am Nachmittag danach geliebt. Während ein kalter Winterwind die Fenster klappern ließ, hatte sie beim dritten Mal den Mut aufgebracht, ihn zu fragen, was an den Vorwürfen dran sei, die man ihm in den fünfziger Jahren in England gemacht hatte.

»Sehe ich wie ein Mann aus, der so was t-t-täte?«

»Eigentlich schon.«

»Das war eine amerikanische Hexenjagd. Die Amerikaner sind weltweit die Schlimmsten, und die Israelis kommen gleich dahinter.«

Aber ihre Gedanken eilten dem Bleistift voraus, und ihr Kopf wurde müde. Ein Blick auf ihre billige Plastikuhr zeigte ihr zu ihrer Überraschung, dass es fast sechs war; sie hatte den ganzen Nachmittag lang geschrieben. Weil das Mittagessen ausgefallen war, war sie hungrig, aber auch ihre Speisekammer war leer, weil sie nicht wie sonst im Supermarkt einkaufen gewesen war. Sie beschloss, ein Abend in der Stadt würde ihr guttun. In einer der Kirchen würde ein Quartett Vivaldi spielen – nichts Avantgardistisches, aber doch eine willkommene Abwechslung vom ewigen Fernsehen. Die Kleinstadt war zwar ein Touristenziel, aber kulturell eine ziemliche Wüste. In Andalusien gab es andere Orte, an denen sie lieber gelebt hätte – zum Beispiel Sevilla –, aber Genosse Lawrow hatte auf diesem Nest in den Bergen bestanden. »Dort findet dich nie jemand«, hatte er gesagt. Und mit »jemand« hatte er ihr Kind gemeint.

Draußen war es windig und kälter geworden. Nach siebenundachtzig Schritten auf dem Paseo stand ein alter Van am Randstein geparkt: schräg und nachlässig wie aufgegeben. Kochgerüche zogen durch die engen Gassen der Altstadt; hinter den Fenstern der kleinen Häuser brannte warmes Licht. Sie betrat das einzige Restaurant in der Calle San Juan, in dem sie noch höflich behandelt wurde, und bekam einen der schlechteren Tische. Sie bestellte ein Glas Sherry und eine *ración* Tapas, bevor sie ihren zur Tarnung mitgebrachten Taschenbuchroman aufschlug.

Und was weiß jemand über Verräter oder über das Motiv des Judas … Was, in der Tat?, dachte sie. Er hatte alle getäuscht, sogar sie, die Frau, die intimste Momente mit ihm geteilt hatte. Er hatte sie mit seinem Körper und seinen Lippen belogen, und als er ihr Liebstes verlangt hatte, hatte sie's ihm gegeben. Und dies war ihre Strafe dafür: dass sie jetzt als alte Frau bemitleidet und geschmäht in einem fremden Land allein in einem Café saß. Hätte sie ihn nur nicht an jenem Nachmittag in der Bar des Hotels St. Georges in Beirut kennengelernt. Hätte sie nur den angebotenen Drink und erst recht den zweiten und den schicksalhaften dritten abgelehnt. *Hätte sie nur …*

Der Sherry kam, ein blasser Manzanilla, und wenig später die *ración* Tapas. Als sie ihr Buch weglegte, fiel ihr der Mann auf, der sie von der Theke aus ungeniert beobachtete. Dann wurde sie auf das Paar am Nebentisch aufmerksam und wusste plötzlich, weshalb der Van siebenundachtzig Schritte von ihrer Villa entfernt geparkt war. Wie wenig sich dieses Handwerk verändert hatte!

Sie aß langsam, auch um die drei zu ärgern, und verließ dann hastig das Restaurant, um zum Konzert in die Kirche zu kommen. Es war schwach besucht und uninspiriert. Das Paar aus dem Restaurant saß vier Reihen hinter ihr, der Mann auf der anderen Seite des Mittelgangs. Er sprach sie nach dem Konzert an, als sie auf den Platz mit seinen Orangenbäumen hinaustrat.

»Hat Ihnen das Konzert gefallen?«, fragte er stockend auf Spanisch.

»Bourgeoiser Schund.«

Er lächelte sein für Kleinkinder und törichte alte Frauen bestimmtes Lächeln. »Sie kämpfen weiter den alten Kampf? Halten weiter das alte Banner hoch? Mein Name ist übrigens Karpow. Ich komme im Auftrag unseres gemeinsamen Freundes. Gestatten Sie mir, Sie nach Hause zu bringen.«

»So bin ich in diesen Schlamassel geraten.«

»Wie bitte?«

»Schon gut.«

Sie ging die schwach beleuchtete Straße entlang. Der Russe hielt mit ihr Schritt. Er hatte versucht, hier nicht zu elegant aufzutreten, aber das war ihm nicht ganz gelungen. Seine italienischen Slipper waren zu blank, sein Mantel zu elegant. Sie dachte an frühere Zeiten, als man russische Geheimdienstler an ihren schlecht sitzenden Anzügen und den grässlichen Schuhen erkannt hatte. Wie den Genossen Lawrow an dem Tag, an dem er ihr den Brief des berühmten englischen Journalisten, den sie in Beirut gekannt hatte, überbracht hatte. Aber dieser ist anders, dachte sie. Karpow war definitiv ein neuer Russe.

»Ihr Spanisch ist schaurig«, erklärte sie ihm. »Woher kommen Sie?«

»Aus der Residentur Madrid.«

»Dann hat Spanien von der SWR nichts zu befürchten.«

»Man hat mich vor Ihrer scharfen Zunge gewarnt.«

»Wovor sind Sie noch gewarnt worden?«

Er gab keine Antwort.

»Der letzte Kontakt liegt lange zurück«, sagte sie. »Ich dachte schon, ich würde niemals wieder von der Zentrale hören.«

»Aber das Geld auf Ihrem Bankkonto haben Sie sicher bemerkt.«

»Am Ersten jedes Monats, nie einen Tag zu spät.«

»Andere haben weniger Glück.«

»Wenige«, antwortete sie, »haben so viel geopfert.« Ihre Schritte – und die der beiden Russen, die ihnen in geringem Abstand folgten – hallten in der stillen Gasse wider. »Ich habe gehofft, sie hätten mehr für mich als nur Geld.«

»Tatsächlich habe ich etwas anderes.« Er zog einen Briefumschlag aus seinem eleganten Mantel und hielt ihn mit zwei Fingern hoch.

»Zeigen Sie her.«

»Nicht hier.« Karpow steckte den Umschlag wieder ein. »Unsere gemeinsamen Freunde möchten Ihnen ein großzügiges Angebot machen.«

»Wirklich?«

»Urlaub in Russland. Alles inklusive.«

»Russland mitten im Winter? Wer könnte dem widerstehen?«

»St. Petersburg ist um diese Zeit sehr sehenswert.«

»Ich nenne es weiter Leningrad.«

»Wie meine Großeltern«, sagte er. »Sie bekommen eine Wohnung mit Blick auf die Newa und den Winterpalast. Ich versichere Ihnen, Sie werden es dort sehr behaglich haben.«

»Mir ist Moskau lieber als Leningrad. Leningrad ist eine

aus dem Westen importierte künstliche Stadt. Moskau ist das wahre Russland.«

»Dann besorgen wir Ihnen etwas mit Kremlblick.«

»Tut mir leid, kein Interesse. Dies ist nicht mehr mein Russland. Es ist *Ihr* Russland.«

»Russland hat sich nicht verändert.«

»Sie verkörpern alles, wogegen wir gekämpft haben!«, fauchte sie. »Alles, was wir verabscheut haben. Mein Gott, bestimmt rotiert er im Grab!«

»Wer?«

Karpow wusste offenbar nicht, weshalb sie jeden Monat die recht großzügige Summe von zehntausend Euro überwiesen bekam – immer am Ersten, nie einen Tag zu spät.

»Wieso jetzt?«, fragte sie. »Warum soll ich nach all diesen Jahren nach Russland übersiedeln?«

»Meine Informationen sind beschränkt.«

»Wie Ihr Spanisch.« Das steckte er schweigend weg. »Mich wundert, dass Sie mich überhaupt fragen. Früher hätten sie mich an Bord eines Frachters gebracht und gegen meinen Willen nach Moskau verschleppt.«

»Unsere Methoden haben sich geändert.«

»Das bezweifle ich sehr.« Vom Stadtrand aus war ihre kleine Villa am Rand der Schlucht zu sehen. Sie hatte etwas Licht brennen lassen, um sich nachts orientieren zu können. »Was macht Genosse Lawrow?«, fragte sie plötzlich. »Ist er noch unter uns?«

»Das darf ich leider nicht sagen.«

»Und Modin?«, fragte sie weiter. »Er ist längst tot, nicht wahr?«

»Keine Ahnung.«

»Natürlich nicht. Er war ein großer Mann, ein Vollprofi.« Sie musterte ihn abschätzig: Genosse Karpow, der neue Russe. »Ich glaube, Sie haben etwas, das mir gehört.«

»Tatsächlich gehört es der Zentrale.« Er zog den Umschlag aus der Tasche und gab ihn ihr. »Sie dürfen das Schreiben lesen, aber nicht behalten.«

Mit dem Umschlag in der Hand ging sie einige Schritte weiter, um ihn im Lichtkreis der nächsten Straßenlaterne aufzureißen. Er enthielt ein eng mit der Maschine beschriebenes einzelnes Blatt. Der Text war in gestelztem Französisch abgefasst. Schon nach wenigen Zeilen hörte sie zu lesen auf, so offenkundig verlogen war der Inhalt. Sie gab das Schreiben kühl zurück, ging allein durch die Dunkelheit weiter, zählte ihre Schritte und dachte an ihn. So oder so, freiwillig oder unter Zwang, würde sie bald nach Russland übersiedeln, davon war sie überzeugt. Das brauchte nicht einmal schlimm zu sein. Leningrad war in Wirklichkeit eine schöne Stadt, und in Moskau konnte sie sein Grab besuchen. *Setzen Sie sich. Ich lade Sie zu einem D-D-Drink ein …* Hätte sie nur Nein gesagt! *Hätte sie nur …*

32

FRANKFURT – TEL AVIV – LONDON

Die Firma Globaltek Consulting residierte in Frankfurt in zwei Etagen eines modernen gläsernen Büroturms an der Mainzer Landstraße. Ihre Hochglanz-Website bot alle möglichen Dienstleistungen an, von denen ihre vielen Kunden kaum eine interessierte. Unternehmen nutzten Globaltek aus einem einzigen Grund: um Zugang zum Kreml und damit zu dem lukrativen russischen Markt zu erhalten. Wie der größte Teil des Büropersonals waren alle Kundenberater von Globaltek russische Staatsbürger. Sergei Morosows annonciertes Fachgebiet war der heimische Bankensektor. Sein Lebenslauf schilderte eine erstklassige russische Ausbildung mit anschließender Unternehmerkarriere, ohne jedoch zu erwähnen, dass er auch ein SWR-Oberst war.

Die Planung für seine Desertion nach Israel begann sofort nach Uzi Navots Rückkehr ins Dienstgebäude am King Saul Boulevard. Dies würde kein typisches Überlaufen zu mühsam ausgehandelten Konditionen in Bezug auf Geld und eine neue Identität, sondern die Crash-Version unter Zwang sein. Dennoch würde sie so ablaufen müssen, dass die Zentrale Moskau keinen Verdacht schöpfte, Sergei Morosow befinde sich in feindlicher Gewalt. Verdeckt arbeitende Geheimagenten aller Nachrichtendienste hielten regelmäßig Kontakt zu ihrer Zentrale. Versäumte Morosow mehr als einen dieser Termine, würde die Zentrale Moskau automatisch vermuten, er sei übergelaufen oder entführt oder ermordet worden. Nur im dritten Fall, seiner Ermordung, würde die SWR ihre Geheimnisse weiterhin für sicher halten.

»Sie wollen *schon wieder* einen Russen liquidieren?«, fragte der Ministerpräsident. »Verstehe ich das richtig?«

»Nur vorübergehend«, antwortete Gabriel. »Und nur in den Köpfen seiner Moskauer Agentenführer.«

Es war spät, kurz nach 22 Uhr, und das Arbeitszimmer des Ministerpräsidenten lag im Halbdunkel. »Die sind nicht dumm«, sagte er zuletzt. »Irgendwann rechnen sie sich aus, dass er gesund und munter in unserer Gewalt ist.«

»Irgendwann», bestätigte Gabriel.

»Wie lange werden Sie brauchen?«

»Drei bis vier Tage, höchstens eine Woche.«

»Was passiert dann?«

»Das hängt davon ab, wie viele Geheimnisse wir ihm entlocken können.«

Der Ministerpräsident betrachtete Gabriel einen Augenblick lang schweigend. Das schien auch das Porträt Theodor Herzls an der Wand hinter ihm zu tun. »Das lassen die Russen sich nicht einfach gefallen. Sie werden zurückschlagen.«

»Wie viel schlimmer kann das werden?«

»Weit schlimmer. Vor allem für Sie persönlich.«

»Sie haben schon früher versucht, mich zu beseitigen. Sogar mehrmals.«

»Irgendwann haben sie vielleicht Erfolg.« Der Ministerpräsident griff nach der aus einem einzigen Blatt bestehenden Genehmigung, die Gabriel vom King Saul Boulevard mitgebracht hatte. »Sie fordern eine Menge wertvoller Ressourcen an. Ich bin nicht bereit, das endlos lange laufen zu lassen.«

»Das tut es nicht. Sobald wir Sergei Morosow haben, geht alles bestimmt schnell.«

»Wie schnell?«

»Drei, vier Tage.« Gabriel zuckte mit den Schultern. »Höchstens eine Woche.«

Der Ministerpräsident unterzeichnete die Genehmigung und schob Gabriel das Blatt zu. »Denken Sie an Schamrons elftes Gebot«, sagte er dabei. »›Du sollst dich nicht erwischen lassen.‹«

Der folgende Tag war ein Donnerstag – auf der ganzen Welt ein gewöhnlicher Donnerstag mit einem typischen Kontingent an Mord, Gewalt und menschlichem Elend –, aber am King Saul Boulevard würde er in Zukunft immer Schwarzer Donnerstag heißen. Denn ab diesem Tag befand der Dienst sich im Kriegszustand. Der Ministerpräsident hatte Gabriel unmissverständlich erklärt, seine Zeit sei begrenzt, und Gabriel war entschlossen, keine Minute davon zu vergeuden. Eine Woche vor dem nächsten Freitag, entschied er, würde in einem Wiener Apartment ein Vorhang zugezogen werden. Und am Dienstagabend darauf würde jemand dort anrufen und nach einer von vier Frauen fragen: Trudi, Anna, Sophie oder Sabine. Trudi war Linz, Anna war München, Sophie war Berlin, Sabine war Straßburg. Auf diese Entscheidung hatte der Dienst keinen Einfluss, denn dies war Sergei Morosows Party. Oder, wie Gabriel kalt sagte, Sergeis Abschiedsparty.

Trudi, Anna, Sophie, Sabine: vier sichere Wohnungen in vier Großstädten. Gabriel ließ Jaakov Rossman, Chef der Abteilung Special Operations, Sergei Morosows Entführung in allen vier Städten vorbereiten. »Ausgeschlossen! Nicht zu machen, Gabriel, echt nicht. Wir sind bereits am Limit, weil wir Sergei in Frankfurt überwachen und Werner Schwarz in Wien im Auge behalten müssen. Unsere Leute sind schon so überfordert, dass ich Angst habe, sie könnten zusammenklappen.« Dann führte Jaakov seinen Auftrag aus, obwohl er aus operativen Gründen klar Sabine den Vorzug gab. »Sie ist wundervoll, sie ist die Frau unserer Träume. Freundliche Leute, massenhaft Schlupflöcher. Verschaff uns Sabine, dann bekommst du Sergei Morosow in einer Geschenkpackung mit Schleife.«

»Ich hätte ihn lieber mit ein paar blauen Flecken und blutiger Nase.«

»Das kannst du auch haben. Aber verschaff uns Sabine.

Und vergiss die Leiche nicht«, sagte Jaakov beim Hinausgehen. »Wir brauchen die Leiche. Sonst glauben uns die Russen kein Wort.«

Auf den Schwarzen Donnerstag folgte der Schwarze Freitag, auf den ein Schwarzes Wochenende folgte. Und als am Schwarzen Montag die Sonne aufging, herrschte am King Saul Boulevard Bürgerkrieg. Finanzen und Identitäten rebellierten offen, Reisestelle und Immobilienverwaltung planten heimlich einen Staatsstreich, und Jaakov Rossman und Eli Lavon redeten kaum mehr miteinander. Weil Gabriel meist zu den Kombattanten gehörte, fiel Uzi Navot die Rolle eines internen Schiedsrichters und Friedensstifters zu.

Die Ursache von Gabriels schlechter Laune war kein Geheimnis. Iwan trieb ihn um: Iwan Borisowitsch Charkow, internationaler Waffenhändler, Freund des russischen Präsidenten und Gabriels persönliche *bête noire*. Iwan war daran schuld, dass Chiara ein ungeborenes Kind verloren hatte, und hatte ihr in einem verschneiten Birkenwald außerhalb von Moskau eine Pistole an den Kopf gehalten. Einen solchen Anblick vergaß man nie, und man verzieh ihn auch nie. Iwan verkörperte eine Warnung, die der Rest der Welt nicht mitbekommen hatte. Iwan war der Beweis dafür, dass Russland in seine alten Unsitten zurückfiel.

Am Dienstag dieser schrecklichen Woche verließ Gabriel den King Saul Boulevard und fuhr mit seiner Wagenkolonne durchs Westjordanland nach Amman, wo er mit Farid Barakat, dem anglophilen jordanischen Geheimdienstchef, zusammentraf. Nachdem sie eine Stunde lang Konversation gemacht hatten, bat Gabriel höflich darum, eine der vielen Gulfstreams des Königs für ein Unternehmen gegen einen bestimmten russischen Gentleman benutzen zu dürfen. Und Barakat stimmte bereitwillig zu, denn er hasste die Russen fast so sehr wie Gabriel. Der Schlächter von Damaskus und seine russischen

Verbündeten hatten mehrere Hunderttausend syrische Flüchtlinge über die Grenze nach Jordanien getrieben. Farid Barakat brannte darauf, sich dafür zu revanchieren.

»Aber Sie sorgen dafür, dass die Kabine sauber bleibt, nicht wahr? Sonst bekomme ich endlose Vorträge zu hören. Seine Majestät ist sehr pingelig in Bezug auf seine Flugzeuge und Motorräder.«

Gabriel benutzte das Flugzeug dazu, um nach London zu fliegen, wo er Graham Seymour über den Stand des Unternehmens informierte. Dann flog er nach Paris weiter, um heimlich mit Paul Rousseau, dem professoralen Chef der Alpha-Gruppe, einer Eliteeinheit der DGSI zur Terrorismusbekämpfung, zu konferieren. Seine Leute waren Meister der Täuschung, und Rousseau war ihr unangefochtener Anführer und Leitstern. Gabriel traf in einer sicheren Wohnung im 20. Arrondissement mit ihm zusammen. Er verbrachte die meiste Zeit damit, Rousseaus Pfeifenrauch wegzuwedeln.

»Es war nicht leicht, eine genaue Entsprechung zu finden«, sagte der Franzose, als er Gabriel ein Foto gab, »aber dieser müsste passen.«

»Nationalität?«

»Die hat die Polizei nie feststellen können.«

»Wie lange ist er schon …«

»Vier Monate«, sagte Rousseau. »Gut abgehangen, aber noch brauchbar.«

»Dafür sorgt das Feuer. Und denken Sie daran», fügte Gabriel hinzu, »sich mit Ihren Ermittlungen Zeit zu lassen. Blinder Eifer schadet nur.«

Das war am Freitagmittag, kurz nachdem in Wien der Vorhang eines bestimmten Fensters zugezogen worden war. Am folgenden Dienstag klingelte in dieser Wohnung das Telefon, und der Anrufer verlangte eine nicht dort wohnende Frau. Am Tag darauf bestiegen Mitglieder von Gabriels Team Flugzeuge mit fünf verschiedenen europäischen Zielen. Letztlich würden sie sich alle in der gleichen Stadt versammeln. Es war Sabine, die Frau ihrer Träume.

33

TENLEYTOWN, WASHINGTON

Am folgenden Morgen schreckte Rebecca Manning im Bett hoch. Sie hatte schlecht geträumt, konnte sich aber wie immer nicht daran erinnern, wovon. Der Himmel vor ihrem Schlafzimmerfenster war spülwassergrau. Um festzustellen, wie spät es war, sah sie auf ihr privates iPhone. Es war 6.15 Uhr, 11.15 Uhr in Vauxhall Cross. Der Zeitunterschied bedeutete, dass ihr Tag meistens sehr früh begann. Tatsächlich war es selten, dass sie so lange schlafen durfte.

Sie stand auf, schlüpfte wegen der Morgenkühle in ihren Bademantel, ging barfuß in die Küche hinunter und rauchte die erste L&B des Tages, während sie darauf wartete, dass der Kaffee durchlief. Ihr gemietetes Haus stand an der Warren Street in dem als Tenleytown bekannten Teil von Northwest Washington. Sie hatte es von einem Konsulatsbeamten übernommen, der hier mit seiner Frau und zwei kleinen Kindern gelebt hatte. Das Haus war ziemlich klein, nicht größer als ein typisches englisches Cottage, und hatte über seinem Säulenvordach eine merkwürdige Tudor-Fassade. Am Ende des Fußwegs aus Natursteinplatten stand ein gusseiserner Laternenpfahl, und jenseits der Straße lag ein kleiner Park. Im grauen Morgenlicht brannte die Lampe schwach, fast unsichtbar. Rebecca hatte sie am Vorabend eingeschaltet und später auszuschalten vergessen, als sie ins Bett gegangen war.

Sie trank ihren Kaffee mit aufgeschäumter Milch aus einer Schale und überflog dabei die Nachrichten auf ihrem iPhone. Keine neuen Storys über Alistairs Tod. Aus Amerika die üblichen Meldungen: ein Haushaltsstreit, der die Regierung zu lähmen drohte, eine weitere Schießerei an einer Schule, moralische Entrüstung über eine Affäre des Präsidenten mit einer Filmschauspielerin. Wie die meisten MI6-Offiziere in Washington hatte Rebecca gelernt, den Professionalismus und die immensen technischen Fähigkeiten der US-Geheimdienste zu respektieren, auch wenn sie mit den dahinterstehenden Zielsetzungen nicht immer einverstanden war. Weniger zu bewundern gab es jedoch an Amerikas Kultur und Politik. Es war ein ungehobeltes, primitives Land, fand sie, das von einer Krise in die andere taumelte, ohne sich anscheinend bewusst zu sein, dass seine Macht schwand. Die globalen Sicherheits- und Wirtschaftsstrukturen, die das Nachkriegsamerika mit solcher Mühe aufgebaut hatte, zerfielen zusehends. Bald würden sie ganz verschwinden – und mit ihnen die Pax Americana. Der MI6 plante bereits für die post-amerikanische Welt. Das tat auch Rebecca.

Sie nahm ihren Kaffee nach oben mit und trank ihn, während sie einen Jogginganzug für kaltes Wetter und Laufschuhe von Nike anzog. Obwohl sie jeden Tag eine Packung L&B rauchte, war sie eine eifrige Läuferin. Sie sah keinen Gegensatz zwischen diesen beiden Aktivitäten, die einander hoffentlich kompensieren würden. Unten steckte sie ihr iPhone, den Hausschlüssel und einen Zehner in die Hosentaschen. Auf dem Hinausweg schaltete sie die noch brennende Lampe aus.

Blässlicher Sonnenschein begann durch die Wolkendecke zu sickern. Sie machte ein paar halbherzige Dehnübungen unter dem Säulenvordach, während sie die stille Straße absuchte. Nach den Bestimmungen des angloamerikanischen Geheimdienstabkommens durfte das FBI sie nicht beschatten oder ihr Haus überwachen. Trotzdem überzeugte sie sich jedes Mal wieder davon, dass die Amerikaner Wort hielten. Das war nicht schwierig, denn die Straße bot Überwachern wenig Schutz. Durchgangsverkehr gab es kaum, und außer den Anwohnern, ihren Gästen und dem Hauspersonal parkte hier niemand. Rebecca hatte alle Fahrzeuge und ihre Kennzeichen im Kopf. In Gedächtnisspielen war sie schon immer gut gewesen, vor allem wenn es um Zahlen ging.

Sie trabte locker die Warren Street entlang, bog dann auf die Forty-Second ab und folgte ihr zur Nebraska Avenue. Wie immer wurde sie etwas langsamer, als sie an dem Eckhaus vorbeikam: einem großen zweistöckigen Bau im Kolonialstil aus beigem Klinker mit weiß umrandeten Fenstern, schwarzen Fensterläden und einem klobigen Anbau an der Südseite.

Der Anbau war noch nicht da gewesen, als 1949 ein sehr angesehener MI6-Offizier, der im Weltkrieg mitgeholfen hatte, den US-Geheimdienst aufzubauen, mit seiner langmütigen Frau und seinen kleinen Kindern eingezogen war. Das Haus hatte sich rasch zu einem Treffpunkt der Geheimdienstelite entwickelt, an dem bei reichlich Alkohol Geheimnisse ausgeplaudert wurden, die prompt der Zentrale Moskau gemeldet wurden. In einer warmen Spätfrühlingsnacht des Jahres 1951 holte sich der sehr angesehene MI6-Offizier eine Schaufel aus dem Geräteschuppen. Aus einem Kellerversteck hatte er zuvor seine KGB-Miniaturkamera und einen Vorrat an russischen Filmen mitgenommen. Mit diesen Sachen in einem Metallbehälter fuhr er aus der Stadt nach Maryland, wo er die Beweise für seinen Verrat in einem flachen Grab beseitigte.

Drunten am Fluss gegenüber Swainson Island, am Fuß einer riesigen Amerikanischen Platane. Das Zeug liegt vermutlich noch dort, wenn du nachsehen willst …

Rebecca joggte auf der Nebraska Avenue weiter, am Ministerium für Heimatschutz vorbei, um den Ward Circle und durch den Campus der American University. Der Hintereingang des weitläufigen Komplexes der russischen Botschaft mit ihrer großen SWR-Residentur und der permanenten FBI-Überwachung lag im Glover Park an der Tunlaw Road. Von dort aus lief sie nach Süden in Richtung Georgetown weiter.

Auf den Straßen des West Village herrschte noch Ruhe, aber der Berufsverkehr ergoss sich über die Key Bridge auf die M Street.

Die Sonne hatte sich jetzt durchgesetzt. Rebecca betrat das Dean & DeLuca, bestellte einen Caffè Latte und nahm ihn mit auf die gepflasterte Freifläche zwischen M Street und C&O Canal hinaus. Am Nebentisch saßen drei junge Frauen, die wie sie Sportkleidung trugen. Genau einunddreißig Schritte von Rebecca entfernt lag auf der anderen Seite der M Street ein Yogastudio. Der Kurs, für den die drei jungen Frauen eingeschrieben waren, würde um 7.45 Uhr beginnen. Ihre Yogalehrerin war eine Brasilianerin namens Eva Fernandes, eine schlanke, auffallend attraktive Blondine, die eben mit einer Sporttasche über der Schulter übers sonnenbeschienene Pflaster ging.

Rebecca zog ihr iPhone heraus. Es war 7.23 Uhr. In den folgenden Minuten trank sie ihren Kaffee und las private Mails und Textnachrichten, während sie das Geschwätz der drei Frauen am Nebentisch auszublenden versuchte. Sie waren wirklich unerträglich, fand sie, diese verwöhnten Millennium-Snowflakes mit ihren Yogamatten, ihren Designer-Leggings und ihrer Verachtung für Begriffe wie harte Arbeit und Wettbewerb. Sie wünschte sich nur, sie hätte ihre L&B eingesteckt. Das erste bisschen Zigarettenrauch hätte sie flüchten lassen.

Inzwischen war es 7.36 Uhr geworden. Rebecca verschickte eine letzte Textnachricht, bevor sie ihr iPhone wieder einsteckte. Es klingelte wenige Sekunden später und ließ sie heftig zusammenzucken. Der Anrufer war Andrew Crawford, ihr junger Assistent.

»Irgendwas nicht in Ordnung?«, fragte er.

»Nein, nein, ich bin nur joggen.«

»Das müssen Sie abbrechen, fürchte ich. Unser Freund in Virginia möchte Sie sprechen.«

»Können Sie mir einen Hinweis geben?«

»Die NSA hat Hinweise auf ein Wiederaufleben der AQAP.« El Kaida auf der Arabischen Halbinsel. »Anscheinend will sie ins Spiel zurück. Und sie scheint London im Visier zu haben.«

»Wann will er mich sprechen?«

»Vor zehn Minuten.«

Sie fluchte halblaut.

»Wo sind Sie?«

»Georgetown.«

»Bleiben Sie, wo Sie sind, ich lasse Sie abholen.«

Rebecca beendete das Gespräch und beobachtete, wie die drei jungen Snowflakes über die Straße schwebten. Sie dachte an das Haus in der Nebraska Avenue und den Mann, den sehr angesehenen MI6-Offizier, der seine Kamera in Maryland vergraben hatte. *Das Zeug liegt vermutlich noch dort, wenn du nachsehen willst …* Vielleicht würde sie eines Tages genau das tun.

34

STRASSBURG

Die Deutschen hatten das Stadtbild von Straßburg, der oft eroberten Stadt am Westufer des Rheins, unauslöschlich geprägt, aber Sabine war eine typisch französische Erscheinung. Sie stand an der Ecke Rue de Berne und Rue de Soleure: beige, vage mediterran, mit breiten Balkonen und weißen Aluminiumläden. Im Erdgeschoss gab es zwei Geschäfte, eine türkische Kebab-Bude und ein Haarstudio für Männer, dessen Besitzer jeden Tag viele Stunden damit verbrachte, untätig auf die Straße zu starren. Zwischen den beiden Geschäften befand sich der Hauseingang. Das Klingelbrett war rechts neben der Tür montiert. Auf dem winzigen Namensschild für Apartment 5B stand BERGER.

Das Gebäude direkt gegenüber trug sein Deutschtum zur Schau, ohne sich deswegen zu genieren. Wenige Minuten nach 16 Uhr traf Gabriel dort ein. Er fand die Mietwohnung mit zugezogenen Vorhängen vollständig abgedunkelt vor. Wie in jener Nacht in Wien hockte Eli Lavon vor einem aufgeklappten Notebook, aber diesmal stand Jaakov Rossman hinter ihm wie ein Sommelier, der einen unschlüssigen Gast berät. Michail und Keller, beide mit Pistolen in den ausgestreckten Händen, führten auf dem Weg von der Wohnungstür zur Küche ein lautloses Ballett auf.

»Kannst du dafür sorgen, dass sie aufhören?«, bat Jaakov. »Sie machen mich wahnsinnig. Schließlich wissen wir alle, wie man einen Raum sichert.«

Gabriel beobachtete, wie Michail und Keller die Übung wiederholten. Dann sah er auf den Bildschirm und entdeckte einen blau blinkenden Lichtpunkt, der zwischen Heidelberg und Karlsruhe nach Süden unterwegs war.

»Ist das Sergei?«

»Zwei meiner Jungs«, antwortete Lavon. »Sergei ist ein paar Hundert Meter vor ihnen. Er ist vor vierzig Minuten aus Frankfurt weggefahren. Keine SWR-Gorillas, keine Deutschen. Er ist clean.«

»Das war Kirow auch«, sagte Gabriel trübselig. »Was ist mit Werner?«

»Er hat den Nachtzug Wien-Paris genommen und war um zehn im Innenministerium. Seine französischen Kollegen, darunter ein gewisser Paul Rousseau von der Alpha-Gruppe, und er sind zu einem Arbeitsessen zusammengekommen. Dann hat Werner sich wegen einer angeblichen Migräne in sein Hotel zurückgezogen. Stattdessen ist er zum Gare de l'Est gefahren und hat den TGV nach Straßburg erwischt, der um 16.40 Uhr ankommt. Vom Bahnhof aus sind's höchstens zehn Minuten zu Fuß.«

Gabriel tippte auf das blaue Blinklicht, das jetzt durch die Große Kreisstadt Ettlingen fuhr. »Und Sergei?«

»Fährt er auf dem kürzesten Weg zu der Wohnung, ist er gegen zwanzig nach vier da.«

Auf einem zweiten Bildschirm war die Außenfront des Gebäudes mit dem Decknamen Sabine zu sehen. Gabriel deutete auf den in der Tür des Herrensalons stehenden Besitzer. »Was ist mit ihm?«

»Jaakov plädiert dafür, ihn umzulegen«, sagte Lavon. »Ich hoffe noch immer auf eine gerechtere Lösung.«

»Die Lösung«, sagte Gabriel sofort, »ist ein Kunde.«

»Er hat heute erst zwei gehabt«, stellte Jaakov fest.

»Dann müssen wir ihm einen dritten schicken.«

»Wen?«

Gabriel zerzauste Lavons ungebärdiges Haar.

»Hör zu, ich hab im Augenblick wirklich zu tun.«

»Wie wär's mit Doran?«

»Er ist einer meiner besten Leute. Und er ist sehr eigen, was sein Haar betrifft.«

Gabriel beugte sich nach vorn und gab einen kurzen Tastenbefehl ein. Dann beobachtete er wieder, wie Michail und Keller das Eindringen in die Wohnung übten.

»Die beiden kommen erst recht nicht infrage«, sagte Eli Lavon.

»Du meinst *mich*? Ich bin der Chef des israelischen Geheimdiensts, verdammt noch mal!«

»Ja«, sagte Lavon, während er weiter das blaue Blinklicht beobachtete. »Erzähl das Saladin.«

Um 16.12 Uhr fuhr das blaue Blinklicht in Straßburg ein. Auf Gabriels Befehl brachen die Beschatter die Verfolgung ab. Einem SWR-Agenten bei Tempo 160 auf der Autobahn zu folgen war nicht weiter schwierig, aber auf den stillen Seitenstraßen der alten Stadt am Rhein hinter ihm zu bleiben war etwas ganz anderes. Außerdem wusste Gabriel, wohin ihr Mann unterwegs war: zu einem Gebäude mit dem Decknamen Sabine an der Rue de Berne. Ein Gebäude mit zwei Läden im Erdgeschoss – einer türkischen Kebab-Bude, in der zwei frühere Elitesoldaten, ein Brite und ein Israeli, ein spätes Mittagessen einnahmen, und einem Herrensalon, in dem sich eben der dritte Kunde des Tages eingefunden hatte.

Um 16.25 Uhr fuhr der SWR-Offizier erstmals an Sabine vorbei, um 16.31 Uhr zum zweiten Mal. Um 16.35 Uhr parkte er seinen BMW direkt unter den Fenstern des Befehlsstands und überquerte die Straße. Als sie ihn um 16.39 Uhr wiedersahen, stand er auf dem Balkon von Apartment 5B. Im linken Mundwinkel hatte er eine nicht angezündete Zigarette, in der rechten Hand ein Wegwerffeuerzeug. Die Zigarette war das Signal. Brennend signalisierte sie, die Küste sei klar. Nicht angezündet war sie das Signal zum Abbruch. Typisch alte Schule, dachte Gabriel. *Moskauer Regeln …*

Um 16.40 Uhr fuhr ein Zug auf dem Straßburger Hauptbahnhof ein, und zehn Minuten später schlenderte ein österreichischer Geheimpolizist am der Dönerbude vorbei. Er sah zu dem Balkon vier Stockwerke über ihm auf, wo die brennende Zigarette in Sergeis Hand auf dem Geländer deutlich sichtbar war. Dann trat er an die Haustür und klingelte bei 5B. Der SWR-Agent schnippte seine Zigarette achtlos auf die Straße und verschwand durch die Balkontür.

»Los!«, sagte Jaakov Rossman über Funk. In dem Döner standen die beiden früheren Elitesoldaten gleichzeitig auf. Ohne sich auffällig zu beeilen, gingen sie zur Haustür, die der Österreicher ihnen aufhielt. Dann fiel sie ins Schloss, und die drei Männer kamen außer Sicht.

An dieser Stelle begann Eli Lavon aus allein ihm bekannten Gründen, die Aufnahmen der externen Überwachungskamera aufzuzeichnen. Die ungeschnittene Endfassung war 5:16 Minuten lang und gehörte am King Saul Boulevard wie die Videos aus dem Berner Hotel Schweizerhof zu den Filmen, die man gesehen haben *musste,* wenn es Dienstgrad und Sicherheitsfreigabe zuließen.

Die Aktion beginnt damit, dass ein Ford Transit vorfährt, aus dem zwei Männer steigen, die ohne Hast das Gebäude betreten. Als sie nach vier Minuten wieder auftauchen, schleppen sie einen langen, offenbar schweren Segeltuchsack, der einen russischen Geheimdienstler enthält. Der Sack wird hinten in den Transit geladen, der dann wegfährt, als zwei frühere Elitesoldaten, ein Brite und ein Israeli, aus dem Haus kommen. Sie überqueren die Straße, steigen in einen dort geparkten BMW. Der Motor springt an, die Scheinwerfer flammen auf. Dann biegt die Limousine auf die Rue de Soleure ab und kommt außer Sicht.

Die weiteren Ereignisse wurden nicht mehr aufgezeichnet, weil Gabriel das nicht wollte. Er bestand darauf, dass die Kamera abgeschaltet wurde, bevor er erneut die stille Rue de Berne betrat. Dort ließ er sich auf den Beifahrersitz eines Citroën fallen, der nie ganz zum Stehen kam. Der Mann am Steuer war Christian Bouchard, Paul Rousseaus Stellvertreter und starke rechte Hand. Er sah wie einer dieser Typen in französischen Filmen aus, die immer Affären mit Frauen hatten, die nach dem Sex noch im Bett Zigaretten rauchten.

»Irgendwelche Probleme?«, fragte Bouchard.

»Mein Rücken killt mich«, sagte Gabriel. »Ansonsten ist alles in Ordnung.«

Der Flughafen lag südwestlich der Stadt in einem ländlich geprägten Gebiet. Als Christian Bouchard und Gabriel ankamen, stand der Ford Transit rückwärts eingeparkt am Heck einer Gulfstream, die dem jordanischen König gehörte. Gabriel stieg die Fluggasttreppe hinauf und verschwand in der Kabine. Der lange Segeltuchsack lag auf dem Teppichboden. Als er den Reißverschluss aufzog, wurde das rote, geschwollene Gesicht eines mit Kabelbindern gefesselten Mannes sichtbar. Sein Mund war mit Gewebeband zugeklebt, seine Augen waren geschlossen. Sie würden während des Fluges geschlossen bleiben. Vielleicht sogar länger, aber das hing vom Metabolismus des Russen ab. Im Allgemeinen vertrugen die Russen Sedativa so gut wie ihren Wodka.

Gabriel zog den Reißverschluss zu, ließ sich für den Start in einen der Drehsessel fallen. Die Russen sind nicht dumm, sagte er sich. Früher oder später kommen sie darauf, was passiert sein muss. Er rechnete sich aus, dass ihm drei bis vier Tage Zeit blieben, um den Maulwurf in der Spitze des angloamerikanischen Geheimdienst-Establishments zu enttarnen. Höchstens eine Woche.

35

OBERGALIÄA, ISRAEL

Über ganz Israel sind Verhörzentren verteilt. Manche liegen in Sperrgebieten in der Wüste Negev, andere unauffällig mitten in Großstädten. Und eines liegt unweit der namenlosen Straße, die Rosch Pina, eine der ältesten jüdischen Siedlungen Israels, mit dem Bergdorf Amuka verbindet. Die von der Straße abzweigende Zufahrt ist staubig und felsig, nur für Jeeps und SUVs geeignet. Sie endet an einem hohen Zaun, der von Stacheldrahtrollen gekrönt ist, und einem Wachhäuschen mit tough aussehenden jungen Männern in Khakiwesten. Hinter dem Zaun stehen mehrere Bungalows und ein mit Wellblech verkleidetes Gebäude, in dem die Gefangenen untergebracht sind. Die Wachen dürfen niemandem erzählen, wo sie arbeiten – nicht mal ihren Ehefrauen oder Eltern. Das Verhörzentrum ist so »schwarz« wie überhaupt möglich. Es existiert praktisch nicht.

Von alledem wusste Sergei Morosow nichts. Tatsächlich wusste er sehr wenig über seine gegenwärtigen Umstände. Er kannte weder seinen Aufenthaltsort noch die Uhrzeit noch die Identität seiner Wärter. Er wusste nur, dass er sehr fror, dass er mit einer Kapuze über dem Kopf und nur halb bekleidet an einen Metallstuhl gefesselt und ohrenbetäubend lauter Musik ausgesetzt war. Das Stück war »Angel of Death« der Thrash-Metal-Band Slayer. Selbst den ziemlich abgebrühten Wachen tat er ein bisschen leid.

Auf Anraten des erfahrenen Vernehmers Jaakov Rossman ließ Gabriel diese Stress- und Isolationsphase sechsunddreißig Stunden lang dauern, obwohl er sie lieber verkürzt hätte. Die Zeit arbeitete bereits gegen sie. Die französischen Medien hatten einen Verkehrsunfall am Stadtrand von Straßburg gemeldet. Die bekannten Tatsachen waren spärlich – ein in Flammen aufgegangener BMW, sein Fahrer bis zur Unkenntlichkeit verbrannt und nach Auskunft französischer Stellen noch nicht identifiziert. Für die Zentrale Moskau schien seine Identität jedoch festzustehen, denn am Abend nach Sergei Morosows Verschwinden suchten zwei Mitarbeiter der Berliner SWR-Residentur sein Apartment in Frankfurt auf. Das wusste Gabriel, weil der Dienst die Wohnung überwachte. Er fürchtete, die SWR könnte als Nächstes ihren BVT-Kontakt Werner Schwarz aufsuchen, mit dem Morosow sich in Straßburg hatte treffen wollen. Deshalb ließ er auch den Österreicher überwachen.

Es war 12.17 Uhr – diese Zeit wurde sorgfältig ins Diensttagebuch eingetragen –, als die Thrash-Metal-Musik in der Isolierzelle endlich verstummte. Die Wachen banden Sergei Morosow los und führten ihn zu einer Dusche, die er benutzen durfte, ohne von Augenbinde und Kapuze befreit zu werden. Danach zogen sie ihm einen blau-weißen Jogginganzug an und brachten ihn in den Vernehmungsraum, in dem er wieder an einen Stuhl gefesselt wurde. Nach weiteren fünf Minuten wurden ihm von hinten Kapuze und Augenbinde abgenommen. Der Russe blinzelte, bis seine Augen sich an die plötzliche Helligkeit gewöhnt hatten. Dann schrak er zusammen und kämpfte wild mit seinen Fesseln.

»Nicht aufregen, Sergei«, sagte Gabriel ruhig. »Sonst zerren Sie sich irgendwas. Außerdem brauchen Sie keine Angst zu haben. Willkommen in Israel. Und ja, wir akzeptieren Ihr Angebot, zu uns überzulaufen. Wir möchten Ihre Befragung möglichst rasch beginnen. Je früher wir anfangen, desto früher können wir Sie in Ihr neues Leben entlassen. Sie bekommen ein nettes Häuschen am Rand der Negev, wo Ihre Moskauer Freunde Sie nie finden.«

Das alles sagte Gabriel auf Deutsch, und als Morosow sich beruhigt hatte, antwortete er in derselben Sprache. »Damit kommen Sie niemals durch, Allon!«

»Dass wir einen SWR-Überläufer aufnehmen? Das passiert dauernd. Das gehört zu diesem Spiel.«

»Ich habe nie angeboten, überzulaufen. Sie haben mich entführt!« Der Russe begutachtete die vier Wände des fensterlosen Vernehmungsraums, die beiden Wachposten links neben ihm und Michail Abramow, der rechts neben ihm saß. Zuletzt sah er wieder Gabriel an und fragte: »Bin ich wirklich in Israel?«

»Wo denn sonst?«

»Ich habe vermutet, die Briten hätten mich entführt.«

»Pech gehabt. Übrigens ist der MI6 scharf darauf, Sie zu befragen. Kein Wunder, denn schließlich haben Sie den Leiter ihrer Wiener Station ermordet.«

»Alistair Hughes? Die Zeitungen haben gemeldet, er sei verunglückt.«

»Ich möchte Ihnen raten«, sagte Gabriel warnend, »einen anderen Kurs zu wählen.«

»Welcher Kurs wäre das?«

»Kooperation. Erzählen Sie uns, was Sie wissen, werden Sie besser behandelt, als Sie's verdienen.«

»Und wenn ich mich weigere?«

Gabriel nickte zu Michail hinüber. »Erkennen Sie ihn wieder, Sergei?«

»Nein«, log Morosow wenig überzeugend. »Wir sind uns nie begegnet.«

»Danach habe ich nicht gefragt«, sagte Gabriel. »Ich habe gefragt, ob Sie ihn wiedererkennen. Er war in der bewussten Nacht in Wien. Ihr Killer hat vier Schüsse auf ihn abgegeben, von denen keiner getroffen hat. Besser gezielt hat er, als es um Kirow ging. Konstantin hat zwei Hohlspitzgeschosse ins

Gesicht bekommen, sodass es keine Beerdigung mit offenem Sarg geben konnte. Wenn Sie nicht auspacken, revanchieren wir uns dafür. Dafür brauchen wir uns nicht mal selbst anzustrengen. Wir liefern Sie Freunden jenseits der Grenze in Syrien aus. Die haben unter dem Schlächter von Damaskus und seinen russischen Freunden schwer gelitten und wären begeistert, einen echten SWR-Offizier lebend in die Hände zu bekommen.«

Schweigen lastete auf ihnen, bis Sergei Morosow sagte: »Mit Kirow hatte ich nichts zu tun.«

»Natürlich waren Sie daran beteiligt. Sergei. Sie haben Werner Schwarz einige Tage vor dem Mord vor Unannehmlichkeiten in Wien im Zusammenhang mit einem SWR-Überläufer gewarnt. Danach haben Sie Werner angewiesen, der Kreml-Linie folgend unseren Dienst zu verdächtigen.«

»Er ist so gut wie tot. Und Sie auch, Allon.«

Gabriel ignorierte diesen Zwischenruf. »Außerdem sollte Werner meinem Stellvertreter Gerüchte über Alistair Hughes' Privatleben einflüstern. Etwas über seine häufigen Reisen in die Schweiz. Das haben Sie getan«, fuhr Gabriel fort, »um uns glauben zu machen, Hughes spioniere für *Sie*. Dieses Unternehmen sollte dem Schutz des *wirklichen* Spions dienen, des Maulwurfs in der Spitze des angloamerikanischen Geheimdienst-Establishments.«

»Maulwurf?«, fragte der Russe. »Sie lesen zu viele Spionagethriller, Allon. Es gibt keinen Maulwurf. Alistair hat für uns gearbeitet. Das muss ich am besten wissen. Ich war sein Führungsoffizier. Ich habe ihn jahrelang geführt.«

Gabriel lächelte nur. »Gut gespielt, Sergei. Ich bewundere Ihre Loyalität, aber die hat hier keinen Wert. Wahrheit ist die einzige Währung, die wir akzeptieren. Und nur die Wahrheit kann uns davon abhalten, Sie unseren Freunden in Syrien zu übergeben.«

»Ich sage die Wahrheit!«

»Versuchen Sie's noch mal.«

Morosow täuschte Passivität vor. »Wozu brauchen Sie mich«, fragte er mürrisch, »wenn Sie schon alles wissen.«

»Sie sollen uns helfen, einige Lücken zu schließen. Zum Dank dafür werden Sie großzügig entlohnt und dürfen den Rest Ihres Lebens in unserem schönen Land verbringen.«

»In einem Häuschen am Rand der Negev?«

»Von mir selbst ausgesucht.«

»Lieber versuche ich mein Glück jenseits der Grenze in Syrien.«

»Ich möchte Ihnen raten«, sagte Gabriel, »einen anderen Kurs zu wählen.«

»Sorry, Allon«, antwortete der Russe. »Pech gehabt.«

Der Hubschrauber UH-60 Black Hawk flog nach Osten über die Golanhöhen und erreichte den syrischen Luftraum über dem Dorf Kwdana. Sein Ziel war Jassim, eine Kleinstadt im südsyrischen Gouvernement Daraa, die von Kräften der aufständischen Freien Syrischen Armee gehalten wurde. Unter Gabriels Führung hatte der Dienst enge Verbindungen zur syrischen Opposition geknüpft und mehreren Tausend Syrern eine ärztliche Behandlung in Israel ermöglicht. In Teilen des Gouvernements Daraa, wenn auch sonst nirgends in der arabischen Welt, wurde Gabriel als Heilsbringer verehrt.

Der Hubschrauber landete nie auf syrischem Boden, so viel ist unstrittig. Die beiden mitfliegenden Wachen behaupteten, Michail habe ein Seil um Sergei Morosows Handschellen geknotet und ihn daran über einem Lager mit johlenden Aufständischen baumeln lassen. Davon wollte Michail jedoch nichts hören. Ja, das hatte er Sergei *angedroht,* aber dazu war es nie gekommen. Nach einem Blick auf die erregte Menge hatte der Russe darum gebettelt – ja, *gebettelt* –, nach Israel zurückgebracht zu werden.

Jedenfalls war Oberst Sergei Morosow ein verwandelter Mann, als er in den Vernehmungsraum zurückkam. Nachdem er sich für seine anfängliche Intransigenz entschuldigt hatte, versicherte er Gabriel, für eine neue Identität und ein faires Honorar sei er gern bereit, mit dem Dienst zusammenzuarbeiten. Er ließ jedoch erkennen, Israel sei nicht seine erste Wahl als neue Heimat. Er sei gewiss kein Antisemit, aber er fühle mit den unterjochten Palästinensern und habe nicht den Wunsch, unter Leuten zu leben, die er für Eroberer und Unterdrücker halte.

»Lassen Sie uns ein paar Monate Zeit«, sagte Gabriel. »Denken Sie dann noch immer so, wende ich mich an einen unserer Freunde.«

»Ich wusste nicht, dass Sie welche haben.«

»Ein paar«, sagte Gabriel.

Damit brachten sie ihn in einen der Bungalows und ließen ihn schlafen. Es war fast 23 Uhr, als er endlich aufwachte. Sie gaben ihm richtige Kleidung, nicht nur einen Jogginganzug, und servierten ihm Borschtsch und Chicken Kiev als Abendessen. Um Mitternacht kam er satt und ausgeruht in den Vernehmungsraum zurück, in dem Gabriel ihn mit aufgeschlagenem Notizbuch erwartete.

»Wie heißen Sie?«, fragte er.

»Sergei Morosow.«

»Nicht Ihr dienstlicher Name«, sagte Gabriel. »Ihr wahrer Name.«

»Den trage ich schon so lange nicht mehr, dass ich ihn vergessen habe.«

»Versuchen Sie's«, sagte Gabriel ruhig. »Wir haben reichlich Zeit.«

Was keineswegs stimmte, weil die Zeit gegen sie arbeitete. Ihnen blieben drei bis vier Tage, um den Maulwurf zu finden, dachte Gabriel. Höchstens eine Woche.

36

OBERGALILÄA, ISRAEL

Sein richtiger Name war Aleksander Jurtschenko, aber den hatte er vor vielen Jahren nach seinem ersten Auslandseinsatz abgelegt, und alle, auch seine verehrte Mutter, hatten ihn nur noch Sergei genannt. Sie hatte sich in der Lubjanka hochgedient und war Assistent des KGB-Vorsitzenden Juri Andropow gewesen, der Leonid Breschnew als Führer der untergehenden UdSSR nachgefolgt war. Auch Sergeis Vater war ein Diener der alten Ordnung gewesen. Er hatte bei Gosplan gearbeitet, das die Fünfjahrespläne für die zentral gelenkte Sowjetwirtschaft ausarbeitete: Orwell'sche Dokumente voller Wunschdenken, die Produktionsziele oft nach Tonnen, statt nach produzierten Einheiten festlegten. Sergeis Vater, der in den letzten Jahren seines Berufslebens am Kommunismus zu zweifeln begann, hatte in seinem häuslichen Arbeitszimmer eine gerahmte westliche Karikatur hängen. Sie zeigte mürrische Arbeiter, die einen Nagel von der Größe einer ballistischen Rakete umstehen. »Glückwunsch, Genossen!«, ruft der Fabrikdirektor stolz aus. »Wir haben unser Soll für den laufenden Fünfjahresplan erfüllt!«

Sergeis Eltern gehörten keineswegs zur Elite der KPdSU – der Nomenklatura, die auf dem Rücksitz von SIL-Limousinen auf reservierten Fahrspuren durch Moskau raste –, aber sie waren Parteimitglieder und lebten daher weit besser als gewöhnliche Russen. Ihre Wohnung war größer als die meisten, und sie gehörte ihnen allein. Sergei ging auf eine Schule für die Kinder von Parteikadern und nahm mit achtzehn ein Studium am hoch angesehenen Moskauer Staatsinstitut für Internationale Beziehungen auf. Viele seiner Kommilitonen gingen in den diplomatischen Dienst, nicht jedoch Sergei. Seine Mutter, die Sekretärin einer KGB-Legende, hatte Größeres mit ihm vor.

Das Rotbanner-Institut war die KGB-Akademie. Sie residierte an vier abgelegenen Orten rund um Moskau, hauptsächlich jedoch in Tschelobitjewo nördlich der Ringautobahn. Sergei trat dort 1985 ein. Einer seiner Kommilitonen war der Sohn eines KGBH-Generals. Aber sein Vater war nicht irgendein KGB-General, sondern Leiter der für Spionage zuständigen Ersten Hauptverwaltung, ein wirklich mächtiger Mann.

»Sein Söhnchen war entsetzlich verzogen. Er war im Ausland aufgewachsen, hatte die westliche Kultur verinnerlicht. Er hatte echte Jeans und Platten der Rolling Stones und dachte, er sei weit cooler als wir. Nur war er leider nicht sehr hell. Nach dem Diplom wurde er in die für innere Sicherheit zuständige Fünfte Hauptverwaltung gesteckt. Dank seines Vaters war er nach dem Zerfall der Sowjetunion recht erfolgreich. Er hat eine Bank gegründet und sich im internationalen Waffenhandel betätigt. Vielleicht haben Sie schon von ihm gehört. Er heißt …«

»Iwan Charkow.«

Sergei Morosow lächelte. »Ihr alter Freund.«

Weil er direkt von der Universität ins Rotbanner-Institut wechselte, dauerte Morosows Ausbildung drei Jahre. Danach wurde er der Ersten Hauptverwaltung zugewiesen und kam zur Deutschlandabteilung in ihrem Dienstgebäude in den Wäldern bei Jasenewo. Im Jahr darauf wurde er in die Residentur Ostberlin versetzt, wo er den Fall der Berliner Mauer in dem Bewusstsein miterlebte, dass nun auch die UdSSR zerfallen würde. Das Ende kam im Dezember 1991. »Ich war in Jasenewo, als im Kreml die Hammer-und-Sichel-Flagge eingeholt wurde. Wir haben uns alle betrunken und waren im folgenden Jahrzehnt kaum jemals wieder nüchtern.«

In der post-sowjetischen Ära wurde der KGB aufgelöst,

umbenannt, reorganisiert und nochmals umbenannt. Später wurde die alte Organisation in zwei neue Dienste aufgeteilt, den FSB und die SWR. Der auch für Spionageabwehr zuständige Inlandsgeheimdienst FSB übernahm die alte KGB-Zentrale am Lubjanka-Platz. Die SWR wurde Russlands neuer Auslandsgeheimdienst. Mit ihrer Zentrale in Jasenewo war sie im Prinzip die alte Erste Hauptverwaltung des KGB unter neuem Namen. Die Vereinigten Staaten blieben das offizielle »Hauptziel«, auch wenn sie nicht mehr als »Hauptfeind« bezeichnet wurden. Großbritannien und die NATO blieben ebenfalls wichtige Aufklärungsziele.

»Und Israel?«, fragte Gabriel.

»Euch haben wir weitgehend ignoriert. Bis Sie dann Ihre Fehde mit Iwan angefangen haben.«

»Was war mit Ihnen?«, wollte Gabriel wissen. »Wie ist's Sergei Morosow in der neuen Weltordnung ergangen?«

Er blieb zunächst in Berlin, wo er ein Netz aus zurückbleibenden Agenten aufbaute, die das wiedervereinigte Deutschland über Jahre hinweg erfolgreich ausspionieren würden. Dann ging es nach Helsinki, wo er unter einem neuen Namen Stellvertreter des Residenten war. Resident wurde er erstmals im Jahr 2004 in Den Haag, bevor er im Jahr 2009 Resident in Ottawa wurde – ein wegen seiner Nähe zu den Vereinigten Staaten wichtiger Posten. Leider gab es dort Schwierigkeiten – »ein Callgirl und der kanadische Verteidigungsminister, reden wir nicht weiter davon« – und die Kanadier legten ihm nahe, unauffällig zu verschwinden, weil sie keinen Sensationsprozess wollten. Er kehrte für einige Jahre in die Zentrale Moskau zurück, änderte seinen Namen, bekam ein neues Gesicht und kam dann als Sergei Morosow, Finanzberater bei Globaltek Consulting, nach Deutschland zurück.

»Die deutschen Dienste waren echt ahnungslos, niemand hat sich an meine Zeit in Ostberlin erinnert.«

»Berät Globaltek tatsächlich deutsche Firmen?«

»Sogar ziemlich viele. Und wir sind recht gut, wenn ich das mal sagen darf. Aber hauptsächlich sind wir eine Residentur am Bankplatz Frankfurt, und ich bin der Resident.«

»Nicht mehr«, sagte Gabriel. »Sie sind jetzt ein Deserteur. Aber bitte weiter.«

Globaltek Consulting und Sergei Morosow erfüllten zwei Funktionen. Ihre Hauptaufgabe bestand darin, potenzielle Agenten zu identifizieren und deutsche Hochtechnologie zu stehlen, die Russland dringend brauchte. Dazu führte Morosow unzählige *Kompromat*-Unternehmen gegen prominente deutsche Ingenieure und Geschäftsleute durch. Meistens ging es dabei um heimliche Zahlungen oder Sex.

»Frauen, Jungen, Tiere …« Morosow zuckte mit den Schultern. »Die Deutschen, Allon, lassen nichts anbrennen.«

»Und die zweite Funktion?«

»Wir kümmern uns um besondere Agenten.«

»Agenten, die speziell umsorgt werden müssen, weil ihre Enttarnung für den Kreml problematisch sein könnte.« Gabriel machte eine Pause, dann fügte er hinzu: »Leute wie Werner Schwarz.«

»Korrekt.«

Nach allen objektiven Maßstäben, fuhr Sergei Morosow fort, sei das Unternehmen Globaltek Consulting ein voller Erfolg gewesen. Deshalb hatte ihn die verschlüsselte E-Mail überrascht, die an einem ungewöhnlich warmen Oktobertag bei ihm eingegangen war.

»Mit welchem Inhalt?«

»Ein Rückruf in die Zentrale.«

»Aber Sie waren doch bestimmt öfters zu Beratungen in Moskau?«, fragte Gabriel.

»Natürlich. Aber dies war etwas anderes.«

»Was haben Sie gemacht?«

Sergei Morosow tat, was jeder SWR-Offizier unter diesen Umständen gemacht hätte. Er brachte seine Angelegenheiten in Ordnung und schrieb einen Abschiedsbrief an seine verehrte Mutter. Und am folgenden Morgen stieg er in dem Bewusstsein, nicht mehr lange zu leben zu haben, an Bord einer Aeroflot-Maschine nach Moskau.

37

OBERGALILÄA, ISRAEL

»Sie waren schon in Moskau, ja?«

»Mehrere Male«, gestand Gabriel ein.

»Gefällt Ihnen Moskau?«

»Nein.«

»Und die Lubjanka?«, fragte Sergei Morosow weiter.

Gabriel gab zu, was alle höheren russischen Geheimdienstler wussten: dass er vor einigen Jahren in Moskau verhaftet und in den Kellern der Lubjanka brutal verhört worden war.

»Aber Sie waren nie in Jasenewo, stimmt's?«, fragte Morosow weiter.

»Nein, nie.«

»Schade. Vielleicht hätte es Ihnen dort gefallen.«

»Das bezweifle ich.«

»Wissen Sie, in die Lubjanka darf heutzutage fast jeder«, fuhr Morosow fort. »Das alte Gemäuer ist zu einer Touristenattraktion geworden. Aber Jasenewo ist etwas Besonderes. Jasenewo ist die ...«

»Zentrale Moskau.«

Sergei Morosow lächelte. »Könnte ich Papier und Bleistift bekommen?«

»Wozu?«

»Ich möchte Ihnen den Grundriss aufzeichnen, damit Sie sich besser vorstellen können, wie's weitergegangen ist.«

»Ich habe eine sehr lebhafte Fantasie.«

»Ja, das sagen viele.«

Jasenewo, fuhr Sergei Morosow fort, ist eine eigene Welt, eine Welt aus Privilegien und Macht hinter kilometerlangen Stacheldrahtzäunen, an denen Tag und Nacht Wachen mit scharfen Hunden patrouillieren. Das riesige Hauptgebäude hat einen kreuzförmigen Grundriss. Knapp zwei Kilometer westlich liegt eine Kolonie aus zwanzig Datschen für hohe Offiziere. Eine Datscha steht etwas abgesetzt und hat ein Messingschild an der Tür, auf dem INNERBALTISCHER FORSCHUNGSAUSSCHUSS steht – ein selbst nach SWR-Begriffen unsinniger Titel. In diese Datscha wurde Sergei Morosow unter Bewachung gebracht. Von Tausenden von Büchern und alten Akten umgeben, von denen manche noch den Stempel des KGB-Vorgängers NKWD trugen, erwartete ihn dort ein Mann.

»Beschreiben Sie ihn bitte.«

»Sieger des Wettbewerbs für Lenin-Doubles.«

»Alter?«

»Alt genug, um sich an Stalin zu erinnern und ihn gefürchtet zu haben.«

»Name?

»Nennen wir ihn Sascha.«

»Sascha wer?«

»Sascha Spielt-keine-Rolle-wer. Sascha ist ein Gespenst. Sascha ist ein Geisteszustand.«

»Kannten Sie diesen Geisteszustand schon?«

Nein, sagte Sergei Morosow, er habe nie die Ehre gehabt, dem großen Sascha vorgestellt zu werden, von dem er seit Jahren gerüchteweise gehört hatte.

»Gerüchte?«

»Flurfunk. Sie wissen, wie Spione sind, Allon. Sie tratschen leidenschaftlich gern.«

»Was haben Sie über Sascha gehört?«

»Dass er einen einzigen Agenten führt. Dass dieser Agent gewissermaßen sein Lebenswerk ist. Dass ihn dabei eine in unserer Branche legendäre Gestalt unterstützt hat.«

»Welche legendäre Gestalt?«

»Davon war in den Gerüchten nie die Rede.«

Gabriel war versucht, Morosow mit weiteren Fragen zuzusetzen, aber dann tat er's doch nicht. Aus langer Erfahrung wusste er längst, dass es in solchen Situationen oft besser war, schweigend zuzuhören und den richtigen Zeitpunkt abzuwarten. Deshalb ließ er die Frage nach der Identität der legendären Gestalt vorläufig offen und fragte nach dem Datum.

»Das habe ich Ihnen schon gesagt, Allon, im Oktober.«

»Letzten Jahres?«

»Im Jahr davor.«

»Hat er Ihnen Tee angeboten?«

»Nein.«

»Schwarzbrot und Wodka?«

»Sascha hält Wodka für eine russische Volkskrankheit.«

»Wie lange hat das Gespräch gedauert?«

»Gespräche mit Sascha sind nie kurz.«

»Und das Thema?«

»Das Thema«, sagte Morosow, »war ein russischer Verräter namens Konstantin Kirow.«

Gabriel schlug ungerührt eine neue Seite in seinem Notizbuch auf, als überrasche es ihn nicht im Geringsten, dass der wertvolle SWR-Informant des Diensts seit weit über einem Jahr enttarnt gewesen war. »Wieso sollte sich ein Mann wie Sascha für Kirow interessieren?«, fragte er mit schreibbereitem Stift. »Kirow war ein Nichts.«

»Nicht nach Saschas Auffassung. Für ihn war Kirows Verrat eine große Chance.«

»Wozu?«

»Um seinen Agenten zu schützen.«

»Und der Grund für seine ominöse Vorladung?«

»Sascha wollte, dass ich mit ihm zusammenarbeite.«

»Sie müssen sich geehrt gefühlt haben.«

»Sehr.«

»Wie ist er wohl auf Sie gekommen?«

»Er wusste, dass meine Mutter eine Mitarbeiterin Andropows gewesen war. Aus Saschas Sicht war ich jemand, dem man einen Auftrag anvertrauen konnte.«

»Welchen?«

»Alistair Hughes.«

Die in Jasenewo gespeicherte Akte des Leiters der MI6-Station in Wien war eine langweilige Lektüre. Aus ihr ging hervor, dass Alistair Hughes seinem Land und seiner Organisation treu war, keine persönlichen oder sexuellen Laster hatte und mehreren Anwerbeversuchen widerstanden hatte – darunter einem während seines Studiums in Oxford, als die Zentrale Moskau ihm eine Karriere im britischen Geheimdienst vorausgesagt hatte.

Dieses magere Angebot ergänzte Sascha durch eine eigene Akte. Sie enthielt detaillierte Persönlichkeitsprofile von Hughes' Frau und seinen beiden Söhnen, aber auch Angaben zu seinen sexuellen Vorlieben, die etwas ungewöhnlich waren, und seiner geistigen Gesundheit, die nicht gut war. Hughes litt an einer bipolaren Störung und unter Panikattacken. Sein Zustand hatte sich verschlechtert, seit er in Bagdad Dienst getan hatte, und er hatte gehofft, im verhältnismäßig langweiligen Wien wieder auf die Beine zu kommen. Zu diesem Zweck befand er sich in der benachbarten Schweiz bei einer bekannten Fachärztin der Privatklinik Schloss in Behandlung, was er seinen Vorgesetzten in Vauxhall Cross jedoch verschwiegen hatte.

»Und auch seiner Frau«, fügte Sergei Morosow hinzu.

»Woher stammte dieses Material?«

»Das hat nirgends gestanden, und Sascha hat kein Wort darüber verloren.«

»Wann ist die Akte angelegt worden?«

»Sascha datiert seine privaten Unterlagen nie.«

Gabriel forderte Morosow auf, das Datum wenigstens zu schätzen.

»Irgendwann Mitte der neunziger Jahre, würde ich sagen. Hughes war damals seit ungefähr einem Jahrzehnt beim MI6. Sein Dienstort war Berlin, und ich war einer der Offiziere, die ihn dort anzuwerben versucht haben.«

»Sie kannten Alistair also schon?«

»Wir haben uns mit Vornamen angesprochen.«

»Wann haben Sie angefangen, ihn in Wien zu überwachen?«

»Meine Vorbereitungen waren bis Mitte November abgeschlossen. Sascha hat alle Details überwacht – bis hin zu den verwendeten Autos und der Kleidung der Beschatter.«

»Wie gründlich war sie?«

Total, antwortete Sergei Morosow, mit Ausnahme der Station selbst. Die SWR versuchte seit Jahren vergeblich, auch dort Wanzen zu installieren.

»Mehr Details, wenn ich bitten darf«, sagte Gabriel.

»Wir hatten zwei Wohnungen in der Barichgasse, je eine an beiden Enden der Straße. Sein Apartment war vollständig verwanzt, sodass wir alles mithören konnten. Wir haben jeden Tag zehn bis zwanzig Beschatter auf ihn angesetzt, die als Tagesausflügler getarnt aus Budapest gekommen waren. Hat Alistair mit einem Diplomaten oder einem Kollegen aus anderen Diensten gegessen, haben wir am Nebentisch gesessen. Und wenn er irgendwo einen Kaffee getrunken hat, waren wir wieder dabei. Und dann gab es noch die Frauen, die er in seine Wohnung mitgenommen hat …«

»Auch welche von Ihnen?«

»Ein paar«, gab Sergei Morosow zu.

»Was war mit seinen Kurzreisen nach Bern?«

»Die gleiche Story, nur in einer anderen Stadt. Wir sind mit Hughes geflogen, waren mit Hughes im Schweizerhof und haben ihn zu seinen Terminen in Münchenbuchsee begleitet.

Das war eine viertelstündige Taxifahrt vom Hotel aus. Alistair war nie am Taxistand, hat immer einen Wagen auf der Straße angehalten. Und auf der Rückfahrt aus der Schlossklinik hat er sich vorzeitig absetzen lassen und ist das letzte Stück zu Fuß gegangen.«

»Das Hotelpersonal sollte nicht wissen, wo er gewesen war?«

»Das sollte *niemand* wissen.«

»Was hat er getan, wenn er nicht in der Klinik war?«

»Da hat er seinen Fehler gemacht«, sagte Morosow. »Unser Freund Alistair war etwas zu leicht auszurechnen.«

»Wie das?«

»Auf der Strecke Wien-Bern gibt es nur einen Flug täglich: den Zweiuhrflug von SkyWork. War der Flug wie meist pünktlich, war Alistair spätestens um 16 Uhr im Hotel.«

»Sodass er vor dem Arzttermin eineinhalb Stunden totschlagen musste.«

»Genau. Und er hat sie auf immer gleiche Weise verbracht.«

»Nachmittagstee in der Lounge-Bar.«

»Zur selben Zeit am selben Tisch, stets am letzten Freitag im Monat.«

Nur im Dezember nicht, ergänzte Sergei Morosow. Alistair hatte Weihnachten bei seiner Familie in Großbritannien und mit ihr auf den Bahamas verbracht. Drei Tage nach Neujahr war er wieder zum Dienst erschienen und eine Woche später, an einem Mittwoch, nachts in die Botschaft gerufen worden, um ein dringendes, nur für ihn bestimmtes Telegramm von Vauxhall Cross in Empfang zu nehmen. Womit sie wieder bei dem Verräter Kirow und seiner Ermordung in einer Wiener Winternacht waren.

38

OBERGALILÄA, ISRAEL

Unter gewöhnlichen Umständen wäre er verhaftet und Tage, Wochen oder sogar Monate lang verhört worden, bis sie ihm jedes letzte Geheimnis entwunden hatten, bis er zu erschöpft, von Schmerzen zu zermürbt war, um selbst einfachste Fragen noch verständlich beantworten zu können. Vielleicht wäre er ein letztes Mal zusammengeschlagen worden, bevor er im Gefängnis Lefortowo in einen fensterlosen Kellerraum mit Betonwänden und einem Ablauf im Boden, um die Reinigung zu erleichtern, geschleppt worden wäre. Dort hätte er niederknien müssen, und jemand hätte ihm nach russischer Art die Mündung einer großkalibrigen Pistole ins Genick gedrückt. Dann wäre ein Schuss abgegeben worden. Das Geschoß wäre durchs Gesicht ausgetreten und hätte einen offenen Sarg bei seinem Begräbnis unmöglich gemacht. Allerdings hätte er sowieso keines erhalten, sondern wäre hastig in einem anonymen Grab verscharrt worden. Niemand, nicht einmal seine Mutter, hätte erfahren, wo er begraben lag.

Aber dies waren keine gewöhnlichen Umstände, fuhr Sergei Morosow fort. Dies waren Sascha-Umstände, und Sascha behandelte den Verräter Kirow außerordentlich nachsichtig. Er schickte den Verräter Kirow mit vielen Aufträgen los, ohne ihn überwachen zu lassen, obwohl er genau wusste, dass er bei einigen Reisen mit seinen israelischen Agentenführern zusammentreffen würde – worauf Sascha es bewusst anlegte. Zu diesem Zweck sorgte er dafür, dass Kirows Material qualitätsvoll genug war, um die Israelis und ihre anglo-amerikanischen Partner nicht misstrauisch zu machen. Im Fachjargon war das

Katzengold. Es funkelte und glitzerte, besaß aber keinen operativen oder strategischen Wert.

Zuletzt schickte Sascha den Verräter Kirow mit einem Auftrag los, der dazu führen musste, dass er überzulaufen beschloss. Auf den ersten Blick war dies ein Routineauftrag. Der Verräter Kirow sollte einen toten Briefkasten in Montreal leeren und seinen Inhalt nach Moskau bringen. Der »Briefkasten« war in Wirklichkeit ein Apartment, das einer Brasilianerin gehörte, die permanent im Gelobten Land – den Vereinigten Staaten – lebte. Diese Frau war jedoch keine Brasilianerin, sondern eine russische Illegale, die gut getarnt in Washington operierte.

»Was tut sie dort?«

»Über ihren Auftrag hat Sascha nie gesprochen.«

»Und was vermuten Sie?»

»Ich vermute, dass die russische Illegale einen Maulwurf betreut.«

»Weil das FBI die Offiziere der dortigen Residentur ständig überwacht, sodass sie unmöglich einen wichtigen Agenten führen können.«

»Das wäre schwierig«, bestätigte Sergei Morosow, »aber nicht unmöglich.«

»Hat Sascha Ihnen gesagt, wie die russische Illegale in Washington heißt?«

»Sascha? Nie im Leben!«

»Ihr angeblicher Beruf?«

»Keine Ahnung.«

Gabriel fragte, was in dem Apartment zurückgelassen worden sei.

»Ein USB-Stick«, antwortete Morosow. »Hinter dem Ausguss in der Küche. Ich habe ihn selbst dort versteckt.«

»Was war drauf?«

»Fälschungen.«

»Wovon?«

»Von Dokumenten höchster Geheimhaltungsstufe.«

»Amerikanische?«

»Ja.«

»CIA?«

»Auch von der NSA«, sagte Sergei Morosow nickend. »Sascha hat mich angewiesen, den Inhalt unverschlüsselt zu lassen, damit der Verräter Kirow ihn sehen konnte.«

»Woher wussten Sie, dass er sich für den Inhalt interessieren würde?«

»Kein SWR-Kurier würde einen unverschlüsselten USB-Stick ins Ausland bringen. Davon überzeugt sich jeder vorher.«

»Und wenn er nicht nach Moskau zurückgekehrt wäre?«, fragte Gabriel. »Wenn er geradewegs zu uns gekommen wäre?«

»Dies war der eine Auftrag, bei dem er überwacht wurde. Hätte er sich impulsiv zum Überlaufen entschlossen, wäre er in einer Kiste nach Moskau zurückgebracht worden.«

Aber das sei nicht nötig gewesen, fuhr Morosow fort, weil der Verräter Kirow selbstständig nach Moskau zurückgekehrt sei. Dort stand er vor einem schmerzlichen Dilemma. Die Dokumente, die er gesehen hatte, waren zu gefährlich, als dass er sie mit seinen israelischen Agentenführern hätte teilen dürfen. Sobald die Zentrale Moskau erfuhr, dass sie in falsche Hände geraten waren, musste der Verdacht sofort auf ihn fallen. Deshalb blieb ihm nichts anderes übrig, als überzulaufen.

Der Rest von Saschas Verschwörung lief genau wie geplant ab. Der Verräter Kirow reiste über Budapest nach Wien, wo Gabriel Allon, Direktor des israelischen Geheimdiensts und unversöhnlicher Gegner der Russischen Föderation, in einer sicheren Wohnung wartete. In Wien wartete jedoch auch ein Profikiller, einer der besten SWR-Leute. Sein Tod auf der

Brünnerstraße war die einzige Panne in dieser Nacht. Ansonsten klappte alles reibungslos. Den Verräter Kirow ereilte der würdelose Tod, den er verdient hatte. Und ihr Feind Allon würde bald von Sascha gesteuerte Ermittlungen aufnehmen, die Alistair Hughes als Moskaus Maulwurf im britischen Auslandsgeheimdienst identifizieren würden.

»Woher wussten Sie, dass wir ihn im Visier hatten?«, fragte Gabriel.

»Wir haben gesehen, wie Eli Lavon und Ihr Freund Christopher Keller einen Beobachtungsposten in der Barichgasse bezogen haben. Und unsere Leute haben Ihre Leute dabei beobachtet, wie sie Hughes in Wien beschattet haben. Auf Saschas Anweisung haben wir unsere Teams möglichst ausgedünnt, um das Risiko, entdeckt zu werden, zu minimieren.«

»Aber nicht in Bern«, sagte Gabriel. »Das Paar beim Nachmittagstee im Schweizerhof war schwer zu übersehen. Und Dmitri Sokolow erst recht.«

»Ein Schützling Saschas.«

»Sascha hat ihn vermutlich hingeschickt, um jeden Zweifel auszuräumen?«

»In der Genfer Partyszene war Dmitri allerdings eine bekannte Erscheinung.«

»Was war in dem Umschlag?«

»Sagen Sie's mir.«

»Fotos«, sagte Gabriel, »von Alistair Hughes beim Betreten und Verlassen der Privatklinik Schloss.«

»Kompromat.«

»Vermute ich richtig, dass Alistair keine Chance hatte, Bern lebend zu verlassen?«

»Überhaupt keine. Aber sogar wir waren überrascht, als er blindlings aus dem Hotel gestürmt ist.«

»Wer hat den Wagen gefahren?«

Sergei Morosow zögerte, dann sagte er: »Das war ich.«

»Und wenn Alistair Ihnen nicht diese gute Gelegenheit, ihn zu liquidieren, geboten hätte?«

»Wir hatten das Flugzeug …«

»Flugzeug.«

»Den Rückflug nach Wien. Während wir ihn überwacht haben, haben wir festgestellt, wie sich eine Bombe an Bord schmuggeln ließ. Der Flughafen Bern ist schließlich nicht Heathrow oder Ben Gurion.«

»Sie hätten alle diese Unbeteiligten ermordet, um einen einzigen Mann zu erledigen?«

»Wer ein Omelett machen will …«

»Ich bezweifle, dass die zivilisierte Welt das so sehen würde«, sagte Gabriel. »Vor allem nicht, wenn das ein KGB-Offizier sagt.«

»Wir sind jetzt die SWR, Allon. Und *wir* haben einen Deal.«

»Korrekt. Sie sollten mir alles erzählen, um Ihr Leben zu retten. Leider haben Sie sich nicht an Ihre Verpflichtungen gehalten.«

Morosow rang sich ein Lächeln ab. «Den Namen des Maulwurfs? Wollen Sie den?«

Gabriel lächelte seinerseits.

»Glauben Sie wirklich«, fragte Sergei Morosow tadelnd, »dass der große Sascha ihn *mir* anvertraut hätte? Den kennen nur eine Handvoll Offiziere der Zentrale.«

»Was ist mit der Frau?«, fragte Gabriel. »Mit der Illegalen, die sich als Brasilianerin ausgibt.«

»Ich garantiere Ihnen, dass sie den Maulwurf niemals persönlich zu Gesicht bekommen hat.«

Gabriel wollte die Adresse des toten Briefkastens in Montreal. Morosow antwortete, diese Information sei überholt. Sascha habe ihn geschlossen und einen neuen Briefkasten eingerichtet.

»Wo?«

Der Russe schwieg.

»Sollen die Techniker Ihnen den Teil der Befragung, in dem Sie gestehen, den Leiter der Wiener MI6-Station ermordet zu haben, noch mal vorspielen?«

Der tote Briefkasten, sagte Sergei Morosow, befinde sich in der Nummer 6822 Rue Saint-Denis.

»Apartment oder Haus?«

»Weder noch. Der tote Briefkasten ist ein Ford Explorer. Dunkelgrau. Die Illegale lässt den USB-Stick im Ablagefach zurück, und einer von Saschas Kurieren bringt ihn nach Moskau.«

»Alte Schule«, sagte Gabriel.

»Sascha bevorzugt die alten Methoden.«

Gabriel lächelte. »Das haben wir gemeinsam, Sascha und ich.«

39

OBERGALILÄA, ISRAEL

Jetzt gab es nur noch einen Punkt abzuhaken: die Frage, auf die Gabriel vor vielen Stunden nicht weiter eingegangen war. Nichts Ernsthaftes, versicherte er sich selbst, eine kleine Abrundung, eine Bagatelle, über die Sergei Morosow noch Auskunft geben musste, bevor er ein paar Stunden schlafen durfte. Das war die Lüge, mit der Gabriel sich selbst täuschte. Seine interne Coverstory.

Tatsächlich hatte er in dieser langen Nacht an fast nichts anderes gedacht. Das war das Talent eines meisterhaften Vernehmers: die Fähigkeit, eine einzelne unbeantwortete Frage in Reserve zu halten, während er anderswo sondierte. Dabei hatte Gabriel zahlreiche wertvolle Erkenntnisse gewonnen, nicht zuletzt über die Position eines toten Briefkastens in Montreal, den eine in Washington operierende russische Illegale benutzte. Eine Illegale, deren Hauptaufgabe die Betreuung eines seit Langem in der Spitze des angloamerikanischen Geheimdienst-Establishments arbeitenden Topagenten war. Saschas einziger Agent. Saschas Lebenswerk. Fachsprachlich ein Maulwurf.

Allein der tote Briefkasten war die Kosten und das Risiko von Sergei Morosows Entführung wert gewesen. Aber wer war die legendäre Gestalt, die Sascha geholfen hatte, den Maulwurf zu installieren? Gabriel wiederholte die Frage jetzt fast beiläufig, als der Russe schon annehmen musste, er werde gleich gehen.

»Ich habe Ihnen gesagt, Allon, dass in den Gerüchten davon nie die Rede war.«

»Das habe ich verstanden, Sergei. Aber wer war er? Ein einzelner Mann oder zwei? Ein ganzes Team von Offizieren?

Oder vielleicht eine Frau?« Und nach langer Pause: »War er überhaupt ein Russe?«

Vielleicht weil er zu erschöpft war, um zu lügen, oder weil er wusste, dass er damit nicht durchkommen würde, antwortete Sergei Morosow jetzt wahrheitsgemäß.

»Nein, Allon, er war kein Russe. Seiner Einstellung nach ein Russe, ja. Russe in seiner historischen Denkweise, gewiss. Aber er ist auch bei uns durch und durch Engländer geblieben. Er hat englischen Senf und Marmelade gegessen, fassweise Scotch getrunken und eifrig die Kricketergebnisse in der *Times* verfolgt.«

Weil Deutsch gesprochen wurde, reagierten die beiden hinter Gabriel stehenden Wachen nicht. Michail, der verschlafen rechts neben Morosow hockte und aussah, als sei er die ganze Nacht verhört worden, war ebenfalls nichts anzumerken. Auch Gabriel blieb äußerlich unbewegt, auch wenn er seine Notizen nun etwas langsamer ordnete.

»Das hat Sascha Ihnen erzählt?«, fragte er ruhig, um den Bann nicht zu brechen.

»Nein, nicht Sascha.« Sergei Morosow schüttelte energisch den Kopf. »Das hat in einer seiner Akten gestanden.«

»In welcher?«

»In einer alten.«

»Aus alten Zeiten, als der KGB noch NKWD hieß?«

»Sie haben also doch zugehört.«

»Jeden Augenblick.«

»Sascha hat sie eines Morgens auf seinem Schreibtisch liegen lassen.«

»Und Sie haben darin geblättert?«

»Das war gegen Saschas Regeln, aber ich habe hineingesehen, als er ins Hauptgebäude rübergegangen ist, um mit dem Boss zu sprechen.«

»Was wäre passiert, wenn er Sie ertappt hätte?«

»Er hätte mich für einen Spion gehalten.«

»Und erschießen lassen«, sagte Gabriel.

»Sascha? Er hätte mich selbst erschossen.«

»Wieso haben Sie das riskiert?«

»Ich konnte der Versuchung nicht widerstehen. Solche Akten sind die heiligen Texte unseres Diensts. Die Tora«, fügte er für Gabriel hinzu. »Sogar ein Mann wie ich, dessen Mutter eine Mitarbeiterin Andropows war, bekommt solche Dokumente kaum einmal zu sehen.«

»Und als Sie die Akte aufgeschlagen haben? Was haben Sie gesehen?«

»Einen Namen.«

»Seinen Namen?«

»Nein«, antwortete Sergei Morosow. »Dort stand Otto – der Deckname eines NKWD-Agenten. Die Akte hat von einem Treff mit Otto im Londoner Regent's Park gehandelt.«

»Wann?«

»Im Juni«, sagte Morosow. »Juni 1934.«

Otto, Regent's Park, Juni 1934 … Das vielleicht berühmteste und verhängnisvollste Treffen der Spionagegeschichte.

»Sie haben die *echte* Akte gesehen?«, fragte Gabriel.

»Mir ist's vorgekommen, als läse ich die Zehn Gebote im Original. Mir haben die Hände gezittert!«

»Haben Sie weitere Akten einsehen können?«

Ja, sagte Sergei Morosow, es habe viele gegeben, darunter einige, die Saschas legendärer Helfer, der wie ein Russe gedacht hatte, aber Engländer geblieben war, in seinem mühsamen Russisch geschrieben hatte. Eine betraf die Frau, die er in Beirut kennengelernt hatte, wo er ab 1956 mehrere Jahre lang als Journalist gearbeitet hatte.

»Wer war sie?«

»Auch eine Journalistin. Und vor allem eine überzeugte Kommunistin.«

»In welchem Verhältnis standen die beiden zueinander?«

»Es war nicht professionell, falls Sie das meinen.«

»Sie war seine Geliebte?«

»Eine von vielen«, sagte Morosow. »Aber diese Affäre war anders.«

»Wie das?«

»Es hat ein Kind gegeben.«

Das Schnellfeuer von Gabriels Fragen weckte Michail aus seinen Tagträumen.

»Wie hat die Frau geheißen?«, fragte Gabriel.

»Das hat nirgends gestanden.«

»Nationalität?«

»Auch nicht.«

»Und das Kind? Junge oder Mädchen?«

»Bitte, Allon, ich kann nicht mehr. Lassen Sie mich etwas schlafen, dann können wir morgens weitermachen.«

Aber es war schon morgens, sogar spätmorgens, und die Zeit drängte. Gabriel machte Druck, und Sergei Morosow gab von Müdigkeit benommen den Inhalt der letzten Akte wieder, in der er in jener Nacht zu blättern gewagt hatte, bevor der große Sascha zurückgekommen war.

»Eine private Ausarbeitung, die der Engländer Anfang der siebziger Jahre geschrieben und in der er den Zusammenbruch des Kommunismus vorausgesagt hat.«

»Ketzerisches Zeug«, warf Gabriel ein.

»Kein Sowjetbürger, nicht mal mein Vater, hätte gewagt, so was zu Papier zu bringen.«

»Der Engländer durfte aussprechen, was anderen verboten war?«

»Nicht öffentlich, aber intern durfte er stets sagen, was er dachte.«

»Welchen Zweck hatte diese Ausarbeitung?«

»Wenn der Kommunismus zusammenbräche, fürchtete er,

könnte die Sowjetunion für westliche Kritiker des Kapitalismus kein Leuchtturm mehr sein.«

»Die nützlichen Idioten.«

»Zugegebenermaßen eines der wenigen Male, bei denen Genosse Lenin sich vorsichtiger hätte ausdrücken sollen.«

Der Engländer, fuhr Sergei Morosow fort, hielt sich keineswegs für einen nützlichen Idioten oder etwa einen Verräter. Zuerst und vor allem sah er sich als KGB-Offizier. Und er fürchtete, wenn der Kommunismus in seinem Mutterland schwach zu werden begann, würden sich nur wenige aus der Elite des Westens bereitfinden, aus heimlicher Loyalität Moskau gegenüber seinem Beispiel zu folgen. Dann blieb dem KGB nichts anderes übrig, als auf bezahlte oder erpresste Informanten zu vertrauen. Wollte der KGB jedoch einen echten Topagenten in der Führung der westlichen Geheimdienste – einen Maulwurf, der in einflussreicher Stellung aus Gewissensgründen für Moskau spionierte –, würde er ihn selbst erschaffen müssen.

Dies, sagte Sergei Morosow, sei der wahre Grund für Saschas Bemühungen gewesen: die Erschaffung des perfekten Spions mit Unterstützung des größten Verräters von allen. Deshalb hatte Konstantin Kirow in Wien die Höchststrafe erhalten. Und deshalb war Alistair Hughes, dessen einziges Verbrechen eine psychische Erkrankung gewesen war, auf dem Berner Bahnhofplatz ermordet worden.

Es hat ein Kind gegeben …

Ja, dachte Gabriel, das würde alles erklären.

40

WORMWOOD COTTAGE, DARTMOOR

Das Landhaus Wormwood Cottage stand leicht erhöht im Moorland und war aus in Devon abgetragenem Kalkstein erbaut, der im Lauf der Jahre nachgedunkelt war. Die alte Scheune jenseits des mit Kies bestreuten Hofs hinter dem Hauptgebäude enthielt jetzt Büros und die Zimmer des Hauspersonals. Wurde die Einrichtung nicht benutzt, wachte der Hausmeister Parish allein über sie. Waren jedoch Gäste anwesend, die in der Sprachregelung des Hauses »Gesellschaft« hießen, konnte das Personal bis zu zehn Personen umfassen, zu denen dann auch Wachleute gehörten. Viel hing davon ab, in welcher Eigenschaft der Gast ins Haus kam und vor wem er sich verstecken musste. Freunde des MI6 durften sich im Allgemeinen frei bewegen. Hatte der Gast jedoch viele Feinde, die Jagd auf ihn machten, ließ Wormwood Cottage sich ins sicherste MI6-Haus in ganz Großbritannien verwandeln.

Der Mann, der am Nachmittag des folgenden Tages in dem Cottage aufkreuzte, fiel in die zweite Kategorie, aber Parish wurde erst wenige Minuten vor seiner Ankunft über sein Kommen informiert. Die Mitteilung kam nicht wie sonst aus Vauxhall Cross, sondern von Nigel Whitcombe, dem jungenhaften Assistenten und Faktotum des Generaldirektors. Whitcombe hatte seine Laufbahn beim MI5 begonnen, was der altmodische Parish ihm nie verzeihen würde.

»Und wie lange bleibt er dieses Mal?«, fragte Parish nüchtern.

»Das muss sich erweisen«, antwortete Whitcombe am abhörsicheren Telefon.

»Wie viele Leute bringt er mit?«

»Er kommt allein.«

»Bodyguards?«

»Keine.«

»Und was sollen wir tun, wenn er wieder einen seiner Gewaltmärsche durchs Moor macht? Er wandert gern, wissen Sie. Letztes Mal war er halb in Penzance, ohne jemandem Bescheid zu sagen.«

»Legen Sie eine Pistole neben seine Gummistiefel. Er kommt allein zurecht.«

»Und bekommt er Besuch?«

»Nur einen.«

»Name?«

»Dritter Buchstabe des Alphabets.«

»Wann soll ich ihn erwarten?«

»Unklar.«

»Und unsere Gesellschaft?«

»Sehen Sie aus dem Fenster.«

Das tat Parish und sah einen neutralen Van auf der mit Schlaglöchern übersäten Zufahrt heranrumpeln und auf dem Vorplatz halten. Hinten stieg ein einzelner Mann aus. Kaum einen Meter siebzig groß, auffällig grüne Augen, dunkles Haar mit ergrauten Schläfen. Parish hatte ihn zuletzt in der Nacht gesehen, in der die angesehene Tageszeitung *Telegraph* gemeldet hatte, er sei tot. Tatsächlich hatte Parish ihm einen Ausdruck der Onlineausgabe des *Telegraph* gebracht. Gäste durften weder Handys noch Computer benutzen. Das stand in der Hausordnung.

»Parish!«, rief der Mann mit den grünen Augen gut gelaunt aus. »Ich hatte gehofft, Sie anzutreffen.«

»Hier drunten im Moor ändern die Dinge sich langsam.«

»Dafür wollen wir Gott danken.« Er lieferte ungefragt sein Smartphone ab. »Sie passen gut darauf auf, ja? Ich möchte nicht, dass es andere in die Hände bekommen.«

Der Mann mit den grünen Augen lächelte unerwartet und betrat das Cottage, als kehre er nach langer Abwesenheit heim. Als Parish ihn wieder sah, schritt er übers Moor aus, hatte den Kragen seiner Barbour-Jacke hochgeschlagen und schien die Last der Welt auf seinen Schultern zu tragen. Worum ging es diesmal? Dachte man an seine bisherigen Unternehmungen, war fast alles möglich. Etwas an seiner grimmigen Miene sagte Parish, dass hier wieder mal ein großes Unternehmen ablaufen würde. Und obwohl Parish das nicht wissen konnte, hatte er damit absolut recht.

Er folgte einem zwischen Hecken verlaufenden Fußweg zu dem Weiler Postbridge hinunter: einer kleinen Ansammlung von Farmgebäuden an einer Straßenkreuzung. Von dort aus wanderte er nach Westen der Sonne entgegen, die schon tief über dem Horizont stand und nur mehr schwach wärmte. Unterwegs fragte er sich – nur halb im Scherz –, ob er einen Kurs hielt, den Sascha für ihn festgelegt hatte. Oder vielleicht Saschas legendärer Komplize? Der Engländer, der selbst nach seinem Verrat noch die Kricketergebnisse in der *Times* verfolgt hatte. Der Engländer, der Sascha geholfen hatte, einen Maulwurf auszubilden – einen Agenten, der ihm persönlich verbunden war – und in die Spitze der westlichen Geheimdienste einzuschleusen. Der Engländer hatte einige Zeit im alten Beirut gelebt, in dem auf der Corniche noch Französisch zu hören gewesen war. Er hatte dort eine junge Frau gekannt, und es hatte ein Kind gegeben. Spüre die Frau auf, sagte Gabriel sich, dann findest du vielleicht auch das Kind.

Aber wie? Die Frau hatte keinen Namen, keine Staatsbürgerschaft – zumindest nicht in den Akten, die Sergei Morosow in jener Nacht bei Sascha hatte einsehen können –, aber jemand musste von dieser Affäre gewusst haben. Vielleicht aus der MI6-Station Beirut, die damals ein wichtiger Horchposten im Nahen Osten gewesen war. Jemand, der den Engländer gekannt hatte. Jemand, dessen Karriere wegen seines Verrats gelitten hatte. Jemand, dessen Sohn jetzt MI6-Generaldirektor war und alte Akten einsehen konnte, ohne Aufsehen zu erregen. Vielleicht – aber nur *vielleicht,* warnte Gabriel sich selbst – war er dem großen Sascha endlich einen Schritt voraus.

In Two Bridges bog Gabriel nach Norden ab. Er blieb einige Zeit auf der Straße, kletterte dann über eine Steinmauer, schritt übers Moor aus und erstieg einen kahlen Hügel. In der Ferne konnte er ein einzelnes Auto, eine Limousine, erkennen, das in hohem Tempo durch die kahle Landschaft fuhr. Er stieg auf der anderen Seite ab und fand bei herabsinkender Dämmerung einen Bach, der ihn geradewegs zum Wormwood Cottage zurückführte. Die Haustür war nicht abgeschlossen. Drinnen fand er Miss Coventry, die füllige Köchin und Haushälterin, am Herd vor, auf dem mehrere Töpfe dampften.

Graham Seymour saß im Wohnzimmer vor dem alten Bakelit-Radio und hörte Nachrichten. Als Gabriel hereinkam, drehte er den Lautstärkeregler fast ganz nach rechts. Dann berichtete er Seymour von Saschas Lebenswerk. Sascha, erläuterte er, hatte nicht allein gearbeitet. Ein Engländer hatte ihm geholfen. Es hatte eine Frau gegeben, die ein Kind geboren hatte. Das Kind eines Verräters. Das Kind Kim Philbys …

41

WORMWOOD COTTAGE, DARTMOOR

Er wurde am ersten Tag des Jahres 1912 in der Provinz Punjab in Britisch-Indien geboren. Sein voller Name lautete Harold Adrian Russell Philby, aber sein Vater St. John Philby, ein jähzorniger Diplomat, Forscher, Orientalist und Konvertit zum Islam, rief ihn Kim – nach Kimball O'Hara, dem Helden von Rudyard Kiplings Indienroman *Kim*, der im 19. Jahrhundert für die britische Kolonialmacht spionierte. Kiplings Romanfigur und der junge Kim Philby hatten mehr als nur einen Spitznamen gemeinsam. Auch Philby konnte sich als Inder ausgeben.

Als Zwölfjähriger kehrte er nach England zurück, um die renommierte Westminster School zu besuchen, und bezog im Herbst 1929, am Vorabend der Weltwirtschaftskrise, das Trinity College in Cambridge. Wie viele privilegierte junge Engländer seiner Generation begeisterte er sich dort für den Kommunismus. Er machte seinen Bachelor in Wirtschaftswissenschaften mit Auszeichnung und erhielt vom Trinity College einen Geldpreis von vierzehn Pfund. Von diesem Geld kaufte er sich eine Karl-Marx-Gesamtausgabe.

Bevor er Cambridge im Jahr 1933 verließ, bekannte er Maurice Dobb, dem marxistischen Wirtschaftswissenschaftler und Führer einer kommunistischen Zelle, er wolle sein Leben der Partei widmen. Dobb schickte ihn nach Paris zu einem Komintern-Agenten, der sich Gibarti nannte, und Gibarti stellte den Kontakt zum kommunistischen Untergrund in Wien her, das im Herbst 1933 eine Stadt im Kriegszustand war. Philby nahm an den blutigen Straßenkämpfen zwischen österreichischen Linken und dem faschistischen Regime von Bundeskanzler

Engelbert Dollfuß teil. Und er verliebte sich in Alice »Litzy« Friedmann, eine geschiedene junge Jüdin, die als überzeugte Kommunistin Verbindungen zum sowjetischen Geheimdienst hatte. Philby heiratete sie im Februar 1934 im Wiener Rathaus und nahm sie nach London mit, der nächsten Station auf seinem Weg in den Verrat.

Denn es war in London, an einem warmen Junitag im Regent's Park, dass Kim Philby mit einem liebenswürdigen, lockenhaarigen Akademiker aus Osteuropa zusammentraf, der sich Otto nannte. Otto, der in Wirklichkeit Arnold Deutsch hieß, war ein Talentscout und Anwerber, der in Großbritannien für das NKWD arbeitete. Später erzählte Philby ihm von zwei gleichgesinnten Studienfreunden aus Cambridge, Guy Burgess und Donald Maclean, und Burgess nannte Otto den Namen des bekannten Kunsthistorikers Anthony Blunt. John Cairncross, ein brillanter Mathematiker, vervollständigte das Quintett. Philby, Burgess, Maclean, Blunt, Cairncross: die Cambridge Five. Um ihre Herkunft zu verschleiern, nannte die Zentrale Moskau sie die Großartigen Fünf.

Auf Ottos Vorschlag gerierte Philby sich nach außen als Nazi-Sympathisant und arbeitete als Journalist, erst in London, dann in Spanien, wo 1936 ein Bürgerkrieg ausbrach, in dem sich Francos Nationalisten und die moskautreuen Republikaner gegenüberstanden. Philby berichtete aus dem nationalistischen Lager und schickte kluge Depeschen an mehrere Londoner Zeitungen, auch an die *Times,* während er zugleich wertvolle militärische Informationen für seine Auftraggeber in Moskau sammelte. An Silvester 1937 schlug während der blutigen Schlacht von Teruel eine Granate in der Nähe eines Wagens ein, in dem Philby Schokolade aß und Cognac trank. Die drei anderen Insassen waren augenblicklich tot, aber Philby kam mit einer unbedeutenden Kopfverletzung davon. Für seinen Einsatz für die nationalistische Sache verlieh Franco ihm persönlich den Verdienstorden vom Roten Kreuz. Obwohl Philby den Faschismus hasste, bewahrte er diesen Orden sein Leben lang auf.

Seine Ehe mit Litzy Friedmann überlebte Philbys scheinbare Hinwendung zu rechter Politik nicht. Das Paar trennte sich, ohne sich scheiden zu lassen, und Litzy zog nach Paris. Philby ging zur *Times* und gehörte 1940 zu den wenigen handverlesenen Journalisten, die das vom Unglück verfolgte Britische Expeditionskorps nach Frankreich begleiten durften. Als er nach dem französischen Zusammenbruch nach London zurückkehrte, teilte er sich ein Zugabteil mit Hester Harriet Marsden-Smedley, einer erfahrenen Kriegsberichterstatterin des *Sunday Express,* die viele Freunde und Kontakte in Geheimdienstkreisen hatte. Wegen der anscheinend bevorstehenden deutschen Invasion glaubte Philby, zum Militär gehen zu sollen. »Sie können weit mehr leisten, um Hitler zu besiegen«, sagte Marsden-Smedley. »Wir lassen uns etwas einfallen.«

Es dauerte nicht lange – tatsächlich nur wenige Tage –, bis der MI6 sich meldete. Philby wurde zweimal interviewt, während der MI5 unauffällig seine Vergangenheit überprüfte. Der Sicherheitsdienst stempelte »Nichts Gegenteiliges bekannt« auf Philbys Akte, obwohl er in Cambridge ein eifriger Kommunist gewesen war und seit sechs Jahren für Moskau spionierte. Er war drin.

Philbys neue Karriere begann wenig vielversprechend. Zwei Wochen lang hockte er in der MI6-Zentrale am 54 Broadway in einem leeren Zimmer und tat nichts, außer sich mit Guy Burgess, seinem Freund und Mitspion aus Cambridge, beim Lunch zu betrinken. Aber im Sommer 1941 leitete Philby die wichtige Iberische Abteilung der Sektion V, der MI6-Spionageabwehr. Aus dieser sicheren Position heraus griff er geschickt das große deutsche Spionagenetzwerk in

Spanien und Portugal an. Außerdem stahl er alle Geheimnisse, die ihm unterkamen, und brachte sie in überquellenden Aktentaschen seinen Führungsoffizieren in der sowjetischen Botschaft in London. Das taten auch die übrigen Mitglieder des Spionagerings – Burgess, Maclean, Blunt und Cairncross –, die im Krieg ebenfalls in einflussreiche Positionen gelangt waren.

Aber Philbys Stern leuchtete am hellsten. Die Sektion V war nicht am Broadway, sondern in dem großen Herrenhaus Glenalmond in dem Dorf St. Albans untergebracht. Philby wohnte in der Nähe in einem Cottage mit Aileen Furse, einer zu schweren Depressionen neigenden ehemaligen Kaufhausdetektivin bei Marks & Spencer. Von 1941 bis 1944 gebar sie ihm in rascher Folge drei Kinder. Die befreundeten Kollegen aus der Sektion V wären schockiert gewesen, wenn sie gewusst hätten, dass die beiden kein Ehepaar waren. Philby konnte Aileen nicht heiraten, weil er noch mit Litzy Friedmann verheiratet war. Sogar in seinem Privatleben erwies er sich als Meister der Täuschung.

Bei Kriegsende wusste jeder im MI6, dass Philby für Großes prädestiniert war. Aber in seinem ansonsten eindrucksvollen Lebenslauf klaffte eine Lücke: Als reiner Schreibtischkrieger war er nie selbst im Einsatz gewesen. Das versuchte MI6-Direktor Stewart Menzies zu korrigieren, indem er Philby zum Stationsleiter in Istanbul ernannte. Bevor er in die Türkei abreiste, brachte er sein Privatleben in Ordnung, indem er sich heimlich von Litzy scheiden ließ und Aileen heiratete. Am 25. September 1946 wurden sie in Chelsea im Beisein einer Handvoll engster Freunde standesamtlich getraut. Die psychisch labile Braut war mit ihrem vierten Kind im siebten Monat schwanger.

In der Türkei bezog Philby mit seiner Familie eine Villa am Bosporus und begann, Netzwerke aus antikommunistischen Emigranten aufzubauen, die in die Sowjetunion eingeschleust werden konnten. Dann verriet er die eigenen Netzwerke an Moskau, wobei er seinen alten Freund Guy Burgess als Mittelsmann benutzte. Inzwischen hatte sich Philbys häusliche Situation verschlimmert: Aileen war davon überzeugt, ihr Mann habe eine Affäre mit seiner Sekretärin, und unternahm einen Selbstmordversuch. Philby schickte sie zur Behandlung in eine Schweizer Privatklinik.

Sein chaotisches Privatleben konnte seinen kometenhaften Aufstieg im MI6 nicht bremsen, und im Herbst 1949 wurde Philby als Stationsleiter nach Washington entsandt. In dem rasch wachsenden US-Geheimdienst-Establishment wurde der kluge, charmante Brite bewundert und respektiert. Sein engster Vertrauter war James Jesus Angleton, der legendäre Chef der Spionageabwehr der CIA. Die beiden lunchten regelmäßig in Harvey's Restaurant in der Connecticut Avenue, vertilgten Unmengen Alkohol und tauschten Geheimnisse aus, die Philby umgehend an Moskau weiterleitete. Sein geräumiges Haus in der Nebraska Avenue war eine beliebte Tränke für amerikanische Spione wie Allen Dulles, Frank Wisner und Walter Bedell Smith. Philbys Partys waren legendäre Trinkgelage, die noch schlimmer wurden, als Guy Burgess, ein wüster Säufer, an die britische Botschaft in Washington versetzt wurde und sich im Keller der Philbys einquartierte.

Philbys große Zeit in Washington neigte sich jedoch dem Ende zu. *Venona* war der Deckname für eines der geheimsten US-Programme im Kalten Krieg. Ohne dass Moskau etwas davon ahnte, hatten amerikanische Codeknacker einen angeblich absolut sicheren sowjetischen Code geknackt und entschlüsselten nun allmählich Tausende von Telegrammen, die zwischen 1940 und 1948 abgefangen worden waren. Die Telegramme bewiesen die Existenz von rund zweihundert sowjetischen Spionen in der US-Regierung. Und sie enthüllten, dass es in Großbritannien ein Netzwerk aus einflussreichen Spionen gab. Einer trug den Decknamen Homer. Ein anderer war als Stanley bekannt. Philby wusste, was die amerikanischen Codeknacker nicht wussten. Homer war Donald Maclean. Und Stanley war der Deckname eines Spions, der MI6-Stationsleiter in Washington war. Stanley war Philby selbst.

Im April 1951 identifizierte das Venona-Team Donald Maclean eindeutig als Homer. Philby wusste, dass es nur noch eine Frage der Zeit war, wann auch Stanley enttarnt wurde. Während die Schlinge sich zuzog, entsandte er Burgess nach London, um Maclean anweisen zu lassen, in die Sowjetunion zu flüchten. Obwohl Philby ihn davor gewarnt hatte, flüchtete auch Burgess mithilfe eines in London stationierten sowjetischen Geheimdienstlers namens Juri Modin. Als ihre Flucht in Washington bekannt wurde, reagierte Philby äußerlich gelassen, obwohl er fürchten musste, seine Vergangenheit werde ihn einholen. Am selben Abend fuhr er in Maryland aufs Land und vergrub seine russische Minikamera mit allem Filmmaterial. Dann kehrte er nach Hause zurück und wartete auf die unvermeidliche Aufforderung, nach London zu kommen.

Sie traf einige Tage später ein: ein paar handschriftliche Zeilen, dann ein Telegramm, das ihn aufforderte, nach London zu kommen, um über das Verschwinden seiner beiden Freunde aus Cambridge zu sprechen. Sein erstes Verhör fand in der MI5-Zentrale Leconfield House statt. Viele weitere sollten folgen, aber Philby gestand nie, Maclean vor der drohenden Verhaftung gewarnt zu haben oder der »Dritte Mann« des Spionagerings aus Cambridge zu sein. Der MI5 hielt ihn offenbar für schuldig, aber der MI6 war nicht überzeugt. Unter amerikanischem Druck blieb MI6-Direktor Menzies jedoch nichts anderes übrig, als sich von seinem hellsten Star zu trennen. Trotz einer großzügigen Abfindung verschlechterten Philbys finanzielle Verhältnisse sich rapide. Er nahm einen Job in einer kleinen Import-Export-Firma an, und Aileen arbeitete in der Küche eines Hauses am Eaton Square. Ihre Beziehung war jetzt so angespannt, dass Philby oft in einem Zelt im Garten schlief.

Allmählich begann die dunkle Wolke des Verdachts sich jedoch zu lichten, und nach einer letzten gemeinsamen Befragung im Oktober 1955 erklärte der MI6, Kim Philby sei kein Sowjetspion. Der MI5 reagierte darauf ebenso wütend wie J. Edgar Hoover, der verbissen kommunistenfeindliche FBI-Direktor, der dafür sorgte, dass die *New York Sunday News* eine sensationelle Story brachten, die Philby beschuldigte, der Dritte Mann zu sein. Daraus entstand ein öffentlicher Skandal. Im britischen Unterhaus kam es zu gegenseitigen Anschuldigungen, und Philby wurde auf Schritt und Tritt von Reportern verfolgt, bis Außenminister Harold Macmillan der Sache ein Ende machte. Am 7. November 1955 erhob er sich im Unterhaus, um zu erklären: »Ich habe keinen Grund zu der Annahme, dass Mr. Philby jemals die Interessen dieses Landes verraten hat.« Am folgenden Tag gab Philby im Salon der Wohnung seiner Mutter in Draycott Gardens eine Pressekonferenz und erklärte in einer imponierenden Kombination aus Charme und Lügen ebenfalls seine Unschuld. Der Sturm hatte sich gelegt. Kim Philby war offiziell entlastet.

Das bedeutete, dass er seine Karriere fortsetzen konnte. Eine offizielle Wiedereinstellung war noch nicht möglich, aber Nicholas Elliott, Philbys bester Freund beim MI6, sorgte dafür, dass er als Korrespondent der Zeitungen *Observer* und *Economist* in den Nahen Osten entsandt wurde, wo er nebenbei ein bisschen spionieren konnte. Ohne seine fünf Kinder und ihre kränkelnde Mutter, die er leichten Herzens in dem trübseligen Londoner Vorort Crowborough zurückließ, traf

Philby am 6. September 1956 im Paris des Nahen Ostens ein und strebte zur Bar des Hotels St. Georges. Am folgenden Tag traf er sich mit einem Offizier der Beiruter MI6-Station. Dieser Offizier hieß Arthur Seymour.

42

WORMWOOD COTTAGE, DARTMOOR

»Du hast ihn gekannt?«

»Kim Philby?«, fragte Graham Seymour. »Ich weiß nicht, ob ihn überhaupt jemand gekannt hat. Aber wir waren Bekannte. Er hat mir meinen ersten Drink spendiert. Mein Vater hat mich fast umgebracht. Ihn übrigens auch.«

»Dein Vater war Abstinenzler?«

»Natürlich nicht. Aber er hat Kim gehasst.«

Sie saßen an dem kleinen Küchentisch unter dem Fenster mit Blick übers Moor. An der schwarzen Fensterscheibe glänzten Regentropfen. Zwischen ihnen standen die Reste von Miss Coventrys typisch englischem Abendessen. Auf Seymours Wunsch war sie früher als sonst gegangen, sodass die beiden Spionagechefs selbst aufräumen mussten. Sie waren in dem Cottage allein. Nicht ganz allein, dachte Gabriel. Philby war bei ihnen.

»Was hat er dir zu trinken gegeben?«

»Pink Gin«, sagte Seymour mit schwachem Lächeln, »in der Bar im Normandie. Die hat er als Büro benützt. Er ist jeden Tag gegen Mittag aufgekreuzt, um seine Post zu lesen und seinen Kater mit ein, zwei Drinks zu bekämpfen. Dort haben die Russen wieder Kontakt zu ihm aufgenommen. Ein KGB-Offizier namens Petuchow ist an Philby herangetreten und hat ihm seine Karte überreicht. Am folgenden Nachmittag haben sie sich in Philbys Wohnung getroffen, um die Modalitäten zu besprechen. Hatte Philby Moskau etwas mitzuteilen, würde er am Mittwochabend mit einer Zeitung auf seinem Balkon stehen, Petuchow und er haben sich oft in dem abgelegenen Restaurant Vrej im Armenierviertel getroffen.«

»Wenn ich mich recht erinnere, hat's eine dritte Ehefrau gegeben«, warf Gabriel ein. »Zur Abwechslung mal eine Amerikanerin.«

»Sie hat Eleanor Brewer geheißen. Philby hat sie Sam Pope Brewer, dem Korrespondenten der *New York Times,* ausgespannt. Sie war fast so trinkfest wie Philby. Die beiden haben geheiratet, kurz nachdem Aileen tot in ihrer Wohnung in Crowsborough aufgefunden worden war. Philby war sichtlich hocherfreut, als diese Nachricht ihn erreichte. Das hat mein Vater ihm nie verziehen.«

»Dein Vater hat mit Philby zusammengearbeitet?«

»Mein Vater wollte nichts mit ihm zu schaffen haben«, sagte Seymour kopfschüttelnd. »Er kannte Kim von früher und ist nie auf den berühmten Philby-Charme reingefallen. Und er hat Philby in der Dritter-Mann-Affäre nicht für unschuldig gehalten. Ganz im Gegenteil! Für ihn war er eindeutig schuldig, und mein Vater war wütend, als er erfuhr, dass Philby ein MI6-Gehalt bezog und nach Beirut entsandt worden war. Damit war er nicht allein. In London gab es mehrere hohe Offiziere, die seiner Meinung waren. Sie haben meinen Vater gedrängt, ihn im Auge zu behalten.«

»Hat er's getan?«

»So gut er konnte. Er war dann so schockiert wie jedermann, als Philby verschwand.«

»Neunzehnhundertdreiundsechzig«, sagte Gabriel.

»Im Januar«, ergänzte Seymour.

»Erzähl mir noch mal die näheren Umstände. Mit Tizian und Caravaggio kenne ich mich aus«, sagte Gabriel, »aber Kim Philby ist nicht gerade meine Spezialität.«

Seymour schenkte sich Rotwein nach. »Stell dich bitte nicht dumm. Deine roten Augen beweisen, dass du dich auf dem Flug nach London über Philby informiert hast. Du weißt so gut wie ich, was damals passiert ist.«

»George Blake wurde wegen Spionage für die Sowjets verhaftet.«

»Und prompt zu zweiundvierzig Jahren Haft verurteilt.«

»Dann hat ein russischer Überläufer den britischen Geheimdiensten erzählt, es gebe einen sogenannten Fünferring aus Agenten, die sich als Studenten kennengelernt hatten.«

»Dieser Überläufer«, sagte Gabriel, »war Anatoli Golizyn.«

»Und wir dürfen Philbys alte Freundin aus Cambridge nicht vergessen«, sagte Seymour. »Der plötzlich eingefallen ist, dass Philby in den dreißiger Jahren versucht hatte, sie als sowjetische Spionin anzuwerben.«

»Wer könnte Flora Solomon vergessen?«

»Philby hat angefangen, gefährlich ins Trudeln zu geraten. Viele Beiruter Gastgeber haben ihn bewusstlos auf dem Fußboden ihrer Wohnungen aufgefunden. Sein Abstieg ist auch in Moskau nicht unbemerkt geblieben. Und der KGB hat natürlich mitbekommen, was sich gegen ihn zusammenbraute. Juri Modin, Führungsoffizier der Cambridge Five, ist nach Beirut gereist, um Philby zu warnen, er werde verhaftet, wenn er jemals versuche, nach England zurückzukehren. Wie sich dann zeigte, bekam Philby auch im Ausland Schwierigkeiten – durch Nicholas Elliott, seinen engsten Freund.«

Seymour trank einen Schluck, bevor er fortfuhr. »Die beiden haben sich an einem Nachmittag um 16 Uhr in einem Apartment im Christenviertel getroffen. Der Raum war gründlich verwanzt worden. Mein Vater hat in der Wohnung nebenan am Tonbandgerät gesessen. Philby ist mit einem Kopfverband und zwei Veilchen aufgekreuzt. Er war an Silvester mehrmals gestürzt und konnte von Glück sagen, dass er noch lebte. Elliott hat dummerweise ein Fenster geöffnet, um frische Luft einzulassen – aber leider auch den Straßenlärm. Große Teile ihres Gesprächs waren unverständlich.«

»Du kennst die Aufnahme?«

Seymour nickte langsam. »Ich habe meinen Amtsbonus genutzt und sie mir bald nach meiner Ernennung zum Direktor angehört. Philby hat alles geleugnet. Aber beim nächsten Gespräch am Folgetag hat er gegen Straffreiheit ein Teilgeständnis angeboten. Elliott und er haben sich noch einige Male getroffen – auch im Chez Temporel, einem der teuersten Restaurants von Beirut. Dann ist Elliott abgereist, ohne Philby überwachen zu lassen. Philby hat die Gelegenheit genutzt und ist am Abend des 23. Januar mit der Hilfe seines KGB-Kontaktmanns Petuchow geflüchtet. Binnen weniger Tage war er in Moskau.«

»Wie hat dein Vater darauf reagiert?«

»Natürlich empört, vor allem über Nicholas Elliott. Seiner Ansicht nach hatte Elliott gepatzt, als er Philby nicht hinter Schloss und Riegel gebracht hat. Später ist er dann zu dem Schluss gekommen, das sei kein Patzer gewesen, sondern Elliott und seine Freunde in London hätten Philbys Flucht gewollt.«

»Um weiteres unliebsames Aufsehen zu vermeiden.«

Seymour wechselte abrupt das Thema. »Was weißt du über Philbys Zeit in Moskau?«

»Die Russen haben ihn in einer komfortablen Wohnung an den Patriarchenteichen untergebracht. Er hat alte Ausgaben der *Times* gelesen, die er mit der Post bekam, die Nachrichten des BBC World Service gehört und viel Johnnie Walker Red Label getrunken, fast immer bis zur Bewusstlosigkeit. Die frühere Eleanor Brewer hat eine Zeit lang mit ihm zusammengelebt, aber ihre Ehe ist in die Brüche gegangen, als herauskam, dass er eine Affäre mit Donald Macleans Frau hatte. Später hat Philby zum vierten Mal geheiratet – eine Russin namens Rufina – und im Allgemeinen ein ziemlich miserables Leben geführt.«

»Und sein Verhältnis zum KGB?«

»Anfangs haben die Russen ihn auf Abstand gehalten. Sie

fanden, er sei viel zu leicht aus Beirut entkommen, und fürchteten, er könnte ein Dreifachagent sein. Später haben sie ihm kleine Aufgaben übertragen, um ihn zu beschäftigen, und bei der Ausbildung neuer Agenten am Rotbanner-Institut des KGB eingesetzt.« Gabriel machte eine Pause. »So ist Sascha auf der Bildfläche erschienen.«

»Ja«, sagte Seymour, »das Phantom Sascha.«

»Schon mal von ihm gehört?«

»Nein – und das aus gutem Grund«, antwortete Seymour. »Sascha existiert nur in Sergei Morosows Fantasie. Er hat dir ein Märchen aus Betrug und Verrat aufgetischt, und du hast ihm bereitwillig geglaubt.«

»Wozu sollte er lügen?«

»Um dich daran zu hindern, ihn umzulegen, versteht sich.«

»Damit habe ich ihm nie gedroht. Ich habe nur angedroht, ihn der syrischen Opposition auszuliefern.«

»Spitzfindigkeiten!«

»Und die Frau?«, fragte Gabriel. »Die Kommunistin, mit der Philby in Beirut eine Affäre hatte? Die ein Kind von ihm bekommen hat? Hat Sergei Morosow die auch erfunden?«

Seymour dachte angelegentlich nach. »Und was erzähle ich dem Premierminister und den geschätzten Mitgliedern des Vereinten Geheimdienstausschusses? Dass Kim Philby von den Toten auferstanden ist, um einen letzten Skandal zu verursachen? Dass er sein uneheliches Kind zu einem russischen Agenten ausgebildet hat?«

»Vorläufig«, antwortete Gabriel, »erzählst du ihnen bitte gar nichts.«

»Keine Sorge, ich halte dicht.«

Danach herrschte eine Zeit lang Schweigen. Der Regen klatschte weiter ans Fenster.

»Aber wenn ich's schaffe, sie zu finden?«, fragte Gabriel zuletzt. »Würdest du's dann glauben?«

»Philbys Geliebte aus Beirut? Du nimmst an, er habe nur eine gehabt. Kim Philby war der untreuste Mann, der je gelebt hat. Das kannst du mir glauben.«

»Dein Vater hat's auch gewusst«, sagte Gabriel ruhig.

»Mein Vater ist seit fast zwanzig Jahren tot. Ihn können wir schlecht fragen.«

»Vielleicht doch.«

»Wie?«

»Alte Spione sterben nie, Graham. Sie leben ewig weiter.«

»Wo?«

Gabriel lächelte. »In ihren Berichten.«

43

SLOUGH, BERKSHIRE

Für einen Nachrichtendienst ist die Verwaltung seiner Aktenbestände eine todernste Angelegenheit. Der Zugriff auf Informationen muss auf die beschränkt bleiben, die sie wirklich sehen müssen, und ein sorgfältig geführtes Diensttagebuch muss zeigen, wer eine bestimmte Akte wann gelesen hat. Beim MI6 ist das die Aufgabe der Zentralregistratur. Aktuelle Akten verbleiben in Vauxhall Cross, aber die Masse der gespeicherten MI6-Erinnerungen liegt in einem Lagerhaus in Slough unweit des Flughafens Heathrow. Das Lager wird ständig bewacht und ist mit Kameras gesichert, aber an diesem späten regnerischen Dienstagabend hatte nur ein einzelner Archivar namens Robinson Dienst. Wie Parish, der Hausmeister des Wormwood Cottage, gehörte Robinson zum MI6-Urgestein. Er hatte ein langes Gesicht mit einem Menjoubärtchen und benutzte Brillantine, nach der sein kleines Büro roch. Nigel Whitcombe und die vorgelegte schriftliche Anforderung musterte er mit kaltem Blick.

»Alle?«, fragte er schließlich.

Whitcombe nickte mitfühlend. Er hatte den Intellekt eines Verbrechers und das Gesicht eines Landgeistlichen. Eine gefährliche Kombination.

»Alle Akten eines einzelnen Offiziers über sieben Jahre hinweg? Das hat's noch nie gegeben!«

»Sehen Sie sich den Namen des Offiziers an.« Für den Fall, dass Robinson, der halb blind war, ihn nicht gesehen hatte, tippte Whitcombe mit dem Zeigefinger darauf.

SEYMOUR, ARTHUR …

»Ja, ich hab ihn gesehen, aber das geht nicht. Nicht ohne die Unterschrift des Chefarchivars.«

»Vorrecht des Direktors, auch sein Geburtsrecht.«

»Dann sollte diese Anforderung vielleicht vom Direktor kommen.«

Whitcombe lächelte kalt. »Sie *kommt* von ihm, Robinson. Sie wissen, dass ich sein persönlicher Abgesandter bin.«

Robinson las den Namen mit zusammengekniffenen Augen. »Einer der Großen, Arthur. Ein echter Profi. Ich hab ihn gekannt, wissen Sie. Oh, wir waren natürlich keine Freunde. Ich spielte nicht in Arthurs Liga. Aber wir waren Bekannte.«

Das überraschte Whitcombe nicht. Das alte Fossil hatte vermutlich auch Philby gekannt. Im Krieg war die Registratur in St. Albans gleich neben Philbys Sektion V untergebracht gewesen. Der Chefarchivar war ein gewaltiger Säufer namens William Woodfield. Um einfacher an seine Akten heranzukommen, hatte Philby ihn im King Harry mit Pink Gin abgefüllt. Nachts hatte er die Dokumente an seinem Küchentisch abgeschrieben, damit er sie an seinen sowjetischen Führungsoffizier weitergeben konnte.

Philby …

Whitcombe spürte, wie er nur beim Gedanken an diesen verräterischen Hundesohn rot anlief. Oder vielleicht kam das von Robinsons Brillantine. Ihr Geruch machte ihn leicht schwindlig.

Robinson sah zu der Wanduhr auf, die 22.53 Uhr anzeigte. »Das wird eine Zeit lang dauern.«

»Wie lange?«

»Zwei Tage, vielleicht drei.«

»Sorry, alter Junge, ich brauche das Zeug heute Nacht.«

»Das kann nicht Ihr Ernst sein! Die Akten lagern an verschiedenen Orten. Ich muss Querverweisen nachgehen, sonst übersehe ich irgendwas.«

»Lieber nicht«, sagte Whitcombe warnend. »Der Direktor will alle Akten seines Vaters aus dieser Zeit. Alle bedeutet *alle.*«

»Es wäre nützlich, wenn Sie den Namen eines speziellen Unternehmens oder einer Zielperson angeben könnten.«

Allerdings!, sagte Whitcombe sich. Er hätte nur *Philby, H.A.R.* auf die Anforderung setzen müssen, dann hätte Robinson die Akten in wenigen Minuten heraussuchen können. Aber der Generaldirektor wollte, dass die Suche so allgemein wie möglich blieb, damit sie nicht den Falschen warnte.

»Vielleicht kann ich Ihnen bei der Suche helfen«, schlug Whitcombe vor.

»Daran dürfen Sie nicht mal denken«, wehrte der Alte ab. »Hier auf dem Flur gibt es einen Aufenthaltsraum. In dem können Sie warten.«

Damit schlurfte er mit dem Zettel in der Hand in die Tiefen des riesigen Lagerhauses davon. Whitcombe sah ihm leicht deprimiert nach. Diese Halle erinnerte an das IKEA in Wembley, in dem er hastig ein paar Sachen zusammengekauft hatte, um seine Wohnung zu möblieren. Er ging zum Aufenthaltsraum weiter und machte sich eine Tasse Darjeeling. Der Tee war grässlich. Schlimmer als grässlich, dachte Whitcombe. Er schmeckte nach gar nichts.

Schichtwechsel im Zentralarchiv war um sechs Uhr. Die Frühschicht leitete eine Schreckschraube namens Mrs. Applewhite, die für Whitcombes Charme unempfänglich war und von der seine kaum verhüllten Drohungen abprallten. Deshalb war er erleichtert, als Robinson um halb fünf den Kopf hereinsteckte und verkündete, er sei fertig.

Die Akten füllten acht Kartons, die mit den üblichen Warnungen in Bezug auf Geheimhaltung und unerlaubte Weitergabe bedruckt waren. Dazu gehörte auch das Verbot, sie aus dem Archiv zu entfernen, gegen das Whitcombe sofort verstieß, indem er sie in den Laderaum seines Kombis stellte. Robinson war wie erwartet entsetzt und drohte, den Chefarchivar anzurufen, aber Whitcombe setzte sich erneut durch. Er wies darauf hin, dass sie *null* Bedeutung für die nationale Sicherheit hatten. Außerdem waren sie für den Generaldirektor bestimmt, der sie nicht in einem zugigen Lagerhaus in Slough würde lesen wollen. Dass er sich gegenwärtig in einem Cottage im Dartmoor aufhielt, ging Robinson nichts an.

Whitcombe stand in dem wohlverdienten Ruf, ein notorischer Raser zu sein. Er war um halb sechs in Andover und hatte das Kalkplateau von Osborne Chase überquert, bevor die Sonne aufging. Er machte an der Esso-Tankstelle in Sparkford halt, um einen Kaffee zu trinken und ein Schinkensandwich zu essen, fuhr bei Taunton durch einen Wolkenbruch und raste um acht die Zufahrt zum Wormwood Cottage entlang. Durch sein Bürofenster beobachtete Parish, wie er die Kartons auslud, wobei ihm »C« persönlich und der berüchtigte Chef des israelischen Geheimdiensts, den Rückenschmerzen zu plagen schienen, behilflich waren. Das große Unternehmen war angelaufen. Davon war Parish überzeugt.

44

WORMWOOD COTTAGE, DARTMOOR

Insgesamt ermöglichten die Akten eine geheime Reise durch den Nahen Osten von 1956 bis 1963, eine Zeit, in der Großbritanniens Macht schwand, Amerika aufstieg, die Russen expandierten, der junge Staat Israel seine Muskeln spielen ließ und die Araber mit all den verfehlten *Ismen* – Pan-Arabismus, arabischer Nationalismus, arabischer Sozialismus – flirteten, die dann zum Aufstieg von Islamismus und Dschihadismus und der Entstehung des jetzigen Chaos führten.

Als MI6-Spionagechef in diesem Gebiet konnte Arthur Seymour das alles aus der ersten Reihe verfolgen. Offiziell gehörte er zur Station Beirut, aber in Wirklichkeit war er im Auftrag Londons für den gesamten Nahen Osten zuständig. Er war fast ständig unterwegs: Frühstück in Beirut, Abendessen in Damaskus, am folgenden Morgen nach Bagdad. Der ägyptische General Nasser empfing ihn ebenso häufig wie das Haus Saud. Er war sogar in Tel Aviv willkommen, obwohl der Dienst ihm zu Recht keine Sympathien für den jüdischen Existenzkampf zuschrieb. Er war am 22. Juli 1946 im Hotel King David, als bei der Detonation einer Bombe der extremistischen zionistischen Irgun 91 Menschen, darunter 28 Briten starben.

Angesichts von Seymours Arbeitslast war Kim Philby eine Art Hobby für ihn. Seine Berichte an London kamen bestenfalls unregelmäßig. Er schickte sie direkt an Dick White, Philbys Hauptfeind beim MI5, der am Vorabend von Philbys Ankunft in Beirut zum MI6-Direktor aufstieg. In Seymours Telegrammen trug Philby den Decknamen Romeo, der ihrer Korrespondenz einen leicht komischen Touch verlieh.

»Bin Romeo am vergangenen Mittwoch auf der Corniche begegnet«, berichtete er im September 1946. »Er war in guter Form und sehr animiert. Worüber wir sprachen, hab ich vergessen, weil Romeo es irgendwie schaffte, überhaupt nichts zu sagen.« Der nächste Bericht folgte erst drei Wochen später. »War wie Romeo bei einem Picknick in den Bergen außerhalb von Beirut. Er hat sich unsäglich betrunken.« Wieder einen Monat später: »Romeo hat sich auf einer Party im Haus des Amerikaners Miles Copeland peinlich betrunken. Ich weiß nicht, wie er's schafft, seine Arbeit als Korrespondent zu tun. Wenn dies zur Gewohnheit wird, fürchte ich um seine Gesundheit.«

Graham Seymour und Gabriel hatten die acht Kartons zu gleichen Teilen unter sich aufgeteilt. Gabriel arbeitete an einem Klapptisch im Wohnzimmer, Seymour in der Küche. Sie konnten sich durch die Verbindungstür sehen, waren aber vor allem damit beschäftigt, möglichst schnell zu lesen. Seymour hatte die Existenz der Frau bezweifelt, aber durch eine Ironie des Schicksals sollte er sie zuerst entdecken.

Es war jedoch Gabriel, der den ersten Hinweis auf Philbys kompliziertes Liebesleben fand. »Romeo ist im Café The Shaky Floor mit der Frau eines wichtigen amerikanischen Korrespondenten gesehen worden. Eine Affäre könnte den britischen Interessen schaden.« Der wichtige US-Korrespondent war Sam Pope Brewer von der *New York Times.* Weitere Berichte folgten. »Ich weiß aus verlässlicher Quelle, dass Romeo und die Amerikanerin ein intimes Verhältnis haben. Ihr Ehemann ahnt nichts davon, weil er auf einer langen Dienstreise ist. Vielleicht sollte jemand intervenieren, bevor es zu spät ist.« Aber wie Seymour bald merkte, war es bereits zu spät. »Ich weiß aus guter Quelle, dass Romeo dem amerikanischen Korrespondenten erklärt hat, er wolle seine Frau heiraten. Der Amerikaner soll die Nachricht sehr gelassen aufgenommen und zu Philby gesagt haben: ›Das klingt wie die bestmögliche Lösung. Was halten Sie von der Situation im Irak?‹«

Anfang der sechziger Jahre änderten sich die Verhältnisse im Beiruter MI6-Vorposten dramatisch, als Nicholas Elliott, Philbys bester Freund, dort Stationsleiter wurde. Philby stand über Nacht hoch im Kurs, während Arthur Seymour, der offen an Philby zweifelte, plötzlich in Ungnade fiel. Aber er blieb in direkter Verbindung mit Dick White in London und benutzte diesen Kontakt dazu, Philby bei jeder Gelegenheit zu schaden. »Ich hatte Gelegenheit, einiges von dem Material zu sichten, das Romeo für H/Beirut beschafft hat. Es ist so zweifelhaft wie seine Zeitungsreportagen. Ich fürchte, dass H/Beirut durch seine Freundschaft mit Romeo geblendet ist. Die beiden sind unzertrennlich.«

Im Oktober 1962 verließ Elliott jedoch Beirut und kehrte nach London zurück, um Controller für Nordafrika zu werden. Philbys extreme Trinkerei verschlimmerte sich. »Gestern Abend musste Romeo bei einer Party hinausgetragen werden«, schrieb Arthur Seymour am 14. Oktober. »Wirklich erschreckend.« Drei Tage später: »Romeo ist so mit Alkohol getränkt, dass er nach einem einzigen Whisky betrunken ist.« Und am 27. Oktober: »Romeo hat irgendeinen Gegenstand nach seiner Frau geworfen. Höchst peinlich für uns alle, die zusehen mussten. Ich fürchte, dass die Ehe vor unseren Augen in die Brüche geht. Aus sicherer Quelle weiß ich, dass Romeo nach Überzeugung seiner Frau eine Affäre hat.«

Gabriel spürte ein Kribbeln in den Fingerspitzen. *Aus sicherer Quelle weiß ich, dass Romeo nach Überzeugung seiner Frau eine Affäre hat …* Er stand auf, nahm das Telegramm in die Küche mit und legte es Graham Seymour behutsam hin. »Sie existiert«, flüsterte er, bevor er sich wieder ins Wohnzimmer zurückzog. Das große Unternehmen befand sich auf der Zielgeraden.

Gabriel hatte noch einen Aktenkarton vor sich, Seymour eineinhalb Kartons. Leider waren die Akten nicht geordnet, sodass er von Jahr zu Jahr, von Ort zu Ort, von Krise zu Krise sprang. Arthur Seymours Angewohnheit, an seine Telegramme kurze Nachrichten anzuhängen, bedeutete, dass alle ganz gelesen werden mussten. Diese Lektüre konnte recht spannend sein. In einem Telegramm fand Gabriel Hinweise auf das Unternehmen Damoklesschwert, mit dem der Dienst ehemalige NS-Wissenschaftler, die Nasser in der geheimen Fabrik 333 halfen, Raketen zu bauen, liquidieren wollte. Sogar Ari Schamron wurde *en passant* erwähnt. »Einer der israelischen Agenten«, schrieb Seymour, »ist ein höchst unangenehmer Kerl, der im Unabhängigkeitskrieg im Palmach gekämpft hat. Er soll an der Entführung Eichmanns aus Argentinien beteiligt gewesen sein. Wenn er geht, hört man fast Sträflingsketten klirren.«

Aber es war Seymour, der in den längst vergessenen Akten seines Vaters den nächsten Hinweis auf Philbys Geliebte fand. Enthalten war er in einem Telegramm vom 3. November 1962. Seymour legte es Gabriel triumphierend lächelnd hin. Der entscheidende Satz stand in der Nachschrift. Gabriel las sie langsam zweimal. Dann las er sie erneut.

Ein Informant, den ich für zuverlässig halte, hat mir mitgeteilt, dass die Affäre seit einiger Zeit besteht, vielleicht schon seit einem Jahr ...

Gabriel legte das Telegramm aufs erste und las weiter, aber auch den nächsten Hinweis entdeckte Graham Seymour.

»Eine Nachricht von Dick White an meinen Vater«, rief er durch die Verbindungstür. »Gleich vom nächsten Tag, dem vierten November.«

»Was schreibt er?«

»Er war besorgt, die andere Frau könnte Philbys Agentenführerin vom KGB sein. Mein Vater sollte feststellen, wer sie war.«

»Dabei hat er sich ganz schön Zeit gelassen«, antwortete Gabriel wenig später.

»Was soll das heißen?«

»Er hat erst am zweiundzwanzigsten November geantwortet.«

»Was schreibt er?«

»Dass er aus zuverlässiger Quelle erfahren hat, dass die Frau eine sehr junge Journalistin ist.«

»Eine freiberufliche Journalistin«, fügte Seymour wenig später hinzu.

»Was hast du da?«

»Ein Telegramm vom sechsten August.«

»Wer war die verlässliche Quelle?«

»Richard Beeston«, antwortete Seymour. »Der britische Journalist.«

»Gibt es einen Namen?«

Aus der Küche kam nur Schweigen. Sie kamen näher, aber ihnen gingen die Akten aus. Und obwohl Arthur Seymour das nicht ahnte, blieb ihm nicht mehr viel Zeit. In der ersten Dezemberwoche 1962 wusste er noch immer nicht, wer Philbys Geliebte war. In wenig mehr als einem Monat würde Philby fort sein.

»Hier ist wieder was«, sagte Seymour. »Unsere Unbekannte ist Französin.«

»Sagt wer?«

»Sagt eine in der Vergangenheit verlässliche Quelle. Sie sagt auch, dass die beiden sich nicht in Philbys Wohnung, sondern in ihrem Apartment treffen.«

»Unter welchem Datum?«

»Neunzehnter.«

»Dezember oder Januar?«

»Dezember.«

Vor Gabriel lag nur noch ein kleiner Stapel Dokumente. In

einem Telegramm vom 28. Dezember entdeckte er ihre Spur erneut. »Die beiden sind in der Bar im St. Georges gesehen worden. Romeo hat vorgegeben, etwas zu redigieren, das sie geschrieben hatte. Offenbar eine Tarnung für ein dabei vereinbartes Rendezvous.« Und zwei Tage später: »Sie hat an der Bar im Hotel Normandie marxistischen Stuss verbreitet. Kein Wunder, dass Romeo sie attraktiv findet.«

Und dann ging der Dezember plötzlich in den Januar über, und sie war vergessen. Nicholas Elliott war nach Beirut zurückgekehrt, um Philby zu verhören, ihm ein Geständnis abzuringen und sich Kooperation versprechen zu lassen. Und Arthur Seymour war zutiefst besorgt, Philby könnte flüchten. Seine schlimmsten Befürchtungen bewahrheiteten sich am Abend des 23. Januar: »Romeo ist nirgends zu finden. Ich fürchte, dass der Vogel ausgeflogen ist.«

Das war das letzte Telegramm in Gabriels Stapel, aber in der Küche musste Graham Seymour noch mehrere lesen. Gabriel setzte sich ihm gegenüber an den Tisch und beobachtete, wie Regentropfen über die Fensterscheibe liefen und der Wind das winterlich welke Moorgras niederdrückte. Das einzige Geräusch war das leise Rascheln von Papier. Seymour las irritierend langsam, ließ einen Zeigefinger Zeile für Zeile über die Seite gleiten, bevor er die nächste begann.

»Graham, *bitte …«*

»Still!«

Und dann schob Seymour im nächsten Augenblick ein einzelnes Blatt Papier über den Tisch. Gabriel wagte nicht, den Text zu lesen. Er beobachtete, wie Kim Philby mit einem Kind an der Hand übers Moor wanderte.

»Was hast du da?«, fragte er schließlich.

»Eine Art Abschlussbericht, Mitte Februar geschrieben, als Philby längst in Moskau war.«

»Gibt's einen Namen?«

»Lies selbst.«

Gabriel sah auf das Schriftstück vor ihm hinunter.

»Die andere Frau heißt Charlotte Bettencourt. Sie steht *politisch links, ist aber ganz sicher keine Agentin Moskaus. Keine weiteren Maßnahmen erforderlich …*

Gabriel hob ruckartig den Kopf. »Mein Gott, wir haben sie gefunden!«

»Das ist noch nicht alles. Lies die Nachschrift.«

Gabriel sah wieder nach unten.

Nach verlässlichen Informationen ist Mlle Bettencourt im siebten Monat schwanger. Hat Philby denn gar kein Gewissen?

Nein, dachte Gabriel, hatte er nicht.

45

DARTMOOR – LONDON

Der einzige internetfähige PC im Wormwood Cottage stand auf Parishs Schreibtisch. Gabriel benutzte ihn für eine flüchtige Suche nach dem Namen Charlotte Bettencourt. Er fand einige Dutzend, vor allem junge Akademikerinnen, davon neun in Frankreich. Keine war Journalistin, keine war im richtigen Alter. Und als er die Suchanfrage einer Eingebung folgend um den Namen Kim Philby ergänzte, erzielte er vierzehntausend sinnlose Treffer, was im Internet einer Aufforderung gleichkam, es anderswo zu versuchen.

Genau das tat Gabriel. Nicht mehr im Wormwood Cottage, sondern von der abhörsicheren Nachrichtenzentrale der israelischen Botschaft in London aus. Dort traf er am frühen Abend aus Devon nach einer halsbrecherischen Fahrt in Nigel Whitcombes Ford ein. Als Erstes rief er Paul Rousseau, den Chef der Alpha-Gruppe, in Paris an. Wie sich zeigte, war Rousseau noch im Büro. Die französischen Dienste befanden sich im Alarmzustand, weil nachrichtendienstliche Erkenntnisse einen baldigen IS-Anschlag anzukündigen schienen. Gabriel brachte zerknirscht seine Suchanfrage vor.

»Bettencourt, Charlotte.«

»Geburtsdatum?«, fragte Rousseau schwer seufzend.

»Irgendwann um 1940.«

»Und sie war Journalistin, sagst du?«

»Anscheinend.«

»Anscheinend *ja* oder anscheinend *nein*?«, fragte Rousseau ungeduldig.

Gabriel erklärte ihm, sie habe Anfang der sechziger Jahre freiberuflich in Beirut gearbeitet und politisch links gestanden.

»Links waren damals alle.«

»Glaubst du, dass die alte DST eine Akte über sie angelegt hat?«

»Schon möglich«, gab Rousseau zu. »Sie hat über jeden, der Sympathien für Moskau geäußert hat, eine Akte angelegt. Ich sehe mal nach, ob ihr Name in unseren Datenbanken zu finden ist.«

»Unauffällig«, sagte Gabriel warnend und legte auf. In den folgenden drei Stunden, die er allein im schalldichten Raum im Keller der Botschaft verbrachte, malte er sich alle Gründe aus, weshalb Rousseaus Suche ergebnislos bleiben konnte. Vielleicht hatte Arthur Seymour sich getäuscht, und Charlotte Bettencourt war nicht ihr richtiger Name. Vielleicht hatte sie nach der Geburt von Philbys Kind ihren Namen geändert und war untergetaucht. Vielleicht war sie nach Moskau geflüchtet und lebte noch heute dort. Vielleicht hatte der große Sascha sie wie Konstantin Kirow und Alistair Hughes liquidieren lassen.

Unabhängig davon, was mit der Frau geschehen war, lag alles schon sehr lange zurück. Es war auch lange her, dass Gabriel geschlafen hatte. Irgendwann legte er am Tisch sitzend den Kopf auf die Arme und schlief. Das Klingeln des Telefons ließ ihn hochschrecken. Er griff sich den Hörer und hob ihn rasch ans Ohr.

»Sie ist 1965 aus Beirut nach Paris zurückgegangen«, sagte Paul Rousseau. »Bei den Demonstrationen im Jahr 1968 hat sie eine kleinere Rolle gespielt. Danach hat die DST das Interesse an ihr verloren.«

»Lebt sie noch?«

»Anscheinend.«

Gabriel setzte sich auf. »Anscheinend *ja* oder anscheinend *nein?*«

»Sie bezieht weiter ihre Rente. Die Zahlungen gehen an eine Adresse in Spanien.«

»Die hast du nicht zufällig, was?«

Natürlich hatte er sie. Charlotte Bettencourt, die Mutter von Kim Philbys unehelichem Kind, wohnte in Zahara, einem der »weißen Dörfer« Spaniens, am Paseo de la Fuente.

46

ZAHARA, SPANIEN

Es war kurz nach 14 Uhr am folgenden Nachmittag, als Charlotte Bettencourt zu dem Schluss gelangte, sie werde von zwei Männern beobachtet: einer groß und schlaksig, der andere nur wenig kleiner, aber stämmiger. Kim wäre stolz darauf gewesen, dass sie die beiden entdeckt hatte, aber in Wirklichkeit gaben sie sich kaum Mühe, unentdeckt zu bleiben. Russen, die sie entführen oder liquidieren sollten, hätten sich nicht so verhalten. Deshalb hatte sie keine Angst vor den Männern. Sie war sogar auf den Augenblick gespannt, in dem sie alle Verstellung ablegen und sich ihr vorstellen würden. Bis dahin würde sie die beiden Rosenkranz und Güldenstern nennen; zwei indifferente irdische Gestalten, die als eine funktionierten.

Erstmals aufgefallen waren sie ihr, als sie vormittags über den Paseo geschlendert waren. Zum zweiten Mal gesehen hatte sie die beiden auf der Calle San Juan, wo sie unter dem Sonnenschirm eines der Cafés sitzend auf ihre Handys gestarrt hatten, scheinbar ohne sie zu beachten. Und jetzt waren sie wieder da. Charlotte aß unter den Orangenbäumen der Bar Mirador zu Mittag, und die beiden Männer gingen über die Plaza zur Kirche Santa María de la Mesa hinüber. Sie wirkten nicht sehr fromm, vor allem der Große mit dem blassen Teint nicht. Vielleicht suchten sie Vergebung. Beide sahen aus, als hätten sie sie nötig.

Die beiden Männer stiegen zum Portal hinauf – *eins, zwei, drei, vier* – und verschwanden in der Kirche. Charlotte griff nach ihrem Bleistift, um weiterzuschreiben, aber das klappte nicht; der Anblick der beiden hatte den Strom ihrer Worte versiegen lassen. Sie hatte über einen Nachmittag im September

1962 geschrieben, als Kim sich betrunken hatte, statt mit ihr ins Bett zu gehen. Er war untröstlich gewesen, weil Jackie, sein geliebter Fuchs, vor Kurzem von seiner Dachterrasse in den Tod gestürzt war. Aber Charlotte hatte geahnt, dass ihm etwas anderes zusetzte, und ihn gedrängt, sie ins Vertrauen zu ziehen. »Das k-k-kannst du unmöglich verstehen«, hatte er in seinen Drink gestammelt. »Was ich g-g-getan habe, habe ich aus G-G-Gewissensgründen getan.« In diesem Augenblick hätte sie wissen müssen, dass alles wahr war, dass Kim ein so wjetischer Spion, der Dritte Mann, ein Verräter war. Sie hätte ihn dafür nicht verachtet, sondern im Gegenteil noch mehr geliebt.

Sie legte Bleistift und Moleskine-Notizbuch in ihre Strohtasche zurück und trank ihren Wein aus. Auf der Terrasse saß nur noch ein weiterer Gast: ein schmächtiger Mann mit schütterem Haar und schwer zu beschreibenden Gesichtszügen. Das Wetter war ideal, warm in der Sonne, kühl im Schatten der Orangenbäume. Charlotte trug eine Fleecejacke und Jeans mit bequemem elastischem Bund. Das war mit das Schlimmste am Älterwerden: der Bauch, den sie den ganzen Tag wie ihre Erinnerungen an Kim mit sich herumschleppen musste. Sie konnte sich kaum noch an den schlanken, biegsamen Leib erinnern, den er jeden Nachmittag geliebt hatte, bevor er zu seinem abendlichen Streit mit Eleanor nach Hause gelaufen war. Er hatte ihren Körper geliebt, auch als die Schwangerschaft ihn hatte anschwellen lassen. »Glaubst du, dass es ein J-J-Junge oder ein Mädchen wird?«, hatte er gefragt und ihren Bauch sanft gestreichelt. Nicht dass das wichtig gewesen wäre. Zwei Wochen später war er fort gewesen.

Der Mann mit dem schütteren Haar las Zeitung. Der arme Kerl, dachte Charlotte. Wie sie allein auf der Welt. Sie war versucht, ein Gespräch mit ihm zu beginnen, aber jetzt traten die beiden Männer aus der Kirche auf die sonnenhelle Plaza hinaus. Sie gingen schweigend an ihr vorbei die steile Calle Machenga hinunter.

Das tat auch Charlotte, nachdem sie gezahlt hatte. Sie versuchte nicht, den beiden Männern zu folgen, sondern dies war nur der kürzeste Weg zu dem kleinen Supermarkt El Castillo. Drinnen sah sie wieder einen der Männer. Den Größeren, den sie Rosenkranz nannte. Er studierte eine Packung Milch, als suche er das Haltbarkeitsdatum. Nun empfand Charlotte erstmals etwas Angst. Vielleicht hatte sie sich getäuscht. Vielleicht waren die beiden doch SWR-Kidnapper. Seit sie Rosenkranz aus der Nähe gesehen hatte, fand sie, er sehe irgendwie russisch aus.

Sie warf hastig ein paar Artikel in ihren Einkaufskorb und zahlte dann bei einer vollbusigen jungen Frau mit nabelfreiem Top und zu viel Make-up. *»Loca«*, zischte die Kassiererin verächtlich, als Charlotte mit ihrer Tragetüte den Laden verließ. Draußen stand Güldenstern. Er lehnte lächelnd an einem Orangenbaum.

»Bonjour, Madame Bettencourt.« Sein Tonfall war freundlich. Er trat vorsichtig einen Schritt näher. »Ich will Sie nicht belästigen, aber ich frage mich, ob wir ungestört miteinander reden könnten.«

Seine Augen waren so leuchtend blau wie Kims Augen.

»Worüber reden?«, fragte sie.

»Die Sache, die ich mit Ihnen besprechen möchte«, sagte der Mann, »ist ziemlich delikater Natur.«

Charlotte lächelte bitter. »Als das letztes Mal jemand zu mir gesagt hat …« Sie beobachtete, wie der Mann mit dem schütteren Haar auf der abfallenden Straße näher kam. Ihn hatte sie nicht verdächtigt. Er schien von anderem Kaliber zu sein als die beiden.

Sie sah wieder Güldenstern an, der Kims Augen hatte. »Kommen Sie von der französischen Regierung?«, fragte sie.

»Himmel, nein.«

»Woher sonst?«

»Ich arbeite im britischen Außenministerium.«

»Also sind Sie ein Spion.« Sie sah zu dem kleinen Mann mit dem schütteren Haar hinüber. »Und er?«

»Er ist ein Kollege.«

»Er sieht aber nicht wie ein Engländer aus.«

»Er ist keiner.«

»Was ist mit Rosenkranz?«

»Mit wem?«

»Oh, schon gut.« Sie hörte Resignation in ihrem eigenen Tonfall. »Wie haben Sie mich nur gefunden?«

Ihre Frage schien den Engländer zu überraschen. »Das ist eine lange Geschichte, Madame Bettencourt.«

»Das glaube ich.« Ihre Tragetüte wurde schwer. »Bekomme ich Ärger?«

»Oh, das glaube ich nicht.«

»Was ich getan habe, habe ich aus Gewissensgründen getan.« Sie war sekundenlang verwirrt. Hatte Kim aus ihr gesprochen? »Und was ist mit meiner ...« Sie verstummte abrupt.

»Mit wem, Madame Bettencourt?«

Noch nicht, dachte sie. Lieber etwas in Reserve behalten – für den Fall, dass sie ihre Freiheit erkaufen musste. Sie traute diesem Mann nicht, durfte ihm nicht trauen. Die Briten waren die größten Lügner unter Gottes Himmel. Das wusste sie aus eigener Erfahrung.

Der große Blasse stand jetzt neben ihr. Er nahm ihr behutsam die Tragetüte ab und legte sie in den Kofferraum eines Renaults, bevor er sich ans Steuer setzte. Der Mann mit dem schütteren Haar saß vorn; Charlotte und der Blauäugige bekamen den Rücksitz. Als der Wagen anfuhr, dachte sie an die Bücher auf ihrem Regal in der Nische und die massive Holzkassette unter ihrem Schreibtisch. Darin lag ein in Leder gebundenes altes Scrapbook, das nur noch staubig roch. Die langen feuchtfröhlichen Lunches im St. Georges und im Normandie, die Picknicks in den Bergen, die Nachmittage in der Ungestörtheit ihrer Wohnung, in der er sich ungezwungen gab. Es enthielt auch acht Kinderfotos, das letzte vom Herbst 1984 aus der Jesus Lane in Cambridge.

47

ZAHARA – SEVILLA

Der Wagen raste an Charlottes Villa vorbei, ohne langsamer zu werden. Der winzige Vorplatz war leer, aber sie glaubte, hinter einem der Fenster eine Bewegung zu sehen. Schakale, dachte sie, die sich an Aas gütlich tun. Nun war es zuletzt doch passiert. Ihr Leben war über den Rand der Schlucht gestolpert und in den Abgrund gestürzt. Sie hatte bereitwillig mitgemacht, das stimmte, aber letztlich war es Kim gewesen, der sie mitgerissen hatte. Charlotte war nicht die Erste; Kim hatte in seinem Kielwasser viele menschliche Wracks zurückgelassen. Sie dachte wieder an die viktorianische Holzkassette unter ihrem Schreibtisch. Sie wissen Bescheid, sagte sie sich. Sie wissen vielleicht nicht alles, aber die Grundzüge.

»Wohin fahren wir?«, fragte sie.

»Nicht weit«, antwortete der Engländer mit den blauen Augen.

Im nächsten Augenblick piepste ihre Armbanduhr laut. »Meine Tabletten!«, rief Charlotte aus. »Ohne sie kann ich nicht wegfahren. Bitte kehren Sie um.«

»Keine Sorge, Madame Bettencourt.« Er zog ein bernsteingelbes Fläschchen aus der Tasche. »Diese?«

»Bitte die anderen.« Er gab ihr das zweite Fläschchen. Sie kippte eine Tablette in ihre Hand und schluckte sie ohne Wasser, was ihm zu imponieren schien. Die Villa war längst außer Sicht. Charlotte fragte sich, ob sie sie jemals wiedersehen würde. Es war lange her, dass sie sich weiter von ihr entfernt hatte, als sie gehen konnte. In jüngeren Jahren hatte sie ganz Spanien mit dem Auto durchstreift – so großzügig hatte Genosse Lawrow sie mit Geld ausgestattet. Aber weil sie nun alt war und nicht mehr selbst fahren konnte, war ihre Welt geschrumpft. Natürlich hätte sie mit dem Bus reisen können, aber sie hatte keine Lust auf all die verschwitzten Proletarier mit ihren Knoblauchsandwichs und ihre brüllenden Kinder. Charlotte war eine Sozialistin – sogar eine Kommunistin –, aber ihr Bekenntnis zur Weltrevolution erstreckte sich nicht auf den öffentlichen Verkehr.

Das Tal war vom Winterregen grün. Rosenkranz lenkte nur mit der linken Hand. Mit seiner Rechten trommelte er nervös auf der Mittekonsole. Das machte Charlotte ganz verrückt.

»Macht er das immer?«, fragte sie den Engländer, der jedoch nur lächelte.

Sie erreichten die Einfahrt zur A375. Auf dem an Charlottes Fenster vorbeiflitzenden Wegweiser stand SEVILLA. Rosenkranz gab Gas und fuhr auf die Autobahn, ohne den Blinker zu setzen. Das tat auch der Wagen vor ihnen, beobachtete Charlotte, und der hinter ihnen.

»Wie lange noch?«, fragte sie. »Eineinhalb Stunden«, antwortete der Engländer.

»Vielleicht etwas weniger.« Charlotte schüttelte missbilligend den Kopf. »Bei seiner Fahrweise ...«

Der Engländer sah sich lange um.

»Sind sie noch hinter uns?«, fragte Charlotte.

»Wer?«

Charlotte sparte sich die Mühe, ihre Frage zu wiederholen. Ihre Tablette, das sanfte Wiegen der schnell fahrenden Limousine und die warme Sonne auf ihrem Gesicht machten sie schläfrig. Sie lehnte den Kopf an die Kopfstütze und schloss die Augen. Ein Teil ihres Ichs freute sich sogar schon darauf. In Sevilla war sie lange nicht mehr gewesen.

Als sie aufwachte, fiel ihr Blick auf die Giralda, das ehemalige Minarett neben der Kathedrale, das nun als Glockenturm den

Barrio de Santa Cruz – das alte Judenviertel der Stadt – überragte. Sie hielten in einer schmalen Seitenstraße vor einem amerikanischen Coffeeshop. Charlotte betrachtete das allgegenwärtige grün-weiße Firmenschild stirnrunzelnd.

»Die gibt's überall«, sagte der Engländer, der ihre Reaktion beobachtet hatte.

»Nicht in Zahara. In Bergdörfern gehen die Uhren anders.«

Der Engländer lächelte, als kenne er diese Mentalität. »Weiter können wir leider nicht fahren. Können Sie eine kurze Strecke gehen?«

»Ob ich das kann?« Charlotte hätte ihm am liebsten erzählt, dass sie jeden Tag fast zwei Kilometer ging. Sie hätte ihm sogar genau sagen können, wie viele Schritte das waren, aber er sollte sie nicht für verrückt halten. »Ja, natürlich«, sagte sie nur. »Ich bin in Sevilla immer gern zu Fuß gegangen.«

Der kleine Mann mit dem schütteren Haar stand jetzt wie ein aufmerksamer Chauffeur neben ihrer Tür. Charlotte ließ sich beim Aussteigen helfen und merkte erstaunt, wie kräftig seine schmale Hand zupackte.

»Was ist mit meinen Einkäufen?«, fragte sie. »Die verderben, wenn sie im Kofferraum bleiben.«

Der kleine Mann starrte sie schweigend an. Er ist ein Beobachter, dachte sie, nicht der geschwätzige Typ. Der Engländer deutete in Richtung La Giralda und sagte: »Dorthin, bitte.«

Seine fürsorgliche Art war ihr allmählich fast so zuwider wie das Trommeln seines Kollegen. Alles Lächeln, aller Charme änderte nichts an der Tatsache, dass diese Leute sie entführt hatten. Wenn er noch einmal »bitte« sagte, dachte sie, würde sie ihr legendäres Temperament aufblitzen lassen. Es hatte sogar Kim erschreckt.

Auf engen Gassen gelangten sie immer tiefer in das alte Viertel, bis sie endlich eine maurische Passage erreichten. Dahinter lag ein Arkadenhof im Schatten duftender einheimischer Orangenbäume. An dem leise plätschernden Brunnen stehend wartete dort ein einzelner Mann. Er hob ruckartig den Kopf, als überrasche ihn ihre Ankunft, und starrte sie dann unverhohlen neugierig an. Charlotte reagierte ebenso, denn sie erkannte ihn sofort. Seine Augen verrieten ihn. Er war der Israeli, der den russischen Geheimdienstler in Wien erschossen haben sollte.

»›Ich dachte mir, dass du's sein würdest‹«, zitierte sie nach kurzer Pause.

Er lächelte breit.

»Habe ich etwas Komisches gesagt?«

»Das hat Kim Philby gesagt, als Nicholas Elliott nach Beirut gekommen ist, um ihm vorzuhalten, er sei ein Spion.«

»Ja, ich weiß«, sagte Charlotte. »Kim hat mir alles genau erzählt.«

48

SEVILLA

Der düstere Raum, in den Gabriel Charlotte Bettencourt führte, war holzgetäfelt und hing voller Gemälde von zweifelhafter Provenienz, die durch Alter und Vernachlässigung gedunkelt waren. In Leder gebundene Folianten füllten wandhohe massive Bücherregale, und auf der Anrichte aus dem 17. Jahrhundert stand eine Uhr aus feuervergoldeter Bronze, die die falsche Zeit anzeigte. Nur ein Gegenstand passte nicht recht hierher: eine massive viktorianische Holzkassette mit verblasstem, rissigem Firnis, die auf dem niedrigen Tisch in der Mitte des Raums stand.

Charlotte Bettencourt musste sie erst noch bemerken; vorläufig musterte sie ihre Umgebung offen missbilligend. Oder vielleicht, dachte Gabriel, wie jemand, der mit solchen Räumen vertraut ist. Ihr Name suggerierte eine aristokratische Abstammung. Das tat auch ihre Haltung. Selbst in hohem Alter hielt sie sich sehr gerade. In Gedanken retuschierte er ihr faltiges, altersfleckiges Gesicht, verwandelte es in das einer Vierundzwanzigjährigen, die damals als angehende Journalistin nach Beirut gekommen war. Aus Gründen, die Gabriel nicht nachvollziehen konnte, hatte sie sich mit einem Kerl wie Kim Philby eingelassen. Liebe war eine mögliche Erklärung dafür. Die andere war Politik. Oder vielleicht eine Kombination aus beidem, die sie zu einer sehr beachtlichen Gegenspielerin machen würde.

»Ist das Ihres?«, fragte er.

»Wie bitte?«

»Dieses Haus?«

»Leider«, sagte Gabriel, »bin ich oft auf die Mildtätigkeit Fremder angewiesen.«

»Das haben wir gemeinsam.«

Gabriel musste unwillkürlich lächeln.

»Wem gehört es?«, fragte sie.

»Dem Freund eines Freundes.«

»Jude?«

Gabriel zuckte gleichmütig mit den Schultern.

»Er ist offenbar reich, Ihr Freund.«

»Nicht mehr so reich wie früher.«

»Wie schade.« Das sagte sie zu der vergoldeten Uhr. Sie drehte sich um, musterte Gabriel prüfend. »Sie sind kleiner, als ich dachte.«

»Danke, gleichfalls.«

»Ich bin alt.«

»Auch das haben wir gemeinsam.«

Diesmal war es Charlotte Bettencourt, die lächelte. Aber ihr Lächeln verschwand, als sie die alte Holzkassette entdeckte. »Sie hatten kein Recht, bei mir einzubrechen und meine Sachen mitzunehmen. Andererseits kann man mir vermutlich weit Schlimmeres vorwerfen. Und nun scheint jemand anders dafür büßen zu müssen.«

Um nichts Falsches zu sagen, äußerte Gabriel sich nicht dazu. Charlotte Bettencourt nickte zu Christopher Keller hinüber, der die Anzeige der Bronzeuhr mit seiner Armbanduhr verglich.

»Ihr Freund hat mir erklärt, er sei Brite«, sagte sie. »Ist das wahr?«

»Ja, das stimmt.«

»Und welches Interesse haben Sie an dieser Sache?«, verlangte sie zu wissen. »Mit welchem Recht sind Sie hier?«

»In dieser Sache«, antwortete Gabriel nüchtern, »arbeiten der britische und der israelische Nachrichtendienst zusammen.«

»Kim würde sich im Grab umdrehen.«

Gabriel entschied sich wieder für Schweigen. Das war weit besser, als Charlotte Bettencourt zu erklären, was er von Kim Philbys Ansichten in Bezug auf den Staat Israel hielt. Sie beobachtete weiter Keller, jetzt mit leicht nachdenklichem Gesichtsausdruck.

»Ihr Freund hat sich auch geweigert, mir zu sagen, wie Sie mich aufgespürt haben. Vielleicht sind Sie so freundlich …«

Gabriel sah keinen Grund, ihr das zu verschweigen. Alles lag schon sehr lange zurück. »Wir haben Ihren Namen in einer alten MI6-Akte gefunden.«

»Aus Beirut?«

»Ja.«

»Kim hat mir versichert, niemand wisse von uns.«

»Auch darin hat er sich geirrt«, sagte Gabriel kalt.

»Wer war's? Wer ist uns auf die Schliche gekommen?«

»Arthur Seymour.«

Sie lächelte schwach. »Kim hat ihn gehasst.«

»Beide haben einander gehasst.« Gabriel hatte das Gefühl, mit einer Figur eines historischen Dioramas zu sprechen. »Arthur Seymour hat Philby von Anfang an als Sowjetspion verdächtigt. Seine Vorgesetzten in London dachten, auch Sie seien vielleicht eine Spionin.«

»Ich war keine. Ich war nur eine leichtgläubige junge Frau mit starken Überzeugungen.« Ihr Blick fiel auf die schwere Holzkassette. »Aber das wissen Sie, nicht wahr? Sie wissen alles.«

»Nicht alles«, gestand Gabriel ein.

»Könnte ich juristisch belangt werden?«, fragte sie.

»Sie sind eine Französin, die ihren Lebensabend in Spanien verbringt.«

»Aber es ist auch Geld gezahlt worden.«

»Das ist fast immer so.«

»Nicht in Kims Fall. Oh, er hat etwas Geld genommen, eben genug, um in einer Krise überleben zu können. Aber sein Handeln war von seinem Glauben an den Kommunismus bestimmt. Ich habe diesen Glauben geteilt. Übrigens wie viele Ihrer Glaubensbrüder, Monsieur Allon.«

»Ich bin in diesem Glauben erzogen worden.«

»Haben Sie ihn noch?«, fragte sie neugierig.

»Ein anderes Thema für einen anderen Tag.«

Sie starrte wieder die Holzkassette an. »Und was ist mit meiner ...«

»Ich kann leider nichts garantieren«, sagte Gabriel.

»Wird es eine Verhaftung geben? Einen Prozess? Einen weiteren Skandal?«

»Das entscheidet der MI6-Direktor, nicht ich.«

»Er ist Arthur Seymours Sohn, nicht wahr?«

»Ja«, sagte Gabriel überrascht.

»Wie das Leben so spielt ... Ich bin ihm einmal begegnet, wissen Sie.«

»Arthur Seymour?«

»Nein, seinem Sohn. Das war in der Bar im Normandie. Kim war unartig und hat versucht, ihn zu einem Pink Gin einzuladen. Aber daran erinnert er sich bestimmt nicht mehr. Er war noch ein Junge, und das Ganze liegt so lange zurück.« Sie lächelte wehmütig. »Aber wir eilen voraus. Vielleicht sollten wir mit dem Anfang beginnen, Monsieur Allon. Dann verstehen Sie besser, wie sich alles zugetragen hat.«

»Ja«, stimmte Gabriel zu. »Vielleicht sollten wir das tun.«

49

SEVILLA

Begonnen hatte alles, sagte sie, in einem kleinen Dorf bei Nantes im westfranzösischen Loiretal. Die Bettencourts waren eine alte Familie, reich an Grundbesitz und Vermögenswerten. Charlotte war alt genug, um sich an deutsche Soldaten auf den Straßen des Dorfs und den im Château der Familie einquartierten ritterlichen Hauptmann erinnern zu können. Ihre Familie behandelte die deutschen Besatzer mit Respekt – nach Ansicht mancher Dorfbewohner zu respektvoll –, und nach dem Krieg gab es Gerüchte über Kollaboration. In ihrem Department waren die Kommunisten sehr mächtig. Die Arbeiterkinder verspotteten die kleine Charlotte unbarmherzig und versuchten einmal sogar, ihr die Haare abzuschneiden. Das hätte ihnen sogar gelingen können, hätte nicht Monsignore Thébault sie gerettet. Viele Jahre später sollte eine historische Kommission den Monsignore, einen Freund der Familie Bettencourt, ebenfalls beschuldigen, ein Kollaborateur gewesen zu sein.

Im Jahr 1956 zog Charlotte nach Paris, um an der Sorbonne Literaturgeschichte zu studieren. Dies war ein Herbst gewaltiger politischer Umwälzungen. Ende Oktober versuchten britische und französische Truppen, den Sueskanal unter ihre Kontrolle zu bringen. Und Anfang November fuhren in Budapest sowjetische Panzer auf, um den Ungarnaufstand niederzuschlagen. Charlotte, inzwischen eine glühende Kommunistin, stand in beiden Fällen auf der Seite Moskaus.

Sie verließ die Sorbonne im Jahr 1960 und verbrachte die folgenden eineinhalb Jahre damit, Besprechungen und politische Kommentare für ein kleines Literaturmagazin zu schreiben. Weil sie das langweilte, bat sie ihren Vater um Geld für einen

Umzug nach Beirut, wo sie Auslandskorrespondentin werden wollte. Ihr Vater, den Charlottes politische Ansichten entsetzten – sie sprachen kaum mehr miteinander –, war froh, sie auf diese Weise loszuwerden. Sie traf im Januar 1962 im Libanon ein, nahm sich eine Wohnung nahe der American University und begann für mehrere französische Blätter aus dem linken Spektrum Artikel zu schreiben, für die sie fast nichts bekam. Aber das spielte keine Rolle, denn sie konnte vom Geld ihrer Familie leben. Trotzdem wollte sie sich als richtige Journalistin beweisen und suchte häufig Rat bei den vielen dortigen Auslandskorrespondenten – auch bei einem Stammgast an der Bar im Hotel Normandie.

»Philby«, sagte Gabriel.

»Kim«, stellte Charlotte richtig. »Für mich bleibt er immer Kim.«

Sie saß mit gefalteten Händen und parallel stehenden Füßen auf der Vorderkante eines Brokatstuhls. Eli Lavon, der neben ihr Platz genommen hatte, starrte geistesabwesend in mittlere Entfernung wie ein Mann, der auf einen lange verspäteten Zug wartet. Michail Abramow schien sich ein Blickduell mit einem der dunklen Porträts, einer schlechten El-Greco-Kopie, zu liefern. Christopher Keller, der den Unbeteiligten spielte, hatte die Bronzeuhr hinten geöffnet und stellte an dem Uhrwerk herum.

»Sie haben ihn geliebt?«, fragte Gabriel, der langsam vor dem Tisch auf und ab ging.

»Kim? Sogar sehr.«

»Weshalb?«

»Weil er nicht wie mein Vater war, nehme ich an.«

»Wussten Sie, dass er ein sowjetischer Spion war?«

»Reden Sie keinen Unsinn. Kim hätte mir sein Geheimnis nie anvertraut.«

»Aber Sie müssen doch einen Verdacht gehabt haben.«

»Ich habe ihn das einmal gefragt – und dann nie wieder. Aber mir war klar, dass er starke Schmerzen hatte. Wenn wir uns geliebt hatten, hatte er oft schlimme Albträume. Und seine Trinkerei ... so was hatte ich noch nie erlebt.«

»Wann haben Sie gemerkt, dass Sie schwanger waren?«

»Anfang November. Aber ich habe ihm erst Ende Dezember davon erzählt.«

»Wie hat er darauf reagiert?«

»Er hat uns beide fast umgebracht. Er ist gerade gefahren«, fügte sie erklärend hinzu. »Eine Frau sollte ihrem Geliebten nie sagen, dass sie schwanger ist, wenn er am Steuer eines Autos sitzt. Vor allem nicht, wenn ihr Liebhaber betrunken ist.«

»Er war wütend?«

»Er hat so getan. In Wirklichkeit war er untröstlich, glaube ich. Er war sehr kinderlieb und hat sich vermutlich überlegt, dass er dieses Kind, das ich erwartete, niemals sehen würde.«

Vermutlich, dachte Gabriel. »Haben Sie irgendetwas von ihm gefordert?«

»Von Kim Philby? Nicht der Mühe wert. Seine Finanzen waren grauenvoll zerrüttet. Auf Unterhalt oder Eheschließung war nicht zu hoffen. Ich wusste, dass ich mein Kind selbst würde durchbringen müssen, wenn ich es bekommen wollte.«

Philbys Geburtstag war der Neujahrstag. Er wurde 51. Charlotte hatte gehofft, sie würden sich wenigstens ein paar Minuten sehen, aber Kim rief an, um zu sagen, er könne nicht zu ihr kommen. In der Nacht zuvor war er zweimal gestürzt und hatte eine Platzwunde am Kopf und zwei Veilchen davongetragen. Sein schlimmes Aussehen diente ihm als Ausrede dafür, dass er sie zwei Wochen lang mied. Der wahre Grund für seine Abwesenheit, sagte sie, sei Nicholas Elliotts Ankunft in Beirut gewesen.

»Wann haben Sie ihn zum nächsten Mal gesehen?«

»Am dreiundzwanzigsten Januar.«

»Dem Tag seiner Flucht aus Beirut.«

Sie nickte. »Kim hat mich am späten Nachmittag besucht. Er hat schlimmer ausgesehen als je zuvor. Draußen goss es in Strömen, und er war klatschnass. Er sagte, er könne nur ein paar Minuten bleiben. Er sei mit Eleanor beim Ersten Sekretär der britischen Botschaft zum Abendessen eingeladen. Ich wollte ihn ins Bett ziehen, aber er hat mich weggestoßen und einen Drink verlangt. Dann hat er mir erzählt, Nicholas habe ihn beschuldigt, ein sowjetischer Spion zu sein.«

»Hat er's geleugnet?«

»Nein«, sagte Charlotte nachdrücklich. »Das hat er nicht getan.«

»Wie viel hat er Ihnen erzählt?«

»Weit mehr als vernünftig war. Und er hat mir einen Briefumschlag gegeben.«

»Was war darin?«

»Geld.«

»Für das Baby?«

Sie nickte langsam.

»Hat er gesagt, woher er es hatte?«

»Nein. Aber ich vermute, dass es von Petuchow war, seinem KGB-Kontaktmann in Beirut. Am selben Abend ist Kim an Bord des sowjetischen Frachters *Dolmatowa* abgereist. Ich habe ihn nie wiedergesehen.«

»Niemals?«

»Nein, Monsieur Allon. Niemals.«

Als bekannt wurde, dass Philby übergelaufen war, fuhr Charlotte fort, spielte sie kurz mit dem Gedanken an einen persönlichen Exklusivbericht. »Der Kim Philby, den ich gekannt und geliebt habe, solches Gewäsch.« Stattdessen schrieb sie einige Reportagen, die nichts mit ihrer Beziehung zu tun hatten, und wartete auf die Geburt ihres Kindes. Im späten

Frühjahr 1963 brachte sie es in einem Beiruter Krankenhaus allein zur Welt.

»Ihre Familie wusste nichts davon?«

»Nicht damals.«

»Die französische Botschaft?«

»Nach Erledigung der notwendigen Formalitäten wurde ein Pass ausgestellt.«

»Es hat wohl auch eine Geburtsurkunde gegeben?«

»Natürlich.«

»Wer wurde als Vater eingetragen?«

»Philby«, antwortete sie leicht trotzig. »Harold Adrian Russell.«

»Und der Name des Kindes?«

»Bettencourt«, antwortete sie ausweichend.

»Und der Vorname?«, drängte Gabriel.

Charlotte Bettencourt starrte die Kassette an. »Den wissen Sie bereits, Monsieur Allon. Bitte zwingen Sie mich nicht zu einem weiteren Verrat.«

Das tat Gabriel nicht. Weder jetzt noch später. »Im Jahr 1965 sind Sie nach Frankreich zurückgekehrt«, sagte er aufmunternd.

»Im Winter.«

»Was war Ihr Ziel?«

Ein Dorf bei Nantes, sagte sie, im westfranzösischen Loiretal.

»Ihre Eltern müssen überrascht gewesen sein.«

»Das ist gelinde ausgedrückt. Mein Vater hat mich verstoßen.«

»Haben Sie Ihren Eltern den Namen des Erzeugers gesagt?«

»Das hätte alles nur noch schlimmer gemacht«, antwortete sie.

»Haben Sie ihn irgendwem gesagt?«

»Nein. Ich habe ihn niemandem gesagt. Niemals.«

»Und die Geburtsurkunde?«

»Die habe ich verloren.«

»Wie praktisch.«

»Ja.«

»Wo ist sie wirklich?«

Ihr Blick streifte die Kassette, dann sah sie weg. Auf dem Innenhof standen drei Bodyguards wie aus Stein gehauen. Eli Lavon wartete weiter auf seinen Zug, aber Keller und Michail starrten Charlotte Bettencourt jetzt gespannt an. Die Bronzeuhr stand nun ganz. Auch Gabriels Herz schien nicht mehr zu arbeiten.

»Wohin sind Sie dann gegangen?«, fragte er.

Nach Paris zurück, antwortete sie, diesmal mit einem Kleinkind im Schlepp. Sie wohnten im Quartier Latin in einer Mansarde. Mehr konnte Charlotte sich nicht leisten, weil ihr Vater ihr jegliche Unterstützung strich. Ihre Mutter steckte ihr bei jedem Besuch ein paar Francs zu, aber ihr Vater ignorierte die Existenz des Kindes. Das tat offenbar auch Kim. Aber mit jedem Jahr, das verging, sah das Kind ihm ähnlicher. Die leuchtend blauen Augen, die ungebärdige Haartolle. Es stotterte sogar leicht, aber das verlor sich bis zum achten Lebensjahr. Charlotte gab den Journalismus auf und widmete sich ganz der Partei und der Revolution.

Sie hatten kaum Geld, aber sie brauchten nicht viel. Sie waren in Paris, und die herrliche Stadt gehörte ihnen. Oft spielten sie ein törichtes kleines Spiel miteinander, indem sie die Schritte zwischen ihren beliebtesten Orten zählten. Wie viele Schritte vom Louvre zur Kathedrale Notre-Dame? Wie viele Schritte vom Triumphbogen zur Place de la Concorde? Vom Eiffelturm zu den Invalides?

Es waren siebenundachtzig Schritte von ihrer Mansarde zum Innenhof des Gebäudes hinunter, erklärte Charlotte ihnen, und weitere achtunddreißig zu der Tür, die auf die Rue

Saint-Jacques hinausführte. An einem heißen Sommertag des Jahres 1974, an dem die meisten Pariser klugerweise aus der Stadt geflüchtet waren, wartete dort ein Mann.

»Wann war das genau?«, fragte Gabriel.

»August«, antwortete Charlotte. »Einen Tag nach Nixons Rücktritt.«

»Das wäre der Zehnte.«

»Wie Sie meinen.«

»Und der Name des Mannes?«

»Bei dieser Gelegenheit hat er sich als Genosse Lawrow vorgestellt.«

»Und bei anderen?«

Sascha, antwortete sie. Er hatte sich Sascha genannt.

50

SEVILLA

Er war mager – Gulag-mager, sagte Charlotte – und bleich wie Kerzenwachs. Ein paar fettige Haarsträhnen bedeckten seinen Schädel mit der mächtigen Stirn, die ihn überlegen intelligent wirken ließ. Seine Augen waren klein und rot gerändert, seine Zähne grau und unebenmäßig. Er trug eine Tweedjacke, die für diese Hitze viel zu schwer war, und ein ehemals weißes Oberhemd, das wie in einem Küchenausguss gewaschen aussah. Sein Bart musste dringend geschnitten werden.

»Bart?«

»Er trägt einen kleinen.« Sie deutete mit Daumen und Zeigefinger einen Oberlippen- und Kinnbart an.

»Wie Lenin?«, fragte Gabriel.

»Ein jüngerer Lenin. Lenin im Exil. Lenin in London.«

»Und was hatte ihn nach Paris geführt?«

»Er hat gesagt, er habe einen Brief.«

»Von Philby?«

»Diesen Namen hat er nie ausgesprochen. Er hat gesagt, der Brief sei von einem Mann, den ich in Beirut gekannt hätte. Von einem berühmten englischen Journalisten.« Sie sprach mit tiefer Stimme und starkem russischen Akzent weiter. »›Wäre es möglich, dass wir irgendwo unter vier Augen sprechen? Ich muss etwas sehr Vertrauliches mit Ihnen diskutieren.‹ Ich habe die Brasserie gegenüber vorgeschlagen …« Nun wieder mit normaler Stimme. »Aber er hat gesagt, meine Wohnung wäre besser. Ich habe eingewandt, sie sei sehr bescheiden. Er hat mir versichert, das wisse er bereits.«

»Womit er andeuten wollte, dass er sie schon einige Zeit beobachtet hatte.«

»Er kommt aus Ihrer Welt, nicht aus meiner.«

»Und der Brief?«

Er war mit der Maschine geschrieben, was Kim nicht ähnlichsah, und trug keine Unterschrift. Trotzdem wusste sie sofort, dass dies seine Worte waren. Er entschuldigte sich dafür, sie in Beirut getäuscht zu haben, und sagte, er wolle ihre Beziehung wiederaufleben lassen. Als Teil dieser Erneuerung wolle er sein Kind sehen. Aus offensichtlichen Gründen, schrieb er, könne dieses Treffen nicht in Frankreich stattfinden.

»Sie sollten nach Moskau kommen?«

»Nicht ich. Nur das Kind.«

»Und Sie haben zugestimmt?«

»Ja.«

»Weshalb?«

Sie gab keine Antwort.

»Weil sie ihn noch immer liebten?«, schlug Gabriel vor.

»Kim? Damals nicht, nicht mehr. Aber ich war noch in die *Ideen* von Kim verliebt.«

»Und welche Ideen waren das?«

»Hingabe an die Revolution.« Charlotte machte eine Pause, bevor sie hinzufügte: »Opferbereitschaft.«

»Sie haben Verrat vergessen.«

Ohne auf seine Bemerkung einzugehen, berichtete sie, Sascha und das Kind seien noch am selben Abend nach Deutschland abgereist. Sie fuhren mit dem Auto nach Ostberlin, reisten nach Warschau weiter und flogen von dort aus nach Moskau – das Kind unter falschem Namen mit einem russischen Reisepass. Philby wohnte in der Nähe des Puschkinplatzes in einer Gasse unweit einer alten Kirche zwischen der Twerskajastraße und den Patriarchenteichen. Dort lebte er mit seiner russischen Frau Rufina.

»Seiner Nummer vier«, fügte Charlotte Bettencourt bissig hinzu.

»Wie lange war ...«

»Drei Tage.«

»Ich vermute, dass es weitere Besuche gegeben hat.«

»Im selben Jahr zu Weihnachten.«

»Wieder in Moskau?«

»Zehn Tage«, sagte sie nickend.

»Und der nächste Besuch?«

»Im Sommer darauf. Ein Monat.«

»Ein Monat ist sehr lange.«

»Für mich war's schwierig, das gebe ich zu.«

»Und danach?«

»Sascha hat mich erneut in Paris aufgesucht.«

Sie trafen sich auf einer Parkbank, wie Otto sich vor vier Jahrzehnten mit Philby getroffen hatte. Aber diese Bank stand nicht im Regent's Park, sondern im Jardin des Tuileries. Sascha sagte, die Zentrale Moskau habe ihm den Auftrag für ein historisch einmaliges Unternehmen zur Erhaltung des Weltfriedens erteilt. Kim würde dabei sein Partner sein. Es war Saschas – und Kims – Wunsch, auch Charlotte daran zu beteiligen.

»Welche Rolle sollten Sie dabei spielen?«

»Ich sollte für kurze Zeit heiraten. Und ein gewaltiges Opfer bringen.«

»Wer war der Glückliche?«

»Ein Engländer aus guter Familie, der ebenfalls friedensbewegt war.«

»Damit meinen Sie, dass er ein KGB-Agent war.«

»Seine Beziehung zu Moskau wurde nie ganz klar. Sein Vater hatte Kim in Cambridge gekannt. Er war ziemlich radikal und offen homosexuell. Aber das spielte keine Rolle. Dies sollte ohnehin nur eine Scheinehe sein.«

»Wo haben Sie geheiratet?«

»England.«

»Kirchlich?«

»Standesamtlich.«

»War Ihre Familie dabei?«

»Natürlich nicht.«

»Und wie lange hat die Ehe gehalten?«

»Zwei Jahre. Das war keine vom Himmel gestiftete Ehe, Monsieur Allon. Sie war von Moskau eingefädelt.«

»Was war der Scheidungsgrund?«

»Ehebruch.«

»Wie passend!«

»Angeblich hatte mein Mann mich in flagranti im Bett seines besten Freundes erwischt. Das war ein ziemlicher Skandal. Genau wie mein Alkoholismus, der mich als Mutter disqualifizierte. Also habe ich zum Besten des Kindes eingewilligt, das Sorgerecht abzutreten.«

Eine lange und schmerzliche Periode der Entfremdung folgte, damit das Kind durch und durch englisch werden konnte. Anfangs blieb Charlotte noch in Paris. Auf Anweisung der Zentrale Moskau zog sie dann in eines der »weißen Dörfer« in den Bergen Andalusiens, in dem niemand sie finden konnte. In der ersten Zeit kamen noch Briefe, aber der Briefwechsel hörte bald auf. Sascha behauptete, er verlangsame die Umwandlung.

Gelegentlich erhielt Charlotte vage, wenig aussagekräftige Zwischenberichte wie den, der sie im Jahr 1981 über die Aufnahme in eine britische Eliteuniversität unterrichtete. Der Name dieser Universität war nicht angegeben, aber sie wusste genug über Kims Vergangenheit, um ihn erraten zu können. Ohne Sascha zu informieren, reiste sie 1984 nach England, nach Cambridge. Und dort entdeckte sie auf der Jesus Lane das Kind des Verrats, Philbys Kind, das mit einer ungebärdigen Stirnlocke über einem leuchtend blauen Auge durch den Schatten einer Ziegelmauer ging. Mit ihrer Kamera machte Charlotte heimlich ein Foto.

»Das war das letzte Mal, dass ich …« Sie brachte den Satz nicht zu Ende.

»Und nach dem Studium?«, fragte Gabriel.

Charlotte erhielt die Mitteilung, das Unternehmen habe Erfolg gehabt. Sie erfuhr nie, welcher der britischen Geheimdienste ihr Kind angeworben hatte, aber sie tippte auf den MI6. Kim, sagte sie, hätte sich nie auf den MI5 eingelassen, der ihn so unbarmherzig verfolgt hatte.

»Und Sie haben in all diesen Jahren keinen Kontakt mehr gehabt?«

»Gelegentlich bekomme ich einen Brief, ein paar belanglose Zeilen, zweifellos von Moskau zensiert. Sie enthalten keine Informationen über Beruf oder Privatleben, die mir helfen könnten …«

»Das Kind zu finden, das Sie preisgegeben haben?« Seine Frage verletzte sie. »Tut mir leid, Madame Bettencourt, aber ich verstehe nicht, wie …«

»Richtig, Monsieur Allon, das verstehen Sie nicht.«

»Vielleicht könnten Sie's mir erklären.«

»Das waren andere Zeiten. Die Welt war anders. *Sie* waren anders.«

»Wer?«

»Die Russen. Aus unserer Sicht war Moskau der Mittelpunkt des Universums. Sie würden die Welt verändern, und wir waren verpflichtet, ihnen zu helfen.«

»Dem KGB helfen? Das waren Ungeheuer!«, sagte Gabriel. »Sie sind's noch immer.«

Als Charlotte nur schwieg, fragte er, wann sie den letzten Brief erhalten habe.

»Vor ungefähr zwei Wochen.«

Gabriel ließ sich seine Besorgnis nicht anmerken. »Wie ist er zugestellt worden?«

»Von einem Lümmel namens Karpow von der Residentur

Madrid. Außerdem hat er mir mitgeteilt, die Zentrale Moskau wolle mich zu einem längeren Urlaub in Russland einladen.«

»Warum jetzt?«, fragte Gabriel.

»Das dürften Sie besser wissen als ich, Monsieur Allon.«

»Mich überrascht nur, dass man Sie nicht schon lange geholt hat.«

»Das gehörte zu meiner ursprünglichen Übereinkunft mit Kim und Sascha. Ich hatte nicht den Wunsch, in der Sowjetunion zu leben.«

»Vielleicht war sie letztlich doch kein marxistisches Utopia.«

Charlotte Bettencourt ertrug diese Zurechtweisung in bußfertigem Schweigen. Um sie herum begann Sevilla sich wieder zu regen. Musik lag in der Luft, und in den Bars und Cafés der benachbarten Plaza klirrten Besteck und Gläser. Die Abendbrise trug Orangenduft in den Raum – und ganz plötzlich das Lachen einer jungen Frau. Charlotte hob erwartungsvoll den Kopf, aber das Lachen wiederholte sich nicht. Dann starrte sie die massive Holzkassette auf dem Tisch an.

»Die hat Kim mir geschenkt«, sagte sie nach kurzer Pause. »Er hat sie in einem kleinen Laden im Christenviertel entdeckt. Sehr passend, finden Sie nicht auch? Typisch Kim, dass er mir eine Box schenkt, in der ich meine Geheimnisse wegsperren kann.«

»Auch seine«, sagte Gabriel. Er klappte den Deckel auf und nahm einen Packen Briefe heraus, der von einem blasslila Seidenband zusammengehalten wurde. »Er war ein Vielschreiber, was?«

»In den ersten Wochen unserer Affäre habe ich manchmal zwei Briefe pro Tag bekommen.«

Gabriel griff wieder in die Kassette. Diesmal zog er ein einzelnes Blatt Papier heraus: eine Geburtsurkunde aus dem Hôpital Saint Georges in Beirut, dem ältesten Krankenhaus im Libanon, vom 26. Mai 1963. Er zeigte auf den Vornamen des Kindes.

»Ist er jemals geändert worden?«

»Nein«, antwortete sie. »Durch einen glücklichen Zufall war er englisch genug.«

»Wie Ihrer.« Gabriel griff erneut in Kim Philbys Schatzkiste. Diesmal zog er eine Heiratsurkunde vom April 1977 heraus. »Eine Hochzeit im Frühling. Wie romantisch!«

»Tatsächlich hat sie in kleinstem Kreis stattgefunden.«

Gabriel deutete auf den Nachnamen des Bräutigams. »Vermute ich richtig, dass sie ihn beide angenommen haben?«

»Für einige Zeit«, antwortete sie. »Nach der Scheidung bin ich wieder Charlotte Bettencourt geworden.«

»Aber nicht …«

»Das wäre kontraproduktiv gewesen«, unterbrach sie ihn. »Schließlich sollte die Ehe nur einen Namen und eine Abstammung sichern, mit der man auf eine Eliteuniversität und später zum Secret Intelligence Service gehen konnte.«

Gabriel legte die Heiratsurkunde auf den Tisch neben den Packen Briefe und die Geburtsurkunde. Dann griff er ein letztes Mal in die Kassette und nahm ein Farbfoto vom Oktober 1984 heraus. Sogar er konnte die Ähnlichkeit mit Philby erkennen – aber auch mit Charlotte Bettencourt.

»Sie haben dieses Foto geschossen und sind weggegangen?«, fragte er. »Ohne ein Wort zu sprechen?«

»Was hätte ich sagen sollen?«

»Sie hätten um Verzeihung bitten können. Sie hätten alles stoppen können.«

»Wieso hätte ich das nach allem, was ich geopfert hatte, tun sollen? Bedenken Sie, dass wir uns auf dem Höhepunkt des Kalten Krieges befanden. Der Cowboy Reagan war im Weißen Haus. Die Amerikaner hatten in Mitteleuropa neue Atomraketen stationiert.«

»Und dafür«, fragte Gabriel kalt, »waren Sie bereit, Ihre Tochter zu opfern?«

»Sie war nicht nur meine, sondern auch Kims Tochter. Anders als sie war ich nur eine Salonrevolutionärin. Sie war hundertprozentig authentisch. Sie hatte Verrat im Blut.«

»Sie aber auch, Madame Bettencourt.«

»Was ich getan habe«, sagte sie, »habe ich aus Gewissensgründen getan.«

»Sie haben offensichtlich kein Gewissen. Auch Philby hatte keins.«

»Kim«, sagte sie. »Für mich bleibt er immer Kim.«

Charlotte starrte das Foto an. Nicht sehnsüchtig, fand Gabriel, sondern stolz.

»Warum?«, fragte er. »Warum haben Sie's getan?«

»Gibt es darauf eine Antwort, die Sie zufriedenstellen würde?«

»Nein.«

»Dann sollten wir die Vergangenheit vielleicht ruhen lassen, Monsieur Allon.«

»Ja«, sagte Gabriel. »Das sollten wir vielleicht.«

TEIL DREI

DRUNTEN AM FLUSS

51

SEVILLA– LONDON

Am folgenden Morgen gab es mehrere Flüge von Sevilla nach London, aber Christopher Keller und Gabriel fuhren lange vor Tagesanbruch nach Lissabon, weil sie vermuteten, die Zentrale Moskau überwache alle Auslandsflüge von Spanien aus. Keller bezahlte ihre Tickets mit seiner auf den Namen Peter Marlowe ausgestellten MI6-Kreditkarte. Er informierte Vauxhall Cross nicht über seine bevorstehende Rückkehr, und Gabriel verzichtete darauf, seine Station zu informieren. Sein einziges Gepäckstück war ein vom Dienst präparierter Aktenkoffer, in dessen Geheimfach drei Dinge aus der Kassette lagen, die Kim Philby Charlotte Bettencourt zum 25. Geburtstag geschenkt hatte: eine Geburtsurkunde, eine Hochzeitsurkunde und das heimlich gemachte Foto aus der Jesus Lane in Cambridge. Auf Gabriels BlackBerry waren Fotos der übrigen Gegenstände gespeichert: die Liebesbriefe, die Notizbücher, die angefangenen Memoiren, die vielen intimen Fotos von Kim, die Charlotte in ihrer Wohnung gemacht hatte. Madame Bettencourt selbst war von dem Dienst beschützt in dem Haus in Sevilla zurückgeblieben.

Die Maschine landete wenige Minuten nach zehn Uhr in Heathrow. Keller und Gabriel passierten die Passkontrolle getrennt und kamen erst im Chaos des Empfangsgebäudes wieder zusammen. Sekunden später zeigte ein *Ping!* an, dass auf Kellers BlackBerry eine Nachricht eingegangen war.

»Wir sind aufgeflogen.«

»Von wem ist sie?«

»Nigel Whitcombe. Er muss meine Kreditkarte beobachtet haben. Er will uns in die Stadt mitnehmen.«

»Sag danke, aber nein danke.«

Keller betrachtete stirnrunzelnd die Schlange am Taxistand. »Was kann es schaden?«

»Das hängt davon ab, ob die Russen Nigel ab Vauxhall Cross beschattet haben.«

»Da ist er.«

Keller nickte zu dem Ford hinüber, dessen Scheinwerfer kurz aufgeblendet hatten. Gabriel folgte ihm widerstrebend nach draußen und stieg hinten ein. Sobald sie auf dem M40 nach London unterwegs waren, suchte Whitcombe Gabriels Blick im Rückspiegel.

»Der Chef will, dass ich Sie ins sichere Haus in Stockwell bringe.«

»Kommt nicht infrage! Fahren Sie mich in die Bayswater Road.«

»Nicht gerade das sicherste aller sicheren Häuser.«

»Sind Ihre auch nicht«, stellte Gabriel fest. Draußen schien es unter bleigrauen Wolken nicht richtig Tag werden zu wollen. »Wie lange will Ihr Chef mich noch warten lassen?«

»Bis mittags ist er in einer Sitzung des Vereinten Geheimdienstausschusses. Danach fährt er zu einem privaten Lunch mit dem Premier in die Downing Street.«

Gabriel fluchte leise.

»Soll ich ihn bitten, den Lunch abzusagen?«

»Nein. Er muss seine Termine ganz normal wahrnehmen.«

»Klingt übel.«

»Das ist's auch«, sagte Gabriel. »Verdammt übel.«

Tatsächlich war die sichere Wohnung des Diensts in der Bayswater Road nicht mehr völlig sicher. Gabriel hatte sie schon so oft benutzt, dass die Abteilung Hausverwaltung sie als seine Zweitwohnung in London bezeichnete. Zuletzt war er vor einem halben Jahr hier gewesen – in der Nacht, in der Keller und er nach London zurückgekommen waren, nachdem sie Saladin in seinem Komplex in Marokko liquidiert hatten. Als Gabriel die sichere Wohnung betreten hatte, hatte Chiara auf ihn gewartet. Sie hatten um Mitternacht zusammen gegessen, er hatte ein paar Stunden geschlafen, und am folgenden Morgen hatten Keller und er vor der Sicherheitsbarrikade an der Downing Street einen IS-Terroristen mit einer »schmutzigen« Bombe erschossen. Gemeinsam hatten sie Großbritannien vor einer Kalamität bewahrt. Diesmal brachten sie jedoch eine mit.

Die Hausverwaltung hatte haltbare Lebensmittel eingelagert und im Kleiderschrank eine 9-mm-Beretta mit Griffschalen aus Walnussholz zurückgelassen. Während Gabriel Minestrone aus der Dose warm machte, beobachtete Keller aus dem Wohnzimmerfenster den Verkehr auf der Straße – und einen vage russisch aussehenden Mann, der im Hyde Park gegenüber auf einer Bank saß. Der Mann ging um halb eins, wurde von einer Frau abgelöst. Keller rammte das volle Magazin in den Griff und lud die Beretta durch. Bei diesem Geräusch steckte Gabriel den Kopf ins Zimmer und zog die Augenbrauen hoch.

»Vielleicht hatte Nigel recht«, sagte Keller. »Vielleicht sollten wir eines unserer sicheren Häuser benutzen.«

»Der MI6 hat keine mehr.«

»Ich will nur woanders hin. Hier ist's mir unheimlich.«

»Wieso?«

»Ihretwegen«, sagte Keller und deutete zum Park hinüber.

Gabriel trat ans Fenster. »Sie heißt Aviva. Sie ist eine von meinen Leuten.«

»Wann hast du deine Station benachrichtigt?«

»Gar nicht. Der King Saul Boulevard muss ihr mitgeteilt haben, dass ich kommen würde.«

»Hoffen wir, dass die Russen nicht mitgehört haben.«

Zwanzig Minuten später verließ die Frau die Bank, und der Mann von vorhin nahm ihren Platz ein. »Das ist Nir«, sagte Gabriel. »Der erste Bodyguard des Botschafters.«

Keller sah auf seine Armbanduhr. Fast 13 Uhr. »Wie lange sitzen ein Premierminister und sein Geheimdienstchef beim Lunch beisammen?«

»Kommt darauf an, was sie zu besprechen haben.«

»Und wenn der Geheimdienstchef seinem Premierminister gestehen müsste, dass seine Organisation völlig von den Russen unterwandert ist?« Keller schüttelte langsam den Kopf. »Wir werden den MI6 ganz neu aufbauen müssen. Dies wird die Mutter aller Skandale.«

Gabriel äußerte sich nicht dazu.

»Glaubst du, dass er's überlebt?«, fragte Keller.

»Graham? Das hängt davon ab, wie er damit umgeht, denke ich.«

»Die Verhaftung und der Prozess werden bestimmt unschön.«

»Was bleibt ihm anderes übrig?«

Keller gab keine Antwort; er starrte auf sein Handy. »Graham hat die Downing Street verlassen. Er ist unterwegs. Tatsächlich«, sagte Keller und sah auf, »ist er schon da.«

Gabriel beobachtete den unten vorfahrenden Jaguar. »Das war schnell.«

»Er muss den Pudding stehen gelassen haben.«

Die Limousine hielt vor dem Hauseingang. Graham Seymour stieg mit grimmiger Miene aus.

»Er sieht aus, als ginge er zu einer Beerdigung«, bemerkte Keller.

»Wieder mal«, fügte Gabriel hinzu.

»Hast du dir schon überlegt, wie du's ihm beibringen willst?«

»Ich brauche kein Wort zu sagen.«

Gabriel klappte seinen Aktenkoffer auf und nahm drei Gegenstände aus dem Geheimfach. Eine Geburtsurkunde, eine Heiratsurkunde und ein in der Jesus Lane in Cambridge heimlich gemachtes Foto. Übel, dachte er. Verdammt übel.

52

BAYSWATER ROAD, LONDON

Die Geburtsurkunde war am 26. Mai 1963 vom Beiruter Hôpital Saint Georges ausgestellt worden. Sie führte BETTENCOURT, CHARLOTTE als Mutter und PHILBY, HAROLD ADRIAN RUSSELL als Vater an. Das Mädchen Rebecca wog bei der Geburt knapp 3000 Gramm. Es erhielt den Namen seiner Mutter, nicht den seines Vaters – er war damals mit einer anderen Frau verheiratet –, bekam aber einen neuen Nachnamen, als BETTENCOURT, CHARLOTTE am 2. November 1976 in London standesamtlich einen MANNING, ROBERT heiratete. Eine simple Überprüfung der Einschreibungsunterlagen der Cambridge University hätte gezeigt, dass eine MANNING, REBECCA im Herbst 1981 ein Studium am Trinity College begonnen hatte. Und eine Überprüfung der nach Großbritannien Eingereisten hätte bestätigt, dass BETTENCOURT, CHARLOTTE 1984 erneut eingereist war. Sie hatte ein Foto von MANNING, REBECCA in der Jesus Lane gemacht – eine Aufnahme, die sie ALLON, GABRIEL in einem Haus in Sevilla überlassen hatte. Das alles bewies, dass die MI6-Stationsleiterin in Washington die uneheliche Tochter des größten britischen Spions und seit Langem eine russische Topagentin war. Ein Maulwurf, wie es fachsprachlich hieß.

»Es sei denn«, sagte Gabriel, »du hast eine andere Erklärung.«

»Zum Beispiel?«

»Dass der MI6 von Anfang an über sie informiert war. Dass ihr sie umgedreht und gegen die Zentrale Moskau eingesetzt habt. Dass sie die größte Doppelagentin der Geschichte ist.«

»Wenn's nur so wäre!« Seymour starrte das Foto fast ungläubig an.

»Ist sie's?«, fragte Gabriel.

»Hast du jemals mit ihr zusammengearbeitet?«

»Ich hatte nie das Vergnügen.«

»Sie ist's«, sagte Seymour nach kurzer Pause. »Eine jüngere Version, versteht sich, aber eindeutig Rebecca Manning.«

Damit hatte er erstmals ihren Namen ausgesprochen.

»Hattest du jemals ...«

»Den Verdacht, sie könnte eine russische Spionin sein? Die uneheliche Tochter Kim Philbys?«

Gabriel sagte nichts.

»In solchen Zeiten macht man Listen«, sagte Seymour, »als hätte man den Verdacht, von seiner Frau betrogen zu werden. Ist's der? Oder der?«

»Was ist mit ihr?«

»Ich habe Rebecca selbst zur Leiterin unserer Washingtoner Station ernannt. Natürlich hatte ich nicht den geringsten Zweifel an ihrer Loyalität.«

Keller starrte auf die Bayswater Road hinunter, als wollte er die beiden Geheimdienstchefs ausblenden, die sich an dem Couchtisch hinter ihm gegenübersaßen.

»Bestimmt hast du dir ihre Akte genau angesehen, bevor du ihr den Job gegeben hast«, sagte Gabriel.

»Aber sicher.«

»Nichts Nachteiliges bekannt?«

»Ihre Personalakte ist makellos.«

»Was ist mit den Umständen ihrer Kindheit? Sie ist in Beirut geboren, und ihre französische Mutter ist aus ihrem Leben verschwunden, als sie noch ein Kind war.«

»Aber Robert Manning stammte aus der richtigen Familie.«

»Eben deshalb hat Philby ihn ausgewählt«, warf Gabriel ein.

»Und ihre Tutoren in Cambridge haben in höchsten Tönen von ihr gesprochen.«

»Auch die hat Philby ausgesucht. Er wusste, was zu tun war, um Rebecca den Job beim MI6 zu verschaffen. Er hatte selbst damit Erfolg gehabt.« Gabriel hielt die Geburtsurkunde hoch. »Ist keinem eurer Prüfer aufgefallen, dass der Name ihrer Mutter in Depeschen deines Vaters aus Beirut gestanden hat?« Er zitierte die entsprechende Stelle aus dem Gedächtnis: »›Die andere Frau heißt Charlotte Bettencourt. Nach verlässlichen Informationen ist Mlle Bettencourt im siebten Monat schwanger.‹«

»Offenbar«, sagte Seymour, »haben die Prüfer diese Verbindung nicht hergestellt.«

»Ein einfacher Bluttest hätte genügt.«

»Ich brauche keinen Bluttest.« Seymour starrte das Foto von Rebecca Manning in Cambridge an. »Sie hat das Gesicht, das ich als Junge in der Bar des Hotels Normandie in Beirut gesehen habe.«

»Ihre Mutter erinnert sich übrigens an dich.«

»Wirklich?«

»Und an deinen Vater.«

Seymour warf das Foto auf den Couchtisch. »Wo ist sie jetzt? Noch immer in Sevilla?«

Gabriel nickte. »Dort sollte sie bleiben, bis ihr Rebecca verhaftet habt. An deiner Stelle würde ich mich damit beeilen. Die Russen werden bald merken, dass Charlotte nicht mehr in Zahara ist.«

»Rebecca Manning verhaften?«, fragte Seymour. »Mit welcher Begründung? Weil sie Philbys uneheliche Tochter ist?«

»Sie ist ein russischer Maulwurf, Graham. Lass dir irgendeinen Grund einfallen, um sie nach London zu holen, ohne dass sie misstrauisch wird. Und lass sie festnehmen, sobald sie in Heathrow von Bord geht.«

»Hat Rebecca jemals wirklich für die Russen spioniert?«

»Selbstverständlich.«

»Ich brauche Beweise«, sagte Seymour. »Sonst habe ich nur die traurige Story eines kleinen Mädchens, das vom KGB dafür ausgebildet wurde, das Werk seines verräterischen Vaters zu vollenden.«

»Diese Story würde ich lesen.«

»Viele andere Leute leider auch.« Seymour machte eine Pause, dann fügte er hinzu: »Und den Secret Intelligence Service kostet sie seinen Ruf.«

Danach herrschte Schweigen, bis Gabriel wieder das Wort ergriff.

»Lass sie umfassend überwachen, Graham. Physisch, aber auch PC und Smartphone. Lass ihre Wohnung und ihr Büro abhören. Irgendwann macht sie einen Fehler.«

»Hast du vergessen, wer ihr Vater war?«

»Ich bin draufgekommen, wessen Tochter sie ist.«

»Sie ist ein Wunderkind«, sagte Seymour. »Philby hat nie einen Fehler gemacht, und sie macht auch keinen.«

»Christopher und dir fällt bestimmt etwas ein.« Gabriel ließ die Geburtsurkunde auf das Foto fallen. »Ich muss mein Flugzeug erreichen und mich zu Hause um mehrere dringende Angelegenheiten kümmern.«

Seymour rang sich ein Lächeln ab. »Reizt es dich nicht ein bisschen?«

»Was soll mich reizen?«

»Zu beenden, was du angefangen hast.«

»Ich warte, bis der Film ins Kino kommt. Außerdem habe ich kein gutes Gefühl bei dieser Sache.« Gabriel stand langsam auf. »Sorry, aber ich muss hier absperren. Die Hausverwaltung schreibt mir einen bösen Brief, wenn ich dich hier zurücklasse.«

Seymour blieb sitzen. Er sah angelegentlich auf seine Armbanduhr. »Den El-Al-Flug um halb vier erreichst du auf keinen

Fall mehr. Willst du nicht noch ein paar Minuten bleiben und mir erzählen, wie du's anfangen würdest?«

»Was denn?«

»Kim Philbys Tochter auf frischer Tat ertappen.«

»Das ist der einfache Teil. Man braucht nur eine Spionin zu fangen, um eine Spionin zu fangen.«

»Wie?«

»Mit einem Ford Explorer«, antwortete Gabriel. »Auf der Rue Saint-Denis in Montreal.«

Seymour lächelte. »Da bin ich gespannt. Bitte weiter!«

53

NARKISS STREET, JERUSALEM

Es war nach Mitternacht, als Gabriels Autokolonne in die Narkiss Street abbog. Vor seinem Haus parkte eine gepanzerte Limousine, und oben in der Wohnung brannte nur schwaches Licht. Ari Schamron saß allein an dem kleinen Küchentisch. Wie immer trug er eine frisch gebügelte Khakihose, dazu ein weißes Baumwollhemd und eine Bomberjacke aus Leder mit einem nicht reparierten Riss an der linken Schulter. Auf der Tischplatte vor ihm lagen ein Päckchen türkischer Zigaretten, ungeöffnet, und sein altes Zippo-Feuerzeug. Sein Spazierstock aus Olivenholz lehnte am Stuhl neben ihm.

»Weiß jemand, dass du hier bist?«, fragte Gabriel.

»Natürlich deine Frau. Die Kinder haben schon geschlafen, als ich gekommen bin.« Schamron musterte Gabriel durch seine hässliche Nickelbrille. »Klingt vertraut, was?«

Gabriel ignorierte die Frage. »Woher wusstest du, dass ich heute Nacht heimkommen würde?«

»Ich habe eine Quelle in hoher Position.« Schamron machte eine Pause, dann fügte er hinzu: »Einen Maulwurf.«

»Nur einen?«

Der Alte lächelte schwach.

»Mich hat gewundert, dass du nicht am Ben Gurion gewartet hast«, sagte Gabriel.

»Ich wollte nicht lästig sein.«

»Seit wann das?«

Schamrons Lächeln wurde breiter und vertiefte die Runzeln und Falten seines alten Gesichts. Obwohl seine letzte Amtszeit als Direktor viele Jahre zurücklag, mischte er sich weiter in Belange des Diensts ein, als sei dieser sein persönliches Lehen. Sein

Ruhestand war unruhig – und wie der Kim Philbys überwiegend unglücklich. Er vertrieb sich die Zeit damit, in der Werkstatt seiner festungsartigen Villa in Tiberias am See Genezareth alte Radios zu reparieren. Seine Nächte reservierte er für Gabriel.

»Mein Maulwurf berichtet mir, dass du in letzter Zeit viel gereist bist«, sagte er.

»Tut er das?«

»Vorsicht mit dem Geschlecht von Maulwürfen«, sagte Schamron mahnend. »Frauen können ebenso Verrat üben wie Männer.«

»Ich werd's mir merken. Was erzählt dein Maulwurf dir sonst noch?«

»Der Maulwurf fürchtet, dass dein verständliches Bemühen, nach der Katastrophe in Wien deinen Namen reinzuwaschen, zu einer Obsession geworden ist. Der Maulwurf findet, dass du den Dienst und deine Familie, die dich beide dringend brauchen, sträflich vernachlässigst.«

»Der Maulwurf irrt sich«, sagte Gabriel.

»Der Maulwurf«, widersprach Schamron, »hat unbegrenzten Zugang.«

»Ist's der Premierminister?«

Der Alte runzelte die Stirn. »Du hast anscheinend nicht richtig zugehört, als ich gesagt habe, dass der Maulwurf in *hoher Position* ist.«

»Dann bleibt nur Chiara übrig«, sagte Gabriel. »Das würde erklären, warum du dich nicht zu rauchen getraut hast. Ihr habt heute Abend ein längeres Gespräch geführt, und bevor Chiara ins Bett gegangen ist, hat sie dich ermahnt, hier ja nicht zu rauchen.«

»Deine Sicherheitsfreigabe reicht nicht aus, um die Identität des Maulwurfs zu erfahren, fürchte ich.«

»Ja, ich verstehe. Dann kannst du dem Maulwurf ausrichten, dass das Unternehmen fast beendet ist und unser Leben bald wieder normal sein wird, was immer das im Umfeld der Familie Allon bedeutet.«

Gabriel nahm zwei Weingläser aus dem Hängeschrank und entkorkte einen Rotwein aus den Hügeln Judäas.

»Kaffee wäre mir lieber«, sagte Schamron stirnrunzelnd.

»Und ich wäre lieber bei meiner Frau im Bett. Stattdessen trinke ich ein einziges Glas mit dir und schicke dich zufrieden in die Nacht hinaus.«

»Das bezweifle ich.«

Schamrons Hand zitterte, als er das Weinglas entgegennahm. Sie war blau geädert und altersfleckig und sah aus, als gehöre sie einem doppelt so großen Mann. Für das Unternehmen Eichmann war er auch wegen seiner ungeheuer starken Hände ausgewählt worden. Noch heute konnte Schamron sich nicht in der Öffentlichkeit sehen lassen, ohne dass greise Überlebende die Hände berühren wollten, die sich damals um den Hals des Ungeheuers geschlossen hatten.

»Stimmt das?«

»Dass ich lieber mit Chiara zusammen wäre als mit dir?«

»Dass deine Maulwurfjagd fast vorbei ist.«

»Aus meiner Sicht ist sie das bereits. Aber mein Freund Graham Seymour möchte, dass ich bis zum letzten Akt dabeibleibe.«

»Ich würde dir raten«, sagte Schamron nachdrücklich, »dir das noch mal zu überlegen.«

Gabriel lächelte. »Wie ich sehe, hast du Sergei Morosows Vernehmung verfolgt.«

»Mit großem Interesse. Vor allem den Teil über den britischen Überläufer, der mit einem Lenin-Doppelgänger zusammengearbeitet hat, um einen Maulwurf in der Führungsspitze der britischen Geheimdienste zu platzieren. Alles nur erfunden, nicht wahr?«

»Leider stimmt alles.«

»Hast du sie gefunden?«

»Die andere Frau?«

Schamron nickte, und Gabriel nickte seinerseits.

»Wo?«

»In den Akten von Seymours Vater. Er hat Anfang der sechziger Jahre in Beirut Dienst getan.«

»Ich erinnere mich«, sagte Schamron. »Das muss eine interessante Lektüre gewesen sein.«

»Vor allem die Bemerkungen über dich.«

Schamron griff nach seinen Zigaretten, ließ dann jedoch die Hand sinken. »Und das Kind?«

Gabriel riss ein Blatt von dem Notizblock am Telefon ab und schrieb Rebecca Mannings Namen und ihre Position im MI6 auf. Schamron nickte ernst.

»Der gleiche Job wie …«

»Ja«, sagte Gabriel. »Genau der gleiche Job.«

Schamron gab den Zettel zurück und schob sein Zippo über den Tisch. »Vielleicht solltest du den verbrennen.«

Gabriel trat an den Ausguss und hielt den Zettel mit dem Namen in die Flamme.

»Und der letzte Akt?«, fragte Schamron. »Der dürfte in Washington spielen, nicht wahr?«

Gabriel ließ das verkohlte Papier in den Ausguss fallen und sagte nichts.

»Und was ist mit den Amerikanern? Hast du die in deinem Drehbuch berücksichtigt? O nein«, sagte er hastig und beantwortete dann seine eigene Frage, »das kann nicht sein, nicht wahr? Schließlich wissen die Amerikaner nichts von dieser Sache.«

Gabriel ließ Wasser laufen und spülte die Asche sorgfältig weg. Als er sich wieder setzte, schob er dem Alten das Zippo über den Tisch. »Rauch meinetwegen, Ari. Ich erzähle deinem Maulwurf nichts.«

Schamron riss die Zellophanhülle auf. »Ich vermute, dass Graham einen *Beweis* dafür will, dass sie für die Russen spioniert.«

»Mit einigem Recht.«

»Wenn ich mich nicht irre, was fast immer der Fall ist, hast du erst mal so getan, als wolltest du dich völlig raushalten. Und dann hast du prompt zugestimmt.«

»Auch das klingt bekannt.«

»Dafür habe ich volles Verständnis. Burgess, Maclean, Philby, Aldrich Ames … im Vergleich zu dieser Sache verblassen sie.«

»Das ist nicht der Grund für mein Mitmachen.«

»Natürlich nicht! Gott bewahre, dass du dich jemals über einen deiner Erfolge freust. Wozu deine makellose Bilanz gefährden?« Schamron zog eine Zigarette aus dem Päckchen. »Aber ich komme vom Thema ab. Du wolltest mir erzählen, wieso du riskieren willst, Israels engsten Verbündeten durch ein unangemeldetes Unternehmen in Washington massiv zu verärgern.«

»Graham hat mir ungehinderten Zugang zu den Vernehmungsergebnissen versprochen, sobald sie festgesetzt ist.«

»Ach, tatsächlich?« Schamron zündete sich die Zigarette an. »Weißt du, Gabriel, es gibt nur eine Sache, die schlimmer ist, als eine Spionin in seiner Organisation zu haben.«

»Welche?«

»Sie zu fangen.« Schamron ließ das Feuerzeug metallisch zuschnappen. »Aber das ist der einfache Teil. Du brauchst dich nur in ihre Verbindung zur Zentrale Moskau einzuklinken und sie etwas tun zu lassen. Dein Freund Sergei Morosow hat dir alles erzählt, was du wissen musst. Ich zeige dir gern, wo das steht.«

»Danke, ich habe ihn selbst verhört.«

»Du musst dir etwas einfallen lassen, das du den Amerikanern erzählen kannst«, fuhr Schamron fort. »Etwas, das die

Anwesenheit deiner Leute rechtfertigt. Eine Besprechung in der Station müsste genügen. Aber sie werden natürlich kein Wort davon glauben, deshalb müsst ihr euch doppelt vorsehen.«

»Das habe ich vor.«

»Von wo aus leitest du das Unternehmen?«

»Chesapeake Street.«

»Das dürfte peinliche Erinnerungen wecken.«

»Aber sie ist für meine Zwecke ideal.«

»Ich wollte, ich könnte dabei sein«, sagte Schamron wehmütig, »aber ich wäre nur im Weg. Das bin ich heutzutage: ein Gegenstand, um den die Leute herumgehen, meistens mit abgewandtem Blick.«

»Da sind wir schon zu zweit.«

Danach herrschte für einige Zeit geselliges Schweigen. Gabriel trank seinen Wein, während Schamron seine Zigarette bis auf einen kurzen Stummel rauchte, als fürchte er, Gabriel werde ihm keine zweite bewilligen.

»Anfang der sechziger Jahre hatte ich Gelegenheit, öfters nach Beirut zu reisen«, sagte er schließlich. »Gleich um die Ecke von der alten britischen Botschaft gab es eine kleine Bar, Jack's oder Joe's, irgendwas in dieser Art. Der MI6 hat sie wie einen Club benutzt. Ich bin öfters hingegangen, um zu hören, was sie vorhatten. Und wen habe ich eines Nachmittags gesehen, als er sich bis zur Bewusstlosigkeit betrunken hat?«

»Hast du mit ihm gesprochen?«

»Ich war versucht«, sagte Schamron. »Aber dann bin ich doch an meinem Tisch geblieben und hab mich bemüht, ihn nicht anzustarren.«

»Und was hast du gedacht?«

»Als jemand, der sein Land liebt, konnte ich unmöglich verstehen, dass er seines verriet. Aber als Profi habe ich ihn sehr bewundert.« Schamron drückte langsam seine Zigarette aus.

»Hast du übrigens sein Buch gelesen? Das er in Moskau geschrieben hat, nachdem er übergelaufen war?«

»Wozu denn? Es ist eine einzige Lügengeschichte.«

»Aber manche Details sind faszinierend. Wusstest du zum Beispiel, dass er seine russische Spionagekamera mit allen Filmen irgendwo in Maryland vergraben hat, nachdem er erfahren hatte, dass Burgess und Maclean übergelaufen waren? Sie ist nie gefunden worden. Anscheinend hat er niemandem erzählt, wo sie liegt.«

»Tatsächlich«, sagte Gabriel, »hat er's zwei Leuten gesagt.«

»Wirklich? Wem?«

Gabriel lächelte nur und goss sich ein weiteres Glas Wein ein.

»Ich dachte, du wolltest nur eines trinken.«

»Stimmt. Aber wozu die Eile?«

Schamrons Feuerzeug flammte auf. »Wo ist sie also?«

»Was?«

»Die Kamera mit den Filmen.«

Gabriel lächelte noch mal. »Warum fragst du nicht deinen Maulwurf?«

54

RUE SAINT-DENIS, MONTREAL

Drei weit voneinander entfernt stattfindende Ereignisse, alle scheinbar zusammenhanglos, wiesen darauf hin, dass die Suche nach dem russischen Maulwurf in die Endphase getreten war. Zu dem ersten kam es in der mal deutschen, mal französischen Stadt Straßburg, in der die französischen Behörden einem Vertreter der russischen Regierung einen verkohlten Leichnam übergaben. Dies sollten die sterblichen Überreste eines russischen Consultants aus Frankfurt sein. Das waren sie nicht. Und der russische Regierungsvertreter war in Wirklichkeit ein SWR-Offizier. Zeugen der Übergabe auf dem regennassen Vorfeld des Flughafens schilderten die Atmosphäre als frostig. Nichts ließ darauf schließen, dass die Angelegenheit damit beendet sein würde.

Das zweite Ereignis fand später am selben Vormittag in dem südspanischen »weißen Dorf« Zahara statt, wo eine alte Französin, bei den Einheimischen wegen ihrer politischen Ansichten als *la loca* oder *la roja* bekannt, nach kurzem Aufenthalt in Sevilla in ihre Villa zurückkehrte. Im Gegensatz zu früher war sie nicht allein. Eine Frau Mitte dreißig, die Französisch sprach, und ein bulliger Mann, der nie den Mund aufmachte, quartierten sich bei ihr ein. Außerdem nahmen zwei ihrer Kollegen sich Zimmer in dem hundertvierzehn Schritte weit entfernten Hotel. Am frühen Nachmittag war zu hören, wie die Frau sich mit einem Ladenbesitzer in der Calle San Juan stritt. Sie aß unter den Orangenbäumen der Bar Mirador zu Mittag und suchte anschließend Pater Diego in der Kirche Santa María de la Mesa auf. Pater Diego erteilte ihr seinen Segen – oder vielleicht seine Absolution – und schickte sie weiter.

Das letzte der drei Ereignisse fand nicht in Westeuropa, sondern in Montreal statt, wo Eli Lavon um 10.15 Uhr Ortszeit, als die alte Französin mit der Kassiererin im Supermarkt El Castillo stritt, auf der Rue Saint-Dominique aus einem Taxi stieg. Er ging mehrere Blocks weit, machte mehrmals halt, als müsse er sich orientieren, und erreichte endlich sein Ziel in der Rue Saint-Denis: ein in Wohnungen unterteiltes ehemaliges Stadthaus. Eine Treppe führte in den ersten Stock hinauf, den die Abteilung Hausverwaltung, die sparen musste, sich für drei Monate als Untermieterin gesichert hatte.

Die Tür öffnete sich mit leisem Knall, als sei ein Siegel erbrochen worden, und Lavon schlüpfte hindurch. Er betrachtete mürrisch die mit Brandflecken von Zigaretten übersäten Möbel, bevor er an den fadenscheinigen Vorhang trat und hinausspähte. Schräg rechts vor ihm lag auf der anderen Straßenseite ein Stück Asphalt, auf dem – wenn die Geheimdienstgötter ihnen gewogen waren – bald ein dunkelgrauer Ford Explorer halten würde.

Wenn die Geheimdienstgötter ihnen gewogen waren …

Lavon ließ den Vorhang zurückfallen. Eine weitere sichere Wohnung, eine weitere Stadt, weiteres Warten. Wie lange würde es diesmal dauern? Das große Unternehmen war zu einer großen Warterei geworden.

Christopher Keller kam gegen Mittag, Michail Abramow kurz vor 13 Uhr. Er brachte eine Sporttasche mit dem Logo eines großen Skiherstellers mit, die eine Kamera mit Tele und Stativ, ein Richtmikrofon, Funkgeräte, zwei 9-mm-Pistolen des Modells IWI Jericho und zwei Notebooks für eine sichere Verbindung zum King Saul Boulevard enthielt. Keller brachte nichts mit außer seinem dienstlichen BlackBerry, dessen Benutzung Gabriel ihm ausdrücklich verboten hatte. Rebecca hatte die Anfänge der Digitalisierung beim MI6 miterlebt und ihr erstes Mobiltelefon bestimmt den Russen zur Analyse überlassen. Damit alles normal wirkte, benutzten MI6-Offiziere in aller Welt weiter ihre von den Russen gehackten BlackBerrys. Nur Keller nicht. Keller war abgetaucht.

Jetzt hatte er den Auftrag, mit zwei Israelis in einer schäbigen Wohnung in Montreal zu sitzen und ein kleines Stück der Rue Saint-Denis zu beobachten. Vermutlich beobachteten die Russen sie ebenfalls – vielleicht nicht ständig, aber oft genug, um sich zu vergewissern, dass sie sicher war. Deshalb warteten die drei Veteranen nicht nur darauf, dass der dunkelgraue Ford Explorer auftauchen würde. Sie beobachteten auch ihre Nachbarn und die vielen Fußgänger, die unter ihrem Fenster vorbeigingen. Mit dem Richtmikrofon kontrollierten sie Gesprächsfetzen auf verräterische Schlüsselwörter oder russische Akzente. Wer allzu regelmäßig vorbeikam oder sich etwas zu lange aufhielt, wurde fotografiert, damit der King Saul Boulevard ihn überprüfen konnte. Alle Überprüfungen verliefen jedoch negativ, was für die drei Veteranen beruhigend war.

Sie überwachten auch den Verkehr, vor allem nach Mitternacht, wenn er zu einem Rinnsal wurde. In der vierten Nacht kam derselbe Honda – ein 2016er Civic mit gewöhnlichem kanadischen Kennzeichen – zwischen Mitternacht und ein Uhr morgens dreimal vorbei: zweimal von links nach rechts, von Südosten nach Nordwesten, einmal in Gegenrichtung – aber viel langsamer. Mit dem Tele gelang Michail eine gute Aufnahme des Fahrers, die er Gabriel am King Saul Boulevard schickte. Gabriel leitete sie an seinen Stationschef in Ottawa weiter, der den Mann am Steuer als einen SWR-Offizier des russischen Generalkonsulats in Montreal identifizierte. Der tote Briefkasten war ganz eindeutig im Spiel.

Wie in vielen derartigen Fällen enttarnte ihre Überwachung das geheime Leben einiger Mensch, die ohne ihr Zutun in der Nähe der Zielperson lebten. So gab es im Haus gegenüber den gut aussehenden Jazzmusiker, der jeden Nachmittag eine Stunde lang eine verheiratete Frau zu Gast hatte, die sich dann mit einem Lächeln auf den Lippen verabschiedete. Und es gab seinen Nachbarn, einen eigenbrötlerischen Eremiten, der von Lasagne aus der Mikrowelle und Internetpornografie lebte. Und einen Mann Anfang dreißig, der seine Abende damit verbrachte, sich auf seinem Notebook Enthauptungsvideos anzusehen. Michail drang in seiner Abwesenheit in seine Wohnung ein und entdeckte stapelweise dschihadistische Propaganda, Baupläne für eine primitive Bombe und eine schwarze IS-Fahne, die im Schlafzimmer über dem Bett hing. Außerdem fand er einen tunesischen Pass, den er fotografierte, damit der King Saul Boulevard ihn überprüfen konnte.

Damit stand Gabriel vor einem operativen Dilemma. Er war verpflichtet, die Kanadier – und die Amerikaner – vor dieser potenziellen Gefahr in der Rue Saint-Denis in Montreal zu warnen. Dadurch konnte er jedoch eine Kette von Ereignissen auslösen, die ziemlich sicher bewirken würden, dass die Russen einen anderen toten Briefkasten wählten. Daher beschloss er widerstrebend, seine Erkenntnisse für sich zu behalten, bis er sie an die Verbündeten weitergeben konnte, ohne Kollateralschäden befürchten zu müssen. Er war sich sicher, dass die Situation beherrschbar war. Schließlich hielten sich in der Wohnung gegenüber drei der erfahrensten Terroristenbekämpfer der Welt auf.

Zum Glück brauchten sie nicht mehr lange an zwei Fronten Wache zu halten, weil der Honda Civic in der übernächsten Nacht zurückkam. Um 2.34 Uhr, als nur Keller hinter dem fadenscheinigen Vorhang Wache hielt, passierte er die sichere Wohnung von links nach rechts, von Südosten nach Nordwesten fahrend. Als er um 2.47 Uhr wieder vorbeikam, hatten Eli Lavon und Michail sich zu Keller gesellt. Die dritte Vorbeifahrt um 3.11 Uhr erfolgte von rechts nach links, sodass Michail den

Fahrer mit dem Tele fotografieren konnte. Er erwies sich als derselbe SWR-Offizier aus dem russischen Generalkonsulat in Montreal.

Es sollte zweieinhalb Stunden dauern, bis sie ihn wiedersahen. Diesmal fuhr er keinen Honda Civic, sondern einen dunkelgrauen Ford Explorer mit kanadischem Kennzeichen. Er parkte am Bordstein, schaltete die Scheinwerfer aus und stellte den Motor ab. Durchs Teleobjektiv beobachtete Keller, wie der Russe das Ablagefach öffnete und schloss. Dann stieg er aus, sperrte den Wagen mit der Fernbedienung ab und ging mit seinem Handy am Ohr nach Südosten davon. Michail verfolgte ihn mit dem Richtmikrofon.

»Was sagt er?«, fragte Keller.

»Wenn du die Klappe hältst, bekomme ich's vielleicht mit.«

Keller zählte langsam bis fünf. »Nun?«, fragte er.

Michail antwortete auf Russisch.

»Was heißt das?«

»Das heißt«, sagte Eli Lavon, »dass wir alle bald nach Washington abreisen werden.«

Der Russe bog um die nächste Ecke und war verschwunden. Michail schickte eine Blitzmeldung an den King Saul Boulevard, nach der bereitstehendes Personal mit den erforderlichen Ressourcen eilig nach Washington in Marsch gesetzt wurde. Keller starrte über die Straße hinweg das einzige Fenster an, hinter dem noch der schwache Lichtschein eines PC-Bildschirms zu sehen war.

»Dort gäbe es noch was zu erledigen, bevor wir abhauen.«

»Vielleicht keine gute Idee«, meinte Lavon.

»Schon möglich«, antwortete Keller. »Oder vielleicht die beste Idee, die ich jemals gehabt habe.«

55

MONTREAL – WASHINGTON

In ihrem Zimmer im Hotel Sheraton am Boulevard René-Lévesque mitten in Montreal saß Eva Fernandes an diesem Morgen um 8.15 Uhr beim Kaffee. Bei ihrem letzten Besuch hatte sie ganz in der Nähe im Queen Elizabeth gewohnt, das ihr besser gefiel, aber Sascha hatte sie angewiesen, nicht in Routine zu verfallen, wenn sie ihre angebliche kranke Verwandte besuchte. Er bestand auch darauf, dass sie unnütze Ausgaben vermied. Der Kaffee vom Zimmerservice war ein kleiner Verstoß dagegen. Sascha stammte aus einer anderen Zeit, aus einer Zeit von Krieg und Hungersnot und kommunistischer Genügsamkeit. Er duldete nicht, dass seine Illegalen wie Oligarchen lebten, außer es gehörte zu ihrer Tarnung. Eva war sich sicher, dass die nächste Nachricht der Zentrale Moskau einen Tadel für ihre Extravaganz enthalten würde.

Sie hatte geduscht, ihr Koffer war gepackt, ihre Kleidung für diesen Tag lag auf dem Bett. Die Fernbedienung des Fords Explorer steckte ebenso in ihrer Schultertasche wie der USB-Stick. Darauf gespeichert war das Material, das sie von Saschas Maulwurf durch drahtlose Übertragung erhalten hatte – bei einem Treff auf der Washingtoner M Street um 7.36 Uhr an einem sonnigen, aber kühlen Morgen.

Eva hatte sich um diese Zeit im Yogastudio auf ihren ersten Kurs um 7.45 Uhr vorbereitet, und die Frau hatte auf der anderen Straßenseite von mehreren von Evas Schülerinnen umgeben im Dean & DeLuca gesessen. Sie hatte sie von anderen Treffs und aus dem Brussels Midi erkannt, in dem sie häufig dinierte, meist mit britischen Diplomaten. Eva hatte sogar schon ein paar Worte mit ihr gewechselt, um ein Versehen bei einer Reservierung aufzuklären. Die Frau war gelassen und selbstbewusst und offenbar hochintelligent. Eva glaubte, sie arbeite in der großen Washingtoner MI6-Station, vielleicht sogar als ihre Leiterin. Wurde die Frau jemals verhaftet, würde vermutlich auch Eva verhaftet werden. Als Illegale genoss sie keine diplomatische Immunität. Sie würde angeklagt und zu einer langen Haftstrafe verurteilt werden. Die Vorstellung, viele Jahre in Kansas oder Kentucky eingelocht zu sein, war wenig verlockend. Eva hatte sich schon lange geschworen, es niemals dazu kommen zu lassen.

Um neun Uhr zog sie sich an und fuhr in die Hotelhalle hinunter, um auszuchecken. Sie ließ ihren Rollkoffer beim Portier stehen und ging ein kurzes Stück auf dem Boulevard bis zum Eingang der Underground City, eines weitläufigen Labyrinths aus Ladenpassagen, Restaurants, Kinos und Theatern unter der Innenstadt von Montreal. Ein idealer Ort, um sich davon zu überzeugen, dass sie nicht beschattet wurde – vor allem an einem noch wenig belebten Dienstagmorgen. Eva unterzog sich dieser Aufgabe pflichtbewusst, wie sie's erst am Rotbanner-Institut und dann von Sascha selbst gelernt hatte. Selbstzufriedenheit, hatte er sie gewarnt, sei der größte Feind aller Illegalen: die falsche Überzeugung, für den Feind unsichtbar zu sein, Eva war das wichtigste Glied der Kette zwischen dem Maulwurf und der Zentrale Moskau. Machte sie den geringsten Fehler, war der Maulwurf verloren, und Saschas Lebenswerk würde zu Staub werden.

Mit diesen Ermahnungen im Hinterkopf verbrachte Eva zwei Stunden damit, durch La Ville souterraine zu streifen – zwei Stunden, weil Sascha keine Minute weniger erlaubte. Der Einzige, der ihr dabei folgte, war kein Profi, sondern ein Stalker. Das war einer der Nachteile, wenn man eine attraktive Agentin war: unerwünschte Aufmerksamkeit und hungrige Blicke sexuell Zukurzgekommener. Manchmal war es schwierig, sie von professionellen Überwachern zu unterscheiden. Eva hatte schon vier Treffs mit dem Maulwurf scheitern lassen, weil sie *glaubte,* beschattet zu werden. Sascha hatte sie deswegen nicht getadelt. Ganz im Gegenteil. Er hatte sie für ihre Wachsamkeit gelobt.

Um 11.05 Uhr, als sie sicher wusste, dass sie nicht beschattet wurde, kehrte Eva auf den Boulevard zurück und hielt ein Taxi an. Es brachte sie zu der Kirche Notre-Dame-de-la-Défense, in der sie fünf Minuten scheinbar andächtig saß, bevor sie zur Rue Saint-Denis weiterging. Der Ford Explorer stand an der gewohnten Stelle, vor dem Stadthaus No. 6822 geparkt. Eva schloss ihn mit der Fernbedienung auf und setzte sich ans Steuer.

Der Motor sprang sofort an. Sie ordnete sich in den Verkehr ein und bog rasch mehrmals ab, um zu sehen, ob ein anderer Wagen ihr folgte. Als sie nichts Verdächtiges entdecken konnte, parkte sie auf der Rue Saint-André, beugte sich nach rechts und legte den USB-Stick ins Ablagefach. Dann stieg sie aus, sperrte den Ford ab und ging davon. Niemand folgte ihr.

Sie hielt ein weiteres Taxi an, diesmal in der Avenue Christophe-Colomb, und ließ sich zum Sheraton fahren, um ihren Koffer abzuholen. Dasselbe Taxi brachte sie dann zum Flughafen. Weil sie in den USA gemeldet war, benutzte sie die Passkontrolle für Amerikaner und ging dann zum Gate. Ihr Flug wurde pünktlich um 13.15 Uhr aufgerufen. Wie immer hatte Eva einen Platz weit vorn gebucht, um die anderen Passagiere mustern zu können, während sie an ihr vorbeigingen. Sie sah nur einen Mann, der sie interessierte: einen großen, auffällig blassen Mann mit hellgrauen Wolfsaugen. Er sah wirklich sehr gut aus. Sie hielt ihn für einen Russen. Oder vielleicht ist er ein ehemaliger Russe, dachte sie, genau wie ich.

Der große blasse Mann saß einige Reihen hinter Eva, sodass sie ihn erst nach der Landung in Washington wiedersah, als er hinter ihr durchs Terminal ging. Ihr Kia stand im Kurzzeit-Parkhaus, in dem sie ihn am Nachmittag zuvor abgestellt hatte. Sie fuhr auf der Key Bridge über den Potomac River nach Washington hinein und nach Palisades weiter, wo sie pünktlich um 16 Uhr im Brusseles Midi eintraf. Yvette saß rauchend an der Bar; Ramon und Claudia deckten die Tische im Speiseraum ein. Das Telefon klingelte, als Eva ihren Mantel aufhängte.

»Brussels Midi.«

»Ich möchte für heute Abend einen Zweiertisch reservieren.«

Männlich, arrogant, englischer Akzent. Eva sah Unannehmlichkeiten voraus. Sie war versucht, aufzulegen, tat es dann aber doch nicht.

»Entschuldigung, haben Sie von einem Zweiertisch gesprochen?«

»Korrekt«, knurrte der Mann aufgebracht.

Eva beschloss, ihn noch etwas länger zu quälen. »Und um welche Zeit möchten Sie zu uns kommen?«

»Sieben Uhr«, sagte er knapp.

»Um sieben habe ich nichts frei, fürchte ich. Aber um acht hätte ich einen Tisch.«

»Ist er gut?«

»Wir haben nur gute Tische, Sir.«

»Ich nehme ihn.«

»Wunderbar. Ihr Name, bitte?«

Die Bartholomews, zwei Personen, 20 Uhr, sorgten an einem eher langweiligen Dienstagabend für Stunk. Sie kamen zwanzig Minuten zu früh und flippten aus, als sie mehrere freie Tische sahen. Mr. Bartholomew, Stirnglatze und Tweedsakko, schwenkte die Arme, während er schimpfte. Seine

Frau hatte eine Rubensfigur und rötliche Locken. Nicht leicht aus der Ruhe zu bringen, dachte Eva. Sie gab ihnen den Glückstisch 13, an dem es wegen der Klimaanlage zog. Natürlich verlangten sie einen anderen. Als Eva den Tisch neben der Küchentür vorschlug, begann Mr. Bartholomew zu toben.

»Haben Sie keinen anderen?«

»Vielleicht möchten Sie einen Tisch im Freien?«

»Es gibt keine!«

Eva lächelte.

Ab dann ging es mit dem Dinner voraussehbar bergab. Der Wein war zu warm, die Suppe zu kalt, die Muscheln eine Katastrophe, das Cassoulet ein Verbrechen gegen die Kochkunst. Der Abend endete jedoch versöhnlich, als Mrs. Bartholomew zu Eva kam, um sich zu entschuldigen. »Wissen Sie, Simon hatte in letzter Zeit viel Stress im Büro«, sagte sie. Sie sprach Englisch mit einem Akzent, den Eva nicht einordnen konnte. »Ich bin Vanessa«, fügte sie hinzu und streckte Eva die Hand hin. »Vanessa Bartholomew.«

»Eva Fernandes.«

»Darf ich fragen, woher Sie sind?«

»Brasilien.«

»Oh«, sagte die Frau leicht überrascht. »Das hätte ich nie gedacht.«

»Meine Eltern sind in Europa geboren.«

»Wo?«

»Deutschland.«

»Meine auch«, sagte die Frau.

Der restliche Abend verlief ohne Zwischenfälle. Die letzten Gäste gingen um 22.30 Uhr, und Eva sperrte das Lokal wenige Minuten nach 23 Uhr ab. Ein Wagen folgte ihr, als sie auf dem MacArthur Boulevard heimfuhr, aber als sie das Reservoir erreichte, war er verschwunden. Sie parkte rund hundert Meter von ihrem kleinen Klinkergebäude entfernt und kontrollierte auf dem Weg zum Eingang die Kennzeichen geparkter Wagen. Als sie die Hand nach dem Tastenfeld ausstreckte, merkte sie, dass jemand hinter ihr stand, drehte sich um und erkannte den Mann aus dem Flugzeug. Den großen Mann mit den Wolfsaugen. Sein blasser Teint leuchtete im Halbdunkel. Eva trat erschrocken einen Schritt zurück.

»Keine Angst, Eva«, sagte er halblaut auf Russisch. »Ich tue Ihnen nichts.«

Weil sie eine Falle fürchtete, antwortete sie auf Englisch: »Tut mir leid, aber ich spreche nur …«

»Bitte«, unterbrach er sie. »Ein Gespräch hier draußen ist zu gefährlich.«

»Wer schickt Sie? Und sprechen Sie Englisch, Idiot!«

»Sascha schickt mich.« Sein fast akzentfreies Englisch war besser als ihres.

»Sascha? Warum sollte er Sie schicken?«

»Weil Sie in großer Gefahr sind.«

Eva zögerte einen Augenblick, bevor sie den richtigen Code eingab. Der Mann mit den Wolfsaugen stieß die Tür auf und folgte ihr hinein.

Auf der Treppe griff Eva nach dem Wohnungsschlüssel in ihrer Schultertasche. Sofort spürte sie, wie die kräftige Hand des Mannes ihr Handgelenk umklammerte. »Haben Sie da Ihre Pistole drin?«, fragte er auf Russisch.

Sie musterte ihn verächtlich, bevor sie ihn daran erinnerte, dass sie erst nachmittags mit dem Flugzeug aus Kanada gekommen waren.

»Vielleicht hatten Sie sie im Auto«, schlug er vor.

»Sie ist oben.«

Er ließ ihr Handgelenk los. Sie zog den Schlüsselbund heraus und sperrte auf. Der Mann folgte ihr hinein, verriegelte die

Tür und hakte die Sicherungskette ein. Als Eva Licht machen wollte, hielt er ihre Hand fest. Er trat ans Fenster und spähte durch einen Spalt in der Jalousie auf den MacArthur Boulevard hinunter.

»Wer sind Sie?«, fragte Eva.

»Ich heiße Alex.«

»Alex? Wie raffiniert! Bei dem Decknamen ist's ein Wunder, dass noch keiner unserer Feinde Sie enttarnt hat.«

Er drehte sich am Fenster stehend nach ihr um.

»Sie haben gesagt, dass Sie eine Nachricht von Sascha für mich haben.«

»Ich habe eine Nachricht«, antwortete er, »aber nicht von Sascha.«

Erst jetzt sah Eva die Pistole in seiner Hand. Auf die Mündung war ein Schalldämpfer aufgeschraubt. Dies war keine Waffe von der Art, die Agenten trugen, um sich selbst verteidigen zu können. Es war eine Waffe für Auftragsmorde, für *wysschaja mera,* die Höchststrafe. Aber weshalb hatte die Zentrale Moskau beschlossen, sie zu liquidieren? Sie hatte stets ihre Pflicht getan.

Ihre Knie drohten nachzugeben, als sie langsam vor ihm zurückwich. »Bitte«, sagte sie flehend. »Das muss ein Irrtum sein! Ich habe alle Befehle Saschas ausgeführt.«

»Genau deshalb«, sagte der Mann, der sich Alex nannte, »bin ich hier.«

Vielleicht handelt es sich um eine Vendetta in der Zentrale, dachte sie. Vielleicht ist Sascha endlich doch in Ungnade gefallen. »Nicht ins Gesicht«, bat sie. »Ich will nicht, dass meine Mutter …«

»Ich bin nicht hier, um Ihnen etwas zu tun, Eva. Ich bin gekommen, um Ihnen ein großzügiges Angebot zu machen.«

Sie wich nicht weiter vor ihm zurück. »Angebot? Was für ein Angebot?«

»Eines, das Sie davor bewahren wird, die nächsten Jahre in einem amerikanischen Gefängnis zu verbringen.«

»Sind Sie vom FBI?«

»Zu Ihrem Glück«, sagte er, »bin ich das nicht.«

56

FOXHALL, WASHINGTON

Sie griff überraschend an und bewies dabei erstaunlichen Mut und Kampfgeist. Dies war ein in ihrer Ausbildung trainierter Angriff voller Ellbogen und Fußtritte und kompakter Boxhiebe und einem Kniestoß zwischen die Beine, der den Kampf zu ihren Gunsten hätte entscheiden können, wenn er gesessen hätte. Michail blieb nichts anderes übrig, als sich zu wehren. Das tat er überlegt und kraftvoll, wobei er darauf achtete, Eva Fernandes' ebenmäßiges Gesicht nicht zu entstellen. Der Kampf endete damit, dass er auf ihr hockend ihre Hände auf dem Teppichboden fixierte. Eva, das musste zu ihrer Ehre gesagt werden, ließ keine Angst, sondern nur Zorn erkennen. Und sie versuchte nicht, zu schreien. Illegale waren nicht so dumm, ihre Nachbarn zu Hilfe zu rufen.

»Keine Sorge«, sagte Michail, der Blut im Mundwinkel hatte, »ich erzähle Sascha, dass Sie gut gekämpft haben.«

Dann erklärte er Eva ruhig, das Gebäude sei umstellt, und selbst wenn ihr die Flucht aus der Wohnung gelänge, würde sie auf keinen Fall weit kommen. Darauf wurde ein vorläufiger Waffenstillstand vereinbart. Eva rappelte sich auf und holte eine Flasche Wodka aus dem Kühlschrank. Außer ihrem SWR-Geheimsender und ihrer Pistole der Marke Makarow war dieser Wodka der einzige russische Artikel in ihrer Wohnung. Sie holte auch Sender und Schusswaffe aus ihrem Versteck im Boden ihres Kleiderschranks.

Den Geheimsender legte sie auf den Küchentisch. Ihre Pistole übergab sie Michail, der weiter nur Russisch mit ihr sprach. Eva erklärte ihm, sie habe ihre Muttersprache seit über einem Jahrzehnt nicht mehr gesprochen. Die war ihr im Augenblick ihres Eintritts in das Rotbanner-Institut gestohlen worden. Damals hatte sie schon etwas Portugiesisch gesprochen – ihr Vater war erst sowjetischer, dann russischer Diplomat gewesen, und sie hatte als Kind einige Jahre in Lissabon gelebt.

»Sie wissen natürlich«, sagte Michail, »dass Sie keinerlei diplomatischen Schutz genießen.«

»Das ist uns vom ersten Ausbildungstag an eingebläut worden.«

»Und was sollten Sie tun, falls Sie geschnappt würden?«

»Nichts sagen und warten.«

»Worauf?«

»Dass Moskau einen Agentenaustausch vereinbart. Man hat uns versprochen, uns nie im Stich zu lassen.«

»Ob die Amerikaner sich darauf einlassen? Darauf würde ich lieber nicht zählen. Nicht als Helferin der größten Spionin seit dem Kalten Krieg.«

»Rebecca Manning.«

»Sie wissen ihren Namen?«

»Schon seit einigen Monaten.«

»Was war auf dem USB-Stick, den Sie in dem Ford Explorer zurückgelassen haben?«

»Das haben Sie beobachtet?«

»Aus einer Wohnung auf der anderen Straßenseite. Wir haben ein hübsches Video davon.«

Eva zupfte an einem Fingernagel, von dem etwas Nagellack abgesplittert war. Sie ist also doch menschlich, dachte Michail.

»Mir ist versichert worden, der Explorer sei clean.«

»War das auch ein Versprechen Moskaus?«

Sie trank ihren Wodka in einem Zug und schenkte sich sofort nach. Michails Glas blieb unberührt.

»Sie trinken nichts?«

»Wodka«, sagte er feierlich, »ist eine russische Volkskrankheit.«

»Das hat Sascha auch immer gesagt.«

Die beiden saßen am Küchentisch mit der Wodkaflasche, den Gläsern und Evas SWR-Geheimsender samt Zubehör zwischen sich. Der Sender von der Größe eines Taschenbuchs hatte ein Gehäuse aus Edelstahl. An einer Längsseite waren mehrere Kippschalter, eine Kontrollleuchte und zwei USB-Buchsen angebracht. Das Stahlgehäuse wies keine Nähte auf, sollte offenbar nie geöffnet werden.

Eva kippte einen weiteren Wodka.

»Langsam!«, sagte Michail mahnend. »Ich brauche Sie hellwach.«

»Was wollen Sie wissen?«

»Alles.«

»Zum Beispiel?«

»Wie signalisiert Rebecca Ihnen, dass sie neues Material übergeben will?«

»Sie lässt das Licht am Gartentor brennen.«

»Wo sind die toten Briefkästen?«

»Im Augenblick haben wir vier.«

»Wie wird signalisiert, dass die Übergabe stattfinden soll? Oder dass sie diesmal abgebrochen werden soll?«

»Dank Sascha kann ich das alles im Schlaf herunterbeten. Und noch viel mehr.« Eva wollte erneut nach der Flasche greifen, aber Michail stellte ihr Glas weg. »Wozu brauchen Sie mich überhaupt«, fragte sie, »wenn Sie wissen, wer der Maulwurf ist?«

Michail gab keine Antwort.

»Und wenn ich zur Zusammenarbeit bereit bin?«

»Ich dachte, darüber hätten wir schon gesprochen.«

»Kein Gefängnis?«

Michail nickte. Kein Gefängnis.

»Wohin soll ich dann?«

»Zurück nach Russland, wenn Sie wollen.«

»Nachdem ich Ihnen geholfen habe, Saschas Maulwurf zu fangen? Sie verhören mich ein paar Wochen lang im Gefängnis Lefortowo. Und dann …« Sie deutete mit Daumen und Zeigefinger, die eine Pistole bildeten, einen Genickschuss an.

»*Wysschaja mera*«, sagte Michail.

Sie ließ die Hand sinken und griff wieder nach ihrem Glas. »Ich möchte lieber hier in Amerika bleiben.«

»Das geht leider nicht.«

»Warum nicht?«

»Weil wir keine Amerikaner sind.«

»Sie sind Engländer?«

»Einige von uns.«

»Dann komme ich nach England?«

»Oder nach Israel.«

Sie machte ein missmutiges Gesicht.

»Dort ist's gar nicht so übel, wissen Sie.«

»Wie man hört, leben dort viele Russen.«

»Von Tag zu Tag mehr«, sagte Michail.

Der Küchentisch stand an einem kleinen Fenster mit Blick auf den feuchten, stillen MacArthur Boulevard. Christopher Keller saß mit zwei Sicherheitsbeamten aus der Botschaft in einem am Reservoir geparkten Wagen. In einem anderen Auto wartete ein Kurier der Station auf Michails Aufforderung, nach oben zu kommen und Evas SWR-Geheimsender samt Zubehör abzuholen.

Sie trank jetzt Michails Wodka. »Morgen Vormittag habe ich einen Kurs.«

»Einen Kurs?«

Sie erklärte ihm, worum es sich handelt.

»Um welche Zeit?«

»Zehn Uhr.«

»Reservieren Sie mir einen Platz.«

Eva lachte.

»Sind in nächster Zeit Lieferungen von Rebecca zu erwarten?«

»Ich habe eben eine übernommen, normalerweise würde ich erst in ein, zwei Wochen wieder von ihr hören.«

»Tatsächlich«, sagte Michail, »werden Sie viel früher als erwartet von ihr hören.«

»Wann?«

»Vermutlich morgen Abend.«

»Und sobald ich das Material übernommen habe?«

»Poff!«, sagte Michail.

Eva hob ihr Glas. »Auf einen weiteren Abend im Brussels Midi. Sie können sich nicht vorstellen, was für Gäste ich heute hatte.«

»Bartholomew, ein Zweiertisch, acht Uhr.«

»Woher wissen Sie das?«

Michail griff nach dem Stahlgehäuse. »Vielleicht sollten Sie mir zeigen, wie dieses Ding funktioniert.«

»Eigentlich ganz einfach.«

Michail betätigte einen der Kippschalter. »So?«

»Nein, Sie Idiot. *So.*«

57

FOREST HILLS, WASHINGTON

Forest Hills ist eine vermögende Enklave mit Villen im Kolonial-, Tudor- und Federalstil im äußersten Nordwesten von Washington zwischen Connecticut Avenue und Rock Creek. Das Haus in der Chesapeake Street hatte jedoch wenig Ähnlichkeit mit seinen stattlichen Nachbarn. Es thronte als postmoderner grauer Klotz auf seiner eigenen grünen Landzunge und glich mehr einer Geschützstellung als einem Wohngebäude. Die hohe Ziegelmauer und das massive Sicherheitstor verstärkten den kriegerischen Eindruck noch.

Der Besitzer des Schandflecks in diesem Viertel war kein anderer als der Staat Israel, und sein glückloser Bewohner war der israelische Botschafter in den Vereinigten Staaten. Der gegenwärtige Botschafter, ein Mann mit großer Familie, hatte seine offizielle Residenz gegen eine Villa in einer wohlhabenden Golfer-Gemeinde in Maryland vertauscht. Das unbewohnte Haus in der Chesapeake Street verfiel allmählich, war aber trotzdem gut als Kommandozentrale für ein großes Unternehmen geeignet. Fehlender Komfort, glaubte Gabriel, stärke den Zusammenhalt des Teams.

Das verfallende alte Haus war ebenerdig mit allen Vor- und Nachteilen dieser Bauweise. In der Mitte lag ein großer offener Wohnraum, an den sich auf einer Seite Küche und Esszimmer, auf der anderen mehrere Schlafzimmer anschlossen. Gabriel richtete sein Büro in dem behaglichen Arbeitszimmer ein. Jossi und Rimona – im Brussels Midi als Simon und Vanessa Bartholomew bekannt – arbeiteten mit Eli Lavon und Jaakov Rossman an einem vor seiner Tür aufgeklappten Tapeziertisch. Der Computerfreak Ilan bewohnte eine eigene kleine Insel am anderen Ende des Raums. Gabriel stand sogar ein fahrbares Whiteboard zur Verfügung. In eleganter hebräischer Schrift hatte er darauf Schamrons elftes Gebot geschrieben: *Du sollst dich nicht erwischen lassen …*

Gabriel hatte Schamrons Vorschlag angenommen, die Anwesenheit des Teams in Washington mit einer Routinebesprechung zu begründen. Aber er hatte die Amerikaner nicht direkt über diese Besprechung informiert. Stattdessen hatte er mit E-Mails und Telefongesprächen über ungesicherte Leitungen dafür gesorgt, dass sie wussten, dass er kam. Die NSA und Langley hatten seine Hinweise natürlich registriert, Adrian Carter, der langjährige stellvertretende Direktor der CIA-Operationsabteilung, hatte Gabriel wenige Minuten nach seiner Landung auf dem Dulles International Airport per E-Mail zu einem Drink eingeladen. Gabriel hatte geantwortet, er werde versuchen, in seinem vollen Kalender einen Termin zu finden, sei aber nicht sehr optimistisch. Carters sarkastische Antwort – *Wer ist die Glückliche?* – hatte Gabriel fast dazu gebracht, auf der Stelle heimzufliegen.

Das Haus in der Chesapeake Street wurde von der NSA überwacht, wenn der Botschafter anwesend war, und Gabriel und sein Team setzten voraus, dass die NSA sie jetzt abhörte. Im Haus führten sie ausschließlich harmlose Gespräche – fachsprachlich hieß das »mit den Wänden reden« –, während operativ wichtige Informationen aufs Whiteboard geschrieben oder bei halblauten Gesprächen draußen im Garten weitergegeben wurden. Ein Gespräch dieser Art fand kurz nach zwei Uhr morgens statt, als ein Kurier Eva Fernandes' SWR-Geheimsender und Michails Gebrauchsanweisung dafür brachte. Gabriel übergab das Gerät Ilan, der aber so lustlos reagierte, als sei dies kein wertvolles Beutestück vom SWR, sondern ein Exemplar der *Washington Post* vom Vortag.

Auch gegen vier Uhr morgens hatte Ilan es noch immer

nicht geschafft, die eindrucksvoll sichere Verschlüsslung des Geräts zu knacken. Gabriel, der ihm dabei wie ein nervöser Vater zusah, dessen Kind beim Schulkonzert Klavier spielt, musste einsehen, dass es besser war, ein paar Stunden zu schlafen. Er streckte sich auf der Couch im Arbeitszimmer aus und verfiel vom Rauschen der Bäume eingelullt in traumlosen Schlaf. Als er aufwachte, stand sein Computerexperte mit dem blassen, teigigen Gesicht vor seiner Couch. Ilan war der Mozart der Cyberkriegsführung. Erste Programmierversuche mit fünf, erster Hackerangriff mit acht, erste Sabotage des iranischen Atomprogramms mit einundzwanzig. Unter dem Decknamen Olympic Games hatte er gemeinsam mit den Amerikanern ein Computervirus entwickelt, das die übrige Welt als Stuxnet kannte. Ilan kam nicht viel an die frische Luft.

»Gibt's irgendein Problem?«, fragte Gabriel.

»Überhaupt keins, Boss.«

»Warum sehen Sie dann so besorgt aus?«

»Tue ich gar nicht.«

»Haben Sie das verdammte Ding schon geknackt?«

»Kommen Sie, ich zeig's Ihnen.«

Gabriel stand auf und folgte Ilan zu seinem Arbeitsplatz, auf dem er einen Laptop, ein iPhone und den SWR-Geheimsender sah.

»Die russische Agentin hat Michail erzählt, die Reichweite betrage dreißig Meter. Tatsächlich sind's fast fünfunddreißig. Ich hab sie getestet.« Ilan gab Gabriel das iPhone mit einem Verzeichnis verfügbarer Netzwerke. Eines war durch eine scheinbar willkürliche zwölfstellige Buchstabenfolge bezeichnet: JDLCVHJDVODN. »Das ist das Netzwerk der Zentrale Moskau.«

»Ist's auf jedem Handy sichtbar?«

»Niemals. Und man kommt nur mit dem richtigen Passwort rein. Das ist siebenundzwanzig Stellen lang und hart wie Stahl.«

»Wie haben Sie's geknackt?«

»Das lässt sich unmöglich erklären.«

»Einem Schwachkopf wie mir, meinen Sie?«

»Wichtig ist nur«, sagte Ilan, »dass wir in diesem Netzwerk jedes beliebige Gerät anmelden können.« Er nahm Gabriel das iPhone aus der Hand. »Ich gehe jetzt mal raus. Sie beobachten den Monitor.«

Das tat Gabriel. Zwei Minuten später, als Ilan Zeit genug gehabt hatte, das Grundstück zu verlassen und auf die andere Straßenseite zu wechseln, erschienen sieben Wörter auf dem Bildschirm:

Schickt sie eine Nachricht, schnappen wir sie.

Gabriel löschte die Nachricht und rief ein verschlüsseltes Video von einem kleinen Haus auf, das in England ein typisches Cottage gewesen wäre. Mit eigenartiger Tudor-Fassade über einem Säulenvordach. Am Ende eines Fußwegs mit Natursteinplatten stand ein gusseiserner Laternenpfahl. Unter der Lampe stand eine Frau. Gabriel dachte an die Nachricht seines Freundes Adrian Carter von der CIA. *Wer ist die Glückliche?* Wenn du wüsstest …

58

TENLEYTOWN, WASHINGTON

Als Rebecca an dem großen Haus im Kolonialstil an der Ecke Nebraska Avenue und Forty-Second Street vorbeilief, dachte sie an den Tag, an dem ihr Vater ihr seinen Plan für sie auseinandergesetzt hatte. Es war Sommer, den sie in seiner kleinen Datscha außerhalb von Moskau verbrachte. Rufina und er hatten ein paar alte Freunde zum Mittagessen eingeladen. Juri Modin, sein ehemaliger Führungsoffizier, war da, Sascha ebenfalls. Ihr Vater hatte Unmengen Wodka und georgischen Wein getrunken. Modin hatte versucht, mitzuhalten, aber Sascha hatte abgewinkt. »Wodka«, erklärte er Rebecca nicht zum ersten Mal, »ist die Volkskrankheit Russlands.«

Am Spätnachmittag zogen sie sich auf der Flucht vor Mücken auf die mit Fliegengittern geschützte Veranda zurück: Rebecca und ihr Vater, Modin und Sascha. Noch heute, vierzig Jahre später, stand Rebecca diese Szene fotografisch scharf vor Augen. Modin saß ihr an dem Holztisch gegenüber und hatte Sascha links neben sich. Sie saß neben ihrem Vater, ließ ihren Kopf an seiner Schulter ruhen. Wie alle seine Kinder – und wie ihre Mutter – himmelte sie ihn an. Es war unmöglich, das nicht zu tun.

»Rebecca, mein L-L-Liebling«, begann er liebenswert stotternd, »wir müssen etwas besprechen.«

Bis zu diesem Augenblick hatte Rebecca geglaubt, ihr Vater sei ein Journalist, der in einem seltsamen grauen Land weit von ihrem entfernt lebte. Aber an diesem Tag erzählte er ihr in Gegenwart Juri Modins und Saschas die Wahrheit. Er war der berüchtigte Kim Philby, der Meisterspion, der sein Land, seinen Stand und seinen Club verraten hatte. Er hatte nicht aus

Geldgier, sondern aus Idealismus gehandelt, aus der Überzeugung heraus, die Produktionsmittel sollten der arbeitenden Bevölkerung gehören – eine Forderung, die Rebecca noch nicht verstand. Er bedauerte nur, dass er hatte flüchten müssen, bevor es ihm gelungen war, den westlichen Kapitalismus und die von den Amerikanern beherrschte NATO zu demontieren.

»Aber du, mein Schatz, sollst meine Arbeit zu Ende führen. Versprechen kann ich dir nur eins: Du wirst dich nie langweilen.«

Rebecca hatte nie Gelegenheit gehabt, das von ihrem Vater für sie ausgewählte Leben zurückzuweisen; es hatte sich einfach *ereignet.* Ihre Mutter heiratete einen Engländer namens Robert Manning, die Ehe ging in die Brüche, ihre Mutter kehrte nach Frankreich zurück und ließ Rebecca in England. Im Lauf der Jahre hatte sie Mühe, sich ans Gesicht ihrer Mutter zu erinnern, aber sie vergaß nie das törichte Spiel, das sie in Paris gespielt hatten, als sie arm wie Kirchenmäuse gewesen waren. *Wie viele Schritte …*

Jeden Sommer reiste Rebecca heimlich in die Sowjetunion, um ihren Vater zu besuchen und politisch indoktriniert zu werden. Sascha gab sich immer außerordentliche Mühe, ihre Reisen zu tarnen: eine Fähre nach Holland, ein Reisepasswechsel in Deutschland, ein weiterer in Prag oder Budapest, dann ein Aeroflot-Flug nach Moskau. Für sie war das immer die schönste Zeit des Jahres. Sie liebte Russland, sogar das trübselige Russland der Breschnew-Jahre, und hasste es, nach England zurückzukehren, in dem die Zustände damals nicht viel besser waren. Ihr französischer Akzent verlor sich allmählich, und als sie ihr Studium am Trinity College begann, war ihr Englisch makellos. Auf Saschas Anweisung verheimlichte sie jedoch nicht, dass sie fließend Französisch sprach. Letztlich war das einer der Gründe, aus denen der MI6 sie anwarb.

Danach gab es keine Reisen in die Sowjetunion und keinen Kontakt mit ihrem Vater mehr, aber Sascha wachte aus der Ferne weiter über sie. Ihr erster Dienstort im Ausland war Brüssel, und dort erfuhr sie im Mai 1988, dass ihr Vater gestorben war. Die Todesnachricht ging als Eilmeldung an sämtliche MI6-Stationen weltweit. Nachdem sie das Telegramm gelesen hatte, verkroch sie sich in einer Besenkammer und weinte. Dort entdeckte sie ein Kollege, der mit ihr in der Grundausbildung in Fort Monckton gewesen war. Er hieß Alistair Hughes.

»Was zum Teufel hast du?«, fragte er.

»Ich hab einen schlechten Tag, das ist alles.«

»Oder deine Tage?«

»Verpiss dich, Alistair.«

»Hast du die Nachricht nicht gehört? Dieses Schwein Philby ist tot. Zur Feier des Tages gibt's in der Kantine Drinks für alle.«

Drei Jahre später starb auch das Land, dem Kim Philby sein Leben geweiht hatte. Um ihre Existenz zu rechtfertigen, suchten die jäh um ihren traditionellen Feind gebrachten westlichen Nachrichtendienste neue Ziele. Rebecca nutzte diese Jahre der Ungewissheit, um sich ganz darauf zu konzentrieren, Karriere zu machen. Auf Saschas Anraten lernte sie Arabisch, sodass sie im Kampf gegen den globalen Terrorismus an vorderster Front eingesetzt werden konnte. Ihre Zeit als Leiterin der MI6-Station Amman war ein Triumph und trug ihr die Versetzung nach Washington ein. Jetzt war sie nur noch einen Schritt von dem großen Preis entfernt, den ihr Vater nie erreicht hatte. Sie betrachtete sich nicht als Verräterin. Rebeccas einziges Land war Kim Philby, und sie hielt nur ihm die Treue.

Heute führte ihr Morgenlauf sie bis zum Dupont Circle und zurück. Bei der Rückkehr in die Warren Street joggte sie erst zweimal an ihrem Haus vorbei, ohne hineinzugehen. Sobald sie umgezogen war, fuhr sie mit dem Auto in die Botschaft und begann ihren Arbeitstag, der sich als ungewöhnlich langweilig erwies. Allein aus diesem Grund nahm sie Kyle Taylors Einladung an, sich im J. Gilbert's, einer CIA-Tränke in McLean, auf einen Drink zu treffen. Taylor, Chef des Zentrums für Terrorismusbekämpfung, war einer der indiskretesten Offiziere in Langley. Rebecca kam selten von einem Treffen mit Taylor zurück, ohne etwas erfahren zu haben, das sie nicht hätte wissen dürfen.

An diesem Abend war Taylor noch geschwätziger als sonst. Aus einem Drink wurden zwei, und es war fast 20 Uhr, als Rebecca über die Chain Bridge nach Washington zurückfuhr. Sie wählte absichtlich eine längere Route nach Tenleytown und parkte dort vor ihrem Haus. Obwohl die Warren Street menschenleer war, hatte sie auf dem Plattenweg zu ihrer Haustür das unbehagliche Gefühl, beobachtet zu werden. Als sie sich umsah, war nichts zu erkennen, was ihre Befürchtung hätte rechtfertigen können, aber sobald sie das Haus betrat, entdeckte sie unwiderlegbare Beweise dafür, dass jemand während ihrer Abwesenheit hier eingedrungen war. Verräterisch waren der lässig über die Rückenlehne eines Ohrensessels geworfene Mantel von Crombie und der Mann, der in dem dunklen Wohnzimmer an einem Ende des Sofas saß.

»Hallo, Rebecca«, sagte er ruhig, als sie eine Stehlampe anknipste. »Keine Angst, ich bin's nur.«

59

WARREN STREET, WASHINGTON

Rebecca füllte zwei Tumbler mit Eiswürfeln und goss zwei Fingerbreit Johnnie Walker Black Label darauf. In ihr Glas kam noch etwas Evian, aber den anderen Scotch ließ sie unverdünnt. Sie wollte eigentlich keinen Drink mehr, aber sie begrüßte die Gelegenheit, sich zu sammeln. Ein Glück, dass sie ihre Pistole nicht trug, sonst hätte sie vielleicht den Generaldirektor des Secret Intelligence Service erschossen. Ihre Waffe, eine 9-mm-Pistole SIG Sauer, lag oben in der Schublade ihres Nachttischs. Die Amerikaner wussten davon und billigten, dass Rebecca sie zu ihrem eigenen Schutz im Haus hatte. Aber sie durfte ihre Pistole nicht in der Öffentlichkeit tragen.

»Ich dachte schon, du wärst desertiert!«, rief Graham Seymour von nebenan.

»Kyle Taylor«, sagte Rebecca als Erklärung.

»Wie war er?«

»Geschwätzig.«

»Hat er heute jemanden mit einer Drohne erledigt?«

Rebecca musste unwillkürlich lächeln. Sie wusste natürlich, dass Kyle Taylor ein rücksichtsloser Karrierist war. Böse Zungen behaupteten, er würde seine eigene Mutter mit einer Drohne erledigen, wenn er dächte, das könnte ihm einen Job im begehrten sechsten Stock in Langley einbringen.

Rebecca nahm die beiden Tumbler ins Wohnzimmer mit und gab einen Seymour. Er beobachtete sie über den Rand seines Glases hinweg, als sie sich eine L&B anzündete. Ihre Hand zitterte.

»Alles in Ordnung?«

»Der Schreck sitzt mir noch ein bisschen in den Knochen. Wie bist du hier reingekommen?«

Seymour hielt den Reserveschlüssel für ihre Haustür hoch, der für Notfälle in der Station hinterlegt war.

»Und dein Wagen mit Fahrer?«, fragte sie.

»Um die Ecke geparkt.«

Rebecca hätte sich ohrfeigen können, weil sie die umliegenden Straßen nicht abgesucht hatte, als sie heimgekommen war. Sie nahm einen tiefen Zug von ihrer Zigarette und blies eine Rauchfahne in Richtung Decke.

»Entschuldige, dass ich dir nicht mitgeteilt habe, dass ich nach Washington komme«, sagte Seymour. »Und dass ich unangemeldet vorbeigekommen bin. Aber ich wollte außerhalb der Station privat mit dir reden.«

»Hier ist's nicht sicher.« Rebecca musste beinahe lachen, als sie das sagte. Kein Raum der Welt war sicher, wenn *sie* darin war.

Seymour gab ihr sein BlackBerry. »Sei so nett und steck es in einen Faraday-Beutel. Deins auch.«

Faraday-Beutel verhinderten, dass Smartphones, Tablets oder Notebooks empfingen oder sendeten. Rebecca hatte immer einen in ihrer Schultertasche. Sie steckte Seymours BlackBerry, ihr eigenes Dienst-Handy und ihr privates iPhone in diesen Beutel, den sie in den Kühlschrank legte. Als sie ins Wohnzimmer zurückkam, zündete Seymour sich eben eine ihrer Zigaretten an.

»Du hast wohl nichts dagegen?«, fragte er. »Ich brauche gerade eine.«

»Klingt ominös.«

»Das ist's leider auch. Morgen Vormittag um elf treffe ich in Langley mit Morris Payne zusammen. Ich werde Direktor Payne mitteilen, dass meine Regierung einwandfreie Beweise dafür hat, dass der SWR hinter Alistairs Ermordung in Bern steckt.«

»Mir hast du erzählt, das sei ein Unfall gewesen.«

»Es war keiner. Deshalb ruft unser Außenminister morgen um zwölf Uhr seinen hiesigen Kollegen an und macht ihm die gleiche Mitteilung. Außerdem wird er ihn warnen, dass das Vereinigte Königreich die diplomatischen Beziehungen zu Russland abbrechen wird. Das teilt der Premierminister dem US-Präsidenten um ein Uhr mit.«

»Dem wird das nicht gefallen.«

»Das«, sagte Seymour, »ist unsere geringste Sorge. Die Ausweisungen beginnen dann sofort.«

»Wie sicher steht fest, dass Russland für Alistairs Ermordung verantwortlich ist?«

»Ich würde nicht zulassen, dass der Premierminister solch drastische Maßnahmen ergreift, wenn ich nicht eindeutige Beweise hätte.«

»Aus welcher Quelle?«

»Wir haben wertvolle Unterstützung von einem unserer Partner bekommen.«

»Von welchem?«

»Von den Israelis.«

»Allon?«, fragte Rebecca skeptisch. »Erzähl mir bitte, dass wir uns bei diesem Schritt nicht nur auf Gabriel Allons Wort verlassen.«

»Seine Beweise sind unwiderlegbar.«

»Woher?«

»Sorry, Rebecca, aber ich darf nicht …«

»Kann ich die Beweise sehen, bevor wir uns mit Morris treffen?«

»Du fährst nicht mit nach Langley.«

»Ich bin H/Washington, Graham, ich muss an dieser Besprechung teilnehmen.«

»Diesmal reden nur die Chefs miteinander. Von Langley aus fahre ich direkt zum Dulles International. Ich möchte, dass wir uns dort treffen.«

»Meine Rolle ist darauf reduziert, dass ich deiner Maschine beim Start nachwinke?«

»Tatsächlich«, sagte Seymour, »bist du mit an Bord.«

Rebeccas Herz jagte. »Warum?«

»Weil ich dich in London an meiner Seite haben möchte, wenn der Sturm losbricht. Für dich sind das wertvolle Erfahrungen im Krisenmanagement.« Seymour machte eine bedeutungsvolle Pause. »Und ich kann den Mandarinen von Whitehall die Frau präsentieren, die ich mir als Nachfolgerin an der Spitze des Secret Intelligence Service wünsche.«

Rebecca fühlte sich wie vor den Kopf geschlagen. Nach vier Jahrzehnten harter Arbeit war endlich die Phase erreicht, die Sascha und ihr Vater geplant hatten.

Aber du, mein Schatz, sollst meine Arbeit zu Ende führen ...

»Irgendwas nicht in Ordnung?«, fragte Seymour.

»Was soll man in einem Augenblick wie diesem sagen?«

»Das *willst* du doch, Rebecca, nicht wahr?«

»Natürlich. Aber ich trete in große Fußstapfen. Du warst ein großartiger Chef, Graham.«

»Hast du vergessen, dass der IS das Londoner West End während meiner Wache verwüstet hat?«

»Daran war Fünf schuld, nicht du.«

Er lächelte mild tadelnd. »Du hast hoffentlich nichts dagegen, wenn ich ab und zu einen Ratschlag für dich habe?«

»Es wäre dumm, ihn zurückzuweisen.«

»Vergeude deine Zeit nicht mit alten Kriegen. Die Zeiten, in denen Fünf und Sechs sich befehden konnten, sind längst vergangen. Du wirst sehr rasch merken, dass du das Thames House brauchst, damit es dir den Rücken freihält.«

»Sonst noch Ratschläge?«

»Ich weiß, dass du meine Schwäche für Gabriel Allon nicht teilst, aber es wäre klug, ihn in deinem Arsenal zu behalten. In wenigen Stunden beginnt ein neuer kalter Krieg. Allon kennt die Russen besser als jeder andere in der Branche. Er kann die dazugehörigen Narben vorweisen.«

Rebecca ging in die Küche und holte Seymours Mobiltelefon aus dem Faraday-Beutel. Als sie zurückkam, hatte er seinen Mantel angezogen und wartete an der Haustür.

»Wann soll ich am Flughafen sein?«, fragte sie, als sie ihm sein Handy zurückgab.

»Spätestens um zwölf. Und richte dich darauf ein, mindestens eine Woche in London zu bleiben.« Er steckte sein Handy ein und ging auf dem Weg zum Gartentor davon.

»Graham!«, rief Rebecca ihm unter dem Säulenvordach stehend nach.

Seymour machte unter der nicht brennenden Lampe halt und sah sich um.

»Danke«, sagte sie.

Er runzelte erstaunt die Stirn. »Wofür?«

»Für dein Vertrauen zu mir.«

»Das könnte ich auch sagen«, antwortete Seymour und ging in die Nacht davon.

Seine Limousine parkte in der Forty-Fifth Street. Seymour stieg hinten ein. Durch eine Lücke zwischen Bäumen konnte er in der Ferne eben noch Rebeccas Haus mit der nicht brennenden Lampe am Gartentor ausmachen.

»Zurück in die Botschaft, Sir?«

Seymour übernachtete dort. »Tatsächlich«, sagte er, »muss ich als Erstes telefonieren. Macht's Ihnen etwas aus, ein paar Hundert Male um den Block zu laufen?«

Der Chauffeur stieg aus. Seymour begann Helens Nummer zu wählen, hörte aber wieder auf, weil es in London lange nach Mitternacht war und er sie nicht wecken wollte. Außerdem bezweifelte er, dass Rebecca ihn lange würde warten lassen. Nicht nachdem er ihr von dem Plan erzählt hatte, die diplomatischen

Beziehungen zu Russland abzubrechen. Ihr blieb nicht viel Zeit, ihre Agentenführer in der Zentrale Moskau zu warnen.

Seymours BlackBerry vibrierte. Eine Textnachricht von Nigel Whitcombe in London: belangloses Zeug, damit Vauxhall Cross glauben musste, alles sei normal. Seymour schrieb eine kurze Antwort und drückte die Sendetaste. Dann sah er wieder durch die Lücke zwischen den Bäumen zu Rebecca Mannings Haus hinüber.

Die Lampe am Gartentor brannte jetzt hell.

Seymour wählte eine Nummer und hob sein Handy ans Ohr. »Sehen Sie, was ich sehe?«

»Ich sehe es«, antwortete eine Männerstimme.

»Behalten Sie sie im Blick.«

»Keine Sorge, ich lasse sie nicht aus den Augen.«

Seymour trennte die Verbindung und starrte wieder das Licht an. Morgen, sagte er sich, folgt nur noch eine Formalität, die Unterzeichnung eines Dokuments des Verrats. Rebecca war der Maulwurf, und der Maulwurf war Rebecca. Sie war Philbys Wiedergängerin, Philbys Rache. Die Wahrheit stand auf Rebeccas Gesicht geschrieben. Es war das Einzige, was Philby nicht hatte verändern können.

Ich bin Kim. Wer bist du?

Ich bin Graham, dachte er. Ich bin der, der ihr deinen früheren Job gegeben hat. Ich bin dein letztes Opfer.

60

THE PALISADES, WASHINGTON

Es war 23.25 Uhr, als Eva Fernandes die Eingangstür des Restaurants Brussels Midi am MacArthur Boulevard hinter sich absperrte. Ihr Kia stand ganz in der Nähe vor dem kleinen Postamt geparkt. Sie stieg ein, ließ den Motor an und fuhr los. Der Mann, den sie als Alex kannte – der Große mit dem blassen Teint, der fließend Russisch sprach und sie den ganzen Tag auf Schritt und Tritt begleitet hatte –, stand auf dem Dana Place vor dem dunklen afghanischen Steakhaus. Er trug einen schmalen Rucksack über einer Schulter. Er stieg vorn neben Eva ein und bedeutete ihr mit einem Nicken, sie solle weiterfahren.

»Wie war's bei der Arbeit?«, fragte er.

»Besser als gestern Abend.«

»Keine Anrufe aus Moskau?«

Sie verdrehte die Augen. »Sie haben mein Handy.«

Er zog es aus dem Rucksack. »Sie wissen, was passiert, wenn morgen irgendwas schiefgeht?«

»Dann halten Sie mich für schuldig.«

»Und was wäre das Ende vom Lied?«

Eva deutete mit Daumen und Zeigefinger einen Genickschuss an.

»Das täte die SWR, aber nicht wir.« Er hielt das Smartphone hoch. »Hört dieses Ding niemals zu piepsen auf?«

»Ich bin eben sehr beliebt.«

Er überflog die Anruferliste. »Wer sind all diese Leute?«

»Freunde, Schülerinnen, Liebhaber …« Sie zuckte mit den Schultern. »Das Übliche.«

»Weiß jemand von denen, dass Sie eine russische Spionin sind?« Als er keine Antwort bekam, fuhr er fort: »Vor dem

Haus in der Warren Street brennt offenbar eine Laterne. Erzählen Sie mir, wie's jetzt weitergeht.«

»Nicht noch mal.«

»Ja, noch mal.«

»Jeden Abend um elf fährt jemand von der Residentur an dem Haus vorbei. Sieht er die Lampe brennen, meldet er's der Zentrale Moskau, und Moskau benachrichtigt mich.«

»Wie?«

Sie atmete frustriert geräuschvoll aus. »E-Mail. *En clair*. Völlig harmlos.«

»Morgen ist Donnerstag.«

»Was Sie nicht sagen!«

»Ein ungerader Donnerstag«, präzisierte Michail.

»Sehr gut.«

»Wo findet die Übergabe statt?«

»An ungeraden Donnerstagen im Starbucks in der Wisconsin Avenue.« Das leierte sie herunter wie eine nicht sehr helle Schülerin.

»Welches Starbucks in der Wisconsin Avenue? Dort gibt es mehrere.«

»Darüber haben wir schon hundertmal gesprochen.«

»Und wir machen damit weiter, bis ich sicher bin, dass Sie nicht lügen.«

»Das Starbucks gleich nördlich von Georgetown.«

»Wie groß ist das Zeitfenster für die Übergabe?«

»Acht Uhr bis Viertel nach acht.«

»Ich dachte, Sie hätten acht Uhr fünfzehn bis halb neun gesagt.«

»Das habe ich *nie* gesagt!«

»Wo sollen Sie warten?«

»Im Sitzbereich im Obergeschoss.«

Sie blieb auf dem MacArthur Boulevard bis zum Ufer des Reservoirs, das von einem tief stehenden Mond erhellt wurde.

Vor ihrem Apartmentgebäude war ein Parkplatz frei. Der Mann, den sie als Alex kannte, wies sie an, dort zu parken.

»Sonst parke ich weiter entfernt, damit ich kontrollieren kann, *ob das Gebäude überwacht wird.*«

»Es *wird* überwacht.« Er griff nach links und stellte den Motor ab. »Aussteigen!«

Er begleitete sie mit dem Rucksack über einer Schulter und ihrem Handy in der Tasche zur Haustür und küsste sie auf den Nacken, während sie auf dem Tastenfeld den Code eingab. »Wenn Sie damit nicht aufhören«, flüsterte sie, »breche ich Ihnen den Spann. Und dann breche ich Ihnen die Nase.«

»Glauben Sie mir, Eva, das tue ich nur für Ihre Nachbarn.«

»Meine Nachbarn halten mich für ein nettes Mädchen, das nie einen Kerl wie Sie mitbringen würde.«

Das Schloss öffnete sich laut klickend. Eva führte ihn nach oben in ihr Apartment. Sie ging sofort an den Kühlschrank und nahm den Wodka heraus. Der Mann, den sie als Alex kannte, zog den SWR-Sender aus seinem Rucksack und legte ihn auf den Küchentisch. Daneben legte er Evas Smartphone.

»Haben Ihre Freunde die Verschlüsslung knacken können?«, fragte sie.

»Ziemlich schnell.« Er gab ihr das Handy. »Ist irgendeine Nachricht aus Moskau dabei?«

Eva hielt ihr Glas in einer Hand, während sie mit der anderen durch die vielen Benachrichtigungen scrollte. »Diese«, sagte sie dann. »Von Eduardo Santos. *En clair*. Völlig harmlos.«

»Müssen Sie darauf antworten?«

»Moskau wundert sich vermutlich schon, wieso ich nichts von mir hören lasse.«

»Dann sollten Sie sich lieber melden.«

Sie benutzte beide Daumen, um blitzschnell eine Antwort zu schreiben.

»Zeigen Sie her!«

»Das ist Portugiesisch.«

»Muss ich Sie daran erinnern, was …«

»Nein, das müssen Sie nicht.«

Eva verschickte ihre Antwort, dann setzte sie sich an den Tisch. »Was nun?«

»Sie trinken aus und sehen zu, dass Sie ein paar Stunden Schlaf bekommen. Und ich bleibe hier sitzen und starre auf die Straße hinunter.«

»Wieder? Das haben Sie erst letzte Nacht gemacht.«

»Trinken Sie aus, Eva.«

Das tat sie. Dann schenkte sie sich nach. »Damit schlafe ich besser«, sagte sie erklärend.

»Versuchen Sie's mal mit Kamillentee.«

»Wodka ist besser.« Wie um das zu beweisen, trank sie das Glas halb aus. »Ihr Russisch ist sehr gut. Ich vermute, dass Sie's auf keiner Sprachenschule gelernt haben.«

»Ich hab's in Moskau gelernt.«

»Waren Ihre Eltern in der Partei?«

»Ganz im Gegenteil. Und als sie endlich ausreisen durften, sind sie nach Israel geflüchtet.«

»Haben Sie dort eine Freundin?«

»Eine sehr nette.«

»Wie schade. Was ist sie von Beruf?«

»Sie ist Ärztin.«

»Ist das wahr?«

»Überwiegend.«

»Ich wollte auch mal Ärztin werden.« Sie beobachtete, wie unten ein Auto vorbeifuhr. »Wissen Sie, was mit mir passiert, wenn irgendwas schiefgeht?«

»Das weiß ich sehr genau.«

»Poff!«, sagte Eva und schenkte sich nach.

61

SWR-ZENTRALE, JASENEWO

Zeitgleich war in der SWR-Zentrale in Jasenewo der nur unter dem Decknamen Sascha bekannte Mann wach. Wegen des Zeitunterschieds war es dort kurz nach acht Uhr morgens. Aber weil es in Moskau noch Winter war, musste der Himmel vor den mit Eisblumen bedeckten Fenstern seiner Datscha erst hell werden. Davon wusste er jedoch nichts, denn er hatte nur Augen für den Durchschlag, den ihm vor einer Stunde ein Bote aus dem Chiffrierraum des Hauptgebäudes gebracht hatte.

Dies war der Durchschlag einer Nachricht aus der Washingtoner Residentur – sogar von dem Residenten persönlich –, mit der Meldung, Saschas Maulwurf habe angekündigt, an diesem Morgen weiteres Material zu liefern. Der Resident hielt das für eine ermutigende Nachricht, was kein Wunder war, denn er sonnte sich im Abglanz des Maulwurfs, und sein Stern stieg mit jeder erfolgreichen Übermittlung. Sascha teilte diese Begeisterung jedoch nicht. Ihm machte das Timing Sorgen; die neue Lieferung kam zu früh. Natürlich konnte der Maulwurf überraschend etwas erfahren haben, das sofort weitergegeben werden musste, aber solche Fälle waren selten.

Sascha legte den Durchschlag auf seinen Schreibtisch – neben den gestern Abend eingegangenen vorläufigen Bericht über die gerichtsmedizinische Untersuchung des verbrannten Unfallopfers, das die Franzosen auf dem Flughafen Straßburg übergeben hatten. Bisher hatten sie noch nicht feststellen können, ob der Tote Sergei Morosow war. Vielleicht, sagten die Wissenschaftler, vielleicht auch nicht. Sascha fand den Unfallzeitpunkt verdächtig, um das Mindeste zu sagen. Als KGB- und SWR-Veteran glaubte er nicht an Zufälle. Er war auch nicht davon überzeugt, dass Morosow, dem er einige seiner kostbarsten Geheimnisse anvertraut hatte, wirklich tot war.

Aber gab es eine Verbindung zwischen Sergei Morosows »Unfalltod« und der Nachricht aus Washington? Und wurde es Zeit, den Maulwurf aus der Kälte heimzuholen?

Sascha hatte sie beinahe zurückbeordert, nachdem der Verräter Gribkow sich an den MI6 gewandt hatte, weil er überlaufen wollte. Zum Glück hatten die Briten gezögert, sodass Sascha Zeit gehabt hatte, Gribkow nach Moskau zurückzubeordern, wo er verhaftet, verhört und hingerichtet worden war. Die Erschießung hatte im Gefängnis Lefortowo in einem Raum am Ende eines dunklen Korridors stattgefunden. Es war Sascha gewesen, der den tödlichen Schuss abgegeben hatte. Ohne das geringste Mitleid, ohne eine Sekunde zu zögern. Schließlich hatte er beim KGB oft genug mit *mokrie dela*, »nassen Angelegenheiten«, zu tun gehabt.

Sobald Gribkow tot und anonym verscharrt war, hatte Sascha sich um Schadensbegrenzung bemüht. Das Unternehmen hatte sich genau nach Plan entwickelt, obwohl Sascha eine Fehlkalkulation unterlaufen war. Eben diese Fehlkalkulation war schon anderen vor ihm unterlaufen.

Gabriel Allon …

Denkbar war natürlich, dass er sich von Schatten nervös machen ließ. Darunter litten viele alte Männer, die zu lange in dieser Branche blieben. Über dreißig Jahre lang – sogar länger als ihr Vater – spionierte sie jetzt schon unerkannt im MI6. Von Saschas unsichtbarer Hand gelenkt, hatte sie zielstrebig Karriere gemacht und war nun als H/Washington in einer Position, in der sie auch die CIA ausspähen konnte, genau wie's ihr Vater gemacht hatte.

Jetzt war das höchste Ziel endlich in ihrer Reichweite. Auch in Saschas Reichweite. Als Generaldirektorin des Secret Intelligence Service würde sie eigenhändig die Atlantische Allianz unterminieren können, sodass Russland seine Ambitionen im Baltikum, in Osteuropa und dem Nahen Osten ungehindert verfolgen konnte. Das würde der größte geheimdienstliche Coup der Geschichte sein. Sogar noch größer als damals Kim Philby.

Aus diesem Grund entschied Sascha sich für einen mittleren Kurs. Er schrieb die Nachricht mit der Hand und rief einen Boten, um sie in den Chiffrierraum hinüberbringen zu lassen. Um 10.12 Uhr Ortszeit – 3.12 Uhr in Washington – kam der Bote mit einer Quittung für die gesendete Nachricht zurück.

Jetzt konnte er nur noch warten. In fünf Stunden würde er seine Antwort bekommen. Er schlug die vor ihm liegende alte Akte auf. Sie enthielt einen Bericht, den Philby im März 1973 geschrieben hatte, als er in der Zentrale Moskau wieder angesehen war. Er betraf eine junge Französin, die er in Beirut gekannt hatte, und ein Kind. Philby sagte nicht deutlich, dass es seine Tochter war, aber die Schlussfolgerung war klar. »Ich denke, sie könnte sich als nützlich für uns erweisen«, schrieb er, »denn sie hat Verrat im Blut.«

62

FOREST HILLS, WASHINGTON

Die Zielperson von Saschas Misstrauen wartete ebenfalls. Nicht in einer privaten Datscha, sondern in einem verfallenden Haus im äußersten Nordwesten von Washington. Zu dieser späten Stunde lag Gabriel auf der Couch im Arbeitszimmer. Zwei Stunden lang hatte er seinen Schlachtplan überprüft und irgendeinen Schwachpunkt, ein schwaches Kettenglied gesucht, das bewirken konnte, dass der ganze Bau wie ein Kartenhaus über ihnen einstürzte. Als er nichts fand, wenn man von seiner Sorge wegen der Loyalität von Eva Fernandes absah, war er in Gedanken in einen Birkenwald zweihundert Kilometer östlich von Moskau zurückgekehrt, was er in letzter Zeit oft tat.

Es ist früher Morgen, aus dem bleiernen Himmel segeln große Schneeflocken herab. Er steht am Rand einer ausgehobenen Grube, einer Wunde im Leib von Mütterchen Russland. Neben ihm steht Chiara, die vor Angst und Kälte zittert. Dann kommen Michail Abramow und ein Mann namens Grigori Bulganow. Und ihnen gegenüber steht Iwan Charkow, der mit seiner Pistole herumfuchtelt und die anfliegenden Hubschrauber zu überschreien versucht.

Viel Spaß beim Zusehen, wie Ihre Frau stirbt, Allon …

Gabriel riss unwillkürlich die Augen auf, als er sich an den ersten Schuss erinnerte. Dies war der Augenblick, dachte er, in dem sein Privatkrieg mit dem Kreml wirklich begonnen hatte. Ja, es hatte Eröffnungsscharmützel, einzelne Schusswechsel gegeben, aber an diesem schrecklichen Morgen im Wladimirskaja Oblast hatten die Feindseligkeiten wirklich begonnen. Dort hatte Gabriel erkannt, dass das neue Russland den Weg des alten gehen würde. Dort war sein Kalter Krieg gegen den Kreml heiß geworden.

Seit damals hatten sie sich auf geheimen Schlachtfeldern bekämpft, die im Herzen Russlands, an der Londoner Brompton Road, auf den Klippen von Cornwall und sogar in den grünen Hügeln Nordirlands gelegen hatten. Nun hatte ihr Krieg Washington erreicht. Wenn Rebecca Manning in wenigen Stunden ihren Bericht sendete, den Gabriel praktisch für sie geschrieben hatte, war alles vorbei. Diesen Wettstreit hatte er bereits gewonnen. Er hatte den russischen Maulwurf tief im Innersten des britischen Secret Intelligence Service enttarnt. Rebeccas Vater war kein Geringerer als Kim Philby. Gabriel brauchte nur noch den letzten Beweis, einen letzten Pinselstrich, dann war sein Meisterwerk vollendet.

Es war dieser Gedanke, die verlockende Aussicht auf den endgültigen Sieg über seinen unversöhnlichsten Feind, der Gabriel in dieser letzten langen Nacht wach liegen ließ. Um halb sechs stand er von seiner Couch auf, duschte, rasierte sich sorgfältig und zog sich an. Ausgebleichte Jeans, T-Shirt, Wollpullover, Lederjacke: die Uniform eines Direktors im aktiven Einsatz.

So betrat er das Wohnzimmer. Dort fand er drei Mitglieder seines berühmten Teams – Jaakov Rossman, Jossi Gawisch und Rimona Stern – nervös an ihrem Tapeziertisch sitzend vor. Sie redeten nicht mit den Wänden, sondern nur untereinander – und auch das nur leise flüsternd. Jeder von ihnen starrte auf den Bildschirm seines Laptops. Einer zeigte ein Standfoto von einem Häuschen, das in England ein typisches Cottage gewesen wäre, mit seiner seltsamen Tudor-Fassade über einem Säulenvordach. Am Ende des Gartenwegs aus Natursteinplatten brannte eine Lampe, und eine weitere war im Fenster des Schlafzimmers im Obergeschoss zu erkennen.

Es war 6.05 Uhr. Der Maulwurf war aufgestanden.

63

WARREN STREET, WASHINGTON

Rebecca Manning überflog die Londoner Zeitungen auf ihrem iPhone, während sie Kaffee trank und die ersten beiden L&B dieses Morgens rauchte. Von Premierminister Lancasters Entschluss, die diplomatischen Beziehungen zu Russland abzubrechen, war wider Erwarten bisher nichts durchgesickert. Auch die unverschlüsselten Nachrichten auf ihrem MI6-BlackBerry lieferten nicht den geringsten Hinweis auf eine bevorstehende Krise. Offenbar war nur ein kleiner Kreis von Eingeweihten informiert: der Premierminister, seine engsten Berater, der Außenminister und Graham Seymour. Und natürlich Gabriel Allon. Seine Beteiligung an dieser Sache beunruhigte Rebecca. Vorerst war sie sich jedoch ziemlich sicher, nicht enttarnt zu sein. Graham hätte sie niemals auf den Verteiler gesetzt, wenn er sie verdächtigt hätte, eine Verräterin zu sein.

Dank Rebecca würde der Abbruch der diplomatischen Beziehungen die Zentrale Moskau und den Kreml nicht gänzlich unvorbereitet treffen. Als Graham gegangen war, hatte sie einen detaillierten Bericht über die britischen Pläne geschrieben und auf ihrem iPhone in der App eines beliebten Onlinediensts gespeichert, auf die nur die SWR mit ihrem drahtlosen Kommunikationssystem zugreifen konnte. Die Nachricht enthielt einen Notfallcode, der Rebeccas Dienstleisterin – die attraktive Illegale, die sich als Brasilianerin ausgab – anwies, das Material sofort in die Washingtoner Residentur zu bringen. Das war riskant, aber notwendig. Hätte Rebecca die Nachricht auf dem gewohnten Weg übermittelt, wäre sie erst nach einigen Tagen in Moskau eingegangen – viel zu spät, um noch von Nutzen zu sein.

Beim zweiten Kaffee überflog Rebecca die amerikanischen Zeitungen, bevor sie um halb sieben nach oben ging, um zu baden und sich anzuziehen. Angesichts der Krise, die ihre beiden Welten betraf, würde sie heute Morgen nicht joggen. Sobald sie ihr Material im Starbucks in der Wisconsin Avenue übergeben hatte, wollte sie sich kurz in ihrer Station sehen lassen. Mit etwas Glück würde sie einige Minuten mit Graham reden können, bevor er zu seiner Besprechung mit CIA-Direktor Morris Payne musste. Vielleicht gelang es ihr doch noch, ihn dazu zu überreden, sie nach Langley mitzunehmen. Sie wollte am liebsten selbst hören, wie viel der MI6 von Gabriel Allon erfahren hatte.

Um sieben Uhr war Rebecca fertig angezogen. Sie steckte ihre Handys – ihr persönliches iPhone und ihr MI6-BlackBerry – in ihre Schultertasche und machte sich auf die Suche nach ihrem Reisepass. Den fand sie in der Nachttischschublade, in der auch ihre SIG Sauer und ein volles Reservemagazin lagen. Sie nahm automatisch alle drei Gegenstände mit und verstaute sie in ihrer Schultertasche. Unten im Erdgeschoss schaltete sie die Lampe am Gartentor aus, bevor sie das Haus verließ.

64

YUMA STREET, WASHINGTON

An diesem Morgen gab es vieles, was Rebecca Manning nicht wusste. Dazu gehörte die Tatsache, dass ihr Haus aus dem kleinen Park gegenüber mit einer Minikamera überwacht wurde, oder dass an ihrem Wagen – einem blaugrauen Honda Civic mit Diplomatenkennzeichen – nachts ein magnetisch haftender Transponder angebracht worden war.

Die Kamera registrierte, dass sie ihr Haus in der Warren Street verließ, und der Transponder zeichnete ihre Route nach Westen durch den Vorort Tenleytown auf. Jaakov Rossman gab diese Informationen als verschlüsselte Textnachrichten an Eli Lavon weiter, der zusammengesunken auf dem Beifahrersitz eines gemieteten Nissans in der Yuma Street hockte. Am Steuer des geparkten Autos saß Christopher Keller. Gemeinsam hatten diese beiden schon einige der gefährlichsten Männer der Welt verfolgt. Ein russischer Maulwurf mit einem Transponder am Auto würde sie sicher vor keine unlösbare Aufgabe stellen.

»Eben ist sie auf die Massachusetts Avenue abgebogen«, meldete Lavon.

»Welche Richtung?«

»Weiter nach Westen.«

Keller ordnete sich in den Verkehr ein und fuhr auf der Yuma Street ebenfalls nach Westen. Diese Straße schnitt die Massachusetts Avenue in einem Winkel von ungefähr fünfundvierzig Grad. Keller hielt am Stoppschild, um einem anderen Auto die Vorfahrt zu lassen: einem Honda Civic, blaugrau, Diplomatenkennzeichen, mit der Leiterin der MI6-Station Washington am Steuer.

Eli Lavon hatte nur Augen für sein BlackBerry. »Sie fährt weiter auf der Massachusetts Avenue nach Westen.«

»Was du nicht sagst.« Keller ließ zwei weitere Fahrzeuge passieren, bevor er sich hinter den Honda setzte.

»Vorsichtig«, sagte Lavon. »Sie ist gut.«

»Ja«, antwortete Keller gelassen. »Aber ich bin besser.«

65

BRITISCHE BOTSCHAFT, WASHINGTON

Bei seiner Rückkehr in den Komplex der britischen Botschaft hatte Graham Seymour dem Leiter der Fahrbereitschaft am Abend zuvor mitgeteilt, er brauche morgens einen Wagen mit Fahrer. Sein erstes Ziel würde das Hotel Four Seasons in Georgetown sein, wo er zu einem Arbeitsfrühstück verabredet war. Von dort aus würde er in die CIA-Zentrale in Langley fahren, um sich anschließend zum Dulles International Airport bringen zu lassen, auf dem sein gechartertes Flugzeug bereitstand. Entgegen der sonst üblichen Routine teilte er dem Leiter des Sicherheitsdiensts mit, er werde seine vormittägliche Runde ohne Personenschützer machen.

Der Sicherheitschef erhob Einwände, musste sich dann aber Seymours Wünschen fügen. Die Limousine stand wie bestellt um 7.00 Uhr vor der Residenz des Botschafters am Observatory Circle bereit. Seymour erklärte dem Chauffeur, seine Planung habe sich geändert. Und er verbot ihm strengstens, das dem Leiter der Fahrbereitschaft oder dem Sicherheitschef mitzuteilen.

»Erzählen Sie auch nur ein Sterbenswörtchen davon«, sagte Seymour warnend, »lasse ich Sie in den Tower werfen oder auspeitschen oder sonst wie bestrafen.«

»Wohin fahren wir statt ins Four Seasons, Sir?«

Seymour nannte eine Adresse, die der Fahrer, der in Washington neu war, in sein Navi eingab. Sie folgten dem Observatory Circle zur Massachusetts Avenue und fuhren dann auf der Reno Road durch den Cleveland Park nach Norden. An der Brandywine Street bogen sie rechts ab, an der Linnean Avenue links.

»Wissen Sie bestimmt, dass Sie die richtige Adresse eingegeben haben?« fragte Seymour, als der Wagen hielt.

»Wer wohnt hier?«

»Das würden Sie mir nicht glauben.«

Seymour stieg aus und ging zu dem massiven Tor, das sich bei seiner Annäherung öffnete. Einige Stufen führten zur Haustür hinauf, an der eine Frau mit Rubensfigur und rötlicher Mähne auf ihn wartete. Seymour erkannte sie. Sie war Rimona Stern, Leiterin der Abteilung Beschaffung des israelischen Geheimdiensts.

»Stehen Sie hier nicht herum!«, fauchte sie. »Kommen Sie rein.«

Seymour folgte ihr in den großen Wohnraum, in dem Gabriel und zwei seiner besten Leute – Jaakov Rossman und Jossi Gawisch – an einem Tapeziertisch sitzend auf die Bildschirme ihrer Notebooks starrten. An der Wand hinter ihnen zeichnete sich ein großer Schimmelfleck ab. Sein Umriss erinnerte vage an Grönland.

»Wohnt euer Botschafter etwa *wirklich* hier?«, fragte Seymour.

Gabriel gab jedoch keine Antwort; er starrte eine Nachricht an, die eben auf seinem Monitor erschienen war. Eva Fernandes und Michail Abramow verließen das Apartmentgebäude am MacArthur Boulevard. Seymour schlüpfte aus seinem Mantel von Crombie und warf ihn auf einen Sessel. Aus seinem Sakko zog er sein MI6-BlackBerry. Er sah auf seine Armbanduhr. Es war 7.17 Uhr.

66

BURLEITH, WASHINGTON

Der Verkehr war schon ein Albtraum, vor allem auf der Reservoir Road, die von Foxhall bis zum Nordrand von Georgetown reichte. Sie war eine Haupteinfallstraße für Pendler aus Maryland, die morgens nach Osten und abends nach Westen unterwegs waren. Verschlimmert wurde alles durch zusätzlichen Verkehr zum Georgetown University Medical Center und – um diese Zeit – einen blendend hellen Sonnenaufgang. Zum Glück kannte Eva Fernandes, eine illegale, aber erfahrene hiesige Autofahrerin, ein paar Abkürzungen. Wie jeden Morgen trug sie Leggings, neongrüne Laufschuhe von Nike und eine ebenfalls neongrüne knappe Nylonjacke. Michail sah nach zwei schlaflosen Nächten wie ihr schwieriger Freund aus, der lieber trank und kiffte als zu arbeiten.

»Und ich dachte immer, der Verkehr in Moskau sei schlimm«, murmelte er.

Eva bog nach links auf die Thirty-Seventh Street ab und fuhr nach Norden durch Burleith, ein bei Studenten und Jungakademikern beliebtes Viertel mit kleinen Reihenhäusern. Und bei russischen Spionen beliebt, dachte Michail. Aldrich Ames hatte ein Kreidezeichen an einem Briefkasten in der T Street zurückgelassen, wenn er seinem KGB-Führungsoffizier CIA-Geheimnisse übergeben wollte. Das Original stand jetzt in einem Museum. Der Briefkasten, an dem sie eben vorbeifuhren, war nur Ersatz.

»Erzählen Sie mir noch mal, was passiert, nachdem Sie mich abgesetzt haben«, verlangte er.

Evas ganzer Protest bestand aus einem schweren Seufzer. Sie hatten den Ablauf ausführlich an ihrem Küchentisch besprochen. Jetzt, in den letzten Minuten vor der vereinbarten Übergabe, würden sie ihn nochmals durchsprechen, ob das nötig war oder nicht.

»Ich fahre bis zum Starbucks weiter«, leierte sie auswendig herunter.

»Und was passiert, wenn Sie durchzubrennen versuchen?«

»FBI«, antwortete sie, »Gefängnis.«

»Sie bestellen Ihren Latte«, fuhr Michael geduldig fort, »und nehmen ihn mit nach oben. Vermeiden Sie jeglichen Blickkontakt mit anderen Gästen. Und vergessen Sie vor allem nicht, Ihren Empfänger einzuschalten! Was Rebecca sendet, übermittelt er automatisch an uns.«

Eva bog auf den Whitehaven Parkway ab. »Was passiert, wenn sie kalte Füße bekommt? Was passiert, wenn sie nichts sendet?«

»Das ändert nichts an Ihrem weiteren Verhalten. Sie warten oben, bis Sie von mir hören. Dann setzen Sie sich in Ihr Auto und lassen den Motor an. Ich steige bei Ihnen ein. Und dann …«

»Poff!«, sagte sie.

An der Ecke zur Thirty-Fifth Street hielt Eva am Bordstein. Michail öffnete seine Tür, stellte einen Fuß in den Rinnstein. »Vergessen Sie nicht, den Empfänger einzuschalten. Und bleiben Sie unbedingt in dem Café, bis ich mich wieder melde.«

»Was passiert, wenn sie nichts sendet?«, fragte Eva noch mal.

Michail stieg aus, ohne zu antworten, und schloss die Beifahrertür. Der Kia Optima fuhr sofort wieder an, bog nach rechts auf die Wisconsin Avenue ab. So weit, so gut, dachte er und marschierte los.

67

WISCONSIN AVENUE, WASHINGTON

Für ein Spionagetableau wie im Kalten Krieg fehlte die gewohnte Staffage. Es gab keine Mauern oder Kontrollstellen, keine Wachtürme oder Suchscheinwerfer, keine Brücke für den Austausch von Spionen. Es gab nur einen Coffeeshop einer unglaublich beliebten Kette mit ihrem allgegenwärtigen weißgrünen Zeichen. Er stand auf der Westseite der Wisconsin Avenue am Ende einer Reihe kleiner Läden: eine Tierklinik, ein Frisiersalon, ein Maßschneider, ein Schuster, ein Hundefriseur und eines der besseren französischen Restaurants der Stadt.

Nur der Coffeeshop hatte einen eigenen Parkplatz. Eva musste zwei Minuten lang in dessen Mitte warten, bis ein Platz frei wurde. Drinnen reichte die Schlange von der Kasse bis fast zum Eingang. Aber das spielte keine Rolle; sie hatte noch ausreichend Zeit.

Ohne sich um die Anweisungen des Mannes namens Alex zu kümmern, musterte sie ihre Umgebung sehr genau. Vor ihr standen neun Kunden an – nervöse Pendler auf dem Weg zur Arbeit, Stammgäste aus der Nachbarschaft in Sweatshirts und drei Jugendliche mit den gestreiften Krawatten der British International School auf der gegenüberliegenden Seite der Wisconsin Avenue. Weitere fünf bis sechs Gäste warteten am anderen Ende der L-förmigen Theke, und vier lasen die *Washington Post* oder *Politico* am Gemeinschaftstisch. Keiner sah wie ein FBI-Agent oder ein Agent des britischen oder israelischen Geheimdiensts aus – und vor allem nicht wie jemand von der Washingtoner SWR-Residentur.

Im rückwärtigen Teil des Coffeeshops, hinter einem Kühlregal mit Kuchen und Sandwichs wie aus Plastik, gab es weitere

Sitzgelegenheiten. Bis auf zwei waren hier alle Tische besetzt. An einem saß ein ungesund blasser Mittdreißiger. Er trug ein Sweatshirt der Georgetown University und starrte auf seinen Laptop. Er sah wie ein typischer Computerfreak aus, was eine geschickte Tarnung war. Eva glaubte zu wissen, dass sie eben den israelischen IT-Spezialisten, der die angeblich absolut sichere Firewall des SWR-Empfängers geknackt hatte, identifiziert hatte.

Es war 7.40 Uhr, als sie endlich ihre Bestellung aufgeben konnte. Der Barista sang ziemlich gut Al Greens »Let's Stay Together«, während er ihren großen Latte mit einem Schuss Sahne zubereitete, den Eva reichlich süßte, bevor sie nach hinten ging. Der Kerl in dem Uni-Sweatshirt war der einzige Mann, der nicht aufsah, um zu beobachten, wie Eva in Leggings und enger Jacke vorbeiging, was bestätigte, dass er tatsächlich der israelische IT-Spezialist war.

Auf der linken Seite des Raums führte eine Treppe in den oberen Sitzbereich hinauf. Dort saß nur ein weiterer Gast, ein Mann in mittleren Jahren in Chinos und einem Sweater mit Rundausschnitt, der eifrig auf einem gelben Notizblock schrieb. Von seinem Platz am Geländer aus konnte er den Eingangsbereich des Coffeeshops überblicken. Eva setzte sich möglichst weit von ihm entfernt in die Nähe der Tür, die auf eine unmöblierte Dachterrasse hinausführte. Der Kippschalter, mit dem der SWR-Empfänger aktiviert wurde, klickte nur gedämpft. Trotzdem sah der Mann stirnrunzelnd auf, bevor er weiterschrieb.

Eva zog ihr Smartphone aus ihrer Schultertasche, um nach der Uhr zu sehen. Es war 7.46 Uhr. Das Zeitfenster öffnete sich in vierzehn Minuten. Eine Viertelstunde später würde es sich wieder schließen, und wenn alles wie geplant klappte, würde Saschas Maulwurf enttarnt sein. Eva hatte kein schlechtes Gewissen wegen ihres Verrats, sondern fürchtete nur, was passieren würde, wenn es dem SWR gelänge, sie irgendwie zu ergreifen und nach Russland zu schaffen. Ein fensterloser Raum am Ende eines dunklen Korridors im Gefängnis Lefortowo, ein gesichtsloser Mann.

Poff …

Sie sah wieder auf die Uhr. Erst 7.49 Uhr. Beeil dich, dachte sie. Bitte beeil dich.

68

WISCONSIN AVENUE, WASHINGTON

Hundert Meter weiter nördlich stand auf der anderen Seite der Wisconsin Avenue ein hochpreisiger Safeway, dessen Angebot auf die anspruchsvolle Kundschaft aus Georgetown zugeschnitten war. Dort gab es eine Garage auf Straßenniveau und eine weitere Parkfläche hinter dem Supermarkt, die Rebecca Manning bevorzugte. Sie starrte in den Rückspiegel, während sie langsam die Rampe hinauffuhr. Ihre Fahrt, die zeigen sollte, ob sie beschattet wurde, hatte sie zweimal abbrechen wollen, weil sie fürchtete, das FBI verfolge sie. Jetzt hielt sie diese Sorge für unbegründet.

Rebecca parkte in der hintersten Ecke und ging mit ihrer Handtasche über der Schulter zum Hintereingang. Die Einkaufskörbe standen neben dem Aufzug zur Garage hinunter. Sie nahm einen von dem Stapel und trug ihn durch den ganzen Laden – vom Gemüse bis zu den Fertiggerichten … –, bis sie sicher wusste, dass ihr niemand folgte.

Sie stellte den Korb bei den Selbstbedienungskassen ab und ging die lange Treppe zum Haupteingang des Supermarkts an der Wisconsin Avenue hinunter. Berufsverkehr floss den Hügel hinab in Richtung Georgetown. Rebecca wartete, bis die Fußgängerampel Grün zeigte, bevor sie die Straße überquerte. Auf der anderen Seite wandte sie sich nach Süden und beschloss auf Höhe eines dunklen türkischen Restaurants, die heutige Übergabe durchzuziehen.

Vom Eingang des türkischen Restaurants bis zum Starbucks, an dessen Eingang ein Obdachloser in schmutzigen Lumpen bettelte, waren es siebenundvierzig Schritte. Normalerweise hätte sie dem Mann etwas Geld gegeben, wie ihre Mutter es bei den Pariser Bettlern getan hatte, auch wenn sie kaum mehr als sie besaß. An diesem Morgen drückte sie sich jedoch schuldbewusst an dem Mann vorbei und verschwand hastig in dem Coffeeshop.

An der Kasse standen acht Personen an. Sorgenvoll wirkende Anwälte oder Lobbyisten, ein paar zukünftige MI6-Offiziere aus der British International School und ein großer, auffällig blasser Mann mit Wolfsaugen, der aussah, als habe er eine Woche lang nicht mehr geschlafen. Der Barista sang: »A Change Is Gonna Come«. Rebecca sah auf ihre Armbanduhr. Es war 7.49 Uhr.

Christopher Keller und Eli Lavon hatten sich nicht die Mühe gemacht, Rebecca Manning aufs obere Parkdeck des Safeways zu folgen. Stattdessen parkten sie auf der Thirty-Fourth Street vor der Hardy Middle School: eine Position, von der aus sie beobachten konnten, wie Rebecca das Starbucks betrat. Eli Lavon meldete das der Zentrale in der Chesapeake Street, in der Gabriel und der Rest seines Teams diese Szene durch die Kamera von Ilans Smartphone beobachteten. Alle außer Graham Seymour, der in den Garten gegangen war, um einen Anruf von Vauxhall Cross entgegenzunehmen.

Es war 7.54 Uhr, als Seymour wieder hereinkam. Rebecca Manning gab jetzt ihre Bestellung auf. Seymour lieferte den Ton dazu.

»Großen Kaffee ohne Milch. Nichts zu essen, danke.«

Während der junge Mann hinter der Theke sich abwandte, um Rebeccas Becher zu füllen, steckte sie ihre Kreditkarte in das Lesegerät, womit ihre Anwesenheit um diese Zeit an diesem Ort dokumentiert war.

»Möchten Sie eine Quittung?«, fragte Gabriel stellvertretend für den Barista.

»Ja, bitte«, antwortete Seymour an Rebeccas Stelle. Sekunden später gab der junge Mann ihr mit ihrem Becher einen kleinen Kassenbon.

Gabriel sah auf die Digitaluhr mitten auf dem Tapeziertisch: 7:56:14 Uhr. Das Zeitfenster für die Übertragung würde sich sehr bald öffnen.

»Hast du genug gesehen?«, fragte er.

»Nein«, sagte Seymour, der auf den Bildschirm starrte. »Lass sie laufen.«

69

WISCONSIN AVENUE, WASHINGTON

Am Gemeinschaftstisch war ein Stuhl frei. Dieser Platz war dem Eingang am nächsten, sodass Rebecca ungehindert auf die Straße hinaussehen und den Sitzbereich hinter dem Coffeeshop überblicken konnte. Der Mann, der vor ihr angestanden hatte, der Blasse mit den Wolfsaugen, saß mit dem Rücken zu ihr im hinteren Teil des Raums. Einige Tische weiter schrieb ein junger Mann, der ein Doktorand hätte sein können, ebenso wie vier weitere Gäste auf seinem Notebook. Die drei Männer, die mit ihr am Gemeinschaftstisch saßen, waren digitale Dinosaurier, die Informationen lieber in gedruckter Form aufnahmen. Das tat auch Rebecca. Viele der glücklichsten Stunden ihrer ungewöhnlichen Kindheit hatte sie in der Bibliothek im Moskauer Apartment ihres Vaters verbracht. Zu seiner großen Sammlung waren die viertausend Bücher gekommen, die er von Guy Burgess, seinem Mitspion aus Cambridge, geerbt hatte. Rebecca wusste noch gut, wie betäubend sie nach Tabak gerochen hatten. Ihre ersten Zigaretten hatte sie vermutlich geraucht, indem sie Burgess' Bücher gelesen hatte. Jetzt sehnte sie sich nach einer. Aber sie wagte natürlich nicht, sich eine anzuzünden. Das wäre ein schlimmeres Verbrechen gewesen als Landesverrat.

Rebecca nahm den Deckel des Kaffeebechers ab und legte ihn neben ihr iPhone auf den Tisch. Das MI6-BlackBerry in ihrer Schultertasche vibrierte, um eine eingegangene Nachricht anzukündigen. Sie kam vermutlich von der hiesigen Station oder der Abteilung Westliche Hemisphäre in Vauxhall Cross. Oder vielleicht hatte Graham doch beschlossen, sie nach Langley mitzunehmen. Wahrscheinlich verließ er gerade die Residenz des Botschafters. Rebecca wusste, dass sie die Nachricht lesen musste, um sicherzugehen, dass kein Notfall vorlag. In zwei, drei Minuten, nahm sie sich vor.

Auf leeren Magen wirkte der erste Schluck Kaffee wie Batteriesäure. Der Barista sang jetzt Marvin Gayes »What's Going On«, und der Mann ihr gegenüber, den der Songtext anzuregen schien, beschwerte sich bei seinem Nachbarn über den letzten empörenden Tweet des US-Präsidenten. Rebecca suchte den rückwärtigen Teil des Raums ab, sah aber niemanden, der sie beachtete. Die Illegale musste oben sein; sie konnte deren Empfänger in den Netzwerkinformationen ihres iPhones sehen. Funktionierte das Gerät richtig, würde es für alle übrigen Handys, Tablets und Notebooks in näherer Umgebung unsichtbar sein.

Sie sah erneut auf die Uhr: 7.56 … Noch ein Schluck Kaffee, ein weiterer korrosiver Schwall in ihre Magengrube. Äußerlich gelassen ging sie die Icons auf ihrem iPhone durch, bis sie bei der Instant-Messaging-App mit der verborgenen SWR-Nachricht anlangte. Dies war ihr Bericht: verschlüsselt und unsichtbar. Sogar das Icon, das ihn sendete, war eine Lüge. Mit ihrem Daumen über dem Sendesymbol sah sie sich ein letztes Mal in dem Coffeeshop um. Nirgends etwas Verdächtiges, nur das unablässige Vibrieren ihres MI6-BlackBerrys. Selbst der Mann ihr gegenüber schien sich darüber zu wundern, dass sie nicht endlich nachschaute.

Inzwischen war es 7.57 Uhr. Rebecca legte das iPhone auf den Tisch und griff ohne Hast in ihre Schultertasche. Das BlackBerry lag neben der 9-mm-Pistole von SIG Sauer. Sie nahm es heraus und gab ihr langes Passwort ein. Die Textnachricht war von Andrew Crawford, der sich erkundigte, wann sie in die Station kommen werde.

Rebecca ignorierte seine Anfrage und steckte das BlackBerry um 7.58 Uhr in ihre Schultertasche zurück. Zwei Minuten bevor das Zeitfenster für die Übertragung sich öffnete, vibrierte ihr iPhone, um eine neue Nachricht anzuzeigen. Sie kam von einer Londoner Nummer, die Rebecca nicht kannte, und bestand aus einem einzigen Wort:

Lauf …

70

WISCONSIN AVENUE, WASHINGTON

Lauf …

Wovor weglaufen? Vor wem weglaufen? Wohin laufen?

Rebecca studierte die Nummer auf dem Display ihres iPhones. Sie sagte ihr nichts. Die Nachricht kam vermutlich aus Moskau oder der Washingtoner SWR-Residentur. Oder vielleicht war sie irgendein Trick. Eine Täuschung. Nur eine Spionin würde flüchten.

Um der Kameras willen, die sie bestimmt beobachteten, runzelte sie die Stirn und pulverisierte ihren ursprünglichen Bericht durch einen Druck auf ein getarntes Icon. Damit war er gelöscht, hatte nie existiert. Ein weiteres falsches Icon ließ auch die App verschwinden. Nun hatte sie keinen Beweis für ihren Verrat mehr auf ihrem iPhone oder in ihrem Besitz, nur die Pistole, die sie rasch eingesteckt hatte, als sie aus dem Haus gegangen war. Plötzlich war sie froh, dass sie die Waffe hatte.

Lauf …

Wie lange wussten sie schon Bescheid? Und wie viel wussten sie überhaupt? Wussten sie nur, dass sie für die Zentrale Moskau spioniert hatte? Oder wussten sie auch, dass sie schon als Jugendliche zur Spionin ausgebildet worden, dass sie Kim Philbys Tochter und Saschas Lebenswerk war? Sie erinnerte sich an Grahams ungewöhnlichen Besuch von gestern Abend und die alarmierende Nachricht, die Downing Street wolle die diplomatischen Beziehungen zu Moskau abbrechen. Eine einzige große Lüge, dachte Rebecca, die sie dazu bringen sollte, Kontakt mit ihrem Führungsoffizier aufzunehmen. Es gab keinen Plan, die Beziehungen zu Moskau abzubrechen, auch keinen Gesprächstermin bei Morris Payne in Langley. Vermutlich stand jedoch tatsächlich ein Flugzeug auf dem Dulles International Airport bereit, um sie nach London zurückzubringen, wo sie sich in den Fängen des britischen Justizsystems wiederfinden würde.

Lauf …

Noch nicht, sagte sie sich. Nicht ohne einen Plan. Sie musste methodisch handeln wie ihr Vater, als er damals im Jahr 1951 erfahren hatte, dass Guy Burgess und Donald Maclean in die Sowjetunion desertiert waren und ihn gefährlich exponiert zurückgelassen hatten. Er war mit dem Auto nach Maryland gefahren und hatte seine KGB-Minikamera und alles Filmmaterial vergraben. *Drunten am Fluss gegenüber Swainson Island, am Fuß einer riesigen Amerikanischen Platane …* Ihr eigenes Auto konnte sie jedoch nicht benutzen. Es war bestimmt mit einem elektronischen Tracker ausgerüstet worden. Das würde erklären, weshalb sie bisher kein Überwachungsteam entdeckt hatte.

Entkommen konnte sie nur mit einem anderen Auto und Zugang zu einem Handy, das nicht überwacht wurde. Sascha hatte ihr versichert, er könne sie notfalls blitzschnell nach Moskau bringen lassen, genau wie Juri Modin damals ihre Familie aus Beirut in Sicherheit gebracht hatte. Rebecca hatte eine Nummer in der russischen Botschaft und ein Codewort, das dem Angerufenen zeigen würde, dass sie Hilfe brauchte. Das Codewort lautete »Vrej« – der Name eines alten Restaurants im Beiruter Armenierviertel.

Als Erstes musste sie jedoch von dem Übergabeort wegkommen. Bestimmt waren mehrere der übrigen Gäste britische, amerikanische oder sogar israelische Agenten. Rebecca steckte das iPhone in ihre Schultertasche, stand ruhig auf und ließ ihren Kaffeebecher durch das runde Loch des Abfallbehälters fallen. Der Ausgang zur Wisconsin Avenue lag rechts vor ihr. Sie wandte sich stattdessen nach links, ging in den rückwärtigen Sitzbereich des Coffeeshops. Niemand sah sie an. Niemand wollte sich verraten.

71

CHESAPEAKE STREET, WASHINGTON

Etwa drei Meilen weiter nördlich, in der Kommandozentrale Chesapeake Street, beobachtete Gabriel zunehmend besorgt, wie Rebecca Manning sich durch den Erfassungsbereich von Ilans Handykamera bewegte.

»Was ist passiert?«

»Sie hat ihren Bericht nicht gesendet«, sagte Graham Seymour.

»Ja, ich weiß. Aber warum nicht?«

»Irgendwas muss sie erschreckt haben.«

Gabriel sah zu Jaakov Rossman hinüber. »Wo ist sie jetzt?«

Jaakov schrieb eine kurze Frage auf seinem Laptop. Michail antwortete binnen Sekunden. Rebecca Manning war auf der Toilette.

»Was macht sie dort?«, fragte Gabriel.

»Benutz deine Fantasie, Boss.«

»Das tue ich.« Dreißig Sekunden verstrichen, ohne dass Rebecca wieder zum Vorschein kam. »Ich habe ein schlechtes Gefühl, Graham.«

»Was willst du dagegen tun?«

»Du hast alles, was du an Beweisen brauchst.«

»Darüber könnte man streiten, aber ich höre dir weiter zu.«

»Schreib ihr, dass du dir die Sache mit dem Gespräch in Langley anders überlegt hast. Schreib ihr, dass sie jetzt doch daran teilnehmen soll. Das müsste ihre Aufmerksamkeit wecken.«

»Und was dann?«

»Schreib ihr, dass ihr euch in der Botschaft treffen wollt.« Gabriel machte eine Pause. »Und dann nimmst du sie fest, sobald sie einen Fuß auf britischen Boden setzt.«

Seymour tippte die Nachricht in sein BlackBerry und schickte sie ab. Fünfzehn Sekunden später kündigte ein Klingelton ihre Antwort an.

»Sie ist unterwegs.«

72

WISCONSIN AVENUE, WASHINGTON

Hinter der verriegelten Tür der Unisex-Toilette des Coffeeshops las Rebecca Graham Seymours Textnachricht. *Der Plan hat sich geändert. Ich möchte, dass du nach Langley mitkommst. Wir treffen uns baldmöglichst in der Botschaft …* Der freundliche Tonfall konnte die wahre Bedeutung dieser Mitteilung nicht tarnen. Sie bestätigte Rebeccas schlimmste Befürchtungen. Sie war enttarnt und in eine Falle gelockt worden.

Jemand rüttelte ungeduldig an der Klinke.

»Augenblick, bitte«, sagte Rebecca mit unbefangener Heiterkeit, die das verräterische Herz ihres Vaters erwärmt hätte. Es war sein Gesicht, das sie im Spiegel über dem Waschbecken sah. »Mit jedem Jahr«, hatte ihre Mutter behauptet, »siehst du ihm ähnlicher. Dieselben Augen. Derselbe verächtliche Gesichtsausdruck.« Rebecca war sich nie sicher gewesen, ob ihre Mutter das als Kompliment gemeint hatte.

Sie legte ihr BlackBerry und das iPhone in den Faraday-Beutel, zog den Reißverschluss zu und riss ein einzelnes Blatt aus ihrem Notizbuch. In kyrillischer Schrift kritzelte sie ein paar Worte darauf. Die WC-Spülung rauschte donnernd. Sie drehte einige Sekunden lang den Wasserhahn auf, zog ein paar Papierhandtücher aus dem Spender und warf sie zerknüllt in den Abfallkorb.

Jenseits der Tür war das leise Summen des gut besetzten Coffeeshops zu hören. Rebecca legte die linke Hand auf die Türklinke, während ihre Rechte den Griff der kompakten SIG Sauer in ihrer Schultertasche umklammerte. Die Pistole hatte sie sofort nach dem Betreten der Toilette entsichert. Das

Magazin enthielt zehn 9-mm-Patronen, das Reservemagazin weitere zehn Schuss.

Sie zog die Tür auf und trat wie eine Washingtoner Powerfrau, die sich beeilen muss, um nicht zu spät ins Büro zu kommen, aus der Toilette. Wider Erwarten war der kleine Vorraum leer. Der Junge in dem Hoodie der Georgetown University hatte sein Notebook etwas zur Seite gedreht. Rebecca konnte den Bildschirm nicht sehen.

Sie wandte sich abrupt nach rechts und stieg die Treppe hinauf. Im oberen Sitzbereich saßen zwei Gäste: ein Mann mittleren Alters, der etwas auf einen gelben Notizblock schrieb, und Eva Fernandes, die russische Illegale. In ihrer neongrünen Jacke war sie kaum zu übersehen.

Rebecca setzte sich auf den Stuhl ihr gegenüber. Ihre Rechte blieb in der Schultertasche, umklammerte weiter den Griff der SIG Sauer. Mit der linken Hand legte sie Eva Fernandes den Zettel hin. Die Illegale tat verständnislos.

»Los, her damit!«, fauchte Rebecca auf Russisch.

Die andere zögerte, dann rückte sie ihr Handy heraus. Rebecca legte es zu den anderen in den Faraday-Beutel.

»Wo steht Ihr Auto?«

»Ich habe keines.«

»Sie fahren einen Kia Optima. Er steht hier auf dem Parkplatz.« Rebecca ließ die Illegale die Pistole in ihrer Schultertasche sehen. »Kommen Sie, wir gehen.«

73

WISCONSIN AVENUE, WASHINGTON

Entgegen allen Glaubenssätzen des Diensts – geschrieben oder ungeschrieben, ausgesprochen oder stillschweigend akzeptiert – hatte Michail Abramow seinen Platz gewechselt, sodass er jetzt den vorderen Raum des Coffeeshops überblicken konnte. In seinem der Wand zugekehrten linken Ohr trug er einen winzigen Ohrhörer. Damit konnte er Evas Smartphone überwachen, das so umgebaut worden war, dass es ständig sendete. Zumindest hatte es das bis 8.04 Uhr getan, als Rebecca Manning aus der Toilette kommend unerklärlicherweise nach oben gehastet war.

In den letzten Sekunden bevor das Handy verstummte, hatte Michail ein Flüstern gehört. Das konnte Russisch gewesen sein, aber er war sich seiner Sache nicht ganz sicher. Er wusste auch nicht genau, wer gesprochen hatte. Unabhängig davon waren die beiden Frauen jetzt in Richtung Ausgang unterwegs. Eva Fernandes starrte geradeaus, als sehe sie ein offenes Grab vor sich. Rebecca Manning ging einen Schritt hinter ihr und behielt die rechte Hand in ihrer modischen Schultertasche.

»Was sie wohl in ihrer Tasche hat?«, fragte Michail, als die beiden russischen Agentinnen durch den Aufnahmebereich von Ilans Smartphone gingen.

»Mehrere Handys«, antwortete Gabriel, »und einen SWR-Sender für Datenübermittlung auf kurze Entfernungen.«

»Aber das ist nicht alles«, sagte Michail, während er beobachtete, wie Eva und Rebecca das Starbucks verließen und nach links in Richtung Parkplatz davongingen. »Vielleicht solltest du deinen Freund fragen, ob seine Stationsleiterin bewaffnet ist.«

Das tat Gabriel. Dann berichtete er Michail, was er erfahren hatte. In der Öffentlichkeit war Rebecca Manning im Allgemeinen unbewaffnet, aber mit Einverständnis des Außenministeriums und der CIA besaß sie zum Schutz ihres Heims eine Pistole.

»Welcher Marke?«

»SIG Sauer.«

»Bestimmt eine Neuner?«

»Korrekt.«

»Vermutlich die kompakte Ausführung.«

»Vermutlich«, bestätigte Gabriel.

»Also mit zehn Schuss.«

»Plus zehn im Reservemagazin.«

»Eli ist wohl nicht zufällig bewaffnet?«

»Eli hat zuletzt 1972 eine Waffe getragen. Damals hat er aus Versehen mich beinahe erschossen.«

»Was ist mit Keller?«

»Graham hat ihm keine Waffe genehmigt.«

»Dann bin ich der Einzige.«

»Bleib, wo du bist.«

»Sorry, Boss, die Verbindung ist gestört. Das hab ich nicht mehr mitgekriegt.«

Michail stand auf, ging an Ilan vorbei und durchquerte dabei den Aufnahmebereich seines Handys. Draußen wandte er sich nach links und überquerte den Parkplatz. Eva saß bereits am Steuer ihres Kias; Rebecca öffnete gerade die Beifahrertür. Bevor sie sich auf den Sitz gleiten ließ, sah sie zu Michail hinüber, sodass ihre Blicke sich begegneten. Michail sah zuerst weg und ging weiter.

Die Thirty-Fourth Street war eine Einbahnstraße nach Süden. Michail ging der Fahrtrichtung entgegen an der Rückseite des türkischen Restaurants vorbei, als Eva zurücksetzte und dann auf die Straße hinausfuhr. Rebecca Manning starrte ihn vom Beifahrersitz aus an, das wusste er. Er spürte förmlich, wie ihr Blick sich in seinen Rücken bohrte. Sie wartete nur darauf, dass er sich noch mal nach ihr umsah. Aber das tat er nicht.

Der Nissan parkte weiter vor der Hardy Middle School. Michail stieg eilig hinter Keller ein. Gabriel versuchte weiter, ihn über Funk zu erreichen, aber Michail hatte den Ohrhörer herausgezogen. Eli Lavon, der beste Beschatter in der Geschichte des Diensts, funkelte ihn vom rechten Vordersitz aus an.

»Klasse gemacht, Michail. Das war echt sehenswert! Eine so coole Reaktion kann sie unmöglich bemerkt haben.«

Das alles sagte Lavon in sarkastischem Hebräisch. Keller starrte die Thirty-Fourth Street entlang, behielt den rasch kleiner werdenden Kia Optima im Auge. An der Reservoir Road bog der Wagen rechts ab. Keller wartete, bis eine Gruppe Schulkinder vor ihnen die Straße überquert hatte. Dann trat er das Gaspedal durch.

74

BURLEITH, WASHINGTON

»Ich darf nicht mit Ihnen reden«, sagte Eva Fernandes. »Tatsächlich darf ich Sie nicht mal *ansehen.*«

»Diese Anweisungen habe ich aufgehoben, stimmt's?«

Rebecca befahl Eva, an der Thirty-Sixth Street und dann wieder an der S Street rechts abzubiegen. Beide Male blieb der viertürige Nissan hinter ihnen. Der Abstand betrug nur etwa sechs Wagenlängen. Sein Fahrer gab sich keine Mühe, die Verfolgung zu tarnen.

»Dort vorn wieder rechts«, fauchte Rebecca. Wenige Sekunden später bog Eva auf die Thirty-Fifth Street ab, ohne auch nur langsamer zu werden. Das tat auch der Nissan. Diese primitive Überwachung ließ Rebecca vermuten, dass die Männer in dem anderen Wagen auf sich allein gestellt operierten und folglich nicht vom FBI waren. Das würde sich bald zeigen.

An der Kreuzung Thirty-Fifth Street und Reservoir Road stand eine Verkehrsampel, eine der wenigen in den Wohnbezirken von Georgetown. Als der Kia herankam, sprang sie von Grün auf Gelb um. Eva trat das Gaspedal durch und fuhr über die Kreuzung, als die Ampel auf Rot wechselte. Wildes Hupen folgte, als der Nissan hinter ihnen über die Kreuzung schoss.

»Gleich wieder rechts«, sagte Rebecca und deutete auf die Einfahrt zur Winfield Lane. Diese stille Wohnstraße mit identischen Klinkerhäusern erinnerte Rebecca an Hampstead in London. Der Nissan war weiter hinter ihnen.

»Hier anhalten!«

»Aber …«

»Stopp, hab ich gesagt!«

Eva bremste scharf. Rebecca riss die SIG Sauer aus ihrer Schultertasche und sprang aus dem Wagen. Sie umfasste den Pistolengriff mit beiden Händen, bildete mit den Armen ein Dreieck und drehte ihren Körper leicht zur Seite, um ein schmaleres Ziel zu bieten, wie sie's auf dem Schießstand in Fort Monckton gelernt hatte. Der Nissan kam weiter auf sie zu. Rebecca zielte auf den Kopf des Fahrers und drückte ab, bis das Magazin leer war.

Der Nissan brach nach links aus und prallte frontal gegen einen geparkten Lexus. Niemand stieg aus, und ihr Feuer wurde nicht erwidert, was Rebecca bewies, dass die Männer keine FBI-Agenten waren. Sie waren britische und israelische Geheimdienstler, die niemanden verhaften und auch nicht schießen durften, selbst wenn sie auf einer stillen Straße in Georgetown beschossen wurden. Rebecca bezweifelte, dass das FBI überhaupt wusste, dass britische und israelische Agenten Jagd auf sie machten. Aber in ein paar Minuten, dachte sie mit einem Blick auf die Unfallwagen, würde sie's wissen.

Lauf …

Rebecca warf sich auf den Beifahrersitz des Kias und schrie Eva an, sie solle losfahren. Im nächsten Augenblick rasten sie die Thirty-Seventh Street entlang in Richtung russische Botschaft. Als sie die T Street überquerten, warf Rebecca den Faraday-Beutel aus ihrem Fenster. Der SWR-Sender folgte gleich darauf.

Sie sah sich um. Niemand verfolgte sie. Sie zog das leere Magazin heraus und rammte das neue in den Griff – ein Geräusch, das Eva Fernandes zusammenzucken ließ. Auf Rebeccas Befehl bog sie nach links in die Tunlaw Road ab.

»Wohin wollen wir?«, fragte sie, als sie an der Rückseite des Botschaftskomplexes vorbeifuhren.

»Ich muss telefonieren.«

»Und dann?«

Rebecca lächelte. »Dann geht's ab in die Heimat.«

Im selben Augenblick gingen drei Männer auf der Thirty-Fifth Street langsam in Richtung Potomac River. Nach Kleidung und Aussehen waren sie keine Einwohner von Georgetown. Einer der Männer schien starke Schmerzen zu haben, und seine rechte Hand war blutig. Sie war jedoch nicht verletzt, sondern die Wunde saß weiter oben, wo ein 9-mm-Geschoss ihm das rechte Schlüsselbein zerschmettert hatte.

Als sie die O Street überquerten, gaben die Beine des Verletzten nach, aber seine Begleiter – ein großer, auffällig blasser Mann und ein kleiner Mann mit einem Allerweltsgesicht – hielten ihn aufrecht. Dann stoppte ein Wagen neben ihnen, und die Unverletzten halfen ihrem Kameraden auf den Rücksitz. Die Verkäuferin eines beliebten Blumenladens war die einzige Zeugin. Sie sagte später bei der Polizei aus, der wütende Gesichtsausdruck des Verletzten habe sie geradezu erschreckt.

Inzwischen reagierten Streifenwagen der Washingtoner Metropolitan Police auf Meldungen über Schüsse in der sonst so ruhigen Winfield Lane. Der Wagen mit dem auf der Straße aufgenommenen Trio raste durch Georgetown zur Connecticut Avenue. Dort bog er nach Norden ab, um ein heruntergekommenes Haus in der Connecticut Street zu erreichen. Drinnen warteten zwei der mächtigsten Geheimdienstchefs der Welt. Sie hatten eine Topspionin laufen lassen. Und nun war sie fort.

75

TENLEYTOWN, WASHINGTON

Im Nordwesten von Washington gab es nur noch eine Handvoll öffentlicher Münztelefone. Für Notfälle dieser Art hatte Rebecca Manning sich die Standorte der meisten gemerkt. Eines hing in der Shell-Tankstelle an der Ecke Wisconsin Avenue und Ellicott Street. Leider hatte Rebecca kein Kleingeld, aber Eva hatte in der Mittelkonsole immer eine Rolle Quarter für Parkuhren. Sie gab Rebecca zwei davon und beobachtete, wie sie ans Telefon ging und eine Nummer wählte, die sie auswendig wusste. Eva kannte diese Nummer, die sie ebenfalls erhalten hatte. Das dazugehörige Telefon stand in der russischen Botschaft und durfte nur im äußersten Notfall angerufen werden.

Für Rebecca Manning war diese Nummer eine Rettungsleine, die sie sicher nach Moskau zurückholen würde. Für Eva stellte sie jedoch eine Gefahr dar. Rebecca würde zweifellos als Heldin empfangen werden, aber auf Eva wartete nur ein Vernehmungsraum, in dem Sascha sie in die Mangel nehmen würde. Sie war versucht, Gas zu geben und Rebecca im Stich zu lassen. Aber sie würde nicht weit kommen. Möglicherweise wurden in dem Wagen in einer ruhigen Seitenstraße in Georgetown drei Tote gefunden. Sie war nicht nur eine Agentin eines ausländischen Geheimdiensts, sondern jetzt vielleicht auch die Komplizin einer Mörderin. Ihr blieb nichts anderes übrig, als Rebecca nach Moskau zu begleiten und aufs Beste zu hoffen.

Rebecca kam zurück und wies Eva an, nach Norden zur Wisconsin Avenue zu fahren. Dann stellte sie das Radio an und wählte den Sender WTOP. *Wir haben eine Eilmeldung für Sie wegen der Schießerei in Georgetown …* Sie drückte den Ausknopf, und das Radio verstummte.

»Wie lange?«, fragte Eva.

»Zwei Stunden.«

»Holen sie uns ab?«

Rebecca schüttelte den Kopf. »Wir sollen zusehen, dass wir von der Straße wegkommen, und warten, bis sich das Schlupfloch öffnet.«

Eva war insgeheim erleichtert. Je länger die SWR sie nicht in die Fänge bekam, desto besser. »Wo liegt das Schlupfloch?«, fragte sie.

»Das haben sie nicht gesagt.«

»Warum nicht?«

»Sie wollen sichergehen, dass dort keine Gefahr droht, bevor sie uns hinschicken.«

»Wie wollen sie sich bei uns melden?«

»Wir sollen in einer Stunde noch mal anrufen.«

Das gefiel Eva nicht. Aber wie hätte sie an einer Entscheidung der Zentrale Moskau zweifeln dürfen?

Sie näherten sich jetzt der unsichtbaren Grenze zwischen dem District of Columbia und dem Bundesstaat Maryland. Auf beiden Seiten des belebten Boulevards standen sich zwei große Einkaufszentren gegenüber. Rebecca deutete auf den rechten Komplex. Neben der Tiefgaragenzufahrt lag ein Lokal einer Restaurantkette, das für die Größe seiner Portionen und die Wartezeit auf einen Tisch berühmt war. Eva fuhr die Rampe hinunter und zog einen Parkschein aus dem Automaten. Dann parkte sie auf Rebeccas Anweisung in einer abgelegenen Ecke der riesigen Garage rückwärts ein.

Und dort warteten sie – größtenteils schweigend – eine halbe Stunde lang mit der SIG Sauer auf Rebeccas Schoß. Sie hatten keine Handys, um Verbindung zu der oberen Welt zu halten, sondern nur das Autoradio. Der Empfang war durch atmosphärische Störungen beeinträchtigt. Die Polizei fahndete nach einem mit zwei Frauen besetzten Kia Optima mit Washingtoner Kennzeichen. Und nach drei Männern, die geflüchtet waren und einen von Schüssen durchlöcherten Nissan auf der Winfield Lane hatten stehen lassen. Nach Zeugenaussagen schien einer der Männer eine Schusswunde zu haben.

Störungen ließen die Lautstärke anschwellen. Eva regelte sie herunter. »Sie fahnden nach zwei Frauen in einem Kia.«

»Ja, ich hab's gehört«.

»Wir müssen uns trennen.«

»Wir bleiben zusammen.« Dann fügte Rebecca zerknirscht hinzu: »Ich schaff's nicht allein.«

Sie drehte das Radio lauter und hörte, wie ein Einwohner von Georgetown sich entsetzt über die Schießerei äußerte. Eva beobachtete jedoch einen in Maryland zugelassenen neutralen weißen Kastenwagen, der durch die hellen und dunklen Flecken auf dem Betonboden auf sie zukam. Das FBI, dachte sie, liebt neutrale Kastenwagen, und die SWR ebenfalls.

»Da kommt ein Problem«, sagte sie.

»Das ist nur ein Lieferwagen«, antwortete Rebecca.

»Findest du, dass die beiden Kerle wie Lieferwagenfahrer aussehen?«

»Allerdings!«

Der Kastenwagen parkte neben ihnen. Als die seitliche Schiebetür sich öffnete, blickte Eva dicht vor ihrem Fenster in ein russisches Gesicht und bemühte sich verzweifelt, sich ihre Angst nicht anmerken zu lassen.

»Ich dachte, wir sollten selbst zu dem Schlupfloch fahren.«

»Der Plan hat sich geändert«, sagte Rebecca. »Das Schlupfloch ist zu uns gekommen.«

76

FOREST HILLS, WASHINGTON

Christopher Keller hatte einen glatten Schulterdurchschuss rechts. Das 9-mm-Parabellumgeschoss hatte jedoch das Schlüsselbein zertrümmert und viel Gewebe zerstört. Zum Glück lagerte in jedem staatlichen israelischen Gebäude, auch in unbewohnten, ein Vorrat medizinischer Utensilien. Michail, ein kampferprobter Veteran, spülte die Wunde mit einem Antiseptikum aus und verband sie. Als Schmerzmittel hatte er nur Ibuprofen, von dem Keller acht Tabletten mit Whisky aus der Hausbar hinunterspülte.

Mit Michails Hilfe zog er sich um und bekam eine Schlinge für seinen rechten Arm. Der Rückflug nach London wäre lang und schmerzhaft gewesen, aber zum Glück war Keller auf keinen Linienflug angewiesen. Graham Seymours Chartermaschine stand auf dem Dulles International Airport bereit. Die beiden Männer wurden zuletzt gegen 9.20 Uhr gesehen, als sie langsam und vorsichtig die steile Treppe zum Tor hinunter bewältigten. Gabriel persönlich drückte den Knopf, der das schwere Sicherheitstor öffnete. Und so nahm das große Unternehmen ein unrühmliches Ende.

Seine letzten Minuten waren verbittert und untypisch feindselig. Michail bekam Krach mit Gabriel und Gabriel mit Graham Seymour, seinem alten Freund und Waffenbruder. Er forderte Seymour dringend auf, die Amerikaner anzurufen, damit sie Washington dichtmachten. Als Seymour sich weigerte, drohte Gabriel ihm damit, die Amerikaner selbst anzurufen. Er begann sogar, Adrian Carters Nummer in der CIA-Zentrale zu wählen, aber Seymour entriss ihm den Telefonhörer. »Dies ist mein Skandal, nicht deiner. Und wenn irgendjemand den Amerikanern sagt, dass wir Kim Philbys Tochter bei ihnen eingeschleust haben, ist das meine Aufgabe.«

Aber Seymour telefonierte an diesem Vormittag nicht mit den Amerikanern, und obwohl Gabriel versucht war, das an seiner Stelle zu tun, nahm er ihm diese Aufgabe nicht ab. Binnen weniger Minuten zerbrach eine Beziehung von historischer Bedeutung. Über ein Jahrzehnt lang hatten Graham und Gabriel im Kampf gegen die Russen, die Iraner und den IS eng zusammengearbeitet. Und dabei war es ihnen gelungen, jahrzehntealte Feindseligkeiten zwischen ihren Organisationen, sogar zwischen ihren Ländern abzubauen. Alles das war jetzt zunichtegemacht. Aber wie Eli Lavon später anmerkte, hatte Sascha es von Anfang an darauf angelegt, einen Keil zwischen MI6 und den Dienst zu treiben, das enge Verhältnis zwischen Graham Seymour und Gabriel aufzubrechen. Zumindest damit hatte er Erfolg gehabt.

Jossi Gawisch und Rimona Stern reisten als Nächste ab. Einer der Überwacher baute die Kamera in dem kleinen Park an der Warren Street ab, bevor er zum Bahnhof weiterging. Die anderen Überwacher folgten wenig später, und um 9.45 Uhr waren nur noch Gabriel, Michail und Eli Lavon in der Kommandozentrale. Draußen wartete ein einziges Fahrzeug. Oren, der Chef von Gabriels Bodyguards, hielt unten am Tor Wache – wogegen, wusste niemand.

Bei seinem hastigen Aufbruch hatte das Team das Hausinnere in Trümmern zurückgelassen, aber so hatten sie es auch vorgefunden. Auf dem Tapeziertisch stand nur noch ein einzelner Laptop. Gabriel hörte sich die Aufzeichnung von Rebecca Manning im Starbucks an, als sein BlackBerry vibrierte, weil eine Textnachricht eingegangen war. Sie stammte von Adrian Carter.

Was zum Teufel ist los?

Gabriel, der nichts mehr zu verlieren hatte, schrieb eine Nachricht und sendete sie.

Das wüsste ich gern von dir.

Zehn Sekunden später rief Carter an und erzählte ihm alles.

Ein gewisser Donald McManus, ein erfahrener Special Agent aus der FBI-Zentrale in Washington, hatte gegen 8.20 Uhr in der Shell-Tankstelle Ecke Wisconsin Avenue und Ellicott Street getankt. Und McManus, der von Natur aus wachsam war und seine Umgebung beobachtete, war eine gut angezogene Frau aufgefallen, die hier an dem schmuddeligen alten Wandtelefon telefonierte, was ungewöhnlich war. Seiner Erfahrung nach benutzten heutzutage nur noch illegale Einwanderer, Drogenhändler und Ehebrecher öffentliche Münztelefone. Die Frau schien zu keiner dieser Kategorien zu gehören, dachte McManus, dem außerdem auffiel, dass ihre rechte Hand während des gesamten Gesprächs in ihrer Schultertasche blieb. Nachdem sie eingehängt hatte, stieg sie vorn rechts in einen Kia Optima mit Washingtoner Kennzeichen. McManus konnte es ablesen, als der Wagen auf die Wisconsin Avenue abbog und nach Norden davonfuhr. Die Fahrerin war jünger als die Frau, die telefoniert hatte, und hübscher. McManus hatte den Eindruck gehabt, sie sehe leicht verängstigt aus.

Auf der Weiterfahrt nach Süden hatte McManus von CNN über Satellit auf WTOP umgeschaltet und eine der ersten Eilmeldungen nach der kürzlichen Schießerei in Georgetown gehört. Anfangs hatte er sich nichts dabei gedacht, aber als er die Innenstadt erreichte, gab die Polizei eine Beschreibung des Tatfahrzeugs heraus: Kia Optima, Washingtoner Nummer, mit zwei Frauen besetzt. Er meldete das Kennzeichen des Kias, den er an der Tankstelle gesehen hatte, und ließ es gleich noch von der FBI-Datenbank überprüfen. Der Kia gehörte einer Eva Fernandes, einer brasilianischen Greencard-Inhaberin, was seltsam war, weil McManus sie für eine Osteuropäerin gehalten hatte.

Ungefähr zur selben Zeit beobachtete ein Überwachungsteam der FBI-Abteilung Spionageabwehr, dass mehrere Wagen mit bekannten oder mutmaßlichen SWR-Agenten eilig die russische Botschaft verließen. Das Team hatte den Eindruck, die Residentur befinde sich im Krisenmodus, den es auch weitermeldete. Special Agent McManus, der für Spionageabwehr zuständig war, hörte von dem auffälligen Verhalten des Russen und berichtete dem Offizier vom Dienst von der Frau an der Tankstelle. Der Diensthabende gab die Meldung weiter, die wenig später den Abteilungsleiter erreichte.

Und so kam es, dass um 9.35 Uhr auf dem tadellos ordentlichen Schreibtisch des Chiefs alle drei Elemente lagen – die Schießerei in Georgetown, der hastige Exodus der Russen und die zwei Frauen in dem Kia –, die zusammengenommen alle Elemente einer bevorstehenden Katastrophe bildeten. Als niemand hinsah, überprüfte McManus rasch das Münztelefon und stellte fest, dass die Frau eine Nummer in der russischen Botschaft angerufen hatte. So wurde die nahende Katastrophe zu einem internationalen Zwischenfall, der den Dritten Weltkrieg auslösen konnte. Diesen Eindruck hatte jedenfalls Donald McManus, der zufällig um 8.20 Uhr bei Shell an der Ecke Wisconsin Avenue und Ellicott Street getankt hatte.

An dieser Stelle rief der Leiter der FBI-Abteilung Spionageabwehr sein Gegenüber bei der CIA an und fragte, ob irgendein Unternehmen der Agency laufe, von dem das Bureau nichts wisse. Der CIA-Mann versicherte ihm, es gebe keines, hielt es aber für ratsam, Adrian Carter zu informieren, der sich auf seine tägliche Besprechung mit Morris Payne vorbereitete. Carter stellte sich dumm – seine Standardreaktion auf unangenehme Fragen von Kollegen, Vorgesetzten und Kongressausschüssen. Dann schickte er seinem alten Freund Gabriel Allon aus seinem stillen Büro im sechsten Stock rasch eine Textnachricht, und Gabriel, der wusste, dass Carter ihm auf die Schliche gekommen war, antwortete ebenso knapp. Und so telefonierten sie um 9.48 Uhr an einem ganz normalen Donnerstagmorgen in Washington miteinander.

»Wer waren die drei Männer?«, fragte Carter, nachdem er Gabriel informiert hatte.

»Welche drei Männer?«

»Die drei Männer«, sagte Carter nachdrücklich, »die auf der Winfield Lane in Georgetown heftig beschossen wurden.«

»Woher soll ich das wissen?«

»Einer von ihnen soll verletzt sein.«

»Hoffentlich nicht schwer.«

»Offenbar hat ein Wagen sie von der Thirty-Fifth abgeholt. Seitdem sind sie verschwunden.«

»Was ist mit den beiden Frauen?«, sondierte Gabriel vorsichtig.

»Die sind auch untergetaucht.«

»Und sie waren zuletzt auf der Wisconsin Avenue nach Norden unterwegs? Garantiert nach Norden?«

»Scheiß auf die Richtung!«, knurrte Carter. »Sag mir nur, wer sie sind.«

»Das FBI meldet«, antwortete Gabriel, »dass eine die Brasilianerin Eva Fernandes ist.«

»Und die andere?«

»Keine Ahnung.«

»Irgendeine Idee, weshalb sie von einem Münztelefon aus eine Nummer in der russischen Botschaft angerufen hat?«

»Vielleicht solltet ihr das einen der SWR-Offiziere fragen, die so eilig aus der Botschaft abgehauen sind.«

»Das Bureau fahndet auch nach ihnen. Nützliche Hinweise von dir«, fuhr Carter fort, »würden streng vertraulich behandelt werden. Wollen wir noch mal von vorn anfangen? Wer waren die drei Männer?«

»Welche drei Männer?«

»Und die Frauen?«

»Sorry, Adrian, ich kann dir leider nicht helfen.«

Carter atmete geräuschvoll aus. »Wann hast du geplant abzureisen?«

»Heute Abend.«

»Geht's vielleicht früher?«

»Vermutlich nicht.«

»Schade«, sagte Carter und legte auf.

77

CHESAPEAKE STREET, WASHINGTON

Michail Abramow und Eli Lavon verließen die Kommandozentrale um 10.05 Uhr im Laderaum eines Vans der israelischen Botschaft. Sie sollten vom Dulles International Airport nach Toronto und von dort aus zum Ben Gurion in Tel Aviv fliegen. Michail hatte seine Barak Kaliber .45 Gabriel übergeben, der versprach, sie im Safe der Botschafterresidenz zurückzulassen, bevor er selbst zum Flughafen hinausfuhr.

Sobald Gabriel allein war, sah er sich nochmals die Szene mit den beiden Frauen an, die das Starbucks verließen. Eva voraus, Rebecca einen Schritt hinter ihr und mit der rechten Hand an der Pistole in ihrer Schultertasche. Er wusste jetzt, dass sie von der Shell-Tankstelle in der Wisconsin Avenue aus die russische Botschaft angerufen hatte, bevor die beiden nach Norden in die Washingtoner Vororte in Maryland weitergefahren waren. Vermutlich in die offenen Arme eines SWR-Schleuserteams, das sie außer Landes schaffen würde.

Die prompte russische Reaktion ließ darauf schließen, dass die Residentur einen sorgfältig ausgearbeiteten Fluchtplan in der Schublade gehabt hatte. Das bedeutete wiederum, dass die Aussichten, Rebecca zu finden, nahe null lagen. Die SWR war ein höchst effektiver, skrupelloser Geheimdienst, die Nachfolgerin des legendären KGB. Rebecca aus den Vereinigten Staaten herauszuschmuggeln würde kein Problem sein. Als Nächstes würde sie in Moskau auftauchen – genau wie damals ihr Vater im Jahr 1963.

Es sei denn, Gabriel konnte sie stoppen, bevor sie den Großraum Washington verließ. Die Amerikaner konnte er nicht um Hilfe bitten; er hatte Graham Seymour sein Wort gegeben, und ein Wortbruch hätte den gesamten Rest seiner Amtszeit überschattet. Nein, er musste Rebecca Manning selbstständig aufspüren. Nicht ganz allein, sagte er sich. Er hatte Charlotte Bettencourt als Beraterin.

Gabriel ließ den Videoclip nochmals ablaufen und beobachtete, wie Rebecca Eva aus dem Coffeeshop folgte. Dazu brauchte sie gezählte vierzehn Schritte. Vierzehn Schritte von der Treppe bis zur Wisconsin Avenue. Gabriel fragte sich, ob Rebecca sie vielleicht unbewusst mitgezählt hatte, ob sie sich überhaupt noch an das Spiel erinnerte, das sie in Paris mit ihrer Mutter gespielt hatte. Das bezweifelte er. Solche konterrevolutionären Impulse hatten Philby und Sascha bestimmt ausgemerzt.

Gabriel sah zu, wie Rebecca Manning den Bildschirm seines Notebooks verließ. Und dann erinnert er sich an etwas, das Charlotte Bettencourt ihm eines Nachts in Sevilla erzählt hatte, als sie beide nicht hatten schlafen können. »Sie ist ihrem Vater ähnlicher, als sie ahnt«, hatte sie gesagt. »Sie macht vieles genau wie er, ohne sich dessen bewusst zu sein.«

In jener Nacht hatte Charlotte Bettencourt ihm noch etwas anderes erzählt. Etwas, das damals trivial geklungen hatte. Etwas, das nur zwei Menschen gewusst hatten. »Vielleicht liegt alles noch dort«, hatte sie müde gesagt. »Aber wenn Sie mal einen Augenblick Zeit haben, könnten Sie danach suchen.«

Ja, dachte Gabriel, das könnte ich.

Es war 10.15 Uhr, als Gabriel die Barak Kaliber .45 in seinen Hosenbund steckte und die steile Treppe hinabstieg. Oren entriegelte das schwere Tor und wollte zu ihrem Leihwagen – einem Ford Focus – gehen. Aber Gabriel wies ihn an, zurückzubleiben.

»Nicht schon wieder«, sagte Oren.

»Doch, leider.«

»Eine halbe Stunde, Boss.«

»Und keine Minute länger«, versprach Gabriel.

»Und wenn Sie sich verspäten?«

»Dann bin ich von einem russischen Schleuserteam gekidnappt worden, um in Moskau vor Gericht gestellt zu werden.« Er grinste unwillkürlich. »Ich würde nicht allzu viel auf mein Überleben setzen.«

»Sie wollen ganz bestimmt keinen Begleiter?«

Gabriel stieg wortlos in den Wagen. Wenige Minuten später raste er an dem großen, beigefarbenen Haus an der Ecke Nebraska Avenue und Forty-Second Street vorbei. Vor seinem inneren Auge stand ein verzweifelter Mann, der mit einem Papierbeutel in der Hand in ein klappriges altes Auto stieg. Der Mann war Kim Philby. In dem Beutel hatte er eine KGB-Minikamera, mehrere Rollen Film und eine kleine Schaufel.

78

BETHESDA, MARYLAND

Die beiden Russen in dem Van hießen Petrow und Selenko. Petrow kam aus der Washingtoner Residentur, aber Selenko war nachts eilig aus Manhattan runtergekommen, nachdem Sascha das Schlupfloch geöffnet hatte. Beide Agenten waren lange in englischsprachigen Ländern im Einsatz gewesen, bevor sie nach Amerika versetzt worden waren, das für die SWR weiter der »Hauptgegner« und deshalb die Oberliga war. Petrow hatte in Australien und Neuseeland gearbeitet, Selenko in England und Kanada. Selenko, der Größere der beiden, besaß schwarze Gürtel in drei verschiedenen Kampfsportarten. Petrow schoss dafür besser. Keiner von ihnen hatte die Absicht, ihrer kostbaren Fracht etwas zustoßen zu lassen. Einen Maulwurf und eine Illegale heil und gesund nach Moskau zurückzubringen, würde sie zu lebenden Legenden machen. Ein Scheitern war undenkbar. Tatsächlich waren beide sich darüber einig, es sei besser, in Amerika zu sterben, als mit leeren Händen nach Jasenewo zurückzukehren.

Ihr Van war ein Chevrolet Express Cargo, der einem Bauunternehmen in Northern Virginia gehörte, dessen Besitzer ein SWR-Agent ukrainischer Abstammung war. Geplant war, auf der Interstate 95 Richtung Süden nach Florence, South Carolina, zu fahren. Dort würden sie für die restliche Strecke in den Süden Floridas einen zweiten unverdächtigen Wagen übernehmen. Im Raum Miami verfügte die Zentrale Moskau über mehrere sichere Wohnungen, zu denen das Loch in Hialeah gehörte, in dem sie die kommenden sechs Tage verbringen würden – weil es sechs Tage dauern würde, bis das russische Containerschiff *Archangelsk* die Floridastraße erreichte.

Petrow, der aus der Kriegsmarine zur SWR gekommen war, würde sie mit einem gecharterten 15-m-Sportanglerboot zu dem Frachter hinausbringen.

Sie hatten reichlich Reiseproviant und waren schwer bewaffnet. Petrow hatte zwei Pistolen, eine Tokarew und eine Makarow, und Rebecca Manning besaß weiter die SIG Sauer. Ihre Waffe lag auf dem Boden des Laderaums neben dem Handy, das sie sich von Selenko geliehen hatte. Sie selbst lehnte mit ausgestreckten Beinen hinter dem Fahrer an der linken Seitenwand – weiter in dem anthrazitgrauen Hosenanzug, in dem sie ins Büro hatte fahren wollen. Eva saß ihr in ähnlicher Haltung etwas weiter in Richtung Wagenheck gegenüber. Sie hatten wenig miteinander gesprochen, seit sie aus der Tiefgarage weggefahren waren. Rebecca hatte Eva für ihren Mut und ihre Tapferkeit gedankt und versprochen, sie Sascha gegenüber in höchsten Tönen zu loben, sobald sie in Moskau waren. Eva glaubte ihr kein Wort.

Die kürzeste Route zur I-95 führte über die Wisconsin Avenue. Rebecca nannte Petrow, der am Steuer saß, jedoch eine andere Strecke.

»Es wäre besser, nicht …«

»Ich bestimme, was am besten ist«, unterbrach Rebecca ihn. Und Petrow beharrte nicht weiter auf seiner Ansicht, denn Rebecca war schon seit Langem eingebürgert und hatte als SWR-Oberst einen höheren Dienstgrad als er. Sie bogen auf die belebte Forty-Second Street ab. Eva fiel auf, wie sehr Rebecca sich für ein großes beigefarbenes Haus im Kolonialstil an der Ecke zur Nebraska Avenue interessierte. Sie fuhren am Heimatschutzministerium und dem Campus der American University vorbei. Dann bog Petrow nach links auf die Chain Bridge Road ab, die den Battery Kemble Park entlang zum MacArthur Boulevard führte. Als sie nach Maryland weiterfuhren, erhaschte Eva durch die Frontscheibe einen Blick auf das Brussels Midi.

»Dort hab ich gearbeitet«, sagte sie.

»Ja, ich weiß«, sagte Rebecca verächtlich. »Als Cocktailkellnerin.«

»Maître d'hôtel«, verbesserte Eva sie.

»Nicht viel besser.« Rebecca griff nach der SIG Sauer und legte sie auf ihren Oberschenkel. »Dass wir in den kommenden zwei, drei Wochen miteinander reisen werden, bedeutet nicht, dass wir lange vertrauliche Gespräche führen werden. Sie haben gute Arbeit geleistet, und ich bin Ihnen dafür dankbar. Aber für mich bleiben Sie eine kleine Serviererin, damit das klar ist.«

Und für sie bist du absolut entbehrlich, dachte Eva. Sie starrte durch die Frontscheibe nach vorn. Rebecca hatte nur Augen für das Smartphone mit der Kartendarstellung, auf der sie ihre Fahrt verfolgte. Sie näherten sich der Abzweigung zu dem nach Westen weiterführenden Clara Barton Parkway, der sie zum Autobahnring Capital Beltway und der I-95 bringen würde, aber Rebecca wies Petrow an, geradeaus weiterzufahren. In der Glen Echo gab es ein kleines Einkaufszentrum. Dort wolle sie ein paar Sachen für unterwegs kaufen, sagte sie.

Petrow schien wieder Einwände erheben zu wollen, hielt dann aber doch lieber den Mund. Er fuhr weiter, an einem Irish Pub und dem alten Glen Echo Amusement Park vorbei zur Kreuzung MacArthur Boulevard und Goldsboro Road. Dort gab es eine Exxon-Tankstelle, ein 7-Eleven, eine Apotheke, eine Reinigung, eine Kebab- und Sandwichbude und ein Eisenwarengeschäft der Kette True Value. Zur großen Überraschung von Petrow, Selenko und Fernandes verschwand Rebecca Manning ausgerechnet in der True-Value-Filiale.

Von der Überwachungskamera des Geschäfts registriert kam sie um 10:27:14 Uhr herein, als draußen gerade ein Ford Fusion in hohem Tempo nach Westen vorbeifuhr. Besetzt war der Wagen nur mit dem Fahrer, einem Mann in späten mittleren Jahren, kurzes schwarzes Haar, an den Schläfen ergraut. Er hatte eine Waffe, eine israelische Barak Kaliber .45, aber keinen Leibwächter. FBI und CIA wussten so wenig, wo er sich aufhielt, wie der Geheimdienst, den er führte. Tatsächlich war er in diesem Augenblick ganz auf sich allein gestellt.

79

CABIN JOHN, MARYLAND

Knapp westlich des Wilson Boulevards schließt sich die historische Union Arch Bridge an. Das im Jahr 1864 fertiggestellte Bauwerk aus Granit und Sandstein aus dem benachbarten Steinbruch in Seneca, Massachusetts, gehört zum Washington Aqueduct, einer zwölf Meilen langen Leitung, die Wasser von den Great Falls in die Hauptstadt bringt. Die Brücke ist nur breit genug für eine Fahrspur, sodass der Verkehr an beiden Auffahrten durch Ampeln gesteuert wird. Das bedeutete, dass Gabriel fast vier Minuten lang warten musste, bevor er über die Brücke fahren durfte.

Am anderen Ende lagen ein grüner Sportplatz, ein Gemeindezentrum und eine hübsche Siedlung mit Cottages aus Holz unter Bäumen, die gerade auszutreiben begannen. Gabriel fuhr nach Westen weiter, unterquerte den Capital Beltway und musste erneut an einer Ampel halten. Zuletzt bog er links ab und rollte einen langen sanften Hügel zum Clara Barton Parkway hinunter.

Je zwei Fahrspuren des vierspurigen Parkways waren durch einen parkartig gestalteten Mittelstreifen getrennt. Gabriel fuhr nach Osten, war zurück nach Washington unterwegs. Dahinter steckte keine falsche Entscheidung, denn so war er dem Potomac River und dem historischen Chesapeake & Ohio Canal, der sich von Georgetown 184 Meilen weit nach Cumberland in Maryland erstreckte, ein gutes Stück näher. Der Kanal hatte vierundsiebzig Schleusen, von denen einige am Clara Barton Parkway lagen – darunter Schleuse 10, zu der ein kleiner Parkplatz gehörte. An einem typischen Wochenende wäre er vielleicht von Wanderern und Picknickern zugeparkt gewesen. Aber um 10.39 Uhr an einem Donnerstagmorgen, an dem das restliche Washington sich auf einen weiteren Tag mit politischen Kämpfen vorbereitete, war der Parkplatz menschenleer.

Gabriel stieg aus dem Ford und überquerte den Kanal auf einer alten Holzbrücke. Ein vom Regen schlammiger Weg führte durch einen Hain mit Ahornen und Pappeln zum Potomac River hinunter. Swainson Island lag dicht vor dem Ufer, war nur durch eine wenige Meter breite Rinne, durch die dunkles Wasser schoss, von ihm getrennt. Unter einer mächtigen Amerikanischen Platane schlummerte kieloben ein Holzboot im typischen Grün des Park Service.

Auf der dem Fluss abgewandten Seite des Baumstamms bildeten drei große Felsbrocken ein Stonehenge en miniature. Gabriel stieß sie nacheinander mit der Schuhspitze an und stellte fest, dass sie unverrückbar fest im Erdboden verankert waren.

Er ging zum Weg zurück und wartete. Der Potomac strömte zu seinen Füßen vorbei, und der Parkway lag hinter ihm. Weniger als fünf Minuten waren verstrichen, als er einen Wagen auf den Parkplatz fahren hörte. Dann wurden rasch nacheinander drei Autotüren zugeknallt. Er sah sich um und entdeckte vier Personen, zwei Frauen, zwei Männer, die auf der Fußgängerbrücke über den Kanal kamen. Eine der Frauen trug einen anthrazitgrauen Hosenanzug, als sei sie ins Büro unterwegs, die andere neonbunte Sportkleidung, der Größere der beiden Männer trug eine Schaufel. Damit ist ein Grab schneller gegraben, dachte Gabriel.

Gabriel wandte sich ab und beobachtete, wie das schwarze Wasser durch den Kanal schoss. In der rechten Tasche seiner Lederjacke steckte sein dienstliches BlackBerry, das ihm nichts mehr nützen konnte. Jetzt konnte ihn nur noch die Pistole hinten in seinem Hosenbund retten. Sie war eine Barak Kaliber .45. Ein echter Mannstopper. Aber notfalls, sagte er sich, würde sie auch eine Frau stoppen.

80

CAPITAL BELTWAY, WASHINGTON

Auf der Fahrt zum Dulles International Airport rief Michail Abramow den King Saul Boulevard an und teilte dem Wachhabenden mit, er habe den Direktor des Diensts in der Kommandozentrale Chesapeake Street in finsterer, unberechenbarer Stimmung und von nur einem Bodyguard beschützt zurückgelassen. Der Wachhabende rief prompt Oren an, der zugeben musste, dass er den Direktor allein in einem gemieteten Ford Focus hatte wegfahren lassen. Wohin wollte er? Das konnte der Leibwächter nicht sagen. Hatte er sein dienstliches BlackBerry bei sich? Das wusste der Personenschützer nicht sicher. Hatte er eine Waffe? Auch das wusste Oren nicht bestimmt, deshalb rief der Wachhabende Michail an und fragte ihn danach. Ja, sagte Michail, er habe eine Pistole. Eine große.

Der Wachhabende brauchte nicht lange, um das Handy des Direktors orten zu lassen, das auf der Nebraska Avenue nach Südwesten unterwegs war. Wenige Minuten später verließ es die Stadt auf dem MacArthur Boulevard, überquerte den Beltway und kam dann auf einer Parallelstraße, deren Name in Tel Aviv niemandem etwas sagte, nach Washington zurück. Der Techniker hatte den Eindruck, der Direktor habe sich verfahren. Oder ihm sei etwas Schlimmes zugestoßen. Er ließ das Smartphone mehrmals klingeln. Aber der Direktor meldete sich nicht.

Jetzt intervenierte Uzi Navot, der die Ereignisse dieses Vormittags ohne sichtbare Anteilnahme verfolgt hatte. Auch er wählte Gabriels Handynummer; auch er musste feststellen, dass der Direktor sich nicht meldete. Daraufhin rief er Michail an und fragte nach seinem Standort. Michail meldete,

Eli Lavon und er seien kurz vor dem Flughafen. Sie hatten es eilig, ihren Flug nach Toronto zu erreichen.

»Ich brauche euch woanders, fürchte ich«, sagte Navot.

»Wo ist er?«, fragte Michail.

»Schleuse zehn. Drunten am Fluss.«

81

CABIN JOHN, MARYLAND

Sie sprachen Russisch miteinander, nüchtern und halblaut. Gabriel, der kein Ohr für slawische Sprachen hatte, konnte nur vermuten, was sie sagten. Er nahm an, dass sie darüber diskutierten, wie sie weiter vorgehen sollten, nachdem sie nun nicht mehr allein waren. Rebecca Mannings Stimme hob sich deutlich von Evas ab; die französischen und englischen Anklänge waren unüberhörbar. In Evas Stimme hörte Gabriel nur Angst.

Schließlich machte er langsam kehrt, um die Ankunft der vier zur Kenntnis zu nehmen. Er lächelte zurückhaltend, nickte einmal knapp. Und er versuchte abzuschätzen, wie lange er brauchen würde, um seine Pistole zu ziehen. *In der Zeit, die ein gewöhnlicher Sterblicher braucht, um in die Hände zu klatschen …* Das hatte Ari Schamron oft gesagt. Aber das war mit einer Beretta Kaliber .22 gewesen, nicht mit einer großkalibrigen Barak. Und damals war er jung gewesen.

Keiner der Neuankömmlinge erwiderte Gabriels Gruß. Rebecca, die das Quartett anführte, wirkte in Hosenanzug, Pumps und leichtem Regenmantel etwas merkwürdig. Ihr Mantel hing ein bisschen schief, was auf einen schweren Gegenstand in der rechten Tasche schließen ließ. Einen Schritt hinter ihr ging Eva, dahinter kamen die beiden Männer. Beide sahen aus, als sei ihnen jegliche Gewalttätigkeit zuzutrauen. Der mit der Schaufel war Gabriels natürlicher Verbündeter, denn er musste sie fallen lassen, um eine Waffe ziehen zu können. Der Kleinere würde flink sein, und Rebecca hatte schon in Georgetown bewiesen, dass sie mit ihrer Pistole umgehen konnte. Gabriel rechnete sich aus, dass er kaum Chancen hatte, die nächsten zehn Sekunden zu überleben. Aber vielleicht würden sie ihn nicht erschießen. Vielleicht würden sie ihn in ihren Van laden, nach Moskau entführen und wegen Verbrechen gegen den Zaren und seine kleptomanen Genossen im Kreml vor Gericht stellen.

Aber das war vor langer Zeit gewesen, als er der Fürst des Feuers, der Engel der Rache gewesen war. Vielleicht war es besser, bloß nur zu nicken und wegzugehen und zu hoffen, dass sie ihn nicht erkannt hatten. Bestimmt war es besser, mit seinem Leben und seiner Ehre intakt davonzugehen. Er hatte eine Frau und Kinder daheim. Er hatte einen Geheimdienst zu führen und ein Land zu beschützen. Und er sah Kim Philbys Tochter auf einem Weg unter Bäumen auf ihn zukommen. Er hatte sie enttarnt und sie dazu gebracht, sich selbst zu verraten. Und nun lief sie ihm geradewegs in die Arme. Nein, sagte er sich, das musst du zu Ende bringen. Er würde diesen Ort am Fluss mit Rebecca Manning verlassen, sie in Graham Seymours Flugzeug mit nach London zurücknehmen.

In der Zeit, die ein gewöhnlicher Sterblicher braucht, um in die Hände zu klatschen …

Mit ihren hochhackigen Pumps hatte Rebecca Mühe, den Weg zu bewältigen. Sie rutschte aus, wäre fast gestürzt, fing sich wieder und begegnete dabei Gabriels Blick. »Nicht das richtige Schuhwerk«, sagte sie in ihrem affektierten Oberschichtenakzent. »Hätte meine Gummistiefel anziehen sollen.«

Rebecca machte stolpernd halt: Kim Philbys Tochter, Saschas Lebenswerk, nun keine drei Meter von Gabriel entfernt. Er lächelte breiter und sagte auf Französisch: »Ich dachte mir, dass du's sein würdest.«

Sie kniff verwirrt die Augen zusammen. »Wie bitte?«, fragte sie auf Englisch, aber er antwortete auf Französisch, Rebeccas erster Sprache. In der Sprache ihrer Mutter.

»Das hat Ihr Vater in Beirut zu Nicholas Elliott gesagt. Und das hat Ihre Mutter zu mir gesagt, als wir sie in Spanien aufgespürt haben. Sie lässt Sie übrigens schön grüßen. Sie bedauert dieses Ende.«

Rebecca murmelte etwas auf Russisch, das Gabriel nicht verstand. Es veranlasste den kleineren Mann dazu, nach seiner Waffe zu greifen. Gabriel war schneller und schoss ihm zweimal ins Gesicht, wie Konstantin Kirow in Wien erschossen worden war. Der Größere ließ die Schaufel fallen und versuchte, seine Pistole aus dem Hüftholster zu reißen. Gabriel erschoss auch ihn. Zweimal. Durchs Herz.

Weniger als drei Sekunden waren verstrichen, aber in dieser kurzen Zeit hatte es Rebecca Manning geschafft, ihre SIG Sauer zu ziehen und die linke Hand in Evas Haar zu vergraben. Jetzt waren sie allein, nur sie drei drunten am Fluss gegenüber Swainson Island, am Fuß einer mächtigen Amerikanischen Platane. Nicht völlig allein, dachte Gabriel. Auf dem Parkplatz stieg ein Mann, der eine Papiertüte umklammerte, aus einem uralten Auto …

82

CABIN JOHN, MARYLAND

»Woher wissen Sie von dieser Stelle?«

»Auch von der hat mir Ihre Mutter erzählt.«

»Sie hat mich also verraten?«

»Schon vor langer Zeit«, sagte Gabriel.

Er starrte über den rauchenden Pistolenlauf hinweg direkt in Rebeccas wilde blaue Augen. In der Stille unter den Bäumen hatten die Pistolenschüsse wie Artilleriefeuer geklungen, aber auf dem Parkway stoppte vorerst noch kein Autofahrer, um der Sache auf den Grund zu gehen. Rebecca hielt Eva weiter an den Haaren gepackt. Sie hatte sie dicht an sich gezogen und drückte ihr die Mündung der SIG Sauer unter dem Kiefergelenk an den Hals.

»Los, erschießen Sie sie«, sagte Gabriel ruhig. »Eine weitere tote SWR-Agentin ist mir egal. Und das liefert mir einen Grund, auch Sie zu erschießen.«

Zum Glück sprach er weiter Französisch, eine Sprache, die Eva nicht beherrschte.

»Sie *war* mal eine SWR-Agentin«, sagte Rebecca. »Jetzt gehört sie Ihnen.«

»Wenn Sie meinen.«

»Sie hat für Sie gearbeitet, als sie in den Coffeeshop gegangen ist.«

»Wieso hat sie Ihnen dann bei der Flucht geholfen?«

»Ich habe ihr keine andere Wahl gelassen, Allon.«

Gabriels Lächeln war echt. »In unserer Branche sind Sie praktisch eine Königin, Rebecca. Ich fühle mich geschmeichelt, dass Sie meinen Namen kennen.«

»Keine Ursache.«

»Sie haben die Augen Ihres Vaters«, sagte Gabriel, »aber Sie reden wie Ihre Mutter.«

»Wie haben Sie sie gefunden?«

»Das war nicht mal schwierig. Sie war Saschas einziger Fehler. Er hätte sie längst nach Moskau holen müssen.«

»Das hat Kim nicht zugelassen.«

»Haben Sie ihn so genannt?«

Sie ignorierte die Frage. »Er war mit Rufina verheiratet«, erklärte sie Gabriel. »Er wollte sein Privatleben nicht wieder dadurch komplizieren, dass eine alte Flamme irgendwo in der Nähe wohnte.«

»Also hat er sie in den andalusischen Bergen gelassen«, sagte Gabriel verächtlich. »Einsam und allein.«

»So schlecht war's dort nicht.«

»Sie wussten, wo sie war?«

»Natürlich.«

»Und Sie haben nie versucht, sie zu treffen?«

»Das konnte ich nicht.«

»Weil Sascha es nicht erlaubt hat? Oder weil es zu schmerzlich gewesen wäre?«

»Für wen schmerzlich?«

»Natürlich für Sie. Sie ist Ihre Mutter.«

»Ich verachte sie!«

»Tun Sie das wirklich?«

»Sie hat mich ziemlich schnell verraten, nicht wahr? Und sie hat nie versucht, Kontakt mit mir aufzunehmen oder mich zu treffen.«

»Doch, einmal hat sie's getan.«

Die blauen Augen glänzten kindlich. »Wann?«

»Als sie am Trinity College waren. Sie hat ein Foto von Ihnen auf der Jesus Lane gemacht. Vor dem Hintergrund einer Klinkermauer.«

»Und sie hat es behalten?«

»Es war alles, was sie hatte.«

»Sie lügen!«

»Ich kann es Ihnen zeigen, wenn Sie möchten. Ihre Geburtsurkunde habe ich auch – die echte Urkunde. Die aus dem Beiruter Krankenhaus Saint Georges, auf der der Name Ihres Vaters steht.«

»Der Name Manning hat mir nie gefallen. Philby ist mir viel lieber.«

»Er hat sich an Ihnen versündigt, Rebecca. Er hatte kein Recht, Ihnen Ihr Leben zu stehlen und Sie durch Gehirnwäsche dazu zu bringen, seinen alten Krieg weiterzuführen.«

»Es hat keine Gehirnwäsche gegeben. Ich habe Kim verehrt. Was ich getan habe, habe ich für ihn getan.«

»Jetzt ist das Spiel aus. Lassen Sie Ihre Pistole fallen«, verlangte Gabriel, »damit ich Sie mit heimnehmen kann.«

»Meine Heimat ist Moskau«, erklärte sie ihm. »Deshalb schlage ich Ihnen einen Deal vor. Sie bekommen Ihre Agentin zurück und garantieren mir freien Abzug in die Russische Föderation.«

»Tut mir leid, Rebecca, aber auf diesen Deal kann ich mich nicht einlassen.«

»Dann werden Ihre Agentin und ich wohl hier sterben.«

»Nicht, wenn ich Sie zuerst erschieße.«

Sie bedachte ihn mit einem bitteren, überlegenen Lächeln. Das war Philbys Lächeln.

»Sie sind außerstande, eine Frau zu erschießen, Allon. Sonst hätten Sie's längst getan.«

Das stimmte. Rebecca war zehn Zentimeter größer als Eva und stand auf dem steil ansteigenden Weg hinter ihr. Ihre Stirn war exponiert, der Schuss wäre nicht schwierig gewesen. Hinter ihm rauschte der Fluss. Mit der Waffe im Anschlag ging Gabriel einige Schritte auf dem Weg weiter. Rebecca drehte sich mit ihrer Geisel auf der Stelle, um ihn im Auge zu behalten.

Ihr Blick streifte die Wurzeln der Platane. »Mich wundert, dass sie noch steht.«

»Diese Bäume werden über zweihundertfünfzig Jahre alt. Sie hat vermutlich hier gestanden, als die Engländer das Weiße Haus niedergebrannt haben.«

»Ich habe mein Bestes getan, um ihre Sache zu Ende zu bringen.« Erneut ein Blick zu dem Baum hinüber. »Glauben Sie, dass sie noch da ist? Die Kamera, die tausend amerikanische Geheimnisse gestohlen hat?«

»Wieso wollten Sie sie holen?«

»Aus sentimentalen Gründen. Ich besitze gar kein Andenken an ihn, wissen Sie. Nach seinem Tod haben Rufina und seine ehelichen Kinder und Enkel alles untereinander aufgeteilt. Aber das Kind einer anderen Frau ... das ist leer ausgegangen.«

»Lassen Sie die Pistole fallen, Rebecca, dann graben wir die Kamera gemeinsam aus. Und anschließend fliegen wir nach London.«

»Können Sie sich den Skandal vorstellen? Im Vergleich dazu ist der Dritte Mann ...« Sie griff fester in Evas Haar. »Vielleicht ist's besser, wenn die Geschichte hier endet, drunten am Fluss, am Fuß einer riesigen Platane.«

Rebecca zweifelte offenbar, verlor ihren unbeirrbaren Glauben. Sie wirkte plötzlich erschöpft. Und verrückt, dachte Gabriel. So endet sie wie alle Frauen Philbys.

»Wie viele Schritte sind's wohl?«, fragte er.

»Was soll das heißen?«

»Zu meinem Auto«, sagte Gabriel. »Wie viele Schritte sind's von hier zu meinem Wagen?«

»Hat sie Ihnen das auch erzählt?«

»Wie viele Schritte vom Louvre zur Kathedrale Notre-Dame?«, fragte er. »Vom Triumphbogen zur Place de la Concorde ... vom Eiffelturm zu Les Invalides ...«

Sie sagte nichts.

»Weg mit der Pistole«, forderte Gabriel sie auf. »Das Spiel ist aus.«

»Erst weg mit *Ihrer*«, sagte Rebecca. »Dann tue ich das Gleiche.«

Gabriel ließ die Barak sinken, sodass sie auf den feuchten Boden zielte. Rebecca drückte ihre SIG Sauer weiter an Evas Hals. »Ganz weg!«, verlangte sie, und Gabriel ließ nach kurzem Zögern seine Pistole fallen.

»Sie Trottel!«, sagte Rebecca verächtlich, als sie jetzt auf seine Brust zielte.

83

CABIN JOHN, MARYLAND

Es war ein Trick, den SWR-Agenten lernten, und ein guter dazu. Ein kräftiger Tritt auf den Spann, ein Ellbogen ins Sonnengeflecht, eine Faust an die Nase; alles in Bruchteilen einer Sekunde. Gabriel bekam die Pistole zu spät zu fassen und versuchte, sie Rebecca zu entreißen. Der Schuss traf Eva nach russischer Art ins Genick, und sie brach auf dem nassen Boden zusammen.

Rebecca gab zwei weitere Schüsse harmlos in die Bäume ab, während Gabriel, der die SIG Sauer weiter umklammert hielt, sie den Weg entlang vor sich herstieß. Sie stürzten klatschend in den reißenden kalten Fluss. Die Waffe war unter Wasser. Sie ruckte in Gabriels Griff, als vier winzige Torpedos in Richtung Swainson Island davonschossen.

Nach Gabriels Zählung waren jetzt nur noch drei Schuss im Magazin. Rebeccas Gesicht befand sich unter Wasser. Ihre Augen waren offen, und sie kreischte Gabriel wütend an, ohne zu versuchen, mit ihrer Luft hauszuhalten. Während zwei weitere Schüsse ins Leere gingen, drückte Gabriel sie tiefer unter Wasser.

Ein einziger Schuss war noch übrig. Er löste sich, als die letzte Luft aus Rebeccas Lunge entwich. Als Gabriel ihren Kopf aus dem Wasser hob, hörte er Schritte auf dem Weg. In seiner Verwirrung glaubte er, Philby sei gekommen, um seine Tochter zu retten, aber das waren nur Michail Abramow und Eli Lavon, die gekommen waren, um ihn zu retten.

Rebecca, die hustend Wasser spuckte, sank am Fuß der Platane auf die Knie. Gabriel warf ihre Pistole in die tiefe Rinne und ging den Weg hinauf zu seinem Wagen. Erst nach einiger

Zeit merkte er, dass er die Schritte zählte. Es waren hundertzweiundzwanzig.

TEIL VIER

DIE FRAU AUS ANDALUSIEN

84

CABIN JOHN, MARYLAND

Ein Jogger entdeckte die Toten um Viertel nach elf. Er rief die 911 an, und der Dispatcher alarmierte die zuständige U.S. Park Police. Die Polizeibeamten fanden drei Leichen, zwei Männer und eine junge Frau, alle mit Schusswunden. Die Männer trugen Anzüge, die Frau jedoch Sportkleidung in Neonfarben. Anders als die Männer, die jeweils zwei Schusswunden aufwiesen, war sie mit einem einzelnen Genickschuss getötet worden. Auf dem Parkplatz standen keine Fahrzeuge, und eine vorläufige Suche am Tatort lieferte keine Hinweise auf die Identität der Toten. Sie förderte jedoch zwei russische Pistolen – eine Tokarew und eine Makarow – und seltsamerweise eine bei True Value gekaufte Schaufel zutage.

Das Schaufelblatt wirkte unbenutzt, und am Stiel klebte ein sauberes Preisschild mit dem Namen des Geschäfts, in dem sie gekauft worden war. Einer der Polizeibeamten rief den Inhaber an und fragte ihn, ob er vor Kurzem eine Schaufel an zwei Männer oder eine Frau in bunter Sportkleidung verkauft habe. Nein, sagte der Mann, aber er habe erst an diesem Morgen einer Frau in einem dunklen Hosenanzug und einem beigefarbenen leichten Mantel eine Schaufel verkauft.

»Cash oder Kreditkarte?«

»Cash.«

»Können Sie sie beschreiben?«

»Anfang fünfzig, auffällig blaue Augen. Und sie hatte einen Akzent«, fügte der Geschäftsinhaber hinzu.

»Zufällig einen russischen?«

»Einen englischen.«

»Haben Sie eine Überwachungskamera?«

»Was glauben Sie?«

Der Polizeibeamte legte die Strecke vom Tatort bis zu dem Eisenwarengeschäft in genau vier Minuten zurück. Unterwegs nahm er Verbindung mit seinem Vorgesetzten auf und meldete, seiner Ansicht nach habe sich an diesem Vormittag drunten am Potomac River etwas Bedeutsames ereignet – sogar wichtiger als die drei Leichen –, von dem das FBI sofort erfahren müsse. Sein Vorgesetzter stimmte zu und rief die FBI-Zentrale an, die sich bereits im Kriegszustand befand.

Der erste FBI-Agent, der am Tatort eintraf, war kein anderer als Donald McManus. Um 11.50 Uhr bestätigte er, dass die Tote mit der Frau identisch war, die er an diesem Morgen in der Shell-Tankstelle an der Wisconsin Avenue gesehen hatte. Und nachdem er sich das Video der Überwachungskamera angesehen hatte, bestätigte er um 12.10 Uhr, dass die Frau, die die Schaufel gekauft hatte, mit der identisch war, die vom Münztelefon der Tankstelle aus die russische Botschaft angerufen hatte.

Aber wer war sie? McManus nahm eine Kopie des Überwachungsvideos mit, damit die FBI-Zentrale versuchen konnte, sie zu identifizieren. Aber der Leiter der Abteilung Nationale Sicherheit warf nur einen Blick darauf und erklärte McManus, er könne sich weitere Mühen sparen. Diese Frau leite die Washingtoner MI6-Station.

»Rebecca Manning?«, fragte Donald McManus ungläubig. »Wissen Sie das bestimmt?«

»Ich habe erst letzte Woche mit ihr Kaffee getrunken.«

»Haben Sie ihr etwas Vertrauliches erzählt?«

Schon jetzt, in der Anfangsphase eines sich entwickelnden Skandals, war der NSB-Chef clever genug, diese Frage nicht zu beantworten. Stattdessen rief er seinen Direktor an. Der Direktor telefonierte rasch nacheinander mit dem Justizminister, dem CIA-Direktor, dem Außenminister und zuletzt mit dem Weißen Haus. Diplomatische Gepflogenheiten diktierten, dass der Außenminister den britischen Botschafter anrief, was er kurz vor eins tat.

»Sie ist zum Dulles Airport unterwegs, glaube ich«, antwortete der Botschafter. »Wenn Sie sich beeilen, erwischen Sie sie vielleicht noch.«

Wie später festgestellt wurde, startete der Dassault Falcon Jet um 13.12 Uhr vom Dulles International Airport. An Bord waren sechs Passagiere: drei Briten und drei Israelis. Nur ein Fluggast war eine Frau. Das Personal von Signature Flight Support, das die Falcon abgefertigt hatte, erinnerte sich, dass sie leicht verwirrt gewirkt und feuchte Haare gehabt hatte. Wie einer der Israelis, ein kleiner Mann mit grauen Schläfen und auffallend grünen Augen, trug sie einen Jogginganzug und neue Laufschuhe. Außerdem hatte einer der Passagiere – seinem britischen Pass nach hieß er Peter Marlowe – den rechten Arm in einer Schlinge. Kurz gesagt, bestätigte das Personal, sahen sie aus wie durch die Mangel gedreht. Und das kräftig.

Als die Maschine in London aufsetzte, befand das offizielle Washington sich in heller Aufregung. In den folgenden vierundzwanzig Stunden blieb der Sturm jedoch begrenzt, nur Eingeweihten bekannt und im Wesentlichen auf den Geheimdienstsektor beschränkt. Über die drei am Potomac River aufgefundenen Leichen sagte das FBI fast nichts, außer dass anscheinend ein missglückter Raubüberfall vorliege und die Toten bisher nicht identifiziert seien, was natürlich nicht stimmte.

Hinter den Kulissen machten die Ermittlungen jedoch rasche Fortschritte – mit alarmierenden Ergebnissen. Die ballistischen Untersuchungen ergaben, dass die beiden Männer von einem ausgezeichneten Schützen mit einer Pistole Kaliber .45 erschossen worden waren, während die als Eva Fernandes bekannte Frau mit einem aufgesetzten Schuss aus einer 9-mm-Pistole liquidiert worden war. Analysten der FBI-Abteilung Nationale Sicherheit überprüften ihren Antrag auf eine Green Card, ihre häufigen Reisen und ihre zweifelhafte brasilianische Staatsbürgerschaft. Sie gelangten rasch zu dem Schluss, die Frau sei vermutlich eine illegale Agentin des russischen Auslandsgeheimdiensts SWR gewesen. Auch die beiden Männer waren SWR-Agenten gewesen, allerdings mit Diplomatenpässen. Einer hieß Witali Petrow, der andere Stanislaw Selenko. Beide waren als untergeordnete Diplomaten tätig gewesen: Petrow in der Washingtoner Botschaft, Selenko in New York.

Dies alles machte Russlands offizielles Schweigen umso rätselhafter. Die Washingtoner Botschaft meldete die beiden Männer nicht als vermisst und legte auch keinen Protest ein. Wider Erwarten beobachtete die National Security Agency auch keine Zunahme des verschlüsselten Verkehrs zwischen der Botschaft und der Zentrale Moskau. Die Russen hatten offenbar etwas zu verbergen, das wertvoller war als eine kleine illegale Agentin und zwei SWR-Schlägertypen. Etwas wie Rebecca Manning.

Langley dachte nicht daran, das Schweigen der Russen zu imitieren. Falls die Russen mithörten, was sie bestimmt taten, konnten sie feststellen, dass die Zahl der verschlüsselten Telefonate zwischen dem sechsten Stock der CIA-Zentrale und Vauxhall Cross sprunghaft anstieg. Und hätten die Russen die Verschlüsselung knacken können, hätte ihnen bestimmt gefallen, was sie gehört hätten. Denn in den Tagen nach Rebecca Mannings Flucht sanken die Beziehungen zwischen CIA und MI6 auf einen Tiefstand wie zuletzt im Jahr 1963, als ein gewisser Kim Philby aus Beirut verschwunden und in Moskau aufgetaucht war.

Wie damals waren die Amerikaner empört und forderten Aufklärung. Wieso hatte Rebecca Manning die russische Botschaft angerufen? War sie eine russische Spionin? Und wenn ja, seit wann? Wie viel hatte sie verraten? War sie für die drei am Potomac River gegenüber von Swainson Island aufgefundenen Leichen verantwortlich? Welche Rolle hatten die Israelis in dieser Sache gespielt? Und wozu, bitte schön, hatte sie in der True-Value-Filiale an der Ecke Mac Arthur Boulevard und Goldsboro Road eine Schaufel gekauft?

Was geschehen war, ließ sich nicht leugnen, und zu Graham Seymours Ehre musste gesagt werden – zumindest nach Ansicht seiner wenigen noch verbliebenen Freunde in den US-Geheimdiensten –, dass er das nicht versuchte. Er antwortete ausweichend, das stimmte, aber er belog die Amerikaner kein einziges Mal, weil das zum sofortigen Abbruch der Beziehungen hätte führen können. Vor allem spielte er auf Zeit und ersuchte Langley, Rebeccas Namen geheim zu halten. Ein öffentlicher Skandal würde CIA und MI6 schaden, argumentierte er, und dem Zaren, der in letzter Zeit einen Lauf hatte, einen weiteren Propagandaerfolg sichern. Da war es besser, den Schaden in aller Stille zu ermitteln und sich wieder um bessere Beziehungen zu bemühen.

»Es *gibt* keine Beziehungen mehr«, erklärte CIA-Direktor Morris Payne ihm in einem Telefongespräch am vierten Tag nach Rebeccas Rückkehr nach England. »Nicht bevor das Leck gestopft und Ihr Dienst von sämtlichen russischen Maulwürfen befreit ist.«

»Sie haben in der Vergangenheit auch schon Probleme gehabt, aber wir haben nie damit gedroht, die Zusammenarbeit einzustellen.«

»Das liegt daran, dass Sie uns mehr brauchen als wir Sie.«

»Wie taktvoll von Ihnen, Morris. Wie diplomatisch.«

»Zum Teufel mit Takt! Wo zum Teufel ist sie übrigens?«

»Das möchte ich am Telefon lieber nicht sagen.«

»Wie lange hat sie für die Russen spioniert?«

»Das«, sagte Seymour präzise wie ein Anwalt, »ist eine Frage von größtem Interesse für uns.«

»Freut mich, das zu hören.« Payne fluchte laut und bildhaft. »Cathy und ich haben sie wie ein Familienmitglied behandelt, Graham. Wir haben sie oft zu uns eingeladen. Und wie hat sie's mir gedankt? Sie hat meine Geheimnisse gestohlen und mich von hinten erdolcht. Ich komme mir vor wie …«

»Wie was, Morris?«

»Ich komme mir vor wie damals James Angleton, als er erfahren hat, dass sein guter Freund Kim Philby sich nach Moskau abgesetzt hatte.«

Und damit – dass die Russen schwiegen und die Cousins miteinander stritten – hätte die Sache enden können, wenn die *Washington Post* nicht eine Woche nach Rebecca Mannings überstürzter Ausreise aus den USA eine Aufsehen erregende Story gebracht hätte. Sie stammte von einer Journalistin, die sich durch Berichterstattung zu Fragen der nationalen Sicherheit einen Namen gemacht hatte, und ihre Quellen waren wie immer sorgfältig getarnt. Höchstwahrscheinlich war das Leck beim FBI zu finden, dem es bei dem Gedanken, Rebecca Manning und drei tote russische Agenten unter den Teppich kehren zu sollen, nie recht wohl gewesen war.

Das Leck war selektiv. Trotzdem schlug die Story wie eine Bombe ein. Sie stellte fest, die am Potomac aufgefundenen drei Toten seien keine Opfer eines Raubüberfalls, sondern SWR-Agenten gewesen. Zwei hatten diplomatische Immunität genossen, eine war eine Illegale gewesen, die sich als Brasilianerin ausgegeben hatte. Wie und warum sie erschossen worden waren, war noch nicht klar, aber das FBI ermittelte angeblich wegen der Verwicklung zweier ausländischer Geheimdienste in diesem Fall.

Die Story hatte einen wichtigen Effekt: Die Russen konnten nicht länger schweigen. Der Kreml reagierte empört und beschuldigte die Vereinigten Staaten einer eiskalten Hinrichtung – ein Vorwurf, den die US-Regierung mehrmals energisch zurückwies. An den folgenden drei Tagen kam es rasch nacheinander zu Lecks und Gegen-Lecks, bis die Story es schließlich auf die Titelseite der *New York Times* schaffte. Zumindest in Teilen. Die Experten im Bezahlfernsehen waren sich darüber einig, dies sei der schlimmste Spionagefall seit der Kim-Philby-Katastrophe, und hatten wenigstens damit völlig recht.

Viele offene Fragen gab es noch in Bezug auf Rebecca Mannings Anwerbung durch die Russen. Ungeklärt war auch die Rolle Gabriel Allons, der an Bord des Flugzeugs gewesen sein sollte, mit dem Mannings der amerikanischen Gerichtsbarkeit entzogen worden war. Aus London gab es dazu nur Schweigen. Aus Tel Aviv ebenfalls.

85

TEL AVIV – LONDON

Er wurde am selben Tag gesichtet, als er den Amtssitz des Ministerpräsidenten betrat, um an der wöchentlichen Sitzung des zerstrittenen Kabinetts teilzunehmen: in einem modischen blauen Anzug mit weißem Oberhemd und keineswegs mitgenommen aussehend. Als ein Reporter ihn um einen Kommentar zur Enttarnung Rebecca Mannings als russische Agentin bat, lächelte er nur und schwieg. Im Kabinettssaal zeichnete er in seinem Notizbuch, während die Minister zankten, und fragte sich dabei, wie Israel es schaffte, trotz seiner furchtbaren Politiker zu florieren. Als er aufgerufen wurde, informierte er das Kabinett über ein Unternehmen von Elementen des Diensts und der Selbstverteidigungskräfte gegen militante Islamisten auf der Sinaihalbinsel, das der neue Pharao stillschweigend gebilligt hatte. Unerwähnt blieb, dass dieses Unternehmen stattgefunden hatte, während er selbst auf dem Rückflug über den Atlantik versucht hatte, Rebecca Manning zu befragen. Graham Seymour hatte das kurzerhand unterbunden. In London waren sie auseinandergegangen, fast ohne sich zu verabschieden.

Am King Saul Boulevard ging die Arbeit, das Land vor unzähligen Bedrohungen zu schützen, normal weiter, als sei nie etwas passiert. Bei der Konferenz der Abteilungsleiter am Montagmorgen kam es zu den üblichen lautstarken Auseinandersetzungen wegen Ressourcen und Prioritäten, aber der Name Rebecca Manning wurde nicht erwähnt. Der Dienst hatte Wichtigeres zu tun. Die geheimen Militärschläge auf dem Sinai waren nur eine Facette der neuen israelischen Strategie, die im Kampf gegen den gemeinsamen Feind, die Islamische

Republik Iran, auf enge Zusammenarbeit mit sunnitischen Regimen im Nahen Osten setzte. Der Rückzug Amerikas aus diesem Gebiet hatte ein Vakuum hinterlassen, das die Russen und Iraner rasch ausfüllten. Mit Gabriel und dem Dienst in vorderster Front fungierte Israel als Bollwerk gegen die wachsende iranische Gefahr. Außerdem hatte der unberechenbare US-Präsident seine Absicht erklärt, das Atomabkommen mit dem Iran aufzukündigen. Gabriel rechnete damit, dass die Iraner als Reaktion darauf ihr Atomwaffenprogramm forcieren würden, und war dabei, neue Überwachungs- und Sabotageaktionen vorzubereiten, um das zu verhindern.

Außerdem erwartete er, dass die Russen sich für den Verlust von Rebecca Manning revanchieren würden. Und so war er nicht überrascht, als Ende der Woche gemeldet wurde, Werner Schwarz sei in Wien aus einem Fenster seiner Wohnung gestürzt und gestorben. Aus dem gleichen Fenster, mit dem er dem SWR signalisiert hatte, dass er neues Material habe. Ein Abschiedsbrief wurde nicht gefunden, aber die Bundespolizei entdeckte mehrere Hunderttausend Euro auf seinem Konto bei einer Privatbank. Die österreichischen Medien fragten sich, ob sein Tod irgendwie mit der Ermordung Konstantin Kirows zusammenhing. Das Wiener Innenministerium stellte sich dieselbe Frage.

Intern mussten ein offizieller Fallbericht geschrieben und präventive juristische Schritte unternommen werden, aber Gabriel fand jede Menge Ausreden, um sich einer Befragung und den Rechtsanwälten des Diensts zu entziehen. Vor allem interessierte, was sich unten am Potomac River genau ereignet hatte. Wer hatte die beiden SWR-Agenten Petrow und Selenko erschossen? Und was war mit der Illegalen, die bereit gewesen war, Rebecca Manning in die Falle zu locken, wenn sie dafür Asyl in Israel erhielt? Uzi Navot versuchte, das aus Eli Lavon und Michail herauszubekommen, aber beide erklärten wahrheitsgemäß, sie seien erst eingetroffen, als die drei Russen schon tot waren. Daher konnten sie nicht sagen, was dem Trio zugestoßen war.

»Und ihr habt ihn nie gefragt, was passiert ist?«

»Wir haben's versucht«, sagte Lavon.

»Und Rebecca Manning?«

»Keine Silbe. Das war einer der schlimmsten Flüge meines Lebens, und ich habe etliche hinter mir.«

Sie standen in dem kleinen Glaskasten, der Eli Lavons Büro war. Überall lagen Tonscherben, alte Münzen und Werkzeuge herum. In seiner Freizeit war Lavon einer der prominentesten Archäologen Israels.

»Nehmen wir mal an«, sagte Navot, »Gabriel hätte die beiden Russen erschossen.«

»Meinetwegen«, sagte Lavon.

»Wie ist dann die junge Frau zu Tode gekommen? Und woher wusste Gabriel, dass Rebecca dort sein würde? Und was wollte sie um Himmels willen mit der gekauften Schaufel?«

»Wieso fragst du mich das?«

»Du bist Archäologe.«

»Ich weiß nur«, sagte Lavon, »dass der Direktor des Diensts von Glück sagen kann, dass er noch lebt. Wärst du an seiner Stelle gewesen ...«

»Würden sie jetzt meinen Namen in die Gedenkmauer meißeln.«

Wenn jemand es verdient hatte, so geehrt zu werden, dachte Lavon, war es der Mann, der Rebecca Manning gefunden hatte, aber Gabriel verbat sich alles Lob. Seine einzige Belohnung waren gelegentliche Abende mit seiner Frau und seinen beiden kleinen Kindern, die jedoch spürten, dass ihn irgendetwas bedrückte. Eines Abends fragte Irene ihn aus, als er auf ihrer Bettkante saß. Er log so ungeschickt, dass nicht einmal das Kind ihm glaubte. »Bleib bei mir, Abba«, verlangte sie in ihrer seltsamen Mischung aus Italienisch und Hebräisch, als er gehen wollte. Dann sagte sie: »Bitte lass mich nie allein.«

Gabriel blieb im Kinderzimmer, bis Irene fest schlief. In der Küche schenkte er sich ein Glas Shiraz aus Galiläa ein, setzte sich damit an den kleinen Tisch und verfolgte bedrückt die Fernsehnachrichten aus London, während Chiara ihr Abendessen zubereitete. Auf dem Bildschirm war Graham Seymour auf dem Rücksitz einer Limousine zu sehen, nachdem er im Haus 10 Downing Street seinen Rücktritt wegen des Skandals angeboten hatte, der den Secret Intelligence Service in seiner Amtszeit heimgesucht hatte. Gefordert wurde bereits ein Untersuchungsausschuss oder – noch schlimmer – eine unabhängige Untersuchung wie damals, als der MI6 das irakische Potenzial an Massenvernichtungswaffen falsch eingeschätzt hatte. Und was ist mit Alistair Hughes?, zeterten die Medien. Hing sein Tod im verschlafenen Bern irgendwie mit Rebecca Mannings Verrat zusammen? War auch er ein russischer Agent gewesen? Lauerte irgendwo im Hintergrund ein Dritter Mann?

Kurz gesagt war dies genau der Skandal, den Graham Seymour hatte vermeiden wollen.

»Wie lange kann er's geheim halten?«, fragte Chiara.

»Was denn?«

»Die Identität von Rebecca Mannings Vater.«

»Das dürfte davon abhängen, wie viele Leute im MI6 wissen, dass sie sich jetzt Rebecca Philby nennt.«

Chiara stellte Gabriel seinen Teller *Spaghetti al pomodoro* hin. Er streute Parmesan darüber, zögerte aber, bevor er die erste Gabel aufrollte. »Ich muss dir noch etwas erzählen«, sagte er zuletzt. »Es geht darum, was an dem bewussten Morgen drunten am Fluss passiert ist.«

»Das kann ich mir ziemlich gut vorstellen.«

»Wirklich?«

»Du warst an einem Ort, an dem du nicht hättest sein sollen – völlig allein, ohne Bodyguards. Zum Glück bist du so vernünftig gewesen, eine Pistole mitzunehmen, als du das sichere Haus verlassen hast.«

»Eine richtig große«, sagte Gabriel.

»Fünfundvierziger hast du nie besonders gemocht.«

»Zu laut«, sagte Gabriel. »Zu unordentlich.«

»Die Illegale ist mit einer 9 mm erschossen worden.«

»Eva«, sagte Gabriel. »Zumindest war das ihr brasilianischer Name. Ihren wirklichen hat sie uns nie gesagt.«

»Ich vermute, dass Rebecca sie erschossen hat.«

»Du vermutest richtig.«

»Warum?«

Gabriel zögerte, dann sagte er: »Weil ich Rebecca nicht vorher erschossen habe.«

»Du konntest nicht?«

Gabriel nickte wortlos.

»Und jetzt hast du ein schlechtes Gewissen, weil die Frau, die du gezwungen hast, für dich zu arbeiten, tot ist.«

Gabriel gab keine Antwort.

»Aber dir setzt noch etwas anderes zu.« Als Gabriel weiter schwieg, sagte Chiara: »Mal ganz ehrlich, Gabriel – wie viel hat gefehlt, dass du letzte Woche umgekommen wärst?«

»Weniger, als mir lieb war.«

»Immerhin bist du ehrlich.« Chiara sah zu dem Bildschirm hinüber. Die BBC hatte eine alte Aufnahme von Rebecca als Studentin am Trinity College ausgegraben. Sie sah ihrem Vater bemerkenswert ähnlich. »Wie lange können sie das noch geheim halten?«, fragte Chiara wieder.

»Wer würde diese Story glauben?«

Auf dem Bildschirm löste sich das alte Foto von Rebecca Manning auf und wurde durch ein weiteres von Graham Seymour ersetzt.

»Du hast nur einen Fehler gemacht, Liebster«, sagte Chiara nach kurzer Pause. »Hättest du sie erschossen, als du Gelegenheit hattest, wäre das alles nicht passiert.«

Spät nachts, während Chiara neben ihm fest schlief, saß Gabriel mit aufgesetztem Kopfhörer im Bett und sah sich mehrmals ein mit einem Samsung Galaxy aufgenommenes viertelstündiges Video an. Es begann um 7.49 Uhr, als eine Frau mit einem leichten Mantel über einem Hosenanzug ein beliebtes Starbucks knapp nördlich von Georgetown betrat und sich an der Kasse anstellte. Die Schlange vor ihr bestand aus acht Personen. Mit seinem Kopfhörer konnte Gabriel ziemlich gut hören, wie der Barista »A Change Is Gonna Come« sang. Graham Seymour hatte diese Gesangseinlage verpasst, daran erinnerte Gabriel sich. Er war gerade draußen in dem verwilderten Garten gewesen, um einen Anruf von Vauxhall Cross entgegenzunehmen.

Es war 7.54 Uhr, als die Frau ihre Bestellung aufgab, einen großen Caffè Americano, nichts zu essen, und 7.56 Uhr, als sie am Gemeinschaftstisch Platz nahm und ihr iPhone aus der Tasche zog. Sie gab mehrere Befehle ein, alle mit dem rechten Daumen. Um 7.57 Uhr legte sie das iPhone auf den Tisch und nahm ein weiteres Gerät, ein BlackBerry KEYone, aus ihrer Schultertasche. Das Passwort war lang und absolut sicher: zwölf Zeichen, beide Daumen. Nachdem sie es eingegeben hatte, studierte sie aufmerksam das Display. Der Barista sang »What's Going On«.

Um 7.58 Uhr griff die Frau wieder nach ihrem iPhone, warf einen Blick aufs Display und sah sich dann in dem Coffeeshop um. Nervös, fand Gabriel, was sonst nicht ihre Art war. Dann tippte sie mehrmals auf das iPhone, bevor sie es wieder einsteckte. Sie stand auf, entsorgte ihren Kaffee in dem Abfallbehälter. Der Ausgang lag rechts von ihr. Sie wandte sich stattdessen nach links, ging in den rückwärtigen Teil des Coffeeshops.

Als sie sich dem Samsung Galaxy näherte, war ihr Gesicht eine ausdruckslose Maske. Gabriel hielt das Video an und sah in Kim Philbys blaue Augen. Hatte etwas sie erschreckt, wie Graham Seymour vermutet hatte, oder war sie gewarnt worden? Und von wem?

Der Hauptverdächtige war natürlich Sascha. Er konnte dieses Treffen mit Leuten auf der Straße oder sogar im Coffeeshop selbst überwacht haben. Vielleicht hatte er etwas gesehen, das ihm nicht gefiel, das ihn dazu veranlasste, die Übergabe abzublasen und seine Agentin, die sein Lebenswerk war, anzuweisen, schleunigst ein vereinbartes Schlupfloch zu nutzen. Aber warum hatte Rebecca dann das Starbucks nicht verlassen? Und wieso hatte sie Eva Fernandes aufgesucht, statt sich in die Arme eines SWR-Teams zu flüchten?

Weil es keine SWR-Fluchthelfer gegeben hat, dachte Gabriel, der sich daran erinnerte, dass erst um 8.20 Uhr mehrere bekannte SWR-Agenten eilig die russische Botschaft verlassen hatten. Noch nicht.

Er änderte den Timecode des Videos und drückte auf PLAY. Es ist 7.56 Uhr in einem beliebten Starbucks knapp nördlich von Georgetown. Eine Frau, die unter einem leichten Mantel einen Hosenanzug trägt, setzt sich an den Gemeinschaftstisch und gibt auf einem iPhone mehrere Befehle ein. Um 7.57 Uhr vertauscht sie das iPhone gegen ihr BlackBerry, aber um 7.58 Uhr ist sie wieder am iPhone.

Gabriel drückte auf PAUSE.

Das war's!, dachte er. Das leichte Zusammenzucken, nach dem ihre Augen sich kaum merklich weiteten. In diesem Augenblick war's passiert, um 07:58:46 auf dem iPhone.

Er drückte auf PLAY und beobachtete, wie Rebecca Manning auf ihrem iPhone mehrere Befehle eingab, die zweifellos ihren Bericht für die Zentrale Moskau und die gesamte SWR-Software löschten. Gabriel vermutete, dass sie auch die Nachricht mit der Aufforderung zur Flucht gelöscht hatte. Vielleicht hatte das FBI sie gefunden, vielleicht auch nicht. Das spielte keine Rolle, denn das Bureau würde jemandem wie ihm keine Auskunft geben. Die Briten dagegen waren Cousins. Nur entfernte Verwandte, aber doch Cousins.

Gabriel klickte den Browser seines Laptops an und überflog die Schlagzeilen der Londoner Zeitungen. Eine war schlimmer als die andere. *Hättest du sie erschossen, als du Gelegenheit hattest, wäre das alles nicht passiert …* Ja, dachte er, als er sich in der Dunkelheit neben seiner schlafenden Frau ausstreckte, das würde alles erklären.

86

EATON SQUARE, LONDON

Drei Tage später flog Gabriel mit einem israelischen Diplomatenpass unter falschem Namen nach London. Personenschützer der Botschaft holten ihn vom Heathrow Airport ab – genau wie ein Überwachungsteam der MI5-Abteilung A4, das sich nicht sehr bemühte, unsichtbar zu bleiben. Auf der Fahrt nach London rief er Graham Seymour an und bat um einen Gesprächstermin. Seymour war bereit, ihn abends in seinem Haus am Eaton Square zu empfangen. Die späte Stunde ließ vermuten, dass es diesmal kein Abendessen geben würde, und Helen Seymour empfing ihn kühl. »Er ist oben«, sagte sie knapp. »Sie kennen den Weg, glaube ich.«

Als Gabriel das Arbeitszimmer im ersten Stock betrat, las Seymour in einer rot gestreiften Geheimakte. Mit seinem Parker-Füller schrieb er eine Randbemerkung in grüner Tinte, dann legte er den Ordner hastig in einen Aktenkoffer aus Edelstahl. Gabriel stellte sich vor, dass Seymour sicherheitshalber auch schon das Silber und das Porzellan weggesperrt hatte. Er stand nicht auf, streckte nicht die Hand aus. Er schlug auch nicht vor, den abhörsicheren Raum zu benutzen. Der MI6 besaß keine Geheimnisse mehr. Rebecca Manning hatte sie alle den Russen verraten.

»Bedien dich«, sagte Seymour mit einem gleichgültigen Blick zu dem kleinen Wagen mit Flaschen hinüber.

»Nein danke«, sagte Gabriel und nahm ohne Aufforderung Platz. Danach herrschte bleiernes Schweigen. Er bedauerte plötzlich, nach London geflogen zu sein. Ihre Beziehung war unheilbar zerrüttet, fürchtete er. Er dachte gern an den Nachmittag im Wormwood Cottage zurück, als sie in alten Akten den Namen von Kim Philbys Geliebter gesucht hatten. Hätte er gewusst, was daraus entstehen würde, hätte er sich schon damals aus Ermittlungen ausgeklinkt, die den Dienst eigentlich nichts angingen.

»Glücklich?«, fragte Graham zuletzt.

»Meinen Kindern geht's gut, und meine Frau scheint mich im Augenblick ziemlich zu mögen.« Gabriel zuckte mit den Schultern. »Also bin ich vermutlich so glücklich, wie ich's jemals sein werde.«

»Das habe ich nicht gemeint.«

»Ein guter Freund von mir steht unter Beschuss wegen etwas, das nicht seine Schuld war. Ich mache mir Sorgen um sein Wohlergehen.«

»Klingt wie etwas, das ich mal auf einer Beileidskarte gelesen habe.«

»Unsinn, Graham, lass uns damit aufhören. Wir haben schon zu viel miteinander durchgemacht, du und ich.«

»Und du bist wieder mal der Held, während ich den Dreck wegräumen muss.«

»In einer Situation wie dieser gibt es keine Helden. Alle verlieren.«

»Nur die Russen nicht.« Seymour trat an den kleinen Wagen mit Flaschen und schenkte sich zwei Fingerbreit Whiskey ein. »Keller lässt dich übrigens grüßen.«

»Wie geht es ihm?«

»Leider sagen die Ärzte, dass er mit dem Leben davonkommen wird. Dann läuft er mit einem sehr wichtigen Geheimnis im Kopf herum.«

»Irgendetwas sagt mir, dass dein Geheimnis bei Christopher Keller sicher ist. Wer weiß sonst noch davon?«

»Nur der Premierminister.«

»Also nur drei Personen in ganz London.«

»Vier«, sagte Seymour, »wenn man Nigel Whitcombe mitzählt, der eine ziemlich gute Vorstellung von allem hat.«

»Und natürlich Rebecca.«

Seymour gab keine Antwort.

»Redet sie?«, fragte Gabriel.

»Wenn jemand den Mund halten sollte«, sagte Seymour, »dann ist das Rebecca Manning.«

»Ich würde gern mit ihr sprechen.«

»Du hattest deine Chance schon.« Seymour betrachtete Gabriel über den Rand seines Glases hinweg. »Woher wusstest du, dass sie dort aufkreuzen würde?«

»Ich hatte das Gefühl, sie würde noch etwas aus Amerika mitnehmen wollen. Etwas, das ihr Vater dort vergraben hat, als Guy Burgess und Donald Maclean übergelaufen waren.«

»Die Kamera und die Filme?«

Gabriel nickte.

»Das würde die Schaufel erklären. Aber woher wusstest du, wo das Zeug vergraben war?«

»Ich hatte verlässliche Informationen.«

»Von Charlotte Bettencourt?«

Gabriel gab keine Antwort.

»Hättest du bloß die Schaufel mitgenommen …«

Gabriel zog die Augenbrauen hoch.

»Dann hätten wir Rebecca ohne Wissen der Amerikaner aus Washington rausholen können«, fuhr Seymour fort. »Das Überwachungsvideo aus dem Eisenwarengeschäft war ihr Verderben.«

»Wie hättest du die drei toten SWR-Agenten erklärt?«

»Sehr vorsichtig.«

»Und Rebeccas plötzliche Rückkehr nach London?«

»Gesundheitliche Probleme«, schlug Seymour vor. »Eine neue Aufgabe.«

»Vertuschung«, sagte Gabriel.

»Das hast du gesagt«, antwortete Seymour, »nicht ich.«

Gabriel dachte angelegentlich nach. »Die Amerikaner hätten euer Täuschungsmanöver durchschaut.«

»Dass wir das nie wissen werden, haben wir dir zu verdanken.«

Gabriel ignorierte diese Bemerkung. »Tatsächlich wäre es viel besser gewesen, wenn sie Washington mit den Russen verlassen hätte.« Er machte eine Pause, dann fügte er hinzu: »Das wolltest du von Anfang an, nicht wahr, Graham?«

Seymour gab keine Antwort.

»Deswegen hast du ihr zwei Minuten vor Beginn der möglichen Übertragungszeit eine warnende SMS auf ihr iPhone geschickt. Deshalb hast du sie zur Flucht aufgefordert.«

»Ich?«, fragte Seymour. »Warum um Himmels willen sollte ich das tun?«

»Aus demselben Grund, aus dem der MI6 Kim Philby im Jahr 1963 hat entkommen lassen. Lieber ein Spion in Moskau als vor einem englischen Gericht.«

Seymour lächelte herablassend. »Du scheinst dir alles genau zurechtgelegt zu haben. Aber habe ich nicht von dir gehört, mein Wiener Stationsleiter sei ein russischer Spion?«

»Ich vermute«, fuhr Gabriel fort, »dass du ihr die SMS geschickt hast, als du im Garten warst und angeblich mit Vauxhall Cross telefoniert hast. Oder vielleicht hast du sie von Nigel Whitcombe schicken lassen, um selbst keine Fingerabdrücke zu hinterlassen.«

»Wenn jemand Rebecca zur Flucht gedrängt hat«, sagte Seymour, »dann war das Sascha.«

»Das war nicht Sascha, das warst du.«

Danach herrschte wieder Schweigen. So endet's also, dachte Gabriel. Er stand auf.

»Nur zu deiner Information«, sagte Seymour plötzlich. »Es gibt bereits einen Deal.«

»Welchen Deal meinst du?«

»Den Deal, Rebecca nach Moskau zu schicken.«

»Erbärmlich«, murmelte Gabriel.

»Sie ist russische Staatsbürgerin und SWR-Oberst. Dort gehört sie hin.«

»Red dir das nur ein, Graham. Am Ende glaubst du's selbst.«

Seymour äußerte sich nicht dazu.

»Wie viel hast du für sie bekommen?«

»Alle Leute, die wir verlangt haben.«

»Die Amerikaner haben vermutlich auch mitgemischt.« Gabriel schüttelte langsam den Kopf. »Wann wirst du endlich schlau, Graham? Wie viele Wahlen muss der Zar noch beeinflussen? Wie viele politische Gegner muss er noch auf eurem Boden ermorden lassen? Wann wollt ihr ihm endlich die Stirn bieten? Braucht ihr sein Geld so dringend? Würde diese überbewertete Stadt ohne die russischen Milliarden untergehen?«

»Für dich ist das Leben sehr schwarz-weiß, nicht wahr?«

»Nur wenn's um Faschisten geht.« Gabriel setzte sich in Richtung Tür in Bewegung.

»Der Deal«, sagte Seymour, »ist von etwas abhängig.«

Gabriel blieb stehen, drehte sich um. »Wovon?«

»Sergei Morosow. Ihr habt ihn, die Russen wollen ihn.«

»Das kann nicht dein Ernst sein!«

Seymours Gesichtsausdruck war Antwort genug.

»Ich würde euch gern helfen«, sagte Gabriel, »aber Sergei Morosow ist tot. Hast du das vergessen? Bestell Rebecca, dass es mir leidtut, aber sie wird den Rest ihres Lebens hier in Großbritannien verbringen müssen.«

»Warum sagst du ihr das nicht selbst?«

»Wie meinst du das?«

»Du hast gesagt, du wolltest mit ihr reden.«

»Korrekt.«

»Wie's der Zufall will«, sagte Seymour, »möchte sie ihrerseits mit dir reden.«

87

SCHOTTISCHES HOCHLAND

Gabriel verbrachte die Nacht in der sicheren Wohnung in der Bayswater Road und ging morgens auf dem RAF-Flugplatz Northolt am Rand von Greater London an Bord einer Transportmaschine. Seine Personenschützer vom MI6 wollten sich zu ihrem Ziel nicht äußern, aber die lange Flugdauer und das typische Landschaftsbild unter ihnen ließen ihn auf den Norden Schottlands tippen. Rebecca Manning war anscheinend in den äußersten Winkel des Vereinigten Königreichs verbannt worden.

Zuletzt sah Gabriel einen goldgelben Strand, eine kleine Hafenstadt und zwei Start- und Landebahnen, die zwischen einem Flickenteppich aus Feldern ein lang gestrecktes X bildeten. Das war der Militärflugplatz Lossiemouth. Auf dem windigen Vorfeld wartete eine kleine Kolonne aus Geländewagen. Sie fuhren einige Meilen weit durch sanfte Hügel mit Heidekraut und Ginster, bis sie am Tor eines abgelegenen Landsitzes anlangten. Er sah aus wie etwas, das der MI6 sich während des Krieges ausgeliehen und später zurückzugeben »vergessen« hatte.

Hinter dem Doppelzaun patrouillierten Wachleute in Zivil auf den weiten Rasenflächen. Im Herrenhaus informierte ein unangenehmer Mann namens Burns Gabriel über Sicherheitsvorschriften und den Gemütszustand der Gefangenen.

»Unterschreiben Sie das«, verlangte er und legte Gabriel ein Schriftstück hin.

»Was ist das?«

»Eine Erklärung, dass Sie nie über das sprechen werden, was Sie heute gehört oder gesehen haben.«

»Ich bin Bürger des Staates Israel.«

»Macht nichts, uns fällt schon irgendwas ein.«

Die Kammer, in die Gabriel schließlich geführt wurde, war nicht gerade ein Verlies, konnte aber einst eines gewesen sein. Man erreichte sie über eine verwinkelte Steintreppe, auf der es nach Moder und Schimmel roch. Die Natursteinmauern waren glatt verputzt und in gebrochenem Weiß gestrichen worden – so weiß, dachte Gabriel, wie ein *Pueblo blanco* in den andalusischen Bergen. Die vor Hochspannung summenden Deckenlampen brannten mit der Intensität von Operationsleuchten. In jeder Ecke war eine Überwachungskamera montiert, und in einem Vorraum ließen zwei Wachleute die Gefangene durch eine bruchsichere Einwegscheibe nicht aus den Augen.

Für Gabriel stand ein Stuhl vor den Gitterstäben von Rebeccas Zelle bereit. Er sah ein ordentlich gemachtes Feldbett und einen kleinen Tisch, auf dem sich alte Taschenbücher stapelten. Und auch mehrere Zeitungen, als verfolge Rebecca die Berichterstattungen über ihren Fall. Sie trug eine bequem geschnittene Cordhose und einen dicken schottischen Pullover gegen die Kälte. Sie wirkte kleiner, als Gabriel sie in Erinnerung hatte, und war sehr abgemagert, als befände sie sich im Hungerstreik, um ihre Freilassung zu erzwingen. Sie trug kein Make-up, und ihr Haar hing strähnig und glatt herab. Gabriel wusste nicht recht, ob sie dies alles verdient hatte. Vielleicht Philby, aber nicht das Kind des Verrats.

Nach kurzem absichtlichen Zögern drückte Gabriel widerstrebend die Hand, die sie ihm durchs Gitter hinstreckte. Ihre Handfläche war rau und trocken. »Bitte nehmen Sie Platz«, forderte sie ihn freundlich auf, und Gabriel sank nach erneutem Zögern auf den Stuhl. Ein Wachmann brachte ihm Tee – mit Milch und viel zu viel Zucker. Der Becher war teuflisch schwer.

»Nichts für Sie?«, fragte er.

»Ich bekomme nur meine Mahlzeiten.« Absichtlich oder unbewusst hatte sie ihren britischen Akzent abgelegt. Sie sah wieder wie eine Französin aus und sprach wie eine. »Eine unsinnige Bestimmung, aber so ist's eben.«

»Wenn es Sie stört …«

»Nein, bitte», sagte sie rasch. »Sie haben bestimmt einen langen Trip hinter sich. Oder vielleicht auch nicht«, fügte sie hinzu. »Ehrlich gesagt habe ich keine Ahnung, wo ich bin.«

Ehrlich gesagt …

Gabriel fragte sich, ob sie dazu überhaupt fähig war, ob sie zwischen Lüge und Wahrheit unterscheiden konnte.

Sie saß mit geschlossenen Knien auf der Kante ihres Feldbetts, hatte die Füße parallel auf den Betonboden gestellt. Sie trug fellgefütterte Mokassins ohne Schnürsenkel. In ihrer Zelle gab es nichts, mit dem sie sich etwas hätte antun können. Gabriel erschien das als überflüssige Vorsichtsmaßnahme. Die Rebecca Manning, der er drunten am Potomac River begegnet war, war keine Selbstmörderin.

»Ich habe gefürchtet, Sie würden nicht kommen«, sagte sie.

»Wieso nicht?«, fragte Gabriel neugierig.

»Weil ich Sie erschossen hätte, wenn Eva mich nicht …«

»Ich bewundere Ihre Ehrlichkeit«, unterbrach Gabriel sie.

Rebecca lächelte über die Absurdität seiner Bemerkung. »Das stört Sie nicht?«

»Mich mit jemandem zu treffen, der mich zu ermorden versucht hat?«

»Ja.«

»Das scheine ich mir zur Gewohnheit zu machen.«

»In Moskau haben Sie viele Feinde«, stellte sie fest.

»Mehr als je zuvor, vermute ich.«

»Vielleicht kann ich bei der SWR ein gutes Wort für Sie einlegen, wenn ich meinen neuen Posten in der Zentrale Moskau übernehme …«

»Darauf verlasse ich mich lieber nicht.«

»Clever von Ihnen.« Sie lächelte mit geschlossenen Lippen. Gabriel fragte sich, ob er sie vielleicht falsch beurteilt hatte. Vielleicht gehörte sie doch in einen Käfig. »Allerdings«, fuhr sie fort, »werde ich wohl nicht viel mit dem Nahen Osten zu tun haben. Das Referat Großbritannien ist der natürliche Posten für mich.«

»Schon deshalb sollte Ihre Regierung nicht mal daran denken, eine Verräterin wie Sie auszutauschen.«

»Sie ist nicht *meine* Regierung, und ich bin keine Verräterin. Ich bin ein *Agent de pénétration*. Dass die Briten dumm genug waren, mich einzustellen und bis zum H/Washington zu befördern, ist nicht meine Schuld.«

Gabriel, der den Gelangweilten spielte, sah demonstrativ auf seine Armbanduhr. »Graham hat gesagt, dass Sie etwas mit mir besprechen wollten.«

Rebecca runzelte die Stirn. »Sie enttäuschen mich, Monsieur Allon. Möchten Sie mich wirklich gar nichts fragen?«

»Wozu denn? Sie würden doch nur lügen.«

»Aber ein Versuch könnte sich lohnen, nein? Zum Ersten«, sagte sie provokativ, »zum Zweiten …«

»Heathcliff«, sagte Gabriel.

Sie machte einen Schmollmund. »Der arme Heathcliff.«

»Ich nehme an, dass Sie ihn verraten haben.«

»Nicht dem Namen nach, versteht sich, den habe ich nie gewusst. Aber Moskau hat meine Berichte dazu benützt, um ihn zu identifizieren.«

»Und die Adresse der sicheren Wohnung?«

»Die ist direkt von mir gekommen.«

»Wer hat sie Ihnen gesagt?«

»Dreimal dürfen Sie raten.«

»Gut«, sagte Gabriel, »dann tippe ich auf Alistair Hughes.«

Ihre Miene verfinsterte sich.

»Woher wussten Sie, dass er in einer Schweizer Klinik in Behandlung war?«, fragte er.

»Das hat er mir auch erzählt. In Sechs war ich die Einzige, zu der er Vertrauen hatte.«

»Ein großer Fehler.«

»Seiner, nicht meiner.«

»Sie waren mal ein Paar?«

»Neun grässliche Monate lang«, sagte sie und verdrehte die Augen. »In Bagdad.«

»Alistair war anderer Meinung, vermute ich.«

»Er war restlos verknallt in mich. Der Trottel wollte sogar Melinda verlassen.«

»Über Geschmack lässt sich nicht streiten.«

Sie äußerte sich nicht dazu.

»Ihre Affäre mit ihm hatte also nur professionelle Gründe?«

»Natürlich.«

»Hat Moskau sie angeregt?«

»Nein, ich habe selbst die Initiative ergriffen.«

»Wieso?«

Sie starrte demonstrativ in eine Kamera, als wolle sie Gabriel daran erinnern, dass ihr Gespräch aufgezeichnet wurde. »Als mein Vater gestorben ist«, sagte sie, »waren Alistair und ich in Brüssel stationiert. Wie Sie sich vorstellen können, war ich zu Tode betrübt. Aber Alistair war …«

»Er hat sich über die Nachricht gefreut?«

»Er hat sie bejubelt.«

»Und das haben Sie ihm nie verziehen?«

»Wie hätte ich das können?«

»Als sie mit ihm geschlafen haben, müssen Ihnen die Tabletten aufgefallen sein.«

»Die waren schwer zu übersehen. Alistair war schon in Bagdad angeschlagen. Das ist noch schlimmer geworden, als ich mit ihm Schluss gemacht habe.«

»Aber Sie und er sind Freunde geblieben?«

»Vertraute«, schlug sie vor.

»Und als Sie erfahren haben, dass er in der Schweiz in Behandlung war, ohne Vauxhall Cross darüber zu informieren?«

»Da habe ich diese Information für schlechtes Wetter gespeichert.«

»Der Regen hat eingesetzt«, sagte Gabriel, »als WeWe Gribkow in New York überlaufen wollte.«

»Sintflutartig.«

»Also haben Sie Sascha von Alistair erzählt, er hat ein Unternehmen befohlen, das beweisen sollte, dass Ihr ehemaliger Liebhaber ein Maulwurf war.«

»Problem gelöst.«

»Nicht ganz«, sagte Gabriel. »Wussten Sie, dass er liquidiert werden sollte?«

»Dieses Geschäft ist kein Ponyhof, Monsieur Allon. Das wissen Sie besser als jeder andere.«

Das Referat Großbritannien in der Zentrale Moskau kommt in fähige Hände, dachte Gabriel. Sie ist noch skrupelloser als wir! Er hatte tausend weitere Fragen, aber plötzlich wollte er nur noch fort. Rebecca Manning schien seine Unruhe zu spüren. Sie schlug die Beine übereinander, stellte sie wieder nebeneinander und fuhr mit einer Hand die Bahnen ihrer Cordhose entlang.

»Ich frage mich …« Ihr britischer Akzent war wieder da. »Ich möchte mich Ihnen nicht aufdrängen …«

»Das haben Sie schon getan.«

Sie runzelte unwillig die Stirn. »Sarkasmus ist sicherlich Ihr gutes Recht, aber bitte lassen Sie mich ausreden.«

Gabriel forderte sie mit kaum merklichem Nicken zum Weiterreden auf.

»Meine Mutter …«

»Ja?«

»Wie geht es ihr?«

»Sie lebt seit fast vierzig Jahren einsam in den andalusischen Bergen. Wie soll es ihr da gehen?«

»Wie geht's ihr gesundheitlich?«

»Ein Herzproblem …«

»Ein häufiges Leiden bei Frauen, die meinen Vater gekannt haben.«

»Auch bei Männern.«

»Sie haben sich anscheinend gut mit ihr verstanden.«

»Unsere Begegnung hatte nicht viel Angenehmes an sich.«

»Aber Sie hat Ihnen erzählt, was …«

»Ja«, sagte Gabriel mit einem Blick zu einer Kamera hinüber. »Sie hat mir alles erzählt.«

Rebecca fuhr wieder mit einer Hand über ihre Cordhose. »Ich habe mich g-g-gefragt«, stotterte sie, »ob Sie ihr was von mir a-a-ausrichten würden.«

»Ich habe erst vor ein paar Minuten unterschrieben, dass ich mich unter anderem verpflichte, keine Nachrichten von Ihnen an Außenstehende zu übermitteln.«

»Die britische Regierung kann Ihnen nichts befehlen. Sie können tun, was Sie wollen.«

»Ich will aber nicht. Außerdem«, sagte Gabriel, »kann die SWR Ihre Post zustellen.«

»Meine Mutter hasste sie.«

»Ihr gutes Recht.«

Danach herrschte Schweigen zwischen ihnen. Zu hören war nur das Summen der Lampen. Es machte Gabriel nervös.

»Glauben Sie«, fragte Rebecca schließlich, »dass sie k-k-ommen würde … wenn ich in Moskau sesshaft bin …«

»Das müssen Sie sie selbst fragen.«

»Ich frage *Sie.*«

»Hat sie nicht schon genug gelitten?«

»Wir haben beide gelitten.«

Seinetwegen, dachte Gabriel.

Er stand abrupt auf. Rebecca erhob sich ebenfalls. Sie streckte erneut die Rechte durchs Gitter. Gabriel ignorierte sie, klopfte an die Einwegscheibe und wartete darauf, dass ein Wachmann die äußere Tür aufsperrte.

»In Washington haben Sie einen Fehler gemacht«, sagte Rebecca und zog ihre Hand zurück.

»Nur einen?«

»Sie hätten mich erschießen sollen, als Sie Gelegenheit dazu hatten.«

»Das sagt meine Frau auch.«

»Sie heißt Chiara.« Rebecca lächelte kalt hinter den Gitterstäben ihres Käfigs. »Bestellen Sie ihr einen Gruß von mir.«

Wenige Minuten nach 14 Uhr setzte die Transportmaschine wieder auf dem RAF-Stützpunkt Northolt in der Nähe von London auf. Heathrow lag drei Meilen weiter südlich, sodass Gabriel reichlich Zeit blieb, um den El-Al-Flug um 16.45 Uhr nach Tel Aviv zu erreichen. Untypischerweise ließ er sich ein Glas von dem vor dem Start angebotenen Champagner geben. Er hatte ihn verdient, versicherte er sich selbst. Dann dachte er an Rebecca Manning in ihrem Gitterkäfig, Alistair Hughes in seinem Sarg und Konstantin Kirow auf einer schneebedeckten Wiener Straße und gab der Stewardess das Glas unberührt zurück. Als das Flugzeug beim Start beschleunigte, pulsierte Regenwasser über Gabriels Fenster wie Blut durch eine Arterie. Alle verlieren, dachte er, während er beobachtete, wie England unter ihm versank. Nur die Russen nicht.

88

ZAHARA, SPANIEN

Der Austausch fand sechs Wochen später auf dem Vorfeld eines abgelegenen Flugplatzes weit im polnischen Osten statt. Auf dem Platz standen nur zwei Flugzeuge: ein Suchoi Superjet 100 der Aeroflot und ein gecharterter Airbus von British Airways. Punkt zwölf Uhr kamen zwölf Männer, alle wertvolle Agenten der britischen und amerikanischen Geheimdienste, alle in der Haft abgemagert, die Fluggasttreppe der Suchoi herunter. Als sie froh und erleichtert auf dem Weg zu dem Airbus waren, begegnete ihnen eine einzelne Frau, die mit ernster Miene in Gegenrichtung unterwegs war. Weder Kameras noch Reporter beobachteten die Szene; anwesend waren nur einige hochrangige polnische Geheimdienstler, die darauf achteten, dass alle sich an die Spielregeln hielten. Die Frau ging mit gesenktem Blick wortlos an den zwölf Männern vorbei und nahm ihren Platz an Bord der Suchoi ein. Die Maschine rollte zum Start, noch bevor die Kabinentür ganz geschlossen war. Um 12.15 Uhr erreichte sie den Luftraum des befreundeten Weißrusslands.

Eine weitere Woche sollte verstreichen, bevor die Öffentlichkeit von dem Austausch erfuhr – und selbst dann flossen die Informationen nur sehr spärlich. Die zwölf Männer hatten wertvolle Informationen über das Neue Russland geliefert, hieß es, und seien diesen Preis reichlich wert gewesen. In Amerika empörten sich die üblichen Verdächtigen, aber die Londoner Reaktion ließ sich am besten mit schmallippiger Resignation beschreiben. Ja, das sei eine bittere Pille gewesen, bestätigten die Mandarine von Whitehall, aber vermutlich sei dies die beste Lösung. Der einzige Lichtblick war eine Meldung des *Telegraph,* der Austausch habe stattgefunden, obwohl die Russen ursprünglich zwei Häftlinge verlangt hatten. »Wenigstens hat jemand Rückgrat bewiesen und ist nicht eingeknickt«, knurrte ein pensionierter Geheimdienstchef an diesem Abend im Travellers Club. »Nur leider nicht wir!«

Die Russen warteten einen weiteren Monat, bevor sie ihre Trophäe öffentlich zeigten. Das Medium war ein einstündiger Dokumentarfilm, den ein vom Kreml kontrollierter TV-Sender ausstrahlte. Anschließend folgte eine Pressekonferenz, die der Zar persönlich leitete. Rebecca lobte seine Regierungskunst, pries den Aufstieg Russlands zu einer Großmacht unter seiner Führung und teilte gegen die Briten und Amerikaner aus, deren Geheimnisse sie ungeniert geplündert hatte. Sie bedaure nur, sagte sie, nicht MI6-Generaldirektor geworden zu sein und damit ihren Auftrag ganz erfüllt zu haben.

»Gefällt es Ihnen in Russland?«, fragte ein prominentes Mitglied des gefügigen Pressekorps des Kremls.

»O ja, ich genieße mein neues Leben.«

»Und dürfen Sie uns sagen, wo Sie wohnen?«

»Nein«, antwortete der Zar streng an ihrer Stelle. »Das darf sie nicht.«

In dem *Pueblo blanco* Zahara in den andalusischen Bergen waren die Ereignisse in Moskau Anlass zu einer kurzen Feier, zumindest bei der äußersten Rechten, die gegen Migranten und die NATO war. Der Kreml war wieder einmal das Mekka, vor dem bestimmte europäische Kreise sich zu Boden warfen. Im zwanzigsten Jahrhundert war er der Leitstern der Linken gewesen. Auf perverse Weise war heutzutage die extreme Rechte auf die Moskauer Linie eingeschwenkt: die politischen Grobiane, die Charlotte Bettencourt jeden Tag verachteten, wenn sie in der Kleinstadt unterwegs war. Wenn sie nur die Wahrheit wüssten, dachte sie. *Wenn sie nur …*

Verständlicherweise verfolgte sie den Fall der britischen Spionin aufmerksamer als die meisten Einwohner von Zahara. Die Pressekonferenz im Kreml war ein inszeniertes Schauspiel – Rebecca saß auf dem Podium wie ein Ausstellungsstück unter einer Glasglocke, und der Zar neben ihr sonnte sich grinsend in seinem neuesten Triumph über den Westen. Aber wen glaubte er, mit seinem glatten Gesicht täuschen zu können? Echte Faschisten, dachte Charlotte, benutzten kein Botox. Im Vergleich zu ihm wirkte Rebecca ausgelaugt. Charlotte fand ihr abgezehrtes Gesicht erschreckend. Ebenso schockierend war ihre Ähnlichkeit mit Kim. Selbst das leichte Stottern hatte sich wieder eingestellt. Ein Wunder, dass niemand die Ähnlichkeit bemerkt hatte!

Ebenso schnell, wie Rebecca aufgetaucht war, verschwand sie jedoch wieder aus der Öffentlichkeit. Wenig später verließen Charlottes israelische Hausgäste Andalusien. Vor ihrer Abreise durchsuchten sie die Villa noch einmal nach Andenken an Kim und Rebecca. Sie nahmen Charlottes letztes Foto aus Beirut und – trotz aller Proteste – das einzige Exemplar von *Die andere Frau* mit. Ihre kurze Karriere als Schriftstellerin schien beendet zu sein, bevor sie richtig begonnen hatte.

Unterdessen war es Ende Juni, und Zahara erlebte eine Invasion von schwitzenden, sonnenverbrannten Touristen. In ihrer Einsamkeit nahm Charlotte ihre alte Routine wieder auf, die alles war, was ihr geblieben war. Weil sie ihre Autobiografie nicht schreiben durfte, beschloss sie, stattdessen einen Schlüsselroman zu schreiben. Den Ort der Handlung verlegte sie von Beirut nach Tanger. Aus Charlotte wurde Amelia, die naive Tochter eines französischen Kolonialbeamten, und Kim war der gut aussehende, leicht lebensmüde britische Diplomat Rowe, den Amelia als russischen Spion enttarnte. Aber wie sollte der Roman enden? Mit einer alten Frau, die einsam in einer abgelegenen Villa saß und auf eine Nachricht von ihrer Tochter wartete, die sie einst preisgegeben hatte? Wer würde solch eine Story glauben?

Sie verbrannte das Manuskript Ende Oktober, benutzte es dazu, das erste Feuer dieses Herbsts zu entfachen, und nahm dann Kims verlogene Autobiografie zur Hand. Seine Zeit in Beirut hatte er auf fünf vage, unehrliche Absätze reduziert. *Meine Erlebnisse im Nahen Osten von 1956 bis 1963 lassen sich nicht leicht in Erzählform schildern …* Meine vielleicht auch nicht, dachte sie. Dann verbrannte sie Kims Buch ebenfalls.

Als sie an diesem Nachmittag bei böigem *Leveche* auf dem Paseo unterwegs war und halblaut ihre Schritte zählte, wurde ihr plötzlich klar, dass dies bestimmt ein Zeichen dafür war, dass sie verrückt wurde. Mittags aß sie unter den Orangenbäumen der Bar Mirador. »Haben Sie die Nachrichten aus Palästina gesehen?«, fragte der Ober, als er ihr ein Glas Wein servierte, aber Charlotte war nicht in der Stimmung für antizionistische Polemik. Tatsächlich hatte sie ihre Meinung über die Israelis geändert. Kim, fand sie, habe sie falsch beurteilt. Aber Kim hatte fast alles falsch beurteilt.

Unterwegs hatte sie ein Exemplar der *Le Mon*de von gestern gekauft, die sie aber wegen des Windes nicht lesen konnte. Als sie die Zeitung sinken ließ, bemerkte sie einen bebrillten kleinen Mann am Nebentisch. Obwohl er anders aussah, erkannte Charlotte ihn sofort als den schweigsamen Freund von Rosenkranz und Güldenstern, der sie nach Sevilla begleitet hatte, damit sie ihre geheimen Sünden bekennen konnte. Aber weshalb war er nach Zahara zurückgekehrt? Und wieso jetzt?

Charlotte erwog nervös mehrere Möglichkeiten, während sie beide ein bescheidenes Mahl zu sich nahmen, ohne sich noch einmal anzusehen. Der kleine Israeli war vor ihr fertig und legte im Vorbeigehen eine Ansichtskarte auf Charlottes Tisch. Das geschah so verstohlen, dass sie einen Augenblick brauchte, um die Karte zu bemerken, die er unter den Servierteller geklemmt hatte, damit der *Leveche* sie nicht wegwehen konnte. Die Bildseite zeigte das unvermeidliche Straßenbild mit weiß gestrichenen Häusern. Auf der Rückseite stand eine kurze Mitteilung – auf Französisch, in auffallend schöner Schrift.

Charlotte trank gelassen ihren Wein aus. Als die Rechnung kam, gab sie ein selbst für ihre Verhältnisse ungewöhnlich großzügiges Trinkgeld. Der grelle Sonnenschein auf dem Platz blendete sie. Bis zum Kirchenportal waren es hundertzweiundzwanzig Schritte.

»›Ich dachte mir, dass du's sein würdest.‹«

Er lächelte. Er stand vor den Votivkerzen, sah zu der Madonna mit Kind auf. Charlotte sah sich im Kirchenschiff um. Es war leer bis auf zwei ziemlich auffällige Bodyguards.

»Wie ich sehe, haben Sie Ihr Gefolge mitgebracht.«

»Die werde ich nicht los«, sagte er, »so sehr ich mich auch bemühe.«

»Das ist vermutlich besser. Die Russen müssen sehr wütend auf Sie sein.«

»Das sind sie meistens.«

Sie lächelte trotz ihrer Nervosität. »Hatten Sie etwas mit der Entscheidung zu tun, sie nach Moskau abzuschieben?«

»Tatsächlich habe ich mein Bestes getan, um das zu verhindern.«

»Sie sind von Natur aus rachsüchtig.«

»Pragmatisch, denke ich eher.«

»Was hat Pragmatismus mit dieser Sache zu tun?«

»Sie ist eine gefährliche Frau. Der Westen wird diese Entscheidung noch bereuen.«

»Ich habe Mühe, sie mir so vorzustellen. Für mich bleibt sie immer das kleine Mädchen, das sie in Paris war.«

»Sie hat sich ziemlich verändert.«

»Glauben Sie? Da bin ich mir nicht so sicher.« Sie sah ihn an. Im Kerzenschein leuchteten seine Augen auffällig grün. »Haben Sie mit ihr gesprochen?«

»Sogar zweimal.«

»Hat sie mich erwähnt?«

»Natürlich.«

Charlotte spürte, wie ihr Herz zu jagen begann. *Meine Tabletten …* Sie brauchte eine ihrer Tabletten. »Warum hat sie nicht versucht, mit mir Kontakt aufzunehmen?«

»Sie hatte Angst.«

»Wovor?«

»Wie Ihre Antwort ausfallen würde.«

Sie sah zu der Marienstatue auf. »Wenn jemand etwas zu befürchten hat, Monsieur Allon, dann bin das ich. Ich habe mein Kind weggegeben und zugelassen, dass Kim und Sascha es in das Wesen verwandelt haben, das ich neben dem Zaren sitzen gesehen habe.«

»Das ist lange her.«

»Für mich, ja, aber nicht für Rebecca.« Charlotte ging im Kirchenschiff nach vorn und blieb vor dem Altar stehen. »Haben Sie viel Zeit in katholischen Kirchen verbracht?«, fragte sie.

»Mehr, als Sie vielleicht denken.«

»Glauben Sie an Gott, Monsieur Allon?«

»Manchmal«, antwortete er.

»Ich nicht«, sagte Charlotte und kehrte ihm den Rücken zu. »Aber ich liebe Kirchen schon immer. Vor allem ihren Geruch. Den Duft von Weihrauch und Kerzen und Bienenwachs. Sie duften nach …«

»Wonach, Madame Bettencourt?«

Sie wagte nicht, zu antworten, nicht nach allem, was sie getan hatte. »Wie lange wird's dauern, bis ich von ihr höre?«, fragte sie nach kurzer Pause, aber als sie sich umdrehte, war die Kirche menschenleer. Vergebung, dachte sie, als sie auf den Platz hinaustrat. Sie duften nach Vergebung.

ANMERKUNG DES VERFASSERS

Der russische Spion ist ein Unterhaltungsroman und sollte als solcher gelesen werden. Die in diesem Werk vorkommenden Namen, Personen, Orte und Ereignisse sind das Produkt der Fantasie des Autors oder von ihm fiktionalisiert worden. Jede Ähnlichkeit mit lebenden oder verstorbenen Personen, Firmen, Unternehmen, Ereignissen oder Schauplätzen wäre rein zufällig.

Die Zentrale des israelischen Auslandsgeheimdiensts liegt nicht mehr am King Saul Boulevard in Tel Aviv. Dass ich beschlossen habe, diese Adresse für die Zentrale meines fiktiven Diensts beizubehalten, liegt unter anderem daran, dass mir dieser Straßenname viel besser gefällt als die jetzige Adresse. Wie wir in *Der russische Spion* erfahren haben, teilt Gabriel Allon meine Meinung. Natürlich wohnen seine Familie und er nicht in einem kleinen Apartmentgebäude aus Kalkstein in dem historischen Jerusalemer Viertel Nachlaot.

Reisende, die viel zwischen Wien und Bern unterwegs sind, haben zweifellos bemerkt, dass ich die Fahr- und Flugpläne manipuliert habe, um sie den Erfordernissen meines Plots anzupassen. Meine Entschuldigung an die Direktion des berühmten Hotels Schweizerhof, dass ich in seiner Halle ein Geheimdienstunternehmen habe ablaufen lassen, aber das ließ sich leider nicht vermeiden. In dem malerischen Dorf Münchenbuchsee, Paul Klees Geburtsort, gibt es eine Privatklinik, die jedoch nicht Privatklinik Schloss heißt.

Die MI6-Schule für zukünftige Spione liegt tatsächlich in Fort Monckton neben dem ersten Fairway des Gosport & Stokes Bay Golf Club, aber der MI6 unterhält noch mehrere abgeschiedene Ausbildungsstätten. Soviel ich weiß, gibt es am Rand von Dartmoor kein sicheres Haus mit dem Namen Wormwood Cottage. Ich habe keine Ahnung, wo der MI6 seine alten Akten aufbewahrt, aber ich bezweifle eher, dass sein Archiv sich in einem Lagerhaus in Slough in der Nähe des Flughafens Heathrow befindet.

Besucher des Washingtoner Stadtteils Palisades werden am MacArthur Boulevard vergebens ein belgisches Restaurant mit dem Namen Brussels Midi suchen. In Burleith gibt es unweit der russischen Botschaft ein Starbucks an der Wisconsin Avenue, aber in der Shell-Tankstelle an der Ecke zur Ellicott Street hängt kein Münztelefon mehr. Die Schleuse 10 des Chesapeake & Ohio Canal ist zutreffend beschrieben. Das gilt leider auch für die offizielle Residenz des israelischen Botschafters in den Vereinigten Staaten.

Harold Adrian Russell Philby, besser als Kim bekannt, wohnte tatsächlich in einem großen beigefarbenen Haus im Kolonialstil, das noch heute an der Nebraska Avenue in Tenleytown steht. Seine Kurzbiografie in Kapitel 41 von *Der russische Spion* ist bis auf die beiden letzten Sätze zutreffend. Philby konnte am Tag nach seiner Ankunft keinen MI6-Offizier namens Arthur Seymour kennengelernt haben, weil Arthur Seymour wie sein Sohn Graham eine fiktive Romanfigur ist. Das Gleiche gilt für Charlotte Bettencourt und ihre Tochter Rebecca Manning. Beide sind allein meine Geschöpfe und haben nichts mit Personen zu tun, die mir bei meinen Recherchen zu Kim Philbys Leben und Werk als sowjetischer Spion begegnet sind.

Tatsache ist, dass Philby in seiner unzuverlässigen Autobiografie *Mein Doppelspiel* seiner Zeit in Beirut nur fünf Absätze gewidmet hat. Im Januar 1963 flüchtete er von dort, nachdem er seinem alten Freund Nicholas Elliott gestanden hatte, ein Sowjetspion zu sein. Dass er seiner Geliebten die Wahrheit über seine Vergangenheit gesagt hat, bevor er an Bord der *Dolmatowa* ging, ist wenig wahrscheinlich. Laut Juri Modin, Philbys KGB-Führungsoffizier, erzählte er keiner seiner Ehefrauen oder Geliebten die Wahrheit über seine geheime Arbeit für den sowjetischen Geheimdienst. »In diesem Punkt gab es nie Schwierigkeiten«, schrieb Modin in seinen Erinnerungen *My Cambridge Friends.*

In Moskau heiratete Philby zum vierten Mal und übernahm nach mehreren Jahren in der Wildnis bereitwillig verschiedene Projekte für den KGB. Er wurde größtenteils als Analytiker und Ausbilder eingesetzt, aber Modin berichtet, dass er auch operativ tätig war, indem er »Agenten auf ihm vorgelegten Fotos identifizierte«. Nichts weist darauf hin, dass er daran beteiligt war, einen Maulwurf heranzuziehen. Andererseits lässt sich auch das Gegenteil nicht beweisen. Meiner Erfahrung nach ist es ratsam, die Memoiren von Spionen *cum grano salis* zu lesen.

Als ich im Sommer 2007 wegen des Romans recherchierte, der unter dem Titel *Das Moskau-Komplott* erscheinen sollte, besuchte ich das KGB-Museum in der riesigen ehemaligen Geheimdienstzentrale am Lubjanka-Platz. Und dort sah ich unter einem Glassturz einen winzigen Schrein für die Cambridge Five, beziehungsweise die Großartigen Fünf, wie der KGB sie nannte. Mit Philby beginnend wurden sie nur sechzehn Jahre nach der Gründung der Sowjetunion angeworben – in einer Zeit großer Paranoia in Moskau, als Stalin und seine Schergen sich bemühten, ihre noch nicht konsolidierte Revolution auch durch politische Kriegsführung gegen ihre Gegner im Westen zu verteidigen. Das NKWD, Vorgänger des KGB, bezeichnete dieses Programm als »aktive Maßnahmen«. Sie reichten von Desinformationskampagnen in den westlichen Medien bis zu politischen Gewalttaten und Mordanschlägen und hatten das Ziel, den kapitalistischen Westen zu schwächen und eines Tages zu vernichten.

Die Parallelen zwischen einst und jetzt sind verblüffend. Russland unter Putin ist revanchistisch und paranoid, eine gefährliche Kombination. Weil es wirtschaftlich und demoskopisch schwach ist, benützt Putin seine schlagkräftigen Geheimdienste und Cyberkrieger als Multiplikatoren. Sät Putin Chaos in Westeuropa und versucht, US-Wahlen zu beeinflussen und zu diskreditieren, greift er tief in die alte KGB-Trickkiste: Er ergreift »aktive Maßnahmen«.

Wie die Zaren und Generalsekretäre vor ihm benutzt Wladimir Putin Mord gern als Mittel der Staatskunst. Das beweist der Fall von Sergei W. Skripal, ehemals Offizier des Militärgeheimdiensts und MI6-Agent, der am 4. März 2018 in seinem Haus in Salisbury mit dem Nervengas Nowitschok, einem Kampfmittel aus der Sowjetzeit, vergiftet wurde. Seine ebenfalls vergiftete Tochter Julia war drei Wochen lang bewusstlos, aber englischen Ärzten gelang es, beide zu retten. Achtundvierzig weitere Personen mussten behandelt werden, darunter ein Polizeibeamter, der einige Zeit auf der Intensivstation lag.

Der Anschlag auf Sergei Skripal ereignete sich zwölf Jahre nachdem Alexander Litwinenko, ein in London lebender Putin-Kritiker, mit einer Tasse Tee, die mit Polonium versetzt war, ermordet worden war. Im Jahr 2006 bestand die offizielle britische Reaktion auf den Einsatz einer radioaktiven Waffe auf englischem Boden aus einem einzigen Auslieferungsantrag, den der Kreml schadenfroh ignorierte. Nach dem Attentat auf Sergei Skripal wies Premierministerin Theresa May jedoch dreiundzwanzig russische Diplomaten aus. Die USA, Kanada und vierzehn EU-Staaten folgten ihrem Beispiel. Außerdem verhängten die USA – auch wegen der russischen Einflussnahme auf die US-Präsidentenwahlen 2016 – Wirtschaftssanktionen gegen sieben der reichsten Russen. Wladimir Putin, den viele für den reichsten Mann der Welt halten, stand nicht auf dieser Liste.

Sicherheitsanalysten schätzen, dass zwei Drittel der »Diplomaten« einer typischen russischen Botschaft in Westeuropa in

Wirklichkeit Geheimdienstler sind. Daher ist es wenig wahrscheinlich, dass eine bescheidene Runde Wie-du-mir-so-ich-dir Putin von seinem jetzigen Kurs abbringen wird. Und wie denn auch? Putin und der Putinismus sind im Vormarsch. Der starke Mann und der autoritäre Staat – mit anderen Worten der Faschismus – sind groß im Kommen. Demokratie nach westlichem Muster und globale Institutionen, die Europa eine längere Friedensperiode als je zuvor gebracht haben, sind plötzlich außer Mode.

»Sondiert mit Bajonetten«, empfahl Lenin, »trefft ihr auf Brei, macht weiter; trefft ihr auf Stahl, zieht euch zurück.« Bisher ist Putin immer nur auf Brei gestoßen. Als die Welt in den dreißiger Jahren einen ähnlichen gleichzeitigen Aufstieg von autoritären und diktatorischen Regimes erlebte, entstand daraus ein katastrophaler Weltkrieg, der über sechzig Millionen Tote forderte. Dass der Flirt des 21. Jahrhunderts mit dem Neofaschismus ohne Konflikte weitergehen kann, ist reines Wunschdenken.

Man braucht nur nach Syrien zu blicken, wo eine Allianz aus Russland, der Hisbollah, den iranischen Revolutionsgarden und Schiitenmilizen aus dem Iran und Afghanistan das Regime von Baschar al-Assad – des besten Freundes, den der Kreml im Nahen Osten hat – stützt. Assad hat wiederholt schamlos chemische Waffen gegen die eigene Bevölkerung eingesetzt, vermutlich mit Moskaus Einverständnis, vielleicht sogar mit Moskaus Hilfe. Nach Schätzungen hat der syrische Bürgerkrieg bisher 400 000 Tote gefordert, und noch immer ist kein Ende in Sicht. Putin sondiert mit Bajonetten. Nur Stahl wird ihn aufhalten.

DANKSAGUNG

Dankbar bin ich meiner Frau Jamie Gangel, die geduldig zuhörte, während ich die Themen und Plot-Wendungen von *Der russische Spion* ausarbeitete, und anschließend den Stapel Papier, den ich euphemistisch als erste Fassung bezeichnete, brillant um hundert Seiten kürzte. Die Schuld, in der ich bei ihr stehe, ist so unermesslich wie meine Liebe.

Meinem guten Freund Louis Toscano, Autor von *Triple Cross* und *Mary Bloom*, verdanke ich zahllose große und kleine Verbesserungen des Manuskripts, und Kathy Crosby, meine scharfsichtige persönliche Korrektorin, sorgte dafür, dass es frei von Tipp- und Grammatikfehlern war. Etwaige Fehler, die diesen bewährten Mitstreitern entgangen sind, sind meine, nicht ihre.

Zu ewigem Dank verpflichtet bin ich David Bull, der wirklich einer der weltbesten Restauratoren ist, und dem großen Patrick Matthiesen von der Londoner Matthiesen Gallery, dessen Esprit und Charme die Allon-Romane von Anfang an mit Leben erfüllt haben.

Einen Roman über einen Spion zu schreiben, der Mitte des 20. Jahrhunderts aktiv war, erforderte umfangreiche Recherchen – tatsächlich sieht mein Bücherregal wie das von Charlotte Bettencourt in Zahara aus. Zu Dank verpflichtet bin ich den Memoiren und der Gelehrsamkeit von Juri Modin, Rufina Philby, Richard Beeston, Phillip Knightley, Anthony Boyle, Tom Bower, Ben Macintyre, Anthony Cave Brown sowic Patrick Seale und Maureen McConville.

Mein besonderer Dank gilt Michael Gendler, meinem Super-Anwalt in Los Angeles. Und den vielen Freunden und Angehörigen, die in kritischen Augenblicken des Schriftstellerjahres für dringend nötiges Lachen sorgen, besonders Nancy Dubuc und Michail Kizilbash, Andy und Betsy Lack, Jeff

Zucker, Elsa Walsh und Bob Woodward, Ron Meyer und Elena Nachmanoff.

Abschließend möchte ich meinen Kindern Lily und Nicholas danken, die ein ständiger Quell von Liebe und Inspiration sind. Nach Abschluss ihres Collegestudiums sind sie nun in selbst gewählten Berufen tätig. Bedenkt man, was sie als Kinder und Jugendliche miterlebt haben, ist's vielleicht nicht verwunderlich, dass keiner der beiden beschlossen hat, Schriftsteller zu werden.